NAS RUAS DE SAG HARBOR

NAS RUAS DE SAG HARBOR

COLSON WHITEHEAD

Tradução de
Petê Rissatti

Harper Collins

Rio de Janeiro, 2025

Título original: *Sag Harbor*

Copidesque Fernanda Marão
Revisão João Rodrigues e Thaís Lima
Design de capa Ana Santiago
Diagramação Abreu's System

Dados Internacionais de Catalogação na Publicação (CIP)
(Câmara Brasileira do Livro, SP, Brasil)

Whitehead, Colson
Nas ruas de Sag Harbor / Colson Whitehead; tradução de Petê Rissatti. – Rio de Janeiro: HarperCollins Brasil, 2025.

Título original: Sag Harbor.
ISBN 978-65-5511-811-7

1. Ficção norte-americana I. Título.

25-285035 CDD-813

Índice para catálogo sistemático:
1. Ficção : Literatura norte-americana 813

Bibliotecária responsável: Cibele Maria Dias – CRB-8/9427

Rua da Quitanda, 86, sala 601A – Centro
Rio de Janeiro/RJ – CEP 20091-005
Tel.: (21) 3175-1030
www.harpercollins.com.br

Para Maddie

Sumário

Noções de infinito em um rinque de patinação

PRIMEIRO VOCÊ PRECISAVA RESOLVER A QUESTÃO de sair. *Quando você saiu?* Perguntar isso era se exibir, mesmo que qualquer pessoa para quem pudesse se gabar tivesse recebido o mesmo presente e o tivesse recebido da mesma forma que você. O mesmo sol embrulhado em papel brilhante, os mesmos pedaços de céu benevolente, a mesma estrada de cascalho que cedo ou tarde te esfolava. Era difícil não acreditar que ele era mais seu do que de qualquer outra pessoa, tinha sido feito para você e, por todos esses anos, esperara sua chegada. Todo mundo se sentia assim. Ficávamos gratos por estarmos lá, naquele calor, depois de um ano tão longo e sombrio na cidade. *Quando você saiu?* era o som da nossa armadilha se fechando; mordíamos a isca ano após ano, pura alegria presa na cidade de Sag Harbor.

Depois, vinha a próxima questão: *Por quanto tempo você vai ficar?* E aí a competição começava. As respostas mágicas eram: *até o Dia do Trabalho* ou *o verão inteiro*. Qualquer coisa menos do que isso era um sinal de infelicidade. Passar um fim de semana no começo da temporada, abrir a casa, limpar as calhas, tudo bem. Mas só ficar por um mês? Uma semana? Qual era o problema, estava com dificuldades financeiras? Todo mundo tinha dificuldades financeiras, claro, mas deixar isso interferir com Sag era porque a situação estava mesmo feia. Se ia ficar só por uma semana, um mês, estava deixando a vida te passar a perna. Se perguntassem *Por quanto tempo vai ficar?*, uma nuvem encobriria o sol. A pergunta vinha com um aroma de outono. Todas as respostas contemplavam o fim, a morte do verão bem no comecinho. Ainda esperando a baía esquentar para poder dar um mergulho e já imaginando tudo congelado. De repente, o Dia do Trabalho não parecia tão distante assim.

A pergunta final era metade coleta de informações e metade oração: *Quem mais veio?* A temporada havia começado, éramos provas disso, agentes disso, mas as coisas não podiam começar de verdade até que todos os jogadores estivessem em suas posições, correndo pelas portas de entrada, todo mundo se cumprimentando, prontos para um toca-aqui. Os outros eram necessários, e precisávamos daquelas respostas. A pessoa que está à sua frente usando um short social salmão talvez dissesse: "Falei com ele na quarta-feira, e ele disse que estavam vindo". Sempre eram os primeiros a ir, nunca perdiam o mês de junho, como se a vida deles dependesse disso. (O que era verdade.) Alguém podia dizer: "A grama deles foi cortada". Um gramado aparado era um presságio inegável de habitação iminente, naquele mesmo dia ou no seguinte. "Vi um carro na garagem." Melhor ainda. Não havia verdade mais certa do que um carro na garagem. Um carro na garagem era um convite para bater à porta e dar início ao verão. Bater àquela porta e observá-la ceder sob seus dedos — uma vez que uma casa era aberta, a porta permaneceria destrancada por toda a temporada.

Quando todos chegavam, podíamos começar.

MEU NOME É BEN. No verão de 1985, eu tinha quinze anos. Meu irmão, Reggie, tinha quatorze. Quanto ao momento em que saímos, foi naquela manhã, e levamos exatamente uma hora e meia para chegar, tendo evitado a hora do rush. Ao longo do verão, a gente ouvia muitas estratégias diferentes de como evitar a hora do rush, ou pelo menos escapar dela por um triz. Havia quem fugisse do escritório mais cedo na sexta-feira à tarde, informando casualmente aos colegas o motivo da saída para desfrutar um pouco da invejinha deles. Alguns voltariam para a cidade no domingo à noite, espremendo cada última gota de alegria do fim de semana com as mãos cobertas de manteiga de cacau. Paravam para comer alguma coisa e observavam o avanço lento da onda vermelha — logo, logo, ainda não — pela janela do restaurante enquanto mergulhavam iscas de marisco no molho tártaro até que a estrada ficasse livre.

O método do meu pai era fácil e brutal: pegar a estrada às cinco da manhã para sermos os únicos na via expressa de Long Island, pisando fundo em meio à escuridão assombrada. De vez em quando, minha mãe dizia "não tem trânsito", como se fosse um milagre. Bem, não estava escuro de verdade, o sol de junho já havia nascido, mas eu sempre me lembro daqueles passeios dessa forma — a memória tem uma paleta e um pincel largo. Talvez eu me lembre assim porque meus olhos ficavam fechados a maior parte do tempo. O truque dessas pequenas viagens matinais era acordar cedo, arrastar uma sacola de roupas até o carro, aconchegar-se nela e, em seguida, voltar a dormir. Qualquer movimento desnecessário talvez o exilasse do reino do meio dormindo para a confusão do meio acordado, então meu irmão e eu fazíamos uma marcha zumbi lenta e silenciosa até chegarmos ao banco de trás, no qual nos sentávamos, cada um em um canto, com o nariz grudado no estofamento, bunda com bunda, formando uma figura parecida com um teste de Rorschach. O que você vê nesta imagem? Dois irmãos seguindo em direções diferentes.

Tínhamos deixado de ser gêmeos fazia pouco tempo. Nascemos com dez meses de diferença e, até eu ir para o ensino médio, éramos uma dupla unida, mais siameses que fraternais ou idênticos, definidos por uma inseparabilidade esquisita. Unidos não pelo quadril, pelo baço ou pelo sistema nervoso, mas por aquele lugar mais importante — o ponto em que o "eu" encontra o mundo.

Havia algo no DNA humano que obrigava as pessoas a dizer "Benji-e-Reggie, Benji-e-Reggie" de um jeito cantado, como se fôssemos personagens de desenho animado ou mascotes de alguma balinha barata. Nas raras ocasiões em que nos encontravam sozinhos, a primeira coisa que as pessoas perguntavam era "Onde está o Benji?" ou "Onde está o Reggie?", e daí fazíamos um relato detalhado do paradeiro do outro, rapidamente incluindo o contexto, como se nos envergonhássemos por sermos flagrados à luz do dia com apenas meia sombra: "Ele foi à cidade. Ele perdeu o boné da CAT Diesel Power na praia e foi comprar um novo na lojinha de um e noventa e nove". E a pessoa que questionava assentia, solene: o amor de Reggie por seu boné CAT Diesel Power, incentivado pelos filmes de caminhoneiros dos anos 1970, era bem conhecido.

Havia o verão e havia o restante do tempo. Durante o restante do tempo, antes de nos separarmos, era possível nos encontrar desfilando as roupas da seção juvenil da Brooks Brothers — por exemplo, camisas Oxford brancas e elegantes, enfiadas para dentro da calça durante o horário escolar ou esvoaçando em suave rebeldia quando estávamos em casa. A escola que frequentávamos exigia que usássemos paletó e gravata, por isso nós usávamos. Nossos pulsos inevitavelmente ultrapassavam as mangas dos paletós, apesar das tentativas de nossa mãe de fazer os punhos a tempo. As gravatas eram daquelas de pressão, mas tínhamos algumas que nosso pai atava para nós no começo do ano letivo, e que depois afrouxávamos e apertávamos durante os nove meses seguintes, os nós ficando cada vez mais oleosos e sujos conforme nossos dedos infantis escorriam por eles. Cada um tinha um blazer azul e uma jaqueta de veludo cotelê bege, que alternávamos com calças sociais cinza e cáqui. Eu era um pouco mais alto, o que nos ajudava a saber de quem era cada peça, mas nem sempre funcionava.

Que imagem passávamos quando caminhávamos lado a lado pela Lexington, atravessando a 62nd Street, indo e voltando da escola? Lembro-me de um dia, no sétimo ano, quando um velho branco nos parou em uma esquina e perguntou se éramos filhos de diplomata. Pequenos príncipes de um país africano. A ONU a oitocentos metros de distância. Enfim... por que outra razão pessoas negras se vestiriam daquele jeito? Olhando para aqueles dentes podres, resmunguei um "não" baixinho e puxei Reggie para a faixa de pedestres, enquanto meu treinamento de não-converse-com-estranhos/todo-mundo--é-um-molestador-de-crianças-em-potencial entrava em ação. Na época, a TV era nossa babá, claro, por isso os filmes com finais moralistas eram nosso manual para como lidar com desconhecidos. Folheávamos a literatura com avidez, fazendo tsc-tsc e rindo das histórias de crianças brancas negligenciadas que deram errado; a triste procissão de adolescentes gordinhas e vulneráveis pegando carona; estudantes nota dez que, por causa da "pressão para serem bem-sucedidos", se drogavam com remédios e viravam animais selvagens. Quando estranhos nos paravam na rua para fazer perguntas, sabíamos o que fazer. *Continue andando, irmão.* Quem o cara parecia ser? Sócio-sênior do escritório de advocacia Branquelo, Branquelo

& Branquelo. Quem parecíamos ser? Não sei, mas ninguém nunca nos faria uma pergunta dessas em Sag Harbor. Nós pertencíamos àquele lugar.

No verão, diversificávamos nosso estilo desleixado. Livres das regras de vestimenta, o que fazíamos? Como falsos gêmeos, não conseguíamos nos livrar do amor por um uniforme. Todos os dias usávamos a mesma camiseta, mas de cores diferentes e com estampas termocolantes variadas. A cada dois meses, nossa mãe comprava roupas para nós na Gimbels — as câmeras de segurança a flagravam fuçando as araras para seus filhotes, murmurando "duas dessa e duas dessa" — e, em seguida, as lançava para dentro da nossa gaiola para brigarmos como hienas por quem ficava com o quê. Quer a camiseta marrom de tecido felpudo? Chegue até ela primeiro, do contrário vai usar a verde-oliva até o próximo Natal. Um pijama do R2-D2 para você, um do C-3PO para mim. Era preciso agir rápido. Gritar "meu" era lei.

Quando se abria um álbum de fotos da família, dava para perceber que éramos duas figuras: lá estão Benji e Reggie relaxados na grama da praia, encostados no capô do carro alugado naquele verão, encurvados em um banco do lado de fora da sorveteria. Um irmão com uma camiseta polo Izod azul-clara, o outro com uma camiseta Izod carmesim salpicada de sorvete sabor rocky road. Braços entrelaçados no pescoço um do outro, sempre usando as mesmas camisetas, exceto por aquele detalhe essencial e diferenciador que era tudo. Iguais, mas um pouco diferentes, e era essa migalha de diferença que realmente almejávamos.

Nossas expressões, em todas as fotos? Eu: aflito, com indigestão, semicerrando os olhos com o desconforto da descoberta de algum novo defeito no funcionamento do mundo, o balão de pensamento perguntando: "Todos somos apenas formigas embaixo de uma lente de aumento, não somos?" e "É assim que os dias passam, com um monte de farelo do doce

Pixy Stix caindo em uma ampulheta?". A única vez que a expressão "desenvolvimento precoce" foi aplicada a mim foi em relação à minha apreensão prematura dessa tal coisa de angústia existencial. Em todos os outros casos, sigo em frente encurvado e me arrastando. Os nós dos dedos? Quase encostando no chão.

Diga Xis. E o que Reggie está fazendo? Careta, claro. Vesgo, um sorriso irônico, dedos curvados fazendo chifrinhos de diabo, suplicando com sua xícara amassada de pedinte por um bocadinho extra da preciosa atenção, elemento raro em nossa casa. Sabíamos que queríamos nos separar, mas só conseguíamos aguentar a distância de forma parcimoniosa. Então, quando nosso pai apareceu com lembrancinhas falsas das Olimpíadas de Montreal de 1976, peguei a camiseta de lançamento de dardo, Reggie pegou a de arremesso de peso, e saímos do túnel do vestiário para a arena solar, verão após verão, jogadores da mesma equipe. Era bom ter uma equipe, mesmo que fôssemos apenas nós dois.

Onde está o cirurgião com talento suficiente para realizar essa operação arriscada, separar esses desafortunados unidos? Chamando o dr. Puberdade, braços higienizados, completamente vestido, dando tapinhas na bunda das enfermeiras e bem versado em todas as técnicas mais recentes. Mais sucção! Lançamento de dardo e arremesso de peso — estamos quase acabando. Os hormônios me lançavam para o alto, alto e magro, uma varetinha com joelhos tortos, enquanto Reggie, sempre rechonchudo nas bochechas e braços, projetava-se para algo redondo e beliscável, macio e liso, nos lugares em que eu me desdobrava em ângulos agudos. A cada semana, nós nos desembaraçávamos, um fio de cabelo por vez. Ensino médio, era como chamavam.

Não houve complicações na separação física, mas e quanto à separação mental, a conexão fantasma pela qual, se Reggie batesse o dedo do pé, eu gritaria de dor, e vice-versa?

O momento da minha liberação psíquica aconteceu na primavera de 1983, no oitavo ano, na festa de Liza Finkelstein no rinque de patinação e discoteca.

ERA A TEMPORADA DE *BAR MITZVAHS*, uma época boa para se estar vivo em qualquer aspecto, mas principalmente para os fanáticos por petiscos como eu. Enquanto meus amigos passavam pelos consagrados rituais de iniciação, eu vivenciava a minha maioridade em termos culinários. Eu tinha uma vida bastante resguardada com relação a lanchinhos, tendo apenas experimentado mini cachorros-quentes, rolinhos primavera da La Choy e outras delícias da escola do pré-aquecimento a cento e oitenta graus. Os prazeres estimulantes e cheios de estilo daquele bar mitzvah alucinante, caríssimo e feito para chamar a atenção foram uma revelação. Eu me lembro de ficar maravilhado com as bandejas de prata entulhadas de salgadinhos que desciam e flutuavam pelo ar como discos voadores de um filme de ficção científica dos anos 1950, carregando formas de vida alienígena que eu nunca havia imaginado, mensageiros gustativos de paz e boas intenções. Espetos de frango *teriyaki*, almôndegas suecas em laguinhos marrons, todos os tipos de molho em abundância escura e pegajosa — era estonteante, e não apenas por causa do efeito dos copinhos em forma de dedal com vinho Manischewitz.

Eu estava acostumado a ser o único garoto negro presente — afinal, eu só estava lá porque tinha conhecido vários Abes, Sarahs e Dannys em uma escola particular de Manhattan —, mas havia algo educativo em ser o único garoto negro em um *bar mitzvah.* Cada *bar* ou *bat mitzvah* deveria ter pelo menos uma criança negra com um quipá pairando sobre o cabelo afro — é uma piada visual bacana, vamos deixar isso bem claro, mas o mais importante é que ensina a criança em questão a saber determinar quando as pessoas em seu campo de visão estão falando dela e quando não estão, uma habilidade útil para o futuro, ao separar a perseguição genuína da perseguição percebida, o "isso está realmente acontecendo" da mera manifestação paranoica. "Quem é esse?" "Tititi, tititi, um amigo do Andy da escola." "Tão esplêndido e controlado... parece um Sidney Poitier jovem." "Tititi, ou o filho de um diplomata africano!"

De vez em quando aparecia alguma banda de R&B para me fazer companhia e para repassar a obrigatória retrospectiva da Motown, com o inevitável "Super Freak" no meio... enquanto Liza Finkelstein, sombria e silenciosa, esmagava seu jogo americano com o punho e nos xingava. Os pais dela eram advogados de direitos civis, não que eu soubesse o que isso significava, exceto que isso levou Liza a soltar de uma vez um "meus pais estavam lá!" naquele único dia do ano em que um professor mencionava a Marcha sobre Washington. Os pais dela respeitavam todas as raças, cores e religiões, a menos que essa religião fosse a deles. De acordo com alguns cálculos progressistas que fizeram, concluíram que as tradições de sua fé eram uma farsa e, consequentemente, Liza teria que esperar um pouco antes de entrar no mundo dos convites de letras cursivas e dos envelopinhos cafonas de RSVP.

A rebelião foi se diluindo. O entusiasmo de Liza para dizer "meus pais estavam lá!" diminuía a cada ano, para ser sincero, mas acho que foi a temporada de *bat mitzvah*, com sua exuberante ostentação e adorável coleção de presentes, que a levou a um novo extremo de irritação. A ficar tão exilada. Aconteceu que, em uma brilhante manhã de primavera, nosso professor hippie de inglês, o sr. Johnson, mencionou a Marcha sobre Washington, e os presentes na sala de aula 8B instintivamente se viraram para Liza para ouvir sua declaração pela última vez. Talvez estivéssemos sentimentais. Em poucos meses, estaríamos no ensino médio e nos separaríamos depois de estarmos juntos — alguns de nós, pelo menos — desde a pré-escola. Era um marco, e esperávamos que Liza nos desse o que precisávamos. O momento se estendia. A suspeita ou o medo de que Liza não fosse prestar o serviço necessário começou a se espalhar pela sala da mesma forma que, suavemente, a fumaça do cigarro mentolado saía por baixo da porta da sala dos professores. Meus olhos pousaram sobre suas meias xadrez New Wave até os joelhos, e eu pensei: *Liza não é New Wave.* Então, ela zombou, dizendo "meus pais estavam lá", revirando os olhos e esticando as pernas no corredor entre as carteiras. Liza não precisava esperar pelo *bat mitzvah.* Já era uma adolescente naquele momento.

Os Finkelstein negociaram um acordo segundo o qual a geração mais velha financiaria uma festa com discoteca e patinação de projeto e execução seculares, e a geração mais jovem reduziria o uso da frase "mas todos os meus amigos" em pelo menos 50%. Geralmente os pais de outras pessoas me assustavam, mas o sr. Finkelstein sempre parecia feliz em me ter por perto. Mandar a filha para uma escola particular de elite era uma traição aos valores fundamentais: pagar mensalidade quando deveriam apoiar as escolas públicas locais era o mesmo que comer uva quando, na verdade, deveriam estar boicotando as uvas. Naqueles tempos, cada uva não sindicalizada era uma lágrima arrancada do olho do filho de um trabalhador migrante.

O fato de a filha do sr. Finkelstein ter um amigo negro de verdade amenizava um pouco a situação. Ora, para começo de conversa, não tinha sido por isso que marcharam sobre Washington? As imagens daquele dia em 1963 são majestosas e sagradas — o mosaico preto e branco de rostos e pedras, a força das pessoas que fervilham ao redor do espelho de água e do monumento, apagando o desprezo do rosto da arrogância arquitetônica. O que pensava uma pessoa que realmente estivera lá quando via as fotografias? A multidão de figuras era a pura expressão do potencial humano, possibilitando enganar a si mesmo, acreditando que seria possível se identificar naquele mar de pessoas — sou eu naquele evento importante, bem ali, como eu era antes de tudo isso. Deve ser possível enganar a si mesmo de que não estava perdido na multidão. Eu não tinha problemas com o sr. Finkelstein.

Uma festa com discoteca e patinação era, com certeza, um produto artificial da era pós-pinhata e pré-coito. Para onde tinham ido todas as pinhatas do passado? Em uma sucessão de salas de estar com mobília chique, pegávamos gravetos e expressávamos nossa luxúria por meio de uma fúria ansiosa, atacando as pobres pinhatas e fazendo as tristes peles de papel esvoaçarem, o volume vazio sacudindo acima de nós, a multidão encardida que éramos. Precisávamos chegar, estourar os bichos, ver as entranhas rosadas explodirem para soltar aquela chuva tosca de doces de segunda que só existem dentro de pinhatas, os Zimzis, Dolos e Shrats desbotados, pedaços de doces atrás dos quais corríamos como abutres bem-vestidos. Agora queríamos doces diferentes. Para alguns, esse período de limbo pré-sexual seria curto. Não para mim. O que tornava ainda mais patético o meu ego inflado depois que Emily Dorfman me chamou para patinar com ela.

Emily Dorfman era a pessoa mais alta da nossa turma já fazia algum tempo. Nós a chamávamos de Aranha. Seus braços e pernas eram andaimes pálidos que sustentavam suas blusas e saias, e ela ainda não tinha percebido que deixar o cabelo crescer talvez encobrisse as vértebras extras que ela parecia ter no pescoço — se fosse um animal, estaria mordiscando as folhas mais altas. Embora eu acreditasse que ela fosse dona de uma certa elegância de pernas arqueadas, uma graça desengonçada, eu nunca tinha pensado nela como um objeto sexual. Compartilhávamos banheiros mistos quando pequenos, vimos as partes íntimas ainda sem pelos um do outro, e talvez tivesse algo a ver com isso. Sem mistério.

Estávamos na segunda ou terceira onda de açúcar da festa de aniversário de Liza quando Emily chegou. Eu não tinha caído muito no rinque. Os patins estavam muito apertados, e eu me encolhia de dor durante as voltas largas e desajeitadas ao redor da pista. Não sabia mais quanto calçava. Basicamente, meu corpo estava tendo um ano ruim, e eu não era o tipo de pessoa que pedia o tamanho certo depois de ter pedido outro, preferindo ficar cambaleando de dor por algumas horas em vez de reclamar. Enfim. Eu estava com os caras perto da máquina Asteroids — todos sem fichas para jogar e especulando qual seria o tipo de treinamento de DMZ, o maior pontuador do jogo — quando Emily entrou no nosso círculo e disse:

— Benji, vamos lá. Quero patinar.

Ela me deu um tapinha nas costas para enfatizar a casualidade da proposta.

Olhei para Andy Stern, meu amigo. Jogávamos D&D juntos fazia muito tempo, desde as maratonas de *Star Wars*. Lembro que, no terceiro ano, ele passou alguns bilhetinhos para Emily. Tudo bem se eu fosse? Ele se vingaria como Mestre da Masmorra? Naqueles dias, expressávamos agressividade lançando orcs, grifos e homúnculos uns contra os outros. Andy Stern coçou a cabeça por baixo do corte de tigela, o olhar vazio. Qual era o problema? Eu não pensava na Aranha desse jeito, e por que alguém pensaria em mim dessa forma? Eu respondi:

— Tá bom. — E saímos.

A coisa foi toda bem inocente, apenas amigos, enquanto desviávamos de uma flotilha de crianças mais velhas patinando juntas em um enxame fofoqueiro e encontrávamos uma posição confortável na parte interna da pista. Então, ela pegou a minha mão, e eu quase tive um piripaque. A mão dela estava quente e úmida. Ela estava suando bicas. Menciono o suor dela não para levantar o espectro de aberração glandular, mas para explicar o jorro solidário de suor que aquela situação despertou na minha mão. Eca. Nossos dedos escorriam um no outro. Eu estava um pouco atrás dela por causa da dor nos pés, mas a alcancei e comecei a acompanhar seu ritmo. Passamos a toda velocidade por onde nossos amigos estavam, mas não olhamos para eles. Nós os mantivemos atrás das grades de alumínio, longe de nós. Não vi qualquer sinal de encorajamento hipotético da parte do sr. Finkelstein. Enquanto meus dedos deslizavam nas ranhuras entre os nós dos dedos dela, imaginei que aqueles dedos finos aracnídeos proporcionavam mais pontos de contato do que os dos nossos colegas de classe. Se você fosse dar a mão a alguém, essa seria a mão certa para segurar, em termos de volume. Minha percepção aprofundou-se naqueles lugares em que nossas carnes se esfregavam. Virei-me para ela, Emily olhou para mim, e eu sorri e levantei as sobrancelhas, um tique suave. Então, rapidamente, os olhos se abaixaram de novo. Era mais do que demais! Apertei a mão dela duas vezes usando algum código estranho, e ela devolveu os apertos. Foi aí que me lembrei da minha outra mão. Estava vazia. Eu não estava puxando Reggie para fora da rua ou arrastando-o dos bancos do ônibus para que não perdêssemos nosso ponto; ele não estava atrás de mim, tomando refrigerante, ele simplesmente não estava lá. Não era um *ménage à trois*, eu estava sozinho com outra pessoa. A consciência da minha mão esquerda desapareceu, e retornei ao mundinho do doce contato na mão direita.

Ficamos lá para sempre. Como se mede o infinito em um rinque de patinação? É possível testar o universo fazendo perguntas: quantas peças espelhadas em globos de discoteca lançam quantas listras brancas nas paredes e no chão, quantos rolamentos se chocam uns nos outros como moléculas agitadas em quantas rodas de poliuretano, quantas colônias de bactérias como manchas de tinta florescem fora de controle na penumbra interna de quantos patins alugados. Mas digamos que essa noção barata de infinito do rinque de patinação seja mais bem expressada com o número dois. Duas pessoas, duas mãos e duas músicas, neste caso "Big Shot" e "Bette Davis Eyes". As letras das duas músicas não ofereceram comentários, sinceros ou irônicos, relacionados aos acontecimentos. Estavam lá o tempo todo por baixo dos pés, a insistente lama cinzenta que era a cultura pop. Grudava em nossos sapatos e a carregávamos por toda a vida. Aranha e eu cantamos as músicas de mãos dadas. Às vezes, procurando o rosto um do outro para trocar sorrisos breves e preocupados.

Depois veio "Xanadu", de matar. Saímos aos tropeções do rinque e nos juntamos aos nossos respectivos grupos, meninos e meninas curvados, recostados em paredes opostas do rinque de patinação subterrâneo, sem reconhecer esse episódio. O que a fizera avançar daquele jeito? No ano seguinte fomos para escolas diferentes, e Emily podia muito bem ter se dissolvido em antimatéria, porque nunca mais nos vimos. Na verdade, não dei o devido valor ao nosso momento de proximidade (esse será um tema recorrente) e se eu soubesse que seria o maior contato feminino que eu teria em muitos anos, teria pegado um suvenir. Teria limpado o suor dela da minha mão com um lenço e o adoraria como acessório erótico durante o longo período de autoabuso que começaria alguns meses depois (iniciado pela visão de uma Barbara Carrera cintilante no filme de James Bond, *Nunca mais outra vez*, que apresentava muitos cenários com temas aquáticos). Retirado de seu esconderijo secreto, o lenço desamarrotado, saturado com o suor de Emily, teria adicionado um componente olfativo aos artefatos visuais que eu tinha em meus arquivos mentais, principalmente trechos de filmes do Cinemax e comédias adolescentes cheias de sexo da categoria *Makin' It-Doin' It-Losing It*, além de uma ou outra teta perdida de *Férias frustradas*, já que eu era medroso demais para comprar uma *Playboy*. A superfície daqueles dedos longos teria deixado mais suor que a mão de uma criança do oitavo ano. Eu teria fungado naquele lenço até não poder mais.

Na noite da festa no rinque de patinação, decidi que estava no território dos caras mais velhos. Outras crianças da nossa turma estavam fazendo mais que dar as mãos, e o fato de outras pessoas estarem sentindo prazeres maiores começava a se tornar parte da minha realidade. Naquele momento, parecia que até eu iria pelo mesmo caminho, tendo recebido o que interpretei como um presságio de interações gloriosas à altura do ensino médio na minha caixa de areia fétida. O primeiro ano tinha tudo para ser ótimo. Reggie nem estaria no mesmo prédio. Fiquei aliviado no dia em que ele me disse que não queria ir para a mesma escola que eu. "Estou de saco cheio de ser sempre o caçula", dissera ele. (Temos uma irmã mais velha que ainda não mencionei. Nós dois vivíamos à sombra dos irmãos durante todo o fundamental.) Justo. Eu estava cansado de ser sempre o irmão mais velho. No verão de 1985, estávamos em uma fase em que, se alguém me perguntasse "Cadê o Reggie?", eu não saberia dizer. E era bom poder falar isso.

MINHA MÃE DISSE:

— Vamos chegar rápido, até.

A Long Island Expressway havia parado de partir cidades ao meio e passara a atravessar a vegetação selvagem do Condado de Nassau, o que sempre é um bom sinal. Tirando um ou outro centro comercial solitário à beira da rodovia, estávamos no meio da floresta. Eu me encolhi de novo e me esforcei para voltar a dormir. Era difícil conseguir dormir profundamente a caminho da praia — tudo o que conseguia era um cochilo ou outro —, e eu tive meus sonhos confusos de sempre, embora o motivo deles exija um pouco mais de contexto:

Antes de começarmos a ficar na casa de praia, nos hospedávamos na Hempstead House, e atrás da Hempstead House havia uma casinha de madeira branca com detalhes amarelos encardidos. À noite, vista por entre a fina parede de árvores que separava as propriedades, a luz da cozinha era a única coisa viva na escuridão, a lua constante do verão. A mulher que morava lá nos anos 1950, lembrava-nos minha mãe de vez em quando, fazia um evento aos sábados para vender peixe frito. Reza a lenda de que DuBois esteve uma vez em Sag Harbour e comeu lá. Em uma demonstração de orgulho, eu balançava a cabeça concordando sempre que minha mãe nos contava essa história, mesmo sem ter a menor ideia de quem era DuBois. Aprendi a ficar calado a respeito coisas que não sabia quando sentia que era esperado que eu as soubesse.

Por exemplo: havia Pessoas Negras Famosas das quais eu nunca tinha ouvido falar, mas era tarde demais para perguntar quem eram, porque eu tinha idade o bastante, por alguma escala secreta, para que fosse uma vergonha não saber quem eram essas tais pessoas que lutaram e sofreram para eu ter cada um dos confortos de que eu desfrutava. Que ingrato. Um dos meus tios chegava e mencionava Marcus Garvey, e eu perguntava: "Quem é esse?", enquanto os olhos de todos os adultos na sala se estreitavam em uma rodada melancólica de tsc-tsc. "Quem é Toussaint L'Ouverture?", perguntava, estupidamente. E meu pai respondia: "Você não sabe quem é Toussaint L'Ouverture? O que estão te ensinando naquela escola de rico que eu ralo tanto para pagar?". Com certeza não ensinam "figuras icônicas do nacionalismo negro".

O que eu sabia sobre DuBois era que ele se enquadrava na categoria de Pessoas Negras Famosas — havia uma maneira de as pessoas pronunciarem determinados nomes que dava a eles uma aura ou auréola. A maneira respeitosa como minha mãe pronunciava DuBois me dizia que aquele homem havia elevado a raça. Anos mais tarde, na faculdade, li seu ensaio mais famoso e fiquei perplexo. E cito: "É uma sensação peculiar, essa dupla consciência, essa sensação de sempre olhar para si mesmo por olhos alheios, de medir a própria alma pela fita métrica de um mundo que só observa, alternando entre desprezo e piedade. A pessoa sempre sente essa dualidade: estadunidense, negro, duas almas, dois pensamentos, dois esforços irreconciliados, dois ideais conflitantes em um corpo escuro cuja força obstinada por si só o impede de ser dilacerado. A história do negro estadunidense é a história dessa contenda — esse anseio por atingir a masculinidade autoconsciente, por fundir seu duplo eu em um eu melhor e mais verdadeiro". Pensei: *O cara que escreveu isso estava comendo peixe frito atrás da minha casa!*

No carro com meu pai, havia buracos de dupla consciência durante todo o caminho. Ele ouvia apenas duas coisas no rádio: programas *easy listening*, só de música ambiente, e programas de debates de temas dedicados à comunidade negra, os *afrocentric talk*. Quando tocava uma música da qual ele não gostava ou que despertava um sentimento que ele não queria, mudava para a retórica turbulenta dos programas com participação dos ouvintes, e, quando algum idiota surgia defendendo uma ideia que ele achava covarde demais ou muito pelega, ele voltava para a música. E todos esses sons se infiltravam nos meus sonhos. Num minuto estávamos ouvindo os Carpenters cantando "*I'm on the top of the world looking down on creation*", desse jeito:

Such a feeling's coming over me
There is wonder in most everything I see
Not a cloud in the sky
Got the sun in my eyes
And I won't be surprised if it's a dream

Everything I want the world to be
Is now coming true especially for me
And the reason is clear
It's because you are here
You're the nearest thing to heaven that I've seen[*]

---

* "Estou no topo do mundo olhando para a criação / Um sentimento toma conta de mim / Tem algo maravilhoso em tudo que vejo / Nem uma nuvem no céu / O sol nos meus olhos / E não me surpreenderia se fosse um sonho. / O mundo que eu quero / Está se realizando / E o motivo é claro / É porque você está aqui / Você é a coisa mais perto do paraíso que eu já vi", em tradução livre. [*N. E.*]

Cada vez que Karen Carpenter mexia a boca, era como a tampa de um açucareiro tilintando, abrindo e fechando, expondo dunas profundas de brancura. Então, a próxima música fazia os dedos do meu pai buscarem as estações predefinidas, e nos atolávamos na brutalidade policial, nas escolas precárias, na crueldade burocrática da prefeitura. A playlist da cidade naquela época era uma manchete atrás da outra de indignação, em rotação constante, com imagens sangrentas de Michael Stewart estrangulado até a morte por policiais, da Vó Eleanor Bumpurs morta a tiros por policiais, de Yusef Hawkins assassinado a tiros por brutamontes racistas. Na rádio WLIB, tocavam as quarenta músicas negras mais pedidas, e a letra era mais ou menos assim:

What I want to know is
When are we going to have our day of justice
These white people think they can kill us in our homes

Can't walk down the street
Without some cracker with a baseball bat
Trying to murder us
Murder our children, our future
*When are we going to have our day?**

Meu pai anunciava sua aprovação cantando junto ou, dependendo da música ou do discurso, murmurando: "Isso é apenas uma questão de bom senso". É de se admirar que meus sonhos tenham sido perturbados? Tranquilidade e inquietação entravam e saíam das antenas, repetindo-se, dois sinais fracos demais para serem ouvidos por mais que alguns instantes.

* "O que quero saber é / Quando vamos ter a nossa justiça / Essas pessoas brancas acham que podem nos matar em nossas casas. / Não podemos andar na rua / Sem que um babaca com um taco de beisebol / Tente nos matar / Matar nossos filhos, nosso futuro / Quando o nosso dia vai chegar?", em tradução livre. [*N. E.*]

Meu pai desligou o rádio quando chegamos ao vazio maníaco da rádio do East End, na qual anúncios de concessionárias de carros e noites das garotas com a mais nova maravilha da temporada disputavam espaço entre os sucessos do mês anterior. Anúncios de lugares aonde nunca fomos, serviços de que nunca precisamos. No início do verão, as palavras dos DJs e comerciantes locais eram blocos de concreto, vergalhões, vigas de aço e, pouco a pouco, o edifício do mundo do verão se erguia da terra. Evite o pequeno acidente de trânsito na via Stephen Hands Path, bandeira vermelha na praia de Mecox Beach, proibido nadar. Cada vez que um marco era mencionado, aquele lugar voltava a existir após nove meses de exílio na cidade. Na rádio diziam: Stephen Hands Path voltou a existir, Mecox Beach voltou a existir, arrancadas da naftalina, e até a própria maré foi conjurada e voltou às praias. Pois nós estávamos de volta.

Abandonamos a Route 27 e o piloto automático, e seguimos pela Scuttlehole Road, passando rapidamente pela cerca branca e pelo arame enferrujado que segurava os acres salientes na lateral da estrada. Senti o cheiro doce e lamacento dos campos de batata e imaginei as espigas de milho em seus longos regimentos. Minha mãe disse: "O milho verde de Long Island", como sempre fazia. Reggie estava peidando fazia cinco minutos, fingindo estar dormindo. Meus pés se remexiam embaixo do banco da frente de tanta ansiedade. Quase lá. Diminuímos a velocidade no velho celeiro vermelho na rodovia e viramos à esquerda. De lá até nossa casa foi como descer em um escorregador; não havia mais a se fazer a não ser se preparar para a aterrissagem.

Mantive os olhos fechados. Alguns anos antes, eu estaria ofegante naquele momento, ajoelhado diante da janela e balançando o rabinho com a perspectiva de retornar a Sag Harbor. Eu já havia passado desse ponto — qualquer coisa que eu visse lá não fazia parte do verão no verdadeiro sentido da palavra, era apenas um pouco do aquecimento. Imaginei a paisagem do lado de fora, silhuetas cinzentas de árvores e casas passando, lugares sem graça e desinteressantes com os quais eu não tinha conexão. O cinza era interrompido por lugares que cintilavam, carregados em minha mente por associação. Os restos carbonizados e amontoados do trailer duplo que pegou fogo algumas temporadas antes — já era de tarde, vimos o incêndio esticando nossos pescoços de dentro do carro para observar com atenção enquanto estávamos a caminho de Caldor. O lixão, cujas expedições sempre faziam com que eu e Reggie corrêssemos até as lixeiras antes que os sacos estourassem de tão cheios. Às vezes, abusávamos da sorte, adiando a visita ao lixão até a onda de calor passar, e larvas caíam se contorcendo em cima dos nossos tênis.

Os lugares brilhantes eram prévias da atração principal, e sem dúvida eram prévias, porque alguns deles tinham classificações indicativas. O parque Mashashimuet era livre para todas as idades, lar do único parquinho realmente bom em um raio de quilômetros, no qual, quando mais novos, Reggie, eu e a turma pulávamos, nos pendurávamos nas barras e corríamos atrás uns dos outros até passarmos mal, vomitando chocolate Pop Rocks e refrigerante. Havia também a parte do Mashashimuet para maiores de dezoito anos, o campo de beisebol meio capenga onde os garotos da idade da minha irmã travaram algumas guerrinhas raciais nos anos anteriores: garotos negros da cidade grande contra garotos brancos da cidade grande pelo direito à terra e aos carrapichos. Depois, a curva no lago e mais cem metros até a Casa em Otter Pond, não recomendada para menores de dezesseis anos, pois era um dos lugares frequentados pelos meus pais, aonde iam para comer sozinhos, beber e fazer coisas de adultos. E, passando pelo cemitério, a maior atração de todas, classificada como inevitável para todas as idades, onde o costume era prender a respiração ao passar, não importando o quão velho fosse, para que nenhum espírito entrasse na boca aberta. É o que diziam.

* * *

UM BREVE COMENTÁRIO SOBRE PRÉVIAS DE FILMES mais ou menos pertinente: nosso cinema local era o Olympia, na esquina da 107 com a Broadway, destino frequente meu e de Reggie nas matinês, e, às vezes, também nas noites de sexta-feira, quando não tínhamos outros planos, o que era mais frequente do que gostaríamos. Destino de nossas poucas saídas naquele ano, Hangover Central, um lugar para nos recuperarmos da farra de uma semana de safadezas que tinha sido nossa experiência de ensino médio até então. O Olympia sobreviveu à péssima fase dos cinemas nos anos 1970, quando pequenos insetos e roedores pulavam no colo das pessoas para buscar um pouco de comida, e as últimas fileiras se perdiam na névoa oleosa de uma maconha barata e batizada. Os lugares mais vagabundos tinham fileiras de cabines telefônicas no saguão, com portas de correr antigas e tudo o mais, então era possível fechar um negócio ou fazer um apelo durante as partes mais paradas, e nos quais os piores tipos estavam sempre cutucando o vão das moedas, em busca daqueles dez centavos cruciais.

O Olympia tinha uma nova marquise em néon rosa-choque e novos assentos com estofamento vermelho, mas ainda era frequentado por alguns gremlins. A gerência não conseguia abrir as cortinas. Primeiro vinha o crepitar dos alto-falantes, depois assistíamos às mensagens de Proibido Fumar/Proibido Bebê Chorando e à primeira metade dos trailers ainda projetadas na cortina vermelha emperrada em frente à tela. As imagens confusas continuavam até a conversa do público ficar alta o bastante para que o projecionista, ou qualquer personagem multitarefa lá em cima na cabine, apertasse o interruptor e a cortina rangesse. Era sempre assim. Se fosse em outros tempos, nos prepararíamos para a saraivada de balas voltada ao buraco branco da cabine, sem brincadeira.

Aquelas cortinas sempre me incomodaram, além de incomodarem todo mundo, obviamente. Não combinavam, considerando o assalto que eram os ingressos para vermos filmes de terror duvidosos, a pirotecnia de baixo orçamento dos Exterminadores do Futuro que viajavam no tempo. Eram uma relíquia sentimental do período em que as pessoas iam ao Olympia para assistir aos espetáculos de palco de uma época mais gentil e elegante, o que não se encaixava em nossa vida. Como ex-gêmeo, eu gostava das coisas separadas. Você lá, eu aqui. Sinta nostalgia dos velhos tempos, mas faça isso no seu tempo livre. É assim que as coisas são agora. Estamos tentando assistir a um filme.

PASSAMOS PELAS telhas desgastadas e rachadas pelas intempéries das casas antigas na Jermain Avenue e na Madison Street, e pelas varandas vazias que remetiam a conversas passadas ou futuras, nunca ao presente; depois pela região tranquila da Pierson High School, onde nenhuma alma jamais era vista, como se para ajudar a ilusão de que a cidade ficava desligada quando não estávamos por perto. Aqueles com inclinação narcisista podiam encontrar uma prova disso em qualquer lugar, tudo era um adereço caso alguém quisesse que fosse: as praias, a rua principal, o céu, tudo acumulando poeira e esperando sua graça inspiradora de vida.

Paramos, o que significava que meu pai estava esperando uma abertura para cruzar a Route 114, então seguimos por Hempstead, o início oficial do nosso bairro. Oficial, assim dizia o livro. Tínhamos este livro, *Guia de Sag Harbor: pontos turísticos, casas e história*, que mantínhamos à mão perto do sofá, para os visitantes, acho eu, exceto que as únicas pessoas que nos visitavam eram outros veranistas, então podíamos muito bem estar exibindo um panfleto chamado *Um guia ilustrado para a sua própria mão*. O volume tinha um belo mapa do vilarejo enfiado entre as crônicas do auge de caça às baleias e louvores floreados à arquitetura pitoresca, e sabíamos onde nosso bairro começava porque era onde o mapa terminava. A parte negra da cidade ficava às margens.

Hempstead era onde as casas começaram a ter nomes, com histórias e fatos históricos associados. "Esta é a dos Grable", "Aquela é a dos Huntington", mesmo que os Grable e os Huntington as tivessem vendido anos antes. Quando não conhecia as pessoas, eu povoava as casas usando histórias que ouvia, extraindo material das inflexões do falante e das reações dos ouvintes. O patriarca ou primogênito da Franklin House, por exemplo, sem dúvida era um tarado mulherengo, se desse para confiar no meu estoque de informações aleatórias. A informação: "Então Bob Franklin entrou com uma jovenzinha que parecia bem caipira, com aquele cabelo grande como usam hoje em dia e uma saia tão curta que todo mundo podia ver os negócios dela". A resposta: um balanço de cabeça e o esboço de um sorriso.

Passamos pela Floricultura Yardley, cujas estufas eram visíveis da nossa velha casa na árvore. Nossa velha casa na árvore, que nada mais era do que dois pedaços de madeira compensada apodrecida deitados na terra e três pregos na casca morta de um carvalho, era, na verdade, uma ex-casa na árvore, construída por crianças mais velhas anos antes e depois abandonada. Talvez nunca tenha sido mais do que a ideia de uma casa na árvore, a fantasia de uma tarde. Mas um dia a encontramos na floresta e decidimos que havia sido lar de aventuras e que reviveríamos tal propósito. Estávamos sempre encontrando caminhos trilhados por aqueles que tinham vindo antes de nós, refazendo suas descobertas e seus erros. Dizíamos um ao outro que, com mais um pouco de madeira e alguns pregos roubados de um jarro no porão de alguém, faríamos de lá um verdadeiro esconderijo. Não pisávamos lá havia anos.

Depois, a curva para a Richards Drive, onde estreitei os olhos com mais força para ter proteção extra e poder avistar a Hempstead House por entre as árvores. Logo o cascalho começou a estalar contra o chassi, o carro soltou aquele último ruído do cano de descarga antes de desligar, e chegamos.

A baía podia esperar, a casa podia esperar — elas nunca mudavam, então não havia necessidade de apreciá-las, tratá-las com ternura, elogiá-las de forma alguma —, e eu e meu irmão fomos para o nosso quarto dormir mais um pouco. Em Nova York, desde que minha irmã fora para a faculdade, Reggie e eu tínhamos quartos separados, depois de termos dividido um a vida inteira, empilhados um em cima do outro em beliches ou lado a lado em camas de solteiro dispostas em L, cabeça com cabeça, ao longo das paredes. Ter privacidade era maravilhoso. Mas em Sag Harbor tínhamos que voltar a dividir um quarto e detestávamos ser rebaixados de tal maneira. A indignidade de tudo aquilo. Havia uma pelagem invisível cobrindo tudo, uma cobertura mofada, que persistia por alguns dias até a casa ser arejada.

Eram seis e meia da manhã. E foi isso. Estávamos prontos para curtir o verão.

QUANDO A TEMPORADA ESTAVA A TODO VAPOR, a gente se deparava com um membro da trupe e ele perguntava: *Sabe quem mais está por aqui?* A inflexão tentadora queria dizer que haviam encontrado alguém que não era visto fazia muito tempo, alguma alma improvável que desaparecera nesse mundão selvagem. *Bobby Hemphill*, diziam; *Tammy Broderick*, diziam, e todas as histórias antigas e aventuras borbulhavam, acenos e piscadelas por toda parte antes das trocas de rumores começarem, minando as histórias oficiais. Soube que ele tirou a licença de piloto, e me disse que voltou para a faculdade de odontologia. Reabilitação. Ela seguiu as pistas de telefonemas desligados às pressas e recibos estranhos até a amante do marido, terminou com ele e decidiu começar a sair de novo. O que estavam aprontando? "Um pouco disso, um pouco daquilo, sabe, dando algumas cartadas." Aquela velha e valiosa máxima: "Tirando algumas coisas do papel". Muito vago, mas persuasivo se o interlocutor mudasse rapidamente de assunto com um "Como estão seus pais?". Eles tinham voltado para ver se algo havia mudado, se ainda era como antes, para se recuperar, se restituir, tomar fôlego. Era o que já conheciam, e tudo o que isso implicava. Tentávamos não rir dos problemas deles, dar uma risadinha depois de chegar em casa, talvez, mas não em público. Um dia tão bonito, e nós não fomos criados para isso. Por aquela geração rigorosa.

Havia algo muito triste n'Aqueles Que Não Vinham Mais. Às vezes, sabíamos por que não vinham; outras, não. Calúnia em nome deles se suspeitássemos que se achavam melhores do que nós. O bom e velho Bobby, a boa e velha Tammy. Nós os chamávamos pelos antigos apelidos depois de tanto tempo porque era o que os mantinha em nossas garras, não importava o quanto lutassem. Eram marcados por seus passados tanto quanto nós. Era uma comunidade unida, e todos tínhamos dossiês uns sobre os outros.

Quando acordei, ouvi minha mãe ao telefone, tentando descobrir quem já estava lá, se as pessoas que disseram que viriam tinham de fato chegado ou se ainda estavam a caminho. Ninguém atendia o telefone. Trânsito ou catástrofe, vai saber? Reggie já havia saído da cama. Na cozinha, meu pai se curvava sobre a grelha, raspando os resíduos do ano anterior, dedilhando sua harpa com uma esponja de limpeza com espuma cor-de-rosa. A cor me fez lembrar uma coisa, e fui conferir.

As portas do espaço de armazenamento embaixo do deque eram protegidas por um ferrolho barato da Loja de Ferragens da Cidade, como a chamávamos. Nunca tivemos tentativas de arrombamento. Entrei na luz oblíqua, afastando teias de aranha e criaturas meio digeridas do meu cabelo. Passei por cima de um emaranhado de mangueira que parecia um prato de espaguete e por nossos três ancinhos campeões com um sorriso de distância entre eles, e me aproximei das encostas azuis do Monte Fuji. Puxei a lona da bicicleta, espalhando as poças de sujeira que tinham se acumulado durante o inverno. A bicicleta de Reggie estava a alguns metros de distância, com as rodas aparecendo embaixo do plástico. Havia caído em algum momento enquanto estivéramos fora.

Levei a Fuji vermelha para fora. A bicicleta era pequena demais para mim havia muito, mas parecia irremediavelmente estropiada. A fita adesiva no guidão, que antes era de um vermelho brilhante, havia desbotado para um rosa que, não tinha desculpa, era de mulherzinha. Eu havia levantado o selim da bicicleta nos últimos verões, e finas cicatrizes enferrujadas marcavam o guidão como os anéis de crescimento de uma árvore. Quando levantei o selim mais um pouco, ficou parecendo o de uma bicicleta de palhaço. Precisava de pneus cheios e óleo, e, quando a levantei, parecia tão leve quanto uma bola de papel-alumínio.

— Reggie! — gritei.

Ele não respondeu.

— Reggie!

Fui dar com ele no deque, curvado sobre a lateral de uma espreguiçadeira. Aos pés dele, sobre umas folhas de jornal, reconheci uma antiga garrafa de amônia que ficava debaixo da pia da cozinha. Era mais velha do que eu. Reggie mergulhou uma escova de dentes no frasco e a esfregou devagar na sola de seu tênis novo — um par branco e volumoso da Fila, edição especial B-boy, que ele tinha começado a usar na semana anterior. Não era seu estilo habitual de calçado, um pouco mais *street* do que jamais havíamos ousado. Ele avaliou o tênis, esfregou a escova de dentes em uma sujeirinha, voltou para a amônia e repetiu o processo. Nunca o vi fazer algo com tanta delicadeza.

— O que você está fazendo?

— O que está parecendo? Limpando meus pisantes.

Que pensamento estranho, manter os tênis limpos. Naquela primavera, eu havia mudado para Chuck Taylors pretos, um gesto em direção ao punk, na minha imaginação (ninguém ligava), e ele estava indo de mal a pior. A lona preta tinha adquirido um tom cinza irregular, e a biqueira assumira um tom amarelo ictérico. Mas a verdadeira vergonha eram os cadarços, que já eram longos demais e que eu amarrava de qualquer jeito, arrastando-os ao longo dos meses por maratonas inteiras nas calçadas de Manhattan. Talvez você tenha visto o documentário sobre o leito seco de um lago no Kalahari, onde chove uma vez por ano durante uma hora preciosa. O leito do lago transforma-se em uma homenagem estelar ao dinamismo da criação. Sementes secas explodem em vegetação florida em um instante, girinos míopes e bandos de insetos alados eclodem num repente de ovos microscópicos, e todos os animais ressecados que estavam dando tudo por uma bebida saem a toda velocidade com suas pernas magras para encher as corcovas e cantis. Um mundo inteiro irregular irrompendo daquele trovão. Agora, imagine as legiões de germes e hordas de bactérias existindo nas calçadas de Nova York, esperando um pouco de umidade. Em dias chuvosos, os cadarços eram um refúgio flexível, absorvendo essas formas de vida mal concebidas e lhes garantindo a salvação. Eram uma terra sagrada.

Ouvi falar daqueles tênis antes de vê-los. Reggie dormia com facilidade e, às vezes, falava dormindo, e eu era um insone em potencial e um público ávido de seus solilóquios noturnos. Em geral, eu tentava engajar no que ele dizia e começar uma conversa, mas nunca funcionava. A boca estava acordada, mas os ouvidos dormiam. Na semana anterior à nossa viagem para Sag, estávamos assistindo à TV na sala de estar quando Reggie adormeceu e começou a resmungar. Esperei por uma oportunidade. Talvez dessa vez eu desvendasse os segredos do seu inconsciente e usasse o que descobrisse contra ele mais tarde.

— Meu Fila novo… os gravetos.

— Me fale dos gravetos — instiguei, com toda a paciência.

Reggie virou-se para os travesseiros e disse:

— Meu Fila novo... é... — E foi isso.

Foi então que vi que a palavra faltante era *branco*. Seu par de tênis novo, depois de seus cuidados, estava de um branco puro e cintilante. Ele estava com a mão enfiada em um dos tênis e o erguia para o céu, examinando-o, inclinando-o devagar para a frente e para trás, como se fosse um pedaço de nuvem que tivesse se soltado e acertado sua cabeça. Interpretei "os gravetos" como o mundo injusto, a vasta gama de forças malévolas dispostas a manchar ou estragar seus pisantes abençoados. Eu também falaria dormindo se tivesse pensamentos tão pesados agitando-se em minha mente. (Talvez eu falasse enquanto dormia, mas não havia alguém para me ouvir.) Eu queria saber a origem do comportamento de Reggie. Por que quis um tênis Fila? Quem lhe contara sobre o uso de amônia? Eu o chamei:

— Vamos dar uma volta de bicicleta.

— Tenho que esperar o tênis secar.

Meia hora depois, eu estava esperando na frente da casa. Três meses, pensei. Nos momentos de ócio, eu me refugiava naquele sonho de reinvenção do início do verão, quando vislumbrava setembro e aquele eu renovado com o qual andaria por aí, buzinando para que as pessoas prestassem atenção, dirigindo devagar por todos os pontos turísticos certos: "Olhem pra mim". Eu tinha elaborado um Plano e tinha três meses para implementá-lo. Sem dúvida, eu não estava sozinho em minha ilusão, embora isso não tivesse me ocorrido naquela época. Em todo o mundo, milhões de adolescentes buscavam rotas de fuga de seus labirintos pessoais e úmidos. Inscrevendo-se para aquela atividade extracurricular perfeita, ensaiando sorrisos falsos diante de espelhos salpicados de pasta de dente, vasculhando a própria personalidade para criar cumprimentos descontraídos e provocações inteligentes para serem usadas em ocasiões especiais. Deitados esparramados em suas camas, tornozelos cruzados, enquanto analisavam, até a última vírgula, as letras da banda que era dona de suas almas naquele momento, até que as palavras se tornassem uma filosofia. Correndo em direção às turmas próximas e exclamando, com pressa: "Quero desertar!". Todos curvados e famintos, cambaleando atrás daquela criatura sombria, o Novo Eu. Uma fera esquiva, mas, como mencionei, tinha três meses para colocar as coisas em prática.

— Vamos! — gritei.

Minha bicicletinha. Afastei-a de mim para poder vê-la melhor. Pneus murchos, juntas enferrujadas, tinta descascando, de um tamanho muito menor do que eu. Somente um palhaço subiria em algo assim, mas eu já estava marcado dessa forma havia algum tempo — alguns erros graves na primeira semana de aula do ensino médio, e eu tinha feito descarrilar todos os meus planos de melhoria social. Eu era um desses idiotas que pensava que "seja você mesmo" era a sabedoria das eras, o conselho mais tranquilizador que já tinha ouvido, e agia de acordo. Permitia deixar escapar palavras da minha boca, do tipo: "Mal posso esperar que o Mestre do Horror George A. Romero faça outro filme. A revista *Fangoria* — que, na minha opinião, ainda é a melhor revista de terror e ficção científica que existe — diz que ele tem dificuldade para angariar verbas, mas acho que Hollywood está com medo do que ele tem a dizer". E também: "Parece que nós, todos nós, cometemos um erro ao migrar para o D&D Avançado. O jogo básico era... mais puro, sabe?". Declarações (de verdades simples!) que semanas antes eram inofensivas tinham virado sintomas de doença. E possivelmente contagiosas. Eu estava apenas sendo eu mesmo, e estava sendo evitado. Por semestres inteiros já contaminados.

Reggie não falava de seu primeiro ano do ensino médio. Mas não parecia feliz, e, se eu estava indo mal, a lógica dizia que ele deveria estar pior. Eu sempre fui o irmão mais competente, imagine só.

— Onde está sua bicicleta? — perguntei, quando ele finalmente apareceu.

— Nem peguei, vou andando.

Era uma quebra de protocolo. Dar uma volta de bicicleta era autoexplicativo.

— Você pode ir de bicicleta se quiser — disse Reggie. — Eu vou caminhar. — Ele olhou para os tênis como se também fossem autoexplicativos.

Era a última vez que começaríamos o verão daquele jeito. Até então, sempre fazíamos a mesma coisa no primeiro dia: sair de bicicleta para ver em que pé as coisas estavam. Dar uma volta pelos condomínios para ver quem mais já estava na área, fazer o recrutamento e ir até a cidade, à loja de um e noventa e nove, ao Ideal, comer uma fatia de bolo no Conca Doro. Era o nosso sistema, pairando pelas ruas como uma espécie de dente-de-leão fraternal, flutuando por aí. Tecnicamente, estávamos apertando o botão para reiniciar nossa vida de gêmeos, mas não parecia ser uma grande trapaça. Talvez não importasse o que acontecesse durante o restante do ano. Não havia regras em Sag Harbor.

— Não vou te esperar — falei.

Mas eu não o deixei. Fui bamboleando e dando voltinhas ridículas ao redor dele, saindo na frente e depois voltando. Minhas pernas longas sacudiam devagar. Cada vez que eu girava e a borracha afundava no asfalto, os pneus murchos faziam longos barulhos de peido. Reggie manteve um ritmo firme enquanto subíamos a Walker Avenue. Havia três condomínios em nosso mundo de verão: o Azurest, onde ficávamos; Sag Harbor Hills; e Ninevah. Mas Ninevah era um pouco longe, e apenas Bobby morava lá, e nós o havíamos treinado ao longo dos anos para vir até nós, portanto estava fora do nosso itinerário. Então era Azurest, dar uma olhada nas colinas e, em seguida, a cidade.

Não vi muitos carros estacionados. Os veranistas chegavam aos poucos. Era assim naqueles tempos, quando ainda havia muitos terrenos sem urbanização e as pessoas ainda não tinham começado a construir empreendimentos realmente grandes. A maioria das casas era de dois ou três quartos, construídas na década de 1960. Casas térreas com a arquitetura americana típica da época de fachadas achatadas, pátios de cimento e varandas com tela ao lado de casas de dois andares em tons pastel, garagens cobertas manchadas de óleo e hortênsias rebeldes para dar um toque extra de cor. De vez em quando, a gente via uma casa de praia de ângulos acentuados, revestida de pinho cinza com marcas de chuva e coberta de cascalho escuro que vazava para a rua depois de cada grande tempestade. Não importava o tamanho ou o estilo da casa, os primeiros a chegar eram atormentados pelas mesmas questões. O telhado resistiu ao inverno, os canos também, algum morador da cidade ou um mau elemento da região invadiu e roubou a televisão, ou foram apenas os guaxinins e esquilos que deram uma passada no lugar? Ainda está de pé ou eu apenas sonhei?

Passamos pela casa que sempre chamávamos de "mal-assombrada" e, pela primeira vez, pulamos nosso ritual, no qual um de nós desafiava o outro a bater à porta e, depois de uma discussão que durava alguns minutos, um de nós jogava uma pedrinha em uma das janelas enquanto fugíamos aos berros. Era uma casa minúscula, que a cada ano encolhia ainda mais, deteriorando-se à medida que mais telhas voavam e a tinta descascava. Um barco a motor preso ao engate mal ficava visível por entre o mato alto e os arbustos, encalhado com a fibra de vidro rachada desde a Grande Inundação, e uma velha churrasqueira jazia de lado, no meio do mato, as pernas erguidas para cima como um animal barrigudo que rastejara até lá para morrer. Como a gente dizia: assombrada.

Havia um monte dessas moradias precárias espalhadas pelos condomínios. As sebes cresciam e se transformavam em

— sejamos sinceros — uma carapinha, grama preenchendo os sulcos dos pneus das entradas, e o jardim da frente se transmutava em um campo minado de velhas listas telefônicas, com as páginas inchadas de informação tentando escapar das capas plásticas. As casas d'Aqueles Que Não Vinham Mais. Vai saber as histórias por trás delas. Se perguntasse à minha mãe, ela diria "Eles não vêm mais" de um jeito que era possível ver o mato crescendo ao redor de suas palavras. Havia razões óbvias — crise econômica, não morar mais na região —, mas meus pensamentos sempre tendiam à melancolia. Por exemplo, a casa vermelha em Milton fora um presente de uma geração para a seguinte, mas os filhos e netos a negligenciaram, não apreciaram o tesouro que tinham e a deixaram apodrecer. Ou então, as pessoas que moravam na Cuffee Drive não vinham havia décadas, mas, se vendessem a propriedade, o que lhes restava? Era a coisa mais importante que tinham na vida e nutriam esperança de que retornariam. Talvez os vizinhos desaparecidos tivessem absorvido toda a nossa má sorte para que pudéssemos ter uma vida fácil.

Ao longo dos anos, descobri que existe uma variedade de casas assombradas. Havia aquelas que eram impecavelmente conservadas, mas onde nunca se via ninguém. As calhas brilhavam ao sol, as sebes eram aparadas em uma geometria limpa e perfeita, as cortinas nas janelas, como deveria ser. Os cortadores de grama apareciam no primeiro dia da primavera, percorrendo o jardim duas vezes por semana, e os aspersores mantinham uma ordem segura e sibilante, calibrados para molhar a uma molécula de distância da fronteira da propriedade, e não mais do que isso. Mas nunca se via qualquer presença humana. Nenhuma luz, nenhum carro, nenhuma fumaça de churrasco subindo do deque no quintal para dar sinal de vida. As casas esperavam o verão inteiro para que os donos aparecessem, até que um dia o jardineiro fazia sua última visita, e era isso. Bem, levando em conta os horários das pessoas, era possível que você não visse seu vizinho e nunca cruzasse caminho com ele na rua. Era possível coexistir na galáxia de Sag Harbor em órbitas perfeitamente alienadas, sempre se aproximando dos pontos cegos uns dos outros, ou escondidos no lado escuro da lua. Claro que isso poderia acontecer com pessoas que moravam na mesma rua. Às vezes, acontecia com pessoas que moravam na mesma casa.

Alguém estava pagando a manutenção, distribuindo dinheiro para a LILCO, a companhia de eletricidade de Long Island, e para a companhia de água, mas, em algum momento, isso parava. Havia uma pane. Eu não conseguia compreender essas coisas. Aquele tipo de casa era diferente das que eram mantidas durante todo o verão, mas eram habitadas apenas um fim de semana por ano, geralmente no Dia do Trabalho. Os viajantes de fim de semana eram um grupo conhecido, mas não por suas habilidades de planejamento. E, para concluir, também devemos respeitar aquela casa renascentista, assombrada por longos anos, mas redescoberta por uma nova geração na tentativa de resgatar algum resquício de alegria da infância, ou por recém-chegados que finalmente assumiam seu pedacinho da magia de Sag Harbor depois de tanto tempo. Consertavam o telhado, reformavam o pátio e, por fim, instalavam um aquecedor de água decente que não entrava em coma depois de um banho. Realizavam um exorcismo. Parabéns.

FIZEMOS A CURVA na Walker. Marcus foi o primeiro a aparecer em nosso circuito. A Casa Collins era uma casa verde-limão de dois andares, mas nunca tínhamos permissão para subir. O quarto de Marcus era no térreo, ao lado da sala, onde ficávamos perambulando em frente à velha televisão Trinitron, mas subir as escadas era proibido para crianças. Periodicamente, a mãe dele gritava ordens que não conseguíamos decifrar, e Marcus xingava, subia as escadas pisando duro e desaparecia por um tempo. Quando isso acontecia, sabíamos que seríamos enxotados para a rua. Já ficávamos prontos e, quando Marcus por fim reaparecia, dando desculpas, saíamos pela porta de tela pegajosa em direção ao próximo oásis da tarde.

A lista telefônica ainda estava esperando na porta da casa de Marcus, e o Oldsmobile daquele ano, o próximo de uma orgulhosa linha de Oldsmobiles da família Collins, não estava à vista.

— Vamos pegar o atalho — sugeriu Reggie.

Walker era a última rua em Azurest antes de Sag Harbor Hills, então era conveniente pegar um atalho para o outro lado.

Adorávamos atalhos. Por muito tempo, foi difícil superar a emoção de entrar em um corredor estreito na floresta, imperceptível, exceto pelo pequeno monte de terra levantada na beira da estrada. Às vezes, um atalho era metade mata e metade corrida a toda velocidade pela propriedade de alguém, mas os melhores cortavam por duas propriedades praticamente intocadas, uma em Azurest, a outra em Hills. Mesmo que se estivesse percorrendo apenas dois lotes de um quarto de acre, era como invadir florestas primitivas, as gigantescas folhagens de um planeta alienígena. As únicas pessoas que teriam nos precedido também eram exploradoras. Cada vez que os galhos se fechavam atrás de nós, saíamos de nossa existência juvenil e nos juntávamos à fraternidade dos corajosos. Nunca descobri um atalho sozinho. Só descobri o que eram quando o restante da turma me iniciou. Aparentemente, eu não tinha olhos para aquilo.

As florestas reais fora dos condomínios eram a verdadeira fronteira, enigmáticas e intimidadoras. Atrás do posto de gasolina, ou saindo das trilhas atrás do parque, vagávamos cada vez mais longe das estradas que conhecíamos, cada bifurcação cuidadosamente debatida — dobrar à esquerda é loucura, à direita fica o tesouro enterrado, as moedas de ouro a serem divididas de acordo com a idade e o status. Tropeçávamos em cartuchos de espingarda, restos de incêndios, latas de cerveja amassadas, marcas recentes de motocicletas — pessoas perigosas aprontando coisas inescrutáveis entre as cidades. Quem havia deixado aquelas coisas para trás, quem estava à espreita nas sombras? "A KKK" era a resposta corriqueira, o bicho-papão familiar, ainda que improvável, usado para aumentar a sensação de perigo. Estatisticamente falando, alguns membros da KKK podiam até ter aparecido nas proximidades — afinal, eram os Hamptons, uma "cidade turística", e até mesmo o pior que os Estados Unidos tinham a oferecer de vez em quando precisava relaxar e pegar um pouco de sol —, mas era improvável que estivessem patrulhando a cavalo, em trajes completos, fardas de brancos supremacistas, atrás das trilhas de terra do parque Mashashimuet. No entanto, todos imediatamente começavam a trocar versões de como escapariam da KKK — "Eu correria na frente de vocês, idiotas, rapidinho", "Derrubaria vocês para ganhar tempo" —, enquanto eu ficava em silêncio, pensando em como salvaria Reggie. Cenas grandiosas de autossacrifício vinham com facilidade à minha mente, nas quais eu distraía a Ameaça Encapuzada por tempo suficiente até que ele escapasse. Ele era meu irmão caçula.

Quando chegamos ao atalho em questão, não havia o que dizer além do veredito de Reggie: "Isso tá muito estranho". Estávamos acostumados a sair da floresta, ver um carro na entrada de uma casa no meio do atalho, e ter que voltar correndo. Não estávamos acostumados com a floresta desaparecendo. Os antigos carvalhos, castanheiras e arbustos baixos haviam sido arrancados pela raiz e levados de lá. Em seu lugar, terra úmida e alaranjada se amontoava, e uma fundação de cimento recém-colocada se abria diante de nós. Uma bagunça daquelas, alguns recém-chegados estavam tomando conta das terras que havíamos reivindicado como nossas. Não era difícil imaginar o futuro. Primeiro aquele lote, depois o restante. Uma por uma, a nova Sag Harbor substituiria as casas mal-assombradas em todas as suas formas.

— Eu odeio isso — comentei.

— Isso tá muito errado — repetiu Reggie.

Tomamos o caminho mais longo. Também não tinha tanta gente assim em Hills. A casa de Clive parecia morta. As cortinas marrons de padronagem *kente* atrás das portas de correr de vidro da sala de estar estavam bem fechadas. Em geral, ficavam abertas de maio a setembro, o que nos convidava a entrar. A grama havia sido cortada, então tínhamos um sinal promissor. Talvez no próximo fim de semana.

— Acho que somos os únicos aqui — falei.

As escolas particulares já haviam terminado o período letivo, mas as públicas, não; e eu não sabia como era nas escolas católicas. Talvez fôssemos apenas nós, mesmo.

— Caaara — disse Reggie.

Então, ouvimos alguém chamando ao longe. Ouvimos e acenamos uns para os outros. Um, dois, três. Pausa. Um, dois. Pausa. Era o guincho metálico de uma bola de basquete no asfalto, o código Morse adolescente de garotos indolentes que diziam: ESTOU BEM AQUI. Seguimos a trilha.

Vimos NP saltando em seu ritmo familiar. Observar NP era testemunhar uma coreografia aleatória de articulações e membros. Seu marionetista invisível tinha mãos trêmulas, dando a impressão de que NP estava sempre prestes a explodir em algum passo de dança esquisitão. Pensando bem, talvez o que causasse aquilo fosse o esforço para controlar seus movimentos de dança esquisitões, qualquer coisa meio convulsiva que ele tivesse visto em uma festa na semana anterior e acabado de praticar em seu quarto. Que eu nunca teria ouvido falar dessa dança era um fato: o *Phillie Bugaloo*, o *Cabbage Patch* Reverso. Sair com NP era começar a pôr em dia nove meses de gírias negras e outros diversos artefatos emocionais que eu havia perdido na minha escola particular "predominantemente branca". Para falar a verdade, na maior parte do ano era como se eu tivesse sido vendado e jogado em um poço.

Não que eu não tenha aprendido nada na escola em termos de cultura. Os corredores entre as aulas eram um ensinamento da ampla gama de distrações que a juventude branca do nosso país inventava para se ocupar. Quando tive um tempo livre para planejar minha humilhação seguinte, fui apresentado ao *hacky sack*, que era uma espécie de minibola de couro que obrigava crianças brancas a fazer malabarismos com os pés. Percebi que era uma atividade comunitária saudável, pois jogavam o objeto uns aos outros, incentivando-se, e isso parecia promover o trabalho em equipe e a boa vontade entre seus adeptos. Bravo! Havia também um tipo de bastão mágico chamado taco de lacrosse. Ele fazia com que os alunos mais extrovertidos e atléticos da minha escola andassem pelo chão acarpetado e torcessem obsessivamente as mãos nele, como se quisessem ganhar popularidade ou um grau maior de aceitação social pela aplicação diligente do atrito. Você os ouvia murmurando "uh, uh, uh" com um fervor masturbatório quando se aproximavam. Era uma coisa boa, no sentido antropológico do negócio. Mas não eram o Technotronic Bunny Hop ou o Go-Go Bump-Stomp, as manobras ensinadas no campo de treinamento negro. E assim como no caso de DuBois, eu sabia que não podia perguntar o que eram aquelas coisas. Tinha que observar e reunir informações.

Desligue isso aqui, ligue aquilo lá. Saíamos juntos todos os dias, o dia todo, o verão inteiro, e depois não nos víamos por nove meses.

— Benji e Reggie, Benji e Reggie.

Trocamos nossos *Quando você saiu?* de forma amigável ("Hoje de manhã", "Nós também") e dissemos a ele que ficaríamos o verão todo. Também havia a linguagem da prisão, por quanto tempo você ficaria fora. O tempo no East End era uma licença, um passe de um dia, uma visita breve aos rostos e nomes antigos antes do momento inevitável em que você seria preso de novo. Aquele momento difícil que definia a maioria dos nossos dias. Você havia feito alguma coisa errada; por que outro motivo uma coisa como a cidade aconteceria com você. Durante algumas semanas de cada ano, nós, infratores habituais, nos reuníamos e fazíamos coisas ruins antes que as algemas apertassem nossos pulsos de novo. Antes, descrevi Sag como uma espécie de armadilha, mas o lugar também atraía a linguagem da liberdade. Não sei o que é pior, a armadilha ou a prisão. De qualquer forma, você estava preso.

Nós o chamávamos de NP, *Negão, Por favor*, porque não importava o que saísse da boca dele, essa geralmente era a resposta mais adequada. Ele era nosso melhor mentiroso, um contador de travessuras barrocas de adolescentes. Tudo em seu campo de visão o lembrava de alguma travessura que ele precisava compartilhar, ou o levava para alguma travessura prestes a começar, assim que todas as testemunhas fossem embora. Era confiável para bobagens como: "Ei, ontem à noite, depois que você foi embora, voltei para aquela festa e fiquei com aquela garota do Queens. Ela me contou que os pais eram rígidos, mas eu me esbaldei naqueles peitos! Ela me pagou cinquenta dólares!".

Negão, por favor.

— Ei, ei, escute só: eu estava passando pela Casa Miller e fui dar uma olhada nos Rolls-Royce deles e percebi que deixaram as chaves na ignição. Sabe que eu levei aquela merda para dar uma volta, eu fiquei que nem o Thurston Howell Terceiro naquela merda! Com Gilligan!

Negão, por favor.

Abreviado para NP porque os adultos nos causaram problemas quando nos ouviram usar a palavra "negão". Por razões compreensíveis. Como a maioria das figuras de autoridade, eles tinham um lado hipócrita, pois usavam a palavra o tempo todo, em seu sentido familiar de camaradagem, mas também para se distinguir daqueles de nossa raça que tinham certo temperamento e circunstância. O tipo de pessoa que fazia o locutor do noticiário noturno dizer: "Temos um retrato falado do suspeito", fazendo seu coração palpitar. Não havia negões da pesada em Sag Harbor. Não, não, não.

Mas todos tínhamos primos que... você sabe.

Achávamos que estávamos sendo espertos com o apelido dele, até que um dia, na casa do NP, a mãe dele começou a pegar no pé do nosso amigo por causa de alguma tarefa que NP tinha deixado de lado. Ele começou a dar uma explicação elaborada — meteoros tinham esmagado sua bicicleta e ele não conseguira voltar para casa —, quando ela perdeu a paciência e o interrompeu com um repentino e estridente: "Negão, por favor!". A sra. Nichols levou a mão à boca, mas era tarde demais. Seu apelido tinha aprovação nos mais altos níveis. Pelo que ficamos sabendo, ela criara o termo antes de qualquer um de nós. Podemos apenas imaginar como devia ser ver aquele garoto crescer em sua própria casa, e saber que parte da responsabilidade por ele ser daquele jeito era sua.

Como nós, como todos nós, presentes ou ainda por chegar, NP tinha ido para lá todos os verões da vida, e até mesmo antes de nascer, quando a mãe entrava na baía para refrescar a barriga de grávida. Brigávamos, roubávamos os brinquedos uns dos outros, dormíamos juntos nos bancos de trás das peruas enquanto voltávamos de sessões duplas no Bridgehampton Drive-In, com as estrelas brilhando além da janela traseira. Estávamos imitando nossos pais, que tinham vindo bem antes de nós, e que brigavam uns com os outros trinta anos antes, embaixo do mesmo céu. Comendo o churrasco uns dos outros, correndo pelas trilhas até a praia antes mesmo de existirem estradas, casas de praia ou qualquer comunidade.

— Ei, Benji, cuidado! — gritou NP. — Você vai acabar com os meus tênis!

Eu estava circulando de bicicleta entre ele e Reggie, e minha roda dianteira arrancara uma pedrinha e a fizera voar. A pedra colidira com o tênis de NP, e percebi que era o mesmo modelo da Fila que Reggie estava usando. E tão branco quanto.

Não vi marca alguma. NP tirou um lenço branco do bolso, lambeu-o e o esfregou no tênis.

— Foi mal aí — falei.

— É o meu Fila, cara.

— Inclusive, uma coisa. — Pigarreei. — Não sou mais Benji. Pode passar a me chamar de Ben.

— O quê? — NP olhou para Reggie em busca de confirmação.

Eu ainda não tinha contado a notícia para Reggie. Ele inclinou a cabeça.

— Quero ser chamado de Ben — insisti. — Sabe, fazer as pessoas me chamarem de Ben em vez de Benji.

Voltando ao Plano mencionado anteriormente: chega dessa merda de Benji. Era um nome de criança, e eu não era mais criança. Ben, Ben. Um bom exemplo: ficar preso lá ao lado do meu irmão naquela construção "Benji e Reggie" era humilhante. Benji era o nome de alguém que só fica de mãos dadas, não de um cara que fode com os dedos ou aperta seios, ou qualquer outro tipo de ato sexual amador que eu praticaria quando encontrasse uma pessoa disposta. Um passo de cada vez, e o passo para longe de Benji era uma boa decisão.

— Tudo bem, Benji, tanto faz, meu chapa. — NP bocejou.

Reggie fez que não com a cabeça.

— Vamos para a cidade.

Nós três começamos a descer a rua. Fiquei bem animado para sair do meio do mato e comer uma fatia de bolo. Para ver se tudo estava no lugar de sempre. Mas, quando deveríamos virar à direita, NP virou à esquerda, e Reggie o seguiu.

— Aonde vocês estão indo? — perguntei.

— Vamos pela praia — respondeu NP. — É mais rápido.

— Não posso levar minha bicicleta na areia.

Passou um momento em que todos nós olhamos para a pequena Fuji vermelha. E seu lindo guidão rosado. Vale ressaltar que não eram de um rosa imaculado, mas de um rosa muito gasto por anos de suor e diversas travessuras da infância. Mesmo assim.

— Eu te falei — disse Reggie.

— É um atalho — comentou NP. Ele driblou a bola de basquete por um segundo e a colocou debaixo do braço. — A gente te encontra lá. Não vou pegar minha bicicleta. Os pneus estão murchos. Dá ruim nos aros.

Olhei para Reggie em busca de apoio. Ele estava olhando para baixo na direção dos seus tênis.

— Aonde vocês vão?

Eu suspirei alto. A cidade não era tão grande, mas ainda assim.

— Acho que ao Conca D'Oro, sei lá — respondeu NP. — Você vai conseguir encontrar a gente.

Eles desapareceram no caminho para a praia, aquela abertura estreita em direção à água e à luz do sol. Havia essa variação que era a mais importante de todas: *Quem mais veio?* Tudo dependia disso. *Quem mais veio?* Perguntávamos uns aos outros. Precisávamos saber: somos apenas nós dois ou tem mais alguém para nos salvar um do outro?

O apogeu do "fala sério"

HAVIA ALGUNS BRANCOS ANDANDO NA PRAIA, então pegamos os binóculos. A orla atrás da cidade pertencia ao brancos, mas a praia era nossa, e qualquer infiltração precisava ser controlada. A parede frontal da nossa sala de estar era de vidro, o que nos proporcionava ângulos superiores de vigilância, e meu pai mantinha binóculos à mão para esse propósito. Ele tinha dois pares, um para a praia e outro para a cidade, onde a vista era para a West End Avenue e suas colmeias fervilhando como potenciais telas em branco. Havia sempre uma boa porcentagem de apartamentos com as persianas levantadas e as cortinas abertas, e nunca se sabia que tipo de confusão poderia acontecer se estivesse atento. Era melhor manter os binóculos por perto.

— Isso é invasão de propriedade — falou NP.

Bobby levantou o binóculo.

— Parecem dois viados de mãos dadas — informou ele.

Era o auge da palavra "viado". Junte um bando de adolescentes virgens e futuros ejaculadores precoces, e é possível ouvir uma porção de "viado". Junte um grupo de crianças que se sentiram humilhadas de várias maneiras, e a mente coletiva busca maneiras de humilhar os outros. Um toque de homofobia também era bom para esconder quaisquer predileções e/ou anseios emergentes que estivessem à espreita. Binóculos: um dispositivo que facilita olhar para as pessoas com um ar de superioridade.

— É melhor que nem tentem vir pra cá — disse NP. — Acabo com a raça deles.

— Acaba nada, você ia falar: "Vem cá, marinheiro, acabei de deixar o sabonete cair".

— Fala sério.

Era também o auge do "fala sério". "Fala sério" era um reconhecimento amargo da maquinaria bruta do mundo. Era um vislumbre do vazio cruel, como evidenciado pelo fato de que era frequentemente seguido por "pegou pesado". No auge do "fala sério", aceitávamos nosso dever de chamar a atenção para tais momentos, revezando-nos nesse pequeno masoquismo. O tempo passou.

Peguei o binóculo de Bobby. Os intrusos eram, na verdade, um homem e uma mulher de meia-idade, tranquilos, andando devagar com os pés arrastando. Botaram os calçados debaixo do braço e enterraram os dedos do pé na areia úmida. A cada poucos passos, um deles apontava para alguma característica da paisagem — o farol encarapitado em seu ninho de pedras, o moicano verde de algas marinhas em uma pedra preta, a carcaça pálida de um caranguejo-ferradura virado —, enquanto o outro ficava boquiaberto, maravilhado. A confusão de gênero, além de ser algo desejado por parte de NP, já que estava sempre tentando começar alguma confusão, vinha de suas roupas disformes, do modo como desapareciam na combinação camiseta e short cáqui que era o uniforme oficial dos turistas no mundo todo.

— A gente tem que ir lá e falar pra eles darem o fora da nossa praia — disse Bobby.

Ele morava em Ninevah, no fim da rua, daí seu interesse em manter as areias intocadas por forasteiros, mas todos nos condomínios, morassem na praia ou não, sentiam aquele incômodo proprietário egoísta quando viam estranhos — ou seja, pessoas brancas — em nosso pequeno território. A maioria dos transeuntes vinha da Praia Pública, tinham visitado amigos durante a tarde e deixado a curiosidade levá-los em direção a Azurest. Soltávamos ruídos de indignação, mas nunca fazíamos nada. Havia uma ou duas senhoras mais velhas da primeira geração que eram conhecidas por correr pela areia e advertir estranhos de que cães não eram permitidos na praia, se as pessoas em questão estivessem acompanhando algum entusiasta barulhento fora da coleira, mas, na maioria das vezes, resmungávamos para nos lembrar de que tínhamos direitos a reivindicar, e isso era o suficiente.

O casal já estava voltando. Naquela época, os visitantes nunca iam até tão longe na praia. Vê-los diminuir o ritmo, parar para uma conversa e, em seguida, dar meia-volta fazia com que virássemos espectadores de uma pantomima familiar. Alguma coisa estava errada. Todos tinham a pele escura. As mulheres jogadas em cadeiras de praia e toalhas listradas, as crianças revirando a areia com pás de plástico e conchas lascadas. Todos exibiam os tons do cardápio de sobremesa de palavras adoradas pelos romancistas para descrever a pele negra: chocolate e caramelo, doce de leite e mocha. Olhos pretos encaravam das casas de praia, os vigias nos deques da nossa armada. Sim, alguma coisa está errada, vamos voltar.

Raramente passavam do Rochedo. O Rochedo ficava algumas casas abaixo da nossa e era um poderoso meridiano psicológico. As crianças diziam umas às outras: "Vou apostar uma corrida com você até o Rochedo", porque era uma distância impossível, de deixar qualquer um ofegante. Os pais avisavam: "Não passem do Rochedo", para manter seus descendentes à vista enquanto fofocavam e bebericavam um refrigerante. Os pais se distraíam, discutiam, flertavam, cochilavam — se as crianças não ultrapassassem o Rochedo, nada lhes aconteceria. Talvez isso já tenha acontecido com você em alguma praia: você se ajeita em uma toalha de praia e começa a cochilar, fecha os olhos e tapa os ouvidos, só para se ver revisitando algum tormento pessoal ainda poderoso o suficiente para puxar você para o fundo. Não sabe do que estou falando? Deixe para lá, então. Acredite em mim, o Rochedo era uma âncora para evitar que qualquer um se afastasse demais.

Era nosso almanaque, registrando todas as coisas relacionadas às marés, todos os cataclismos fora de temporada. No outono e no inverno, os noruegueses vinham brincar na baía de Sag Harbor, crianças grandes e estúpidas que nunca limpavam a própria sujeira. As grandes tempestades acumulavam areia em toneladas impressionantes, empurrando a maré para perto da grama da praia em um ano, quase sem deixar espaço para caminhadas, e depois puxando-a de volta no ano seguinte, de modo que a maré baixa virava uma questão estritamente de tornozelo, cansando-o e molhando-o. Força, força, força. Ninguém nunca sabia quanto da praia veria no começo do verão, em que estado o Rochedo estaria naquele ano. Em uma temporada, o Rochedo estava orgulhoso e imponente; na outra, rebaixado, com areia até o pescoço. Mas sempre foi um verdadeiro guerreiro, coberto de cocô de passarinho, enterrado ou não. Depois de ter passado eras sendo chutado por geleiras e de ser largado em uma praia aleatória, deve ser difícil de se intimidar.

O Rochedo, o Riacho, a Ponta: os incrementos da nossa existência. Terra, sistema solar, galáxia. As ondas rasas do Riacho encerravam a fileira de casas de praia, e, na margem oposta, os arredores pantanosos de East Hampton sussurravam em seu eterno aconchego. Observando uma praia inóspita e irregular, os pântanos se curvavam até Barcelona Neck, também conhecido como Ponta, e, depois disso, os mapas eram imprecisos. A fronteira entre Sag Harbor e East Hampton era tão extrema que até os animais mudavam. Carcaças secas de pequenos tubarões-lixa cobriam a praia, e uma nova espécie de mutuca, os delinquentes juvenis do enxame, enchiam o saco durante todo o caminho até a Ponta, tentando sugar a umidade de nossas pernas. A Dança da Mutuca era a única coreografia que eu conseguia fazer sem me atrapalhar: bater nas coxas e panturrilhas, deslizar alguns metros em um estilo serpenteante e repetir. Também gritar "Fala sério!" sempre que uma mutuca levantava um vergão. Quem sabia que tipo de fauna espreitava na curva do Barcelona Neck? Pterodáctilos usando gravatas de cetim e bebendo gim-tônica, ornitorrincos que mexiam com fundos fiduciários reclamando dos "criados". Lá tudo era nariz em pé.

Quando éramos pequenos, ficávamos impacientes pelo dia em que poderíamos fazer uma expedição até a Ponta. Sanduíches em saquinhos, refrigerante de laranja, olhares apreensivos lançados para trás em busca da visão acalentadora de nossas casas. Em 1985, já sabíamos que não valia a pena e havíamos decidido que seria a mesma coisa na praia toda. As queixas sobre direitos e intrusos não vinham ao caso, porque nunca íamos à praia em si. A praia era para criancinhas e idosos. Preferíamos o oceano, do outro lado da ilha. Principalmente depois que tivemos acesso a um carro. O oceano, na verdade, era nosso destino naquela tarde, assim que os caras aparecessem.

Então esqueça a praia e tudo o mais, a qualidade do nascer e do pôr do sol... embora seja preciso dizer que essas duas coisas eram de outro mundo. Acordar cedo naquela casa era coisa de ficção científica. O céu sobre os pântanos era de um azul lindo e brilhante, fervilhando devagar pela manhã. Diante de você, a superfície morta e enevoada da baía, uma linha imperturbável cinza-escura, uma laje de pedra ancestral emergida da terra. Uma inversão: o céu era líquido; a água, uma tela sólida. Antes, havia menos barcos para cruzar a superfície da baía. Não havia qualquer pessoa à vista àquela hora, o que reforçava o medo acalentado pelos madrugadores de que você era o único ser vivo acordado no mundo. De vez em quando, alguma gaivota sonolenta mergulhava na água atrás de um caranguejo na maré baixa, agarrava a presa com o bico e voltava voando para o céu, deixando os pedaços de casco caírem depois de devorar a carne, de modo que pedaços mortos ondulavam por uns instantes sobre a água antes que tudo ficasse em silêncio de novo. Um teatro mudo e primordial.

Pores do sol descortinavam-se acima das grandes casas em North Haven. Parecia que sol e céu não eram coisas separadas, mas estados diferentes da mesma substância magnífica — como se o céu fosse uma forma diluída e enfraquecida do sol, o azul e o branco apenas elementos drenados do disco vermelho e laranja giratório que se assentava no horizonte. Aposto que o pôr do sol tinha sido essencial para aquela primeira geração que chegou, os que foram para lá no início, meus avós e sua turma. Depois de caminhar pela floresta da Hempstead Street, pelas trilhas tranquilas que um dia virariam estradas, deve ter sido maravilhoso emergir naquela praia intocada e ver aquele pôr do sol. Nenhuma casa, nem uma pegada sequer, apenas a grama da praia sussurrando sozinha. Dizendo... o quê? Levaria algum tempo até que aprendessem seu idioma. A primeira geração perguntou: *Podemos fazer dar certo?*; *Vão nos deixar ter isso?*. *Não importa o que o mundo diga*, responderam uns aos outros. *Este lugar é nosso.* Com o tempo, aprendi que o nascer e o pôr do sol naquela praia são raros e surpreendentes, mas, naquela época, eu não sabia disso. O pôr do sol significava que os malditos mosquitos estavam saindo de seus esconderijos, e era isso.

* * *

NP PERGUNTOU:

— Benji, posso pegar uma Coca?

Ele estava com a cabeça enfiada na geladeira.

Tínhamos Coca-Cola de sobra. Meus pais mantinham um estoque razoável de refrigerantes e coisas assim. Com os amigos chegando da praia para tomar uns drinques, e a turma de Reggie e eu passando muito tempo no sofá o dia todo, tinham abastecido o estoque de bebidas. No entanto, a comida era outra coisa, já que Reggie e eu estávamos controlando o estoque.

Naquele verão, mudamos de uma economia de lazer baseada no Garoto com Piscina para uma economia de lazer baseada no Garoto com a Casa Vazia. Antes de sua família se mudar para a Califórnia e ele parar de aparecer, Kevin era nosso Garoto com Piscina, e o fato de nunca vermos sua mãe era um prelúdio para dias de Casas Vazias. Acho que a vi uma vez, quando era pequeno. Acho. Sabíamos que havia alguém lá dentro — as novelas da tarde bradavam músicas de beijo ou de quase beijo pelas janelas e, de vez em quando, alguém puxava, com força, as cortinas que davam para a área da piscina. Bom, podia-se dizer que estávamos sem supervisão. Enquanto brincávamos na piscina, fingíamos que vivíamos em um mundo sem pais, mas, na verdade, nem precisávamos fingir tanto assim.

Já fazia algum tempo que estávamos rumando em direção ao status de Casa Vazia. Durante anos, nos escondemos em salas de jogos no porão, em varandas com tela, brincamos de pega-pega em pátios rachados. Ouvíamos passos lá em cima, lá dentro, lá adiante, mas nunca vimos de quem eram. Em cada casa havia quartos secretos com portas trancadas e, caso se perguntasse quem estava lá vendo televisão, a criança sempre dizia: “Minha avó”, no mesmo tom morto. As mães repassavam seu itinerário de verão: iam à praia com uma cadeira dobrável debaixo de um braço e uma bolsa de vime transbordando no outro, iam a “um almoço”, a um coquetel em Hills ou a uma vernissage no quintal de alguém que tinha um primo com um grupo de amigos que eram considerados talentosos e conhecidos nas galerias do Harlem. Os pais estavam na cidade, ganhando dinheiro, fazendo alguma coisa acontecer, e reapareciam no trem das 19h25 da sexta-feira em East Hampton, saindo cambaleando do vagão do clube com um sorrisão no rosto: hora do show.

Naquele verão, simplesmente oficializamos essa situação. Reggie e eu éramos as Crianças da Casa Vazia, e a turma mudou seus horários e rotas de acordo com a nova realidade. Nossos pais só vinham nos fins de semana, o que significava que Reggie e eu tínhamos o lugar só para nós a maior parte da semana. Nossa irmã, Elena, tinha sido a responsável pela casa por um tempo, mandando em nós com tanto prazer que aquela grande lição da história, "o poder corrompe", era repetida em uma escala íntima em nossa sala de estar. Nós dois nos encolhíamos enquanto ela nos mantinha na linha com seu poderoso porrete: "Vou contar para o papai sobre vocês". Mas ela não estava lá dessa vez. Quando a pessoa tinha idade suficiente para ir à faculdade, parava de ir a Sag. Era coisa de criança, era muito burguês, a cidade falava mais alto etc. Quem se formava no ensino médio também se formava em Sag Harbor. Até ser chamado de volta.

— Vocês são homens agora — respondeu meu pai, quando perguntei quem cuidaria da gente. — Podem se cuidar sozinhos.

Homens! Um elogio e uma maldição: sem mais desculpas, sem ninguém para culpar. No começo, pensei que ele estivesse brincando. Mas lá estávamos nós: Reggie e eu, sozinhos durante a semana, e meus pais só indo para lá nos fins de semana. Se muito.

Já que tínhamos uma casa livre, o que fazíamos com ela? Ficávamos por lá mesmo, falando besteira. Naquele dia, éramos NP, Bobby e eu. Reggie estava trabalhando no Burger King.

O cheiro das roupas sujas de gordura esgueirava-se do nosso quarto para fora, do canto onde ele jogava as roupas de trabalho, deixando-nos com fome sempre que uma brisa soprava.

— Quer botar granulado na Coca-Cola? — perguntou Bobby.

NP estava trabalhando no Jonni Waffle, a nova sorveteria da cidade, e, quando fomos visitá-lo para pegar sorvete de graça, nós o provocamos por causa das besteiras que ele falava o dia todo. Creme por cima, casquinha, boquetinho? NP também andava implicando com Bobby nos últimos tempos por causa de sua "mansão de Scarsdale", fazendo com que Bobby começasse a retrucar.

— Cale a boca, seu filho da puta que usa jaqueta falsificada da Members Only — disse NP.

O comentário podia parecer sem pé nem cabeça, já que Bobby estava de camiseta e short, mas havia uma história por trás, um contexto. Era uma referência a alguma informação privilegiada de Clive, que nos contara que havia encontrado Bobby durante o ano letivo e ele estava usando uma jaqueta corta-vento que, suspeitava, parecia uma imitação de uma jaqueta da Members Only. Não é uma contravenção para se ignorar, e o status dominante de Clive apenas aumentava o insulto.

A tendência naquele verão, em termos de insultos, seguia em direção às acrobacias gramaticais, à colagem improvável. Uma delas transformava um substantivo ou nome próprio pitoresco e evocativo em um pejorativo, colando-os com uma conjunção e um verbo. Não tenho certeza do parentesco sintático dessa junção, então vou chamá-los apenas de "cara de + substantivo". Oração coordenada sindética explicativa, uma criatura que pode ser reduzida a uma locução prepositiva, uma engrenagem na máquina das orações, quem diria — como era o caso de algumas pessoas na minha sala de estar, havia um pouco de incerteza nas linhagens. Dessa forma:

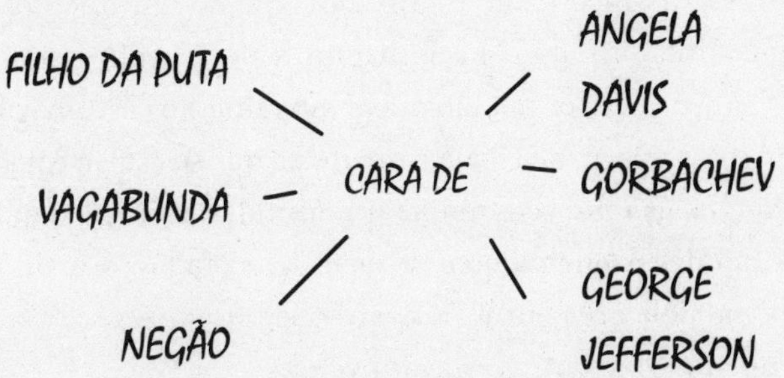

"Cara de quem usa" também era bem usado:

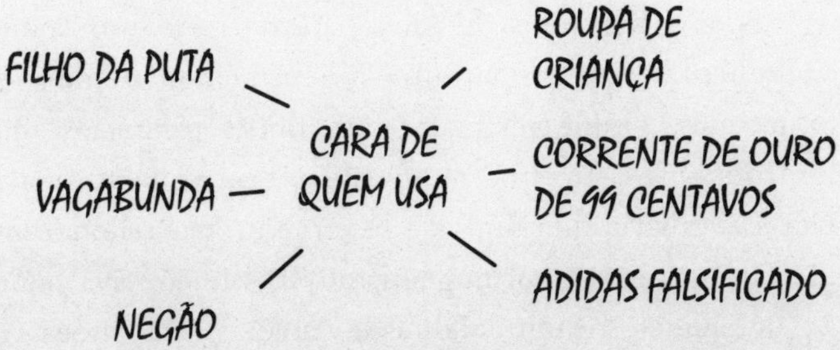

Também pode começar as coisas com um pigarro: "Seu filho da puta", como em "Seu filho da puta cara de Cha-Ka" para Bobby, por exemplo, que tinha pele e cabelo castanho-claros e, de fato, compartilhava essas características com o coadjuvante hominídeo da série de aventura *O elo perdido*. "Seu filho da puta" servia como uma pausa retórica, permitindo ao orador alguns segundos extras para extrair um complemento esplêndido do éter das ofensas e dando ao ouvinte uma chance de se preparar para as imagens maravilhosas e de primeira qualidade que viriam a seguir.

Os verdadeiros mestres do estilo às vezes acrescentavam a frase sem sentido "com bunda de macaco" como elemento-surpresa, para transmitir sinceridade e profundidade de sentimento. Por isso, "Seu filho da puta cara de Kunta Kinte... com bunda de macaco". Você deve ter notado que o xingamento costumava ser visual. O centro da crítica dizia respeito ao que se estava colocando no mundo, às vibrações que eram emitidas. Era isso o que os tornava tão devastadores quando bem executados: a artilharia explodia naquela área entre você e o espelho, entre você e o que achava que todos os outros estavam vendo.

Ouvimos um barulho alto de rangido.

— Ouviram isso? — perguntei.

Era Marcus na bicicleta quebrada dele, dava para ouvi-lo trocando de marcha a três quilômetros de distância.

Todos suspiramos de alívio. Marcus era um comparsa fundamental, pois nos garantia que havia alguém mais infeliz do que nós. Tinha três poderes mutantes primários, que todos tínhamos visto em ação. 1) Ele era capaz de atrair para si toda a zombaria que flutuava livremente nas redondezas por meio de um estranho magnetismo. 2) Ele curvava ondas de luz, deixando o restante de nós invisível aos valentões. Quando Marcus estava com a gente, os mais velhos não nos viam, implicando unicamente com ele, cobrindo-o de pancadas, socos e beliscões indígenas que deixavam a pele ardendo. Esses beliscões sempre acabavam com a tortura, porque todos se distraíam quando começavam a conversar sobre suas ascendências indígenas, sobre como eram um oitavo, um dezesseis-avos seminola, ou algo assim, e era isso. 3) Capacidade olfativa superior. Ouvíamos sua bicicleta a três quilômetros de distância, e ele sentia cheiro de churrasco a uma distância duas vezes maior, atingindo tal proficiência que conseguia apurar, com um leve tremor nas narinas, se o que estava na grelha tinha acabado de ser posto ou se estava prestes a sair, e agia de acordo. Como garfo e faca, ele aparecia por volta da hora do jantar. Acho que por um ou dois verões ele comeu lá em casa todas as noites, virando o suco Hi-C e agitando um prato de papel revestido de plástico pedindo para repetir, mais, mais. Demorou para eu me perguntar por que não havia jantar na casa dele, por que ninguém sentia sua falta quando anoitecia. Se alguém o chamasse de aproveitador com o objetivo de magoá-lo, ele apenas sorriria, limparia a boca com o pulso e pegaria o último pedaço de frango, provavelmente uma asa, maldito. Ele estava sempre com fome, como todos nós, mas pelo menos tinha o bom senso de comer.

Marcus forçou as portas de vidro para elas se abrirem; estavam emperradas. Décadas de areia haviam preenchido os trilhos.

— E aí?

Ele estava com a toalha de praia pendurada no pescoço e usava short xadrez verde-escuro e cinza com uma camiseta da colônia de férias, com os dizeres BOY'S HARBOR, 4 DE JULHO DE 1983. Ele estendeu a mão para Bobby, e eu presenciei uma coreografia que parecia um borrão.

Sim, os novos apertos de mão estavam por aí, me envergonhando com suas permutações e procedimentos escorregadios. Bate, agarra, dedilha, estala. Ou era bate, dedilha, agarra, estala? Eu era todo atrapalhado quando se tratava de apertos de mão. Criados nos laboratórios de soul *underground* do Harlem, produzidos nas oficinas clandestinas do South Bronx, os novos apertos de mão sempre me deixaram hesitante, envergonhado. Assim? Não, você não fez tudo certinho: os juízes deram nota 4,6. (O juiz de Hollis, Queens, era um babaca famoso que sabotava todo mundo que fosse dos demais distritos.) Mas ninguém nunca comentava sobre meus erros, o que me aliviava. Eu tinha o verão inteiro para aprender direito, a menos que alguém voltasse para a cidade e trouxesse alguma nova variação que se espalhasse como um vírus, e contra a qual minha forte constituição nerd produziria inúmeros anticorpos.

NP deu um tapa na mão de Marcus.

— Ei, Ati... — começou NP, antes de se interromper; estava prestes a usar o apelido do ano passado.

Chamávamos Marcus de "Arthur Ashe". Dois verões antes daquele, Marcus aparecera com uma mancha na pele, na verdade, várias: nos cotovelos, nos joelhos e na membrana entre os dedos das mãos e dos pés. "Por que a mãe dele deixava o moleque sair de casa daquele jeito?", todos nos perguntávamos, mas nunca dizíamos em voz alta, porque falar da mãe de alguém era... bem, falar da mãe de alguém. Falar da mãe de alguém era como falar da própria mãe: abria uma porta.

Obviamente, aquele apelido o afetara profundamente. Talvez a imagem de uma raquete de tênis o humilhasse por todos aqueles longos meses do ano letivo, ou um encontro casual com alguém vestido com roupas brancas impecáveis estragasse seu humor. Tudo o que sei é que, no verão seguinte, Marcus voltou hidratado de forma tão profunda que não havia nem um floco cinzento à vista em sua pele. Na verdade, a pele dele ficou tão hidratada que ele brilhava intensamente sempre que o sol batia, e até quando isso não acontecia. Infelizmente, ele virou um penteado "Jheri Curl" ambulante.

— Ei, Ativador de Cachos! — gritara NP, certa tarde, enquanto fazia pequenos movimentos como se borrifasse algo na cabeça, e Arthur Ashe passou a ser chamado de Ativador até o Dia do Trabalho.

Era a última semana de junho, ainda comecinho da temporada, então não havia como saber que tipo de apelido Marcus ganharia naquele ano. De qualquer forma, provavelmente seria do tipo mais gentil: ele havia crescido dez centímetros ao longo do ano e tinha começado a levantar peso, ou listas telefônicas, algum tipo de objeto pesado. Talvez tivesse afogado suas decepções puxando ferro. Ninguém o havia testado ainda, mas os debates sobre o assunto, até mesmo nossos debates diluídos de um oitavo ou um dezesseis-avos, concluíram que ele poderia acabar com a nossa raça, e que nós merecíamos isso.

Fiz uma contagem: nós quatro, Randy e Clive a caminho. Havia cinco lugares no carro de Randy.

— Ainda não chegaram?

Bobby assobiou entre dentes.

— Esperando por eles o dia todo.

— Quando eles chegarem já vai estar escuro.

— Vamos estar em seis? — perguntei.

Eu estava tentando começar a briga sobre quem iria de carro. Deixei que todos apresentassem seus argumentos a favor da inclusão com antecedência para me decidir.

— Merda, eu sei que eu vou, da última vez tive que ir de bicicleta — adiantou-se Marcus.

— E eu sei que eu vou, ele é meu primo — retrucou NP.

Decidi fazer um lanche para me fortalecer para a batalha que viria. Reggie e eu não concordávamos muito em relação à comida, mas nós dois gostávamos da sopa Campbell's de frango com macarrão. Era o Cadillac da sopa enlatada, o macarrão firme, mas macio na língua, a proporção de aipo e cenoura consistente e confiável. Os pequenos glóbulos âmbares de gordura brilhavam na superfície em uma exibição atraente, para encantar os olhos. Restava apenas uma lata e eu a trocara com Reggie naquela manhã por um pacote de batata frita Lay's e dois biscoitos recheados com sorvete. A cada dois dias, Reggie e eu íamos até o Frederico's e refazíamos o estoque de comida. Nossa família pegava fiado de lá.

Todo mundo tinha suas marcas, crianças negras, crianças brancas. Sperry, Girbaud e Benetton, calça jeans Lee e polos Le Tigre, de acordo com a teoria da pena do comércio social. Se as coisas certas pertencessem a você, talvez você também pertencesse. Eu era mais voltado para a sobrevivência. As marcas que eu adorava viviam nas prateleiras de sopas, na seção de congelados, atrás do vidro. Estou falando de comida congelada.

Swanson, claro, era o padrão, o casamento elegante de forma e função. Os quatro grupos de alimentos (carne, vegetais, amido, torta de maçã) separados de forma impecável em seus compartimentos de alumínio que eram, na verdade, um prato pronto para servir. Refeição e louça no mesmo retângulo fino — essa era a engenhosidade norte-americana em sua forma mais inventiva e mais sustentável. Frango frito, peru, bife Salisbury; pronto, três dias da semana estavam resolvidos.

Salve, congelados Stouffer's! Realeza pura, sua embalagem laranja brilhante era um chamariz nas seções de refrigerados por toda a área metropolitana de Nova York. Pizzas de pão francês — tão continentais! Espaguete tetrazzini de peru, torta de frango, torta de carne. Sexta, sábado, domingo. A Stouffer contratou as melhores mentes que a indústria de alimentos pré-embalados tinha a oferecer, sem dúvida atraindo gênios de empresas rivais com vantagens incríveis e pacotes de benefícios abrangentes, produzindo, por fim, a sublime tecnologia *boil-in-bag*, pratos fervidos no pacote, no mesmo nível da penicilina e do microchip no panteão das conquistas científicas do século XX. Admito que tenho um fascínio doentio pela tecnologia *boil-in-bag*. Frango à la King, almôndegas suecas, estrogonofe de carne com macarrão e salsa — era a própria satisfação que escorria dos sacos plásticos e turvava nossas cumbucas ansiosas.

Havia também renegados a quem tínhamos entregado nossos corações, como os mexilhões fritos da Howard Johnson, com 95% de massa frita e um ingrediente especial que fazia a gente esquecer que eram 95% de massa frita na próxima vez que fosse comprá-los no supermercado. E o raro e valioso escalope de frango com vegetais dos Vigilantes do Peso, difícil de encontrar por conta de alguma peculiaridade complexa de distribuição além da minha compreensão e que entrou no nosso rodízio de cardápio por acidente: minha mãe comprou uma caixa para ela uma vez, e, em um episódio de fome, eu a devorei e fiquei viciado. Senti-me ridículo comprando uma refeição dos Vigilantes do Peso, a visão da caixa rosa deslizando pelo escâner, despertando minha masculinidade frágil, o leve toque do leitor de código de barras virando um gigantesco sino de igreja em minha mente, anunciando, sem parar, minha inutilidade por todo o Food Emporium e além, para o bairro inteiro, mas não havia como negar a tentadora cobertura do escalope, com uma mistura de especiarias tão bem calibrada para o deleite que era difícil aceitar que tivesse sido esguichada por uma máquina, pois com certeza era produto de amor e carinho, e o molho de manteiga de laranja, sim, o molho de manteiga de laranja, na verdade mais parecido com um chutney, cobrindo a mistura de vegetais. Acredite, ao menos, nessa única verdade da minha história.

Por fim, a sopa. Caldo da vida. Éramos os homens da Campbell havia anos, e nada amenizava mais a vida do que o talento da linha premium Chunky, uma sopa grossa e pedaçuda. Adotamos o slogan publicitário de Chunky's Soup como nosso grito de guerra e lema — era realmente "a sopa que se come como uma refeição". Ou nos forçamos a acreditar nisso ao longo do tempo por necessidade. Como eu disse, minha orientação era a sobrevivência.

Às segundas-feiras, comíamos o que sobrava do churrasco do fim de semana, mas nossos pais tinham avisado na sexta-feira que não viriam mais, então nosso estoque estava bem defasado. Além disso, da última vez que tínhamos ido ao Frederico's, o gerente nos dissera que nosso crédito estava estourado, as caixas de Yodels nos levando ao limite dias antes, e nossa mãe teria que ligar para eles para discutir o assunto. E eu não sabia se ela havia ligado ou não. Depois da lata de sopa caseira de frango com macarrão, sobrou uma lata de chili com feijão da Hormel para Reggie — eu não aguentava mais — e a lendária caixa congelada de rigattoni com carne e tomate. Se a Stouffer's era da realeza, esse cara era o idiota consanguíneo que todos temiam ascender ao trono. Reggie e eu às vezes nos assustávamos com histórias de seu infortúnio. Eram tempos difíceis quando se abria a porta do freezer e se descobria que estava condenado a comer rigattoni com carne e tomate. Comprado por acidente alguns anos antes (na pressa, confundimos com lasanha com molho de carne), a visão daquele pacote maldito, aninhado lá com seu grupo fosco de enigmas cobertos com papel-alumínio era uma acusação ao nosso caráter: se era sua única opção, você merecia comê-lo. Rezamos para que aquele dia não chegasse.

Devorei minha sopa enquanto víamos televisão. *Os caçadores da arca perdida* estava chegando ao fim no Showtime, uma das nossas partes favoritas, A Queima dos Nazistas pelo Céu. Se tivéssemos um videocassete, estaríamos reproduzindo a sequência quadro a quadro para não perder um segundo dos elaborados efeitos especiais, que até tinham ganhado uma reportagem de capa na revista *Fangoria*, embora eu soubesse que não devia admitir saber disso.

— Deus vai derreter aquele nazista — comentou Marcus.

— Derrete logo esse nazista filho da puta, Deus! — disse NP.

Então, ouvimos Randy buzinando e, em cinco segundos, estávamos do lado de fora. Os bombeiros não eram páreo para nós quando chegava a hora de agir, era a emergência que esperávamos.

RANDY TINHA UM TOYOTA HATCH VERDE-MUSGO que alegava ter comprado por cem dólares. Os para-lamas estavam amassados e com marcas, a ferrugem manchava a estrutura em agrupamentos leprosos, e o interior cheirava como se anarquistas hippies em fuga tivessem feito do lugar sua comunidade. Mas quem era eu para difamá-lo? Randy tinha carteira de motorista, tinha um carro, e nosso mundo havia mudado.

Clive estava no banco do passageiro, com o rádio e o *cooler* aos seus pés.

— Fala aí, fala aí, fala aí?

— Estão prontos? — perguntou Randy, um tanto exasperado, como se fosse ele quem tivesse ficado esperando.

— Talvez a gente devesse fazer uma contagem — sugeri.

De novo: éramos seis e tínhamos cinco lugares. Nem preciso dizer que ir no colo estava fora de cogitação.

— Só dá pra cinco no seu carro, primo — disse NP.

— Não vai caber todo mundo — comentei.

— Da última vez, eu que fiquei pra trás — interveio Marcus.

Analisamos os rostos uns dos outros em busca de fraquezas.

— Sou magro — argumentei. — Tenho perna fina.

Não havia como negar minhas pernas de galho seco.

— Certo — disse Randy —, Benji tem a perna fina. Olha esse pernil de Natal que você tem aí, Marcus. Já ocupa dois lugares. — A solução estava pronta. Ele fingiu considerar as opções. — Talvez você pudesse ir no banco da frente, mas Clive já está aqui.

— Eu já estou aqui — confirmou Clive.

— E não seria justo tirar ele — refletiu Randy. — E da última vez foi Bobby que ficou pra trás.

— Eu que fiquei pra trás da última vez! — exclamou Marcus.

Ele apertou a toalha de praia em volta dos ombros como se fosse um jugo.

— Foi na vez retrasada — improvisou Randy —, na quinta-feira. Na sexta-feira fomos para Bridgehampton e não havia espaço para Bobby, então ele que ficou. Significa que você não coube na vez retrasada. — Randy olhou para Bobby, que fingiu estar magoado pelo abandono fictício. — Além disso, você está de bicicleta. Você pode ir pedalando e encontrar a gente lá.

— Minha bicicleta está quebrada — disse Bobby.

— Eu nem tenho a porra de uma bicicleta — explicou NP.

— Se começar a pedalar agora — disse Clive —, consegue chegar antes da gente.

Todos sabíamos que aquilo era ridículo.

— É, é melhor começar a pedalar agora, negão! — disse NP.

Marcus fez que não com a cabeça, resignando-se ao cálculo brutal.

— Fala sério, vocês, hein? — Ele subiu na bicicleta. — Podem pelo menos levar minha toalha? — perguntou.

Randy olhou para ele com ceticismo.

— Está... seca? — perguntou, franzindo o nariz.

Estávamos na estrada havia alguns minutos, Randy falando sem parar sobre dinheiro para gasolina antes mesmo de sairmos de Azurest. Eu não gostava do jeito como Randy lidava com o papel de Garoto com Carro, a rapidez com que se corrompeu. Um dia antes de o verão começar, ele não era ninguém. No momento seguinte, era um déspota zombeteiro, buzinando sua trombetinha doentia. Ele recompensava a bajulação com um "Vou deixar você ir na frente por uma semana" e punia com um "Esqueci de te pegar" para qualquer missão crítica que estivesse acontecendo naquele dia: cinema, Karts-a-Go-Go, praia. Mesmo que fôssemos apenas cinco, talvez ele desse um jeito de deixar Marcus para trás. O banco traseiro do Toyota tinha essa qualidade extradimensional, e nele cabiam no máximo duas ou três pessoas, dependendo do capricho de Randy. Reggie e eu mantínhamos nossas portas de correr abertas, sem qualquer ar desafiador.

O que ajudava Randy em seus planos era o fato de não haver garotas por perto para nos distrair. Nossa trupe, à primeira vista, desafiava as estatísticas. A faixa etária da minha irmã, quatro anos mais velha, era equilibrada entre meninos e meninas. Havia cerca de vinte pessoas no grupo dela e, durante os verões, todos namoravam entre si, nutriam paixões ao longo dos anos, trocavam primeiros amores, primeiros beijos e vários primeiros carinhos entre si. Num verão, Elena namorou Bill, dois verões depois ela estava dirigindo o conversível de Nat por aí, e assim por diante. Reggie e eu nos beneficiávamos dessa situação. Os caras mais velhos tinham que ser gentis conosco para que a notícia de suas agressões não chegasse até nossa irmã e arruinasse planos de longo ou curto prazo. Eles nos levavam no banco de trás até o mar, o cinema, compravam gibis para nós no Ideal da cidade, desembolsavam dinheiro para comprar sorvete na loja de doces. Nada mal, mesmo.

Então o grupo de Elena fez dezoito anos, pegou seu diploma e partiu para o mundo, cedendo o controle dos acontecimentos para nossa gangue. Éramos de uma espécie diferente. Fosse por causa dos martínis, cigarros ou os efeitos nocivos da radiação ambiente de Nixon, o período de 1968 a 1972 foi difícil para os cromossomos X. Havia uma escassez de garotas. Olha a gente lá no carro. Uma cidade de garotos.

A culpa pelo aparecimento repentino de Randy em nosso grupo deve recair sobre a rotina sexual dos pais dele. Ele era um intermediário, uma erva daninha nas rachaduras entre os grupos microdemográficos do condomínio. Velho demais para sair com a gente, na verdade, e jovem demais para ser aceito pelo grupo da minha irmã, vagou em um submundo social por anos. Francamente, antes de ele começar a dar umas voltas pela cidade no Toyota, eu mal fazia ideia de quem ele era, nunca o tinha visto, exceto na comemoração anual do Dia do Trabalho. Randy tinha acabado de terminar o primeiro ano da faculdade, mas, contrariando os costumes, ainda ia a Sag. Nenhum Grande Êxodo para ele: por que partir quando o lago era tão pequeno, e você, tão grande? Ele adorava esse novo status. Tinha um carro, tinha idade suficiente para comprar cerveja e, por isso, era aceito no grupo. Homens mais sábios que eu já haviam observado que caras que andam com garotos dez anos mais novos têm sua utilidade nos setores de transporte e compra de cerveja. Ignorávamos suas falhas.

O negócio de Não Ter Garotas era verdade, em essência, embora houvesse algumas exceções. Vamos abrir os prontuários. Marnie era dois anos mais velha do que eu, mas nunca fez parte do nosso grupo, mesmo quando éramos muito jovens e a divisão entre meninos e meninas não era uma questão. As garotas do grupo de Elena a mantinham como uma espécie de mascote, abandonando-a apenas quando era hora de curtir uma sessão de *slow jam* na sala ou caminhar pela praia à noite, e, quando abandonaram Sag Harbor, ela começou a passar os verões na cidade também, em uma saída prematura. E tinha Francesca, que mal víamos havia anos. Era uma espécie de debutante, tendo saído do ventre de sua mãe com luvas brancas até os cotovelos, pelo que diziam, e que, quando chegara ao ginásio, passava todo o tempo à beira-mar com suas amigas da escola de boas maneiras. Às vezes, a víamos sendo deixada por um Porsche branco ou uma "carruagem" semelhante, ela acenava com delicadeza em nossa direção e entrava em casa correndo, como se fôssemos um enxame de *paparazzi*. Então, na verdade, havia garotas da nossa idade, só que elas não queriam sair com a gente e, sinceramente, quem podia culpá-las? Aquilo mudaria em algumas semanas, mas ainda não sabíamos.

— Olha aquele imbecil filho da puta ali!

Passamos por Marcus na curva para Sagg Road, que era a via direta para South Fork em direção ao Atlântico. Marcus fez o trajeto em um bom tempo. Por seus esforços, nós o provocamos, agitando os punhos e gritando pelas janelas.

— É melhor trocar essa marcha!

— Minha avó anda mais rápido do que isso na cadeira de rodas, seu otário!

Veja só como Marcus estava bufando. O que antes era a personificação da marra — dez, pode contar, dez marchas!

— passara a ser o símbolo máximo da fraqueza. Naquele verão, íamos a pé como homens, aventureiros de verão, ou de carro, ao volante ou como passageiro. Marcus estava indo bem, mas, vamos encarar os fatos, ele estava de bicicleta.

— Deixa o cara em paz — pediu Clive.

E nós deixamos. Exceto por alguns gestos obscenos através da janelinha traseira do Toyota enquanto avançávamos.

As casas foram ficando mais dispersas, pendendo misteriosamente ao fim de calçadas sinuosas, e entramos na terra de ninguém no meio da ilha. Fora do nosso enclave negro e passando às pressas pelo lado branco da ilha. Eram apenas alguns quilômetros até o mar, mas nossa noção de escala estava errada por termos passado tantos verões em nossas rodinhas seguras. Tínhamos formado grupos de reconhecimento para explorar as trilhas de terra atrás do parque Mashashimuet, seguindo em direção a Bridgehampton, e fazíamos incursões ocasionais pela 114 até as curvas sinuosas e abandonadas da Swamp Road, em uma tentativa de salvar East Hamptonly, mas, em geral, limitávamos nossas travessuras aos condomínios, a voltas obsessivas pela rua principal na cidade. A chegada dos carros mudou tudo isso.

Minha mãe dizia que os brancos iam para a praia de manhã; e os negros, à tarde. Não sei o quanto disso era pura e simples segregação ou uma questão de temperamento — pessoas brancas se adiantando no dia para fazer coisas de brancos, e pessoas negras chegando lá quando dava. Certamente, a primeira geração reivindicou e se estabeleceu na baía de Sag Harbor porque o lado sul era proibido — os brancos eram donos da linha costeira, South Hampton, Bridgehampton e East Hampton. E do litoral de Jersey, e de todos os outros trechos arenosos com vistas deslumbrantes na região dos três estados, espaços naturais de fuga da vida na cidade. *Nada de negros, por favor.* A primeira geração era do Harlem, Brownstone, Brooklyn e das ilhas do interior, da comunidade negra de Jersey. Eram médicos, advogados, funcionários municipais e professores aos montes. Agentes funerários. Profissões respeitáveis necessárias, segundo a lógica de Jim Crow: médicos brancos não colocam a mão em nós, precisamos nos curar sozinhos; pessoas brancas não nos entregarão a Deus, temos que nos salvar sozinhos; pessoas brancas não jogarão terra em nossos túmulos, temos que nos enterrar sozinhos. Atenda bem a uma necessidade e você vai prosperar. Prosperar e pegar o que é seu por direito. Uma vez que a Guerra tinha acabado (segundo os mais velhos, só houve uma Guerra) e o novo futuro norte-americano acenou — com dedos esqueléticos e ossudos, mas, mesmo assim, acenou, não reclame —, por que não deveriam acenar de volta? Lutaram para ter uma vida boa, derrotaram os primitivos e os bárbaros que queriam matá-los, mantê-los afastados, enforcá-los e se apossar de todos os despojos de sua luta. Um lugar para ir no verão com suas famílias. Para fazer alguma coisa nova.

Se ao menos pudessem nos ver agora. Ó, Pioneiros!

Pelo buraco enferrujado no chão do banco de trás, observei o asfalto passar em um borrão. Randy nos alertava o tempo todo para termos cuidado com as bordas esburacadas, para não piorar a situação. A cada grande solavanco na estrada, pedaços dele caíam no vazio. Cutuquei a borda enferrujada com o pé e a vi se desintegrar e voar para longe. Logo de cara, Randy começou contando uma história sobre o turno da noite anterior no restaurante do Long Wharf, o píer da cidade. As histórias de seu trabalho quase sempre giravam em torno de gorjetas, melodramas elaborados, cheios de altos e baixos, derrotas e reviravoltas triunfais.

— No começo, pensamos que seria uma noite tranquila...

Lembrei-me de perguntar ao NP de seu trabalho no Jonni Waffle.

— Gosto de trabalhar lá. O gerente é bacana — respondeu NP. — E, às vezes, eles deixam a gente levar um pote de sorvete para casa.

— Como faço para me candidatar? — perguntei.

Eu estava enrolando, mas precisava de um emprego. Não tinha dinheiro, precisávamos de refeições prontas para os dias seguintes e, pelo andar da carruagem, Reggie teria que pagar pela comida com seu salário do Burger King. Minha mãe o reembolsava quando iam até lá, mas eu não gostava de ter que pedir dinheiro para ele para comprar sopa. Então, o esquema era tentar trabalhar no Jonni Waffle e pôr esse esquema em prática.

Atravessamos a ponte de madeira sobre os trilhos da ferrovia e atravessamos a 27 depois de uma espera até que curta. Antes do feriado de Quatro de Julho, atravessar a Route 27 era um pequeno aborrecimento. No entanto, depois do Quatro de Julho, as criptas na parte de cima da ilha vomitavam seus mortos-vivos hamptonianos com gosto, e nunca era possível saber quanto tempo ficaria parado, esperando a caravana diminuir. (Dica útil nº 236 para os mortos-vivos hamptonianos: o protetor solar retarda a taxa de decomposição pelos raios solares quando você dirige por aí com a capota abaixada.) Então, chegamos a Sagaponack, parando no mercado de beira de estrada para comprar umas coisas, e alguns minutos depois paramos na Left Left, a praia depois da praia da cidade. Sem precisar de autorização, sem guarda-vidas. E, naquele ano, sem pais.

SUBIMOS A DUNA COM DIFICULDADE E EM FILA, as plantas rasteiras chicoteando as panturrilhas enquanto entravámos naquela estranha zona de areia preta na ponta da praia. A areia preta era duas vezes mais quente que o restante da praia, o que causava gritos caricatos de "ai, ai, ai!" no passado e, naquela época, um ranger de dentes estoico. Não havia muitas pessoas. Podíamos escolher nossos lugares.

— Vamos até lá — disse Randy.

— Por aqui — respondeu Clive, e nós o seguimos até um ponto acima do nível da maré, demarcado por uma guirlanda de algas secas.

Clive sempre foi o líder do grupo. Sem brincadeira, ele sempre foi legal. Eu sentia pena de Marcus por seu papel de vítima, sentia pena de Clive por ele precisar andar com a gente. Ele era algo raro entre nós: quase normal, sociável, competente e carismático. Tipo... ele praticava esportes. Basquete e atletismo, capitão de um dos times da escola, não lembro qual, mas era bom nos dois. Às vezes, ele tentava marcar um jogo de basquete, dois contra dois, mas, depois de um tempo, começamos a jogar apenas três contra ele, e Clive ainda vencia, deixando-nos tristes ao lado da quadra, curvados e tontos, com a palma das mãos nos joelhos em busca de inaladores imaginários para asma. Inaladores imaginários para asma criavam um efeito placebo, que era melhor que nada.

Antes de Reggie e eu termos uma Casa Vazia, e, portanto, o ponto de encontro/de partida para expedições, a única maneira segura de não ser excluído das aventuras do dia era ser o primeiro a chegar à casa de Clive, onde todas as decisões importantes eram tomadas. Ao nascer do sol era um pouco exagerado, mas a ideia era que quem estivesse perto de Clive não era deixado para trás. Alto e musculoso, ele tinha força física para nos derrotar, mas interrompia as brigas, separando os lutadores enquanto desviava de seus punhos giratórios, e ninguém reclamava. Um Salomão relutante de barbicha, ele encerrava controvérsias sobre questões importantes do dia, como quem pediu para se sentar na frente primeiro, quem iria em seguida no trampolim, de quem era a vez no Punch-Out, o fliperama no saguão do cinema de East Hampton que adorávamos como a um totem pagão enquanto os brancos nos encaravam. Ele sabia como conversar com garotas, tinha namoradas, no plural. Namoradas bonitas, pelo que diziam, com todos os dentes e tudo o mais. No verão anterior, chegou até a namorar uma mulher mais velha — na casa dos vinte! Que morava em Springs! Que tinha um filho! Tinha seus problemas como todos nós, mas não havia deixado que eles corrompessem seu caráter ainda. Não naquela época.

Escolhemos nossos lugares na areia, estendendo nossas toalhas e deixando os tênis e os refrigerantes nos cantos para evitar que virassem. E aconteceu, desse jeito, depois de uma medida de tempo tão pequena que nêutrons e prótons foram as únicas testemunhas: fomos cobertos pela areia. Nas toalhas, no couro cabeludo, no suor acumulado em nossos membros. Tinha começado o "banho de areia" do dia. Em algumas tardes, o vento agitava a areia e formava uma camada de cinco centímetros de altura. Ela pairava sobre a praia, a atmosfera de um planeta diferente dizendo: *Vocês não deveriam estar aqui.* Mas qual era o outro aviso entre tantos?

Éramos os únicos negros na praia. O grupo da minha irmã era grande, disperso, e a maioria das mães do nosso bairro frequentava a praia da cidade, que tinha guarda-vidas. "Fiquem dentro dos sinalizadores!" Havia uma boa quantidade de suspense quando se fazia a curva em direção à praia da cidade e se enxergava a bandeira — vermelha, amarela ou verde — sinalizando a força do mar naquele dia. Em dias de bandeira vermelha, dava para ouvir o barulho estrondoso das ondas antes de passar pela duna e via-se a névoa do mar agitado flutuando sobre a praia golpeada. Em dias mais calmos, o som mais importante era o do guarda-vidas soprando seu apito de "Ataque de tubarão!". Todo mundo queria seu momento *Tubarão*. Ver a barbatana do "deve ser um grande tubarão-branco" deslizando nas ondas era legal, e ainda garantia pontos extras se a pessoa estivesse na água quando o apito tocasse e tivesse que dar braçadas até a praia para se salvar.

Um fato importante: a praia da cidade não permitia que tocássemos música. Fascismo puro. Assim que se acomodou, NP aumentou o volume do rádio de Clive, um aparelho amarelo à prova d'água da Sony. Era uma fita cassete que ele havia gravado da rádio KISS FM, um farol para os perdidos. Em dias claros, o sinal chegava até Sag, e nos aglomerávamos em volta do rádio como nos velhos tempos. Marcianos haviam pousado em Grover's Mill, Nova Jersey? Ou os sons distantes eram uma invasão do funk metropolitano, um tipo totalmente diferente de alienígena?

As músicas começavam dez segundos depois, o tempo que NP levava para correr pelo quarto, desviando-se de montes de roupa suja e gibi, e apertar o botão para gravar. As músicas terminavam com as explicações truncadas do DJ: "Tudo bem, esse foi o *boombástico*..."; "Essa é para todos vocês, nas Queensbridge Houses, Boogie Down Bronx...".

— Doug E. Fresh roubou as rimas do meu primo — comentou NP, do nada.

— Achei que você tivesse dito que Doug E. Fresh era seu primo — falei.

NP era famoso por falar "é meu primo". Sem dúvida eu não me lembrava dele alegando que Randy era seu parente antes de Randy estar motorizado.

— Você tá doidão? Acha que não sei quem é meu primo? Não, ele passou a mão nelas, olha só, eu estava naquela festa... — E aí ele foi se perdendo em uma de suas crônicas.

Olhei para o céu, e as palavras dele foram sugadas pelo vento. Um aviãozinho voava paralelo à costa, com uma faixa pendurada atrás: VISITE BUZZ CHEW.

Caminhei até o lugar onde a praia desaparecia no oceano. Left Left ficava voltada para o Atlântico, não para aquela porcaria de baía rala e ondulante. Não dava para surfar, exceto quando um furacão se aproximava; era preciso ir até Montauk para tanto, e nenhum de nós tinha essa disposição. Não havia casas além das ondas, nem pequenos pedaços de terra, como em nosso território. Apenas continentes invisíveis. Era o Limite das Coisas, e o Limite gostava de agarrar a gente, puxar a gente para dentro. Eu não estava nem com os pés na água quando ouvi o aviso da minha mãe nos ouvidos: "Cuidado com a correnteza!", o que não era uma filosofia ruim, na verdade, aplicável à maioria das situações em um sentido metafórico, mas eu odiava estar tão condicionado. Nunca passei do ponto em que dava pé, então eu nunca esquentei muito a cabeça com a arrebentação e a correnteza. Mas era possível sentir isso, mesmo em águas rasas — a atração voraz quando o mar se retrai para formar a próxima onda, a próxima saraivada em seu cerco contra a terra e os marinheiros de primeira viagem — ou seja, você. O mar tinha braços sequestradores e uma voz abafada que dizia: *Você não é grande coisa, não é?* Não, não mesmo. Até onde dava pé, essa era minha regra.

— Não está com calor com essa camiseta, cara? — perguntou Clive, quando voltei a me sentar.

— Não. Por quê?

— O preto absorve a luz — respondeu ele. — Então é uma cor que esquenta... É por isso que em um dia quente você se sente mais confortável usando roupas claras.

Eu não sabia disso, mas, quando olhei ao redor, observei que ninguém estava de preto. Talvez houvesse um fundo de verdade nisso.

— Ei! Ei! Ôu!

Marcus avançou rapidamente pela areia preta. Fez o percurso em um bom tempo, mas sempre pedalava muito para ir e voltar do trabalho. Marcus tinha chegado uma semana antes e já estava no segundo emprego. Todo verão ele passava por uma dúzia, fácil. Conseguia entrar sem problemas, contando aos novos chefes a razão de sua demissão do emprego anterior da mesma forma que nos contava. "O gerente do dia queria me ferrar", dizia. Ou: "Tive um desentendimento com o cozinheiro". "O dono estava drogadaço", explicava ele, apontando para as realidades do negócio de restaurantes em cidades turísticas em meados dos anos 1980. A maioria dessas pessoas ficava drogadaça de cocaína, era um fato. Se soubéssemos que ele tinha sido demitido por roubar bebida — não uma ou duas garrafas, mas uma caixa inteira —, ele nos enganaria dizendo: "Eram racistas descarados". O que sempre funcionava. Em qualquer contexto. Quem entre nós podia refutar um julgamento desses? Era como dizer "Está quente" durante uma onda de calor. Não dava para contrariar.

— Onde está minha toalha? — perguntou Marcus.

Protegemos os olhos com as mãos e forçamos a vista para encará-lo.

Randy disse:

— Você perguntou se a gente podia levar no carro, não falou para trazer para a praia.

Ele entregou as chaves para Marcus, que voltou para a duna.

— Fala sério — disse Bobby.

— Essa foi pesada — completou Clive.

Randy bocejou e se espreguiçou. Virou-se de barriga para cima, expondo seus peitões, que balançavam sobre a barriga.

— Nada de mais, nada mesmo — disse.

— Por que não bota a camisa de novo, Randy? — perguntou NP. — Vai assustar os brancos.

— É, Randy, que merda — falei.

— Po-or-ra-a — disse Randy, batendo no peito com força.

Ele estava de bom humor. Caso contrário, teria dito: "Quer ir andando para casa?", sua resposta padrão que encerrava qualquer conversa.

— Merda, vou mostrar pra eles uma coisa para terem medo — retrucou Bobby.

— O que você vai mostrar pra eles, seu maldito cara de albino de merda? — perguntou NP.

Todo mundo caiu na gargalhada, exceto Bobby, que rosnou:

— Cala a boca, porra. — E se virou para igualar o bronzeado.

No início do verão, ele tomava sol feroz e agressivamente para deixar a pele rapidamente com um tom mais nivelado com o nosso. No final de julho, albino não seria mais usado como insulto, exceto de uma forma retrô, quando não se conseguia pensar em mais nada. Era sempre bom ter um xingamento reserva.

Esses eram os primeiros estágios da transformação de Bobby naquela criatura estranha, o militante da escola preparatória. Éramos levados a pensar em nós mesmos como pássaros estranhos, certo? Segundo o mundo, éramos a definição do paradoxo: garotos negros com casas de praia. Um paradoxo para quem olhava de fora, mas nunca nos ocorreu que houvesse algo estranho nisso. Era quem éramos. Que tipo de negros burgueses vendidos éramos nós, com BMWs na garagem (*Black Man's Wagon*, Carro de Homem Negro, caso não saibam) e escolas particulares para nos ensinar a usar faca e garfo, a separar "isto" de "issaê". Que tal se manter genuíno? E as notícias, as estatísticas, a grande narrativa da patologia negra? Basta dar uma olhada nos jornais, de preferência em uma sequência de montagem no estilo cinematográfico, com as manchetes alarmantes surgindo na tela uma após a outra: CRISE NO CENTRO DA CIDADE!, ONDE ESTÃO OS PAIS DESSAS CRIANÇAS?, A VERDADE SOBRE O ESTADO DE BEM-ESTAR SOCIAL: ELES SIMPLESMENTE NÃO QUEREM TRABALHAR, NÃO COMO NOS BONS E VELHOS TEMPOS. Ei, vamos parar de pisar em ovos e trazer de volta a escravidão logo, olhe só essas mãos feitas para lavar louça.

Meninos negros com casas de praia. Às vezes, isso pode mexer com a cabeça da pessoa, se ela for do tipo suscetível. E se isso mexesse com a cabeça da pessoa, irritasse a pele marrom, havia algumas soluções clássicas e bem conhecidas. Era possível abraçar a parte da praia — aproveitar o luxo, a percepção de status, mergulhar sem se importar com o que significa nascer nos Estados Unidos com dinheiro, ou com uma aparência endinheirada, conforme o caso. Sem ficar se desculpando.

Era possível abraçar a parte negra — pegar alguma ideia que se tinha sobre o que era a verdadeira negritude e fazer um teatro dela, um espetáculo solo vinte e quatro horas por dia, sete dias por semana. Pessoas desse tipo podiam escolher o papel de Esperançoso Autossuficiente ou de Orgulho da Comunidade, mas as personagens mais populares eram o Militante ou o Da Rua, sendo Militante o oposto da capitulação burguesa ao Cara, e o Da Rua o antídoto para a emasculação da classe média alta. Rua, gueto. Agir com seriedade, extravasar, agir de um jeito que poderia ser visto como meio gângster, cometendo crimes irrisórios, como um tipo suave de brutamontes, sabendo que havia alguém para pagar a fiança se um dos seus planos sujos fracassasse.

Ou seria possível abraçar a contradição, digamos, o que você chama de paradoxo eu chamo de *eu mesmo*. Em teoria. Mas quem se inclinava a essa solução não tinha muitos modelos óbvios.

No caso de Bobby, seu direito de nascença, se podemos chamá-lo assim, fez dele um nacionalista prematuro. O cronograma costumeiro para bons meninos e meninas de classe média exigia que virassem Militantes e Afrocêntricos, como manda a moda, no primeiro semestre da faculdade. Sublinhando passagens importantes na *Autobiografia de Malcolm X* e na edição de bolso bem rodada de *Pele negra, máscaras brancas*. Organizando uma ou duas marchas para protestar contra a falta de estabilidade daquele controverso professor do Departamento de Estudos Negros. Organizando uma ou duas marchas para protestar contra a falta de um Departamento de Estudos Negros. Era para passar o tempo até o curso de administração. Bobby começou tudo isso bem cedo, retornando para Sag depois do segundo ano do ensino médio com uma pronúncia nova e concisa da palavra *branquelo* e uma predileção por usar as frases "identificado como branco" e "falsa consciência" enquanto assistia a *The Cosby Show*. Isso causou problemas, pois ele ficava preocupado com seu endereço ("Scarsdale não passa de uma favela de luxo. É um puxadinho dourado") e como mudar de nome talvez afetasse suas perspectivas nas universidades de ponta ("Seu histórico escolar diz Bobby Grant, mas você disse que seu nome era Sadat X").

Zombávamos dele por ter a pele tão clara, e isso provavelmente contribuía para que ele tentasse compensar. A piada era que, se a KKK batesse à porta de Bobby e perguntasse: "Onde os negros estão?" (a KKK tem uma predileção por terminar as frases com um verbo), ele diria: "Foram po'ali!" com um revirar de olhos típico que os atores *blackface* faziam e um floreio de braço típico das comédias antigas ao estilo *vaudeville*. Ele se rebelava contra seus genes, o DNA caucasiano em suas veias dançando ao lado do forte DNA africano. É uma batalha difícil, defender um flanco contra a natureza enquanto a criação se esgueira pelo leste com batalhões inteiros. Ele voltava a maior parte de seu discurso hostil à mãe, que trabalhava em Wall Street. "Minha mãe não teve a manha de me dar nem vinte dólares para o fim de semana. Fica lá chupando o pau do homem branco o dia todo, aquele babaca do Morgan Stanley, e não pode nem me dar vinte dólares!" Duas semanas depois, seus pais lhe deram um Saab usado de aniversário, uma generosidade que criou um gênero novo de amargura. "Minha mãe está tão ocupada tentando ganhar um carinho na cabeça do Sinhô que não consegue me dar dinheiro para gasolina. Dizendo que eu deveria arranjar um emprego... para fazer o quê, chupar pau de branco?" A mãe dele suportava o peso de sua raiva equivocada, embora o pai trabalhasse no Goldman Sachs, ou seja, o cara nem estava usando um *dashiki* africano e administrando um centro comunitário em algum lugar. Reúna um grupo de adolescentes virgens e, com certeza, você vai se deparar com muitas questões maternas. Aquele que não tem pecado que atire a primeira pedra, que atire o primeiro orbe de horror edipiano arrancado de forma abrupta.

— Bem — disse NP —, acho que está na hora deste negão ir até a praia e ver se consegue dar uma olhada numas tetas.

— Não tem nada lá embaixo, cara — alertei.

Era um jogo antigo, viciado. Todo verão fazíamos caminhadas em busca daquela Shangri-lá coberta de nuvens, a praia de nudismo. Lendas circularam durante anos, em tom de sussurro, ditas com olhos arregalados. Nossas mães às vezes bufavam, zombando daquelas "francesas deitadas por aí sem blusa", e os garotos mais velhos nos impressionavam com histórias de gatinhas de pernas longas tomando sol em grupinhos. Se, por fim, os locais onde se concentravam fossem descobertos, haveria um último obstáculo. Poderiam estar deitadas de bruços. Que azar. Mas talvez estivessem deitadas de costas, e, se as estrelas estivessem alinhadas, daria para vê-las se virando — em uníssono, glorioso uníssono — para expor suas dádivas ao mundo. Eram embaixadoras do *jet set* internacional, o tipo de beleza que povoava os filmes de James Bond e os vídeos do Duran Duran. Ouvia "Cuidado com a correnteza!" quando olhava para a água, e uma voz exclamando "Ai, James!" quando olhava para a praia, numa espécie de vai e volta do complexo *Madonna*-prostituta.

Durante anos, dizíamos às nossas mães que iríamos "dar um passeio", enquanto visões de garrafas vazias de Bain de Soleil e aréolas enormes como ovos fritos dançavam na nossa cabeça. Andávamos um bocado e nunca víamos nada, voltando, sempre voltando, com ombros caídos e um leve murmúrio: "Na próxima, vai". Alguns de nós ainda tinham esperança. Eu era mais esperto, meu desamparo aprendido estava curtindo um ano excelente.

— Estou dentro — disse Bobby.

Ele ficou em pé, levantou o braço e inspecionou a pele em busca de alguma mudança de tom. Parecia satisfeito.

— É disso que estou falando — comentou NP.

Ele estendeu a mão para que seu movimento rápido e vigoroso colidisse com o movimento mais agressivo de Bobby, com os dois estilos de cumprimento bem diferentes falhando antes de encontrarem um ponto comum no estalo de dois dedos. Como se o encontro histórico das mãos tivesse ocorrido de um jeito magnífico, NP gritou:

— Tudo bem! — E se virou para nos advertir. — Vocês vão ver o que acontece quando a gente voltar contando sobre as tetas monstruosas e hipergostosas que vocês perderam. Vão ficar, tipo: "Caramba, deveria ter ido!".

Randy, Clive, Marcus e eu ficamos para trás. Acho que cochilei um pouco. Não sonhei. Acordei desorientado com o som de uma nave alienígena pousando. "Planet Rock", do Afrika Bambaataa e do Soulsonic Force, estava tocando no rádio de Clive.

— Isso aqui é um clássico — comentou Marcus.

— Faz tempo que não ouço — disse Randy. — A gente abria as festas na minha fraternidade com ela.

Clive e eu sorrimos um para o outro. As constantes referências de Randy à sua fraternidade nos divertiam, para dizer a verdade. Do jeito que ele falava, parecia que havia massagem nas costas o tempo todo e zoeiras do tipo: "Ei, vamos brincar de lutinha". Mas ele tinha um carro.

— *C'mon, ladeeez*! — cantarolou Marcus, a cabeça balançando solta sobre o pescoço.

— Sabe que eles garfaram essa parte do Kraftwerk? — perguntei.

— Garfaram o quê de quem? — perguntou Marcus.

— Essa parte aí. — Eu cantarolei junto. — Kraftwerk é uma banda alemã que finge ser feita por robôs. Eles têm aquela música, "Trans-Europe Express", que tem aquela parte "Da Dah Da".

— Afrika Bambaataa não roubou nada. Essa música é deles.

— Estou falando sério, é verdade — insisti.

— Essa música saiu primeiro.

Afrika Bambaataa e Soulsonic Force cantaram: "*Keep tickin' and tockin', work it all around the clock*".*

— Não — continuei teimando —, a "Trans-Europe Express" foi lançada no final dos anos 1970, tô falando. Elena tinha a fita de oito faixas.

Reggie e eu tínhamos herdado o velho aparelho de som quando ela adotou o estilo futurista e de alta tecnologia com fitas cassete, o que foi ótimo, exceto que, de alguma forma, tínhamos apenas duas fitas de oito faixas: *Trans-Europe Express*, do Kraftwerk, e *The Best of the Commodores*. Foram alguns meses exaustivos, ouvindo aqueles dois álbuns sem parar, por isso eu sabia que estava certo.

Naquela época, eu não entendia por que Marcus estava me enfrentando, mas depois fui entender. Alguns anos depois, se alguém dissesse "Roubei isso de um disco antigo do Lou Donaldson" e o *sample* ficasse bom, ele ganharia respeito por sua experiência e ouvido aguçado. Funk, free jazz, disco, desenhos animados, música de sintetizador alemã — não importava de onde vinha, a arte estava em converter para um novo uso. Manipulando o que se tinha à disposição para seus propósitos, improvisando a nova criação. Mas antes que *samples* se tornassem uma forma de arte com filosofia, garfar alguém era um crime grave, uma violência em escala atroz. Estilo, vibração, era tudo o que se tinha. Era trabalhado com muito esforço, envolvia preocupação, o último ajuste era apresentado todos os dias ao mundo para aprovação. Puxe os bolsos para fora da calça, naquela clássica pose de quem está falido, e ainda vai ter um estilo próprio. Se alguém estivesse roubando seu estilo, estaria roubando sua alma.

Mas não falei isso para Marcus. Eu mesmo não sabia. Sabia que não havia problema em gostar tanto do Afrika Bambaataa

* "Continue tiquetaqueando, vire a noite trabalhando", em tradução livre. [*N. E.*]

quanto do Kraftwerk, e eu gostava do que o Afrika fez com o Kraftwerk. Lá, do outro lado do oceano, os alemães tocavam músicas em sintetizadores de última geração. O Soulsonic Force, eles tinham uma reverberação tão alta que parecia que estavam tocando aquela melodia da "Trans-Europe Express" em algum modelo de piano elétrico da Casio comprado na Radio Shack, com as pilhas C moribundas rangendo em alto-falantes quebrados. Imaginei a caixa coberta com fita isolante, funcionando apenas se a pessoa a mantivesse apoiada em um ângulo de quarenta e cinco graus por conta de um fio solto, imaginei os caras gravando a música em uma salinha de zelador nas profundezas de algum arranha-céu no centro da cidade. Desmantelando um pedaço da cultura branca e produzindo aquela coisa bizarra e sustentável, reconfigurando o original frio em um artefato comunitário. Eles gritavam: "*Everybody say, 'Rock it, don't stop it'*",* e a multidão gritava de volta em respeitosa concordância: "*Rock it, don't stop it*". Por que não responderiam? Provavelmente era no Planet Rock que eu queria estar metade do tempo, para onde transportavam todos nós, improváveis escolhidos, ao estilo *Contatos imediatos*. Havia outros lugares além desse, dizia a música. Eu não estava tentando falar mal do Afrika, mas sim elogiar sua conquista excêntrica. Seu paradoxo.

Marcus não aceitava. Porque eu não disse isso.

— Você tem sorte que o Zulu Nation não esteja por aí ainda — comentou ele. — Eles cortariam suas coisas fora, enterrariam você até o pescoço na areia e deixariam a maré subir. Eles não brincam em serviço, filhão.

Olhei para ele, sem entender.

Marcus fez que não com a cabeça.

— Eu estava numa festa uma vez, e aquele otário de Bed-Stuy ficou falando, "Foda-se Manhattan, Bed-Stuy blá-blá,

---

* "Todo mundo diz: 'Bote pra quebrar, não pare'", em tradução livre. [*N. E.*]

Bed-Stuy blá-blá", e esses caras do Zulu Nation chegaram e foram pra cima dele. O cara ficou acabado, com sangue, saliva e merda escorrendo pelo rosto. É melhor você tomar cuidado com o que fala.

— Eu só estava tentando compartilhar algumas informações.

— É, claro, esqueci que você gosta dessa música branca, seu filho da puta cara de quem ouve Siouxsie and the Banshees. — Ele coçou o peito e pensou por um momento. — Com bunda de macaco.

Que fique registrado que minha camiseta preta era, na verdade, uma camiseta da Bauhaus, comprada no outono anterior, no Village, na primeira das minhas viagens semanais para procurar novos álbuns, geralmente lançamentos em vinil do mundo dos pálidos e selecionados, mas era verdade que eu tinha usado minha camiseta do Siouxsie and the Banshees na semana anterior. Eu não comprava discos de rap — eu já ouvia o tempo todo. Reggie e Elena tinham todos os melhores, então não havia motivo para gastar minha mesada com isso. O rap era um recurso natural, seria como pagar pela luz do sol, pela brisa ou pelo alarme de um carro disparando de manhã cedo. Não, eu gastava meu dinheiro em música para ficar de bode. Perfeita para viajar no divã com uma toalha úmida na testa, uma trilha sonora de acordes menores enquanto se geme para lagos reflexivos sobre sua infelicidade elaborada. Os cantores eram fantasmas enfraquecidos e andróginos, arrastando correntes pesadas pelas planícies da tristeza, pelos pântanos sombrios do descontentamento, em busca de alívio. Não adiantava negar: eu gostava dos Smiths.

— Não sei do que você está falando, Marcus — retrucou Clive. — Botei aquela música do Tears for Fears ontem à noite e vocês ficaram, tipo: "Essa é foda".

Marcus encolheu-se.

— Eu gostei do clipe, cara. É um bom clipe.

Com isso, a discussão terminou, a mais recente disputa de fronteira sem sentido na longa guerra a respeito de qual cultura branca era aceitável e qual não era. Redesenhávamos os mapas com fervor, substituindo acordos e concessões. Naquela semana, as roupas de surfe estavam na moda, e adotamos as camisetas Ocean Pacific e os shorts Maui como nossos. No ano seguinte, a Lacoste voltaria para território inimigo, recuperada pelas diligentes forças da segregação. No entanto, havia uma regra: Clive dava a última palavra. Se Clive desse sua bênção, tudo bem, fosse o assunto Donny and Marie ou Twisted Sister. Ou golfe. Mas para o restante de nós, as regras mudavam diariamente. Isso nos mantinha atentos.

DEPOIS DE UM TEMPO, ficamos parados lado a lado, olhando para as ondas e um para o outro, e concordamos: hora de entrar. O sol era um raio mortal doentio cortando o céu sem nuvens — desde que Clive me contara sobre as qualidades de acúmulo de calor nas camisetas pretas, um forno 50% algodão e 50% poliéster estava assando minha carne. Eu era bem sugestionável. Clive e Marcus soltaram gritos de guerra e mergulharam na água. Corri até a arrebentação uma vez, voltei correndo, corri de novo, voltei correndo (eu tinha um sistema), em seguida, comecei a avançar pela água o mais rápido que podia, fazendo caretas a cada centímetro gelado que subia pela barriga, mantendo os braços levantados como se estivesse lutando contra areia movediça. Randy mergulhou um dedo do pé na água e voltou para seu cobertor.

Não, eu não sei nadar no sentido convencional. Até hoje. Ao longo dos anos, aprendi como gerar movimento para a frente em um meio líquido com uma combinação de movimentos bruscos de braços e pernas, mas nada que se aproxime da definição padrão de uma braçada. Consigo boiar de costas, isso conta para alguma coisa, certo? No filme sobre o transatlântico condenado que passa na minha cabeça com mais frequência do que eu gostaria, eu flutuo de costas para, no fim das contas, encontrar a segurança de um bote de resgate ou de uma ilha deserta. Espirrar e chapinhar com braçadas saudáveis, caramba, é apenas um jeito de chamar a atenção e alertar os tubarões, que são atraídos por movimentos que lembram os de um "animal em perigo", de acordo com o que li nos livros sobre tubarões no fundamental. Poderia muito bem ser um caixeiro viajante amigável. O melhor era flutuar e se fingir de morto, ou pelo menos era o que eu pensava naquela época — e, em águas calmas, não havia algo mais tranquilo a se fazer do que isso. Deixava o corpo ir, como se eu não tivesse corpo e não houvesse barreira entre mim e o mar, enquanto esperava que um dos meus amigos me virasse ou me puxasse para baixo, porque é isso o que amigos fazem; mas se eu pudesse ficar alguns minutos sozinho, longe do mundo, já me dava por contente.

Eu não fazia essas flutuações livres quando entrava no mar. Precisava saber onde ficava o fundo. Toda vez que eu entrava em uma parte mais funda, onde eu achava que ainda dava pé, mas de repente não dava, eu entrava em pânico. Principalmente na Left Left, já que não havia guarda-vidas. Clive e Marcus foram nadando para longe, e eu fiquei para trás, com água até a cintura, me virando a cada minuto para ficar de olho na próxima onda vindo na minha direção.

Caminhei com dificuldade até perto da praia para poder dar uma mijada sem que a massa quente aleatória flutuasse até os meus amigos, como uma água-viva. Da praia, só era possível ver o topo das casas de Sagaponack, mas da água se tinha uma vista melhor. Nossas casas na baía de Sag Harbor ficavam amontoadas umas sobre as outras, o que criava uma cultura praiana muito unida. Mas lá as casas estavam atracadas atrás das dunas como navios de guerra. Não eram lotes de um quarto de acre como os que tínhamos na nossa região; vai saber o que havia entre essas casas, piscinas olímpicas e quadras de tênis. Campinhos de croquete onde os jogadores batiam crânios humanos pela grama. Atrás dos janelões, olhos ponderavam e inspecionavam tudo, os gigantescos eventos de maré, bem como os menores eventos humanos, aqueles que usavam trajes de banho e protetor solar. Por trás das janelas, alguém dizia: "Tinha uns negros vindo lá da praia, então pegamos nossos binóculos".

Da água, vi a longa extensão da praia, a leste e a oeste. Vi Bobby e NP voltando, mas não vi outras pessoas caminhando por lá. Na baía, sempre havia alguém. Um ou outro idiota. As senhoras de meia-idade acampavam em frente à casa de alguém todas as tardes, geralmente a nossa, enquanto pessoas de Azurest, Hills e Ninevah passeavam, fazendo rondas, deixando pegadas que eram vestígios físicos de uma dúzia de conversas. Trocando informações — quem está em alta, quem está em baixa —, enquanto as ondinhas mordiscavam a areia da praia. Esse era o cenário social. Subiam as escadas da nossa casa para preparar bebidas e usar o banheiro, independentemente de nossos pais estarem lá ou não. Nós endireitávamos a coluna, parávamos de xingar e ficávamos com o corpo empertigado do jeito certo. Faziam gins-tônicas e *screwdrivers*, empurravam os congelados para pegar as formas de gelo e perguntavam quando nossos pais chegariam.

Eu acreditava nos meus pais quando diziam que viriam, mesmo que as chances de isso acontecer fossem mínimas. Daí, eu pescava as latas de sopa da pia, limpava as crostas marrons do tampo do fogão. Mesmo que não aparecessem, no fim das contas, a ameaça impedia que a casa fosse entregue a uma entropia adolescente. Quando ligavam para dizer que não iriam, era sempre alguns minutos depois de terminarmos a limpeza, como se estivessem nos vigiando. Esse esquema nos mantinha na linha, a ilusão necessária de que voltariam toda sexta-feira. Quem sabe como Reggie e eu teríamos vivido se realmente ficássemos em um mundo sem pais. Quando dizíamos aos amigos deles que não iriam, recebíamos sorrisos irônicos e um balançar de cabeça antes de recuarem para a praia para continuar sua ronda, com o gelo tilintando nos copos plásticos vermelhos.

Uma onda me deu um caixote e me fez dar cambalhotas na areia rodopiante. Afastei-me mais da água para ficar seguro. Pensei: *Se vão continuar pulando os fins de semana, eu vou ter que me adaptar*. Precisávamos de comida congelada para sobreviver. Se o emprego no Jonni Waffle não desse certo, Marcus tinha comentado sobre uma vaga de lavador de pratos no Sandbar. Olhei para cima e vi que Bobby e NP estavam de volta. Randy estava em pé. NP falou alguma coisa deplorável — seus braços giravam em um teatro anedótico profundo — e, em seguida, vi algo estranho. Os três estavam rindo, e daí NP estendeu a mão, e Randy estendeu a dele, e as mãos se aproximaram, quase em câmera lenta, e eu pude ver, mesmo daquela distância, como se usasse binóculos, o aperto de mão mais malfeito do dia. NP aproximou-se, sinuoso, tentando replicar o movimento de vaivém que Bobby tinha usado com ele, adicionando um balanço mais próximo, mas Randy esperava algo completamente diferente, começando com um puxão na ponta dos dedos, um aperto duplo, antes de terminar com um meio abraço machão de ombro com ombro. Eles logo se recuperaram, NP continuou sua história, e Bobby fez que sim com a cabeça, entusiasmado.

Era inconfundível. Todo mundo estava fingindo.

Uma grande onda me ergueu e, quando passou, procurei o fundo, mas ele não estava lá. Meus dedos dos pés tatearam ao redor, mas eu não conseguia sentir nada. A correnteza tinha me puxado, e minha mente de nadador "cachorrinho" entrou em pânico, meu imperativo de lutar ou fugir apareceu com fúria total. (Obrigado, tronco cerebral reptiliano.) Compreendi imediatamente que a água não estava apenas a poucos centímetros acima da minha cabeça, mas a muitos metros. Eu estava na corrente, a caminho da Europa, havia tubarões e nenhum apito para sinalizar que eu estava em perigo. Minhas mãos estenderam-se em busca de algo. Tentei transformar a água em uma corda. De fora, tenho certeza de que parecia que eu estava me puxando em direção à costa, uma mão atrás da outra. Mas não avançava. Meu peito se apertou e meus pés tentaram alcançar o fundo mais uma vez, em vão, e meu peito se apertou ainda mais. Clive disse:

— Vou entrar.

Ele estava bem ao meu lado.

— Ei! Eu preciso… pode me dar uma mão? — perguntei.

Ele pareceu confuso, então estendeu a mão e me puxou por uns quinze centímetros.

Senti a areia embaixo dos pés, ou melhor, na pontinha dos dedos. Tinha água até o pescoço, e estava amando. Comecei a explicar a situação, mas Clive me interrompeu.

— Ei, não esquenta. Eles já voltaram — disse, apontando.

Vi que Marcus já estava fora da água e indo em direção aos outros. NP nos informou quando nos juntamos a eles:

— Não tinha ninguém lá, só um velho branco passeando com um daqueles cachorros que parecem um cavalo. O cachorro batia no peito dele, parecia que queria comer ele, se quer saber. Então, esse cara nos vê indo na direção dele e começa a fechar a cara, como se estivéssemos tentando nos mudar para a casa ao lado.

— Parecia uma ameixa — disse Bobby.

— Escroto com cu de ameixa. Continuamos caminhando, mas não vimos nenhuma moça pelada. Devem ficar mais lá embaixo na praia, não sei onde estão. Mas também não vamos caminhar até Montauk, né.

— Então resolvemos voltar.

— O Bobby ficou reclamando, "Estou cansado", então começamos a voltar, e quem vemos de novo? Aquele velho branco com o cachorrão. E ele fica olhando pra gente de novo. Encarando mesmo. Então, meio que pensei: *Se ele quer olhar alguma coisa, vai olhar isso aqui*. Então abaixei meu short e mostrei a bunda pr'aquele babaca. Fiquei, tipo: "Meu cu preto pra você" — disse ele, fazendo um movimento robótico de palmada na própria bunda. — Meu cu preto!

Caímos na gargalhada. Mentiroso filho da puta.

— Parecia que ia ter um ataque cardíaco lá mesmo. E, vocês sabem, aquele cachorro teria comido ele também. Tipo — NP usou sua melhor voz de Cão Peludo —, "Sinto muito que você esteja morto, meu dono, mas o negão precisa comer".

Randy sacudiu a areia da camiseta e anunciou:

— Já estou pronto para voltar.

Ele era o motorista. E pronto. Pegamos nossas coisas.

Caminhamos pela duna um atrás do outro, cansados no final da tarde, projetando silhuetas familiares. Cinco horas da tarde, luz de junho, esgotados pelo sol, cheios de areia e úmidos — mais um dia em meio a vários. Fazíamos isso havia anos, com as devidas adaptações no começo do verão, ajustando-nos para nos reacostumarmos depois de nove meses presos em diferentes cantos da cidade. Descobrindo a nova versão um do outro. Um chegava com coisas do seu bairro, o outro cara trazia coisas do bairro dele, e os dois batiam de frente. No final do verão, estávamos todos no mesmo patamar. Eu já estava dizendo firmeza e tranquilão quatro vezes mais do que na baixa temporada.

Não mudávamos muito de um ano para o outro, apenas nos tornávamos mais nós mesmos. Em que ponto estaríamos no verão seguinte? Alguns centímetros mais perto. Bobby voltava com uma versão mais refinada de sua identidade meio equivocada de Pantera Negra interpretada por um garoto privilegiado de Westchester que não lia muito. NP reaparecia com uma persona de palhaço mais estável, dominando os gestos e as piadas, entendendo as pausas e os vários sinais que treinavam seus amigos e familiares para serem sua plateia. Cada um em sua trajetória, embora às vezes nos cruzássemos. E eu? Mantendo meus olhos abertos, reunindo dados, mais e mais fatos, porque, se eu tivesse informações o bastante, poderia saber como agir. Ouvindo e observando, tomando notas de alguma coisa que um dia talvez fosse um diagrama para uma invenção, um eu funcional com partes móveis.

Tateando até aquele momento, tentando pescar algo. Torcendo para que ninguém notasse.

— Limpem toda a areia dos pés antes de entrar — ordenou Randy. — Não quero vocês zoando meu carro. Vocês são uns filhos da puta que sujam tudo de areia.

Reviramos os olhos e esbofeteamos os pés com as toalhas. Batemos as portas ao fechá-las. Olhei pela janela traseira e vi Marcus desaparecer na curva. Estávamos nos tornando mais nós mesmos, mas o que isso significava no caso de Marcus? Ele tinha uma longa jornada pela frente.

Dez minutos depois, ainda estávamos no mesmo lugar. O carro não pegava. Havia um telefone público na praia da cidade, que podíamos usar para chamar um guincho, mas não na Left Left. Tínhamos ido à Left Left para ficarmos à nossa própria sorte.

Randy fez mais uma tentativa de ligar o motor. Nada aconteceu. Imaginei a ferrugem se acumulando embaixo do motor cada vez que ele girava a chave.

Ficamos sentados por mais um minuto.

— Fala sério.

Se eu pudesse pagar menos, pagaria

VAI ME PEGAR QUANDO EU NÃO ESTIVER ESPErando, carregado nas lufadas do sistema de ventilação de um restaurante ou me sufocando na soleira da porta do apartamento de um amigo enquanto sou recebido e informado a respeito do que acontece no quarto e sala — a história da receita passada de geração em geração por telefone por um parente idoso, os primeiros lotes estragados. É o cheiro de sobremesa, o cheiro de chocolate e do alimento compartilhado, o aroma de tesouros à espera, a própria expectativa. O cheiro da normalidade. É a sobremesa e o sistema de entrega de açúcar em todas as suas formas: biscoitos, tortas, bolos, os confeitos elaborados que são um tributo à criatividade da mente humana. Isso me lembra sorvete. Me dá ânsia de vômito. Me dá vontade de vomitar. Mesmo depois de todo esse tempo.

Aquele verão foi meu primeiro período de trabalho no Jonni Waffle e o início do meu exílio do mundo das pessoas decentes. Não que eu soubesse as implicações de aceitar um emprego lá, só sabia que precisava ganhar algum dinheiro. Um comediante disse uma vez que o salário mínimo é a maneira do chefe lhe dizer: *Se eu pudesse te pagar menos, pagaria.* Sem dúvida, quando comecei a trabalhar lá, Martine, o dono do Jonni Waffle, me pagou o menor valor permitido por lei. Em outras palavras, e sinto que devo enfatizar esse ponto, *seria ilegal ele me pagar menos.* Se a pessoa durasse, a cada quatro semanas ele dava aumentos de cinco ou dez centavos. O quanto se recebia não era determinado pela competência, mas pelo carisma, pelo quanto ele valorizava sua companhia. Dá para imaginar qual era a minha escala.

Os centavos acumulavam-se, mas não se pode dizer que o dinheiro era nossa verdadeira remuneração, ainda mais se considerarmos os riscos do trabalho com um olhar lógico. Não, nossa verdadeira recompensa vinha na forma de uma oferta muito mais efêmera: comíamos sorvete. O quanto quiséssemos. Em todos os turnos. Tudo o que conseguíamos enfiar goela abaixo. Sorvete de chocolate no café da manhã e no almoço se eu trabalhasse no turno do dia, e sorvete de chocolate no almoço e no jantar se pegasse o turno da noite. Qualquer sabor que desejássemos, regado com tanto refrigerante quanto conseguíssemos aguentar. A máquina de refrigerantes era econômica com a carbonatação, transformando tudo em uma espécie de xarope, mas era até apropriado, pois mantinha a coerência com as outras coisas que vendíamos. Éramos aprendizes daquela gosma, especializados em coisas que derretiam do estado sólido para um líquido pegajoso ou fluíam devagar, como o sorvete que servíamos de uma alavanca em uma caixa de metal vibrante, e o chocolate derretido e a calda de morango que adicionávamos com entusiasmo. Havia todo tipo de doce empilhado no fundo da loja — barras de Heath, Reese's Pieces, imitações dos ursinhos de goma autênticos que escorriam arco-íris nas tardes quentes — para enfiar no sorvete como *toppings*. Também era buffet aberto. Se vendíamos no Jonni Waffle, podíamos comer. Em teoria, se a pessoa tivesse um fetiche por casquinhas, essa seria a chance de alcançar o paraíso da comilança de casquinhas, e estaria livre para devorar caixas inteiras, pilha atrás de pilha, quando a compulsão batesse.

Mas as casquinhas comuns não são centrais nesta crônica. O que havia lá era o waffle, o novíssimo cone de waffle belga. Não havia como escapar. O pó da mistura rodopiava no ar como amianto nas entranhas de uma fábrica condenada, alojava-se nas profundezas dos pulmões, grudava no cabelo como caspa doce, misturava-se ao suor e engrumava em misturas salgadas não reconhecidas pelos criadores da receita secreta. Quando se trabalhava nas chapas de waffle, o vapor dos cones de cozimento criava uma atmosfera localizada, as exalações grosseiras de um planeta antigo e atrasado. Nós aprendíamos a não cutucar caso notássemos um montinho no nosso braço — às vezes era uma gota de massa, claro; mas, às vezes, o que parecia ser massa era, na verdade, derretida, queimada acidentalmente ao tentar manter a agitação louca das chapas, e o que você estava descascando, na verdade, era um pouco de si mesmo.

UMA TARDE, pouco depois de entrar para a família Jonni Waffle, fiquei praticamente encasulado naquela coisa. A eletricidade de nossa casa estava desligada, por isso não tínhamos água quente, o que significava que eu não tinha tomado banho e todos os meus poros ainda estavam entupidos e feridos pelo turno da noite anterior. Eu havia esquecido de lavar minha camiseta extra do Jonni Waffle (Martine, com alguma cerimônia, presenteava os funcionários com duas camisetas do Jonni Waffle no primeiro turno), então fui obrigado a usá-la suja, coberta de massa e melada de cobertura por causa de um acidente com um sundae. Limpei as manchas de manteiga de amendoim caseira com uma meia molhada e cruzei os dedos para que, quando eu começasse a trabalhar, elas secassem e ficassem invisíveis. Seriam algumas horas fedidas. Rezei para que meu odor de waffle fosse camuflado pelo ambiente ainda mais wafflelizado da loja.

Reggie me acordara naquela manhã para avisar sobre a eletricidade. Era a minha vez na cama dos nossos pais — alternávamos quem dormia no quarto deles quando os dois estavam na cidade. Assim que saíam da garagem, quem tivesse a vez falava, de repente: "A cama deles é minha!", reivindicando a vaga e evitando qualquer discussão.

O que era ridículo. Revezamento era revezamento, nem precisávamos explicar. Desde o nosso nascimento, vivíamos de acordo com a justiça áspera do zero a zero, e até mesmo no zero a zero nossa memória era perfeita. De quem era a vez de arrastar os sacos de lixo para a calçada, de quem era a vez de decidir a qual canal assistir, de quem era a vez de escolher o primeiro pedaço de frango — aquele naco de peito recém-cortado em cima da travessa com um pedaço crocante de pele escorregando timidamente, sem dúvida o melhor pedaço de todos, de lamber os beiços. Tudo era registrado no livro-razão imortal do zero a zero, e nós obedecíamos. Como ex-gêmeos, Reggie e eu éramos movidos pelo medo de sermos prejudicados, de que o outro ficasse com uma porção maior dos recursos disponíveis em nossa casa, fossem eles emocionais, materiais ou imaginários. O seu irmão, o seu verdadeiro oponente em cem batalhas por dia, grandes e pequenas, não deve receber mais do que a parte dele, porque isso significa que você está recebendo menos. Ficávamos aterrorizados com a prova do que sabíamos ser verdade.

Às vezes, o sistema falhava. Na verdade, no dia anterior à queda de energia, tivemos uma dessas situações. Um pilar da jurisprudência em nosso país de dois homens sustentava que a pessoa não era responsável pelas obrigações do irmão, daí as constantes declarações de "Isso não é meu, é de Reggie" com relação a propriedades deixadas onde não deveriam estar, e "É a vez de Benji" com relação a algum dever ou tarefa. Culpa e responsabilidade eram sinônimas em nosso dicionário, e rejeitávamos qualquer associação até que não houvesse mais como evitá-la.

Um mandamento que entrava em jogo com bastante frequência, dado nosso amor por refeições prontas, era: "Não lavarás a panela de sopa do teu irmão". Havia uma panela ideal para aquecer uma lata de sopa de quatrocentos e setenta mililitros até a temperatura ideal para consumo, famosa por suas propriedades de condução de calor e uma elegante relação entre superfície e altura que permitia que ela esquentasse rapidamente sem transbordar, caso sofrêssemos um momento de distração adolescente e nos esquecêssemos dela. De acordo com nossa etiqueta de panelas altamente ritualizada, quem a usasse por último tinha que a lavar caso a outra pessoa precisasse dela para a sopa — parar imediatamente o que estivesse fazendo, pegar a esponja e esfregar para remover os resíduos do ensopado de carne.

O que acontecera no episódio em questão foi que minha mãe tinha preparado tacos para nós na noite anterior ao retorno deles para a cidade. Distraída, ela não lavou a panela, e o utensílio ficou sobre o fogão por dias. Era uma época de calor e não tínhamos ar-condicionado. O que deixava o lugar ainda mais quente era o fato de as janelas ficarem fechadas. Meu pai berrou com minha mãe de um jeito tão alto e feroz na noite anterior à partida que fui tomado por um profundo sentimento de humilhação, que normalmente me paralisava, mas que, naquela ocasião, me fez atravessar a sala de estar correndo e fechar todas as janelas. As casas na praia eram bem próximas umas das outras, veja bem, em comparação às ruas internas dos condomínios, para maximizar o uso do lote. Na cidade, quando meu pai levantava a voz, o som era mais ou menos engolido pelo barulho ambiente e absorvido pelas paredes do nosso prédio do período pré-guerra, construído segundo os princípios de uma era melhor, feito para aguentar o tranco.

O som da voz do meu pai ainda escapava pela porta de tela, mas, fechando as janelas, pensei que poderia interromper as rotas mais diretas para os ouvidos de nossos vizinhos. Imaginei o avanço das ondas sonoras pelo ar, conforme descrito no meu livro escolar *Introdução à física*: os gritos quicando nas janelas fechadas e permanecendo presos dentro de casa, ricocheteando ao nosso redor na geladeira, na estante da sala e na aquarela emoldurada do Long Wharf, que era a única coisa pendurada em nossas paredes, então alguns dos gritos se infiltrando pelas portas de tela e voando pelo convés antes de se perderem e diminuírem no imenso vazio da baía, onde não havia quem os ouvir. Meus pais me ignoraram na minha missão de fechar as janelas, ou não me viram. Não disseram nada.

O problema era que, já que Reggie e eu estávamos trabalhando, as portas de vidro da sala de estar ficavam fechadas mais tempo do que o normal, assim como as janelas, e, durante a onda de calor, a casa virava um verdadeiro forno. Eu havia me esquecido de reabri-las depois que meus pais foram embora. Na panela de tacos, uma frigideira larga e adorada para diversos fins, a natureza seguiu seu curso.

— Que cheiro é esse? — perguntara Reggie, quando voltara do trabalho.

Eu também tinha sentido um cheiro estranho, mas não dera tanta bola assim para investigar. Reggie e eu farejamos perto das fontes prováveis. A lata de lixo, que esvaziávamos somente quando estava transbordando. De acordo com o sistema zero a zero e sua preferência por tarefas de última hora, não havia razão para tirar o lixo enquanto ainda era possível fechar a tampa da lata ou se ela estivesse aberta, apoiada no lixo, em um ângulo de menos de quarenta e cinco graus. Mas a lata de lixo não fedia tanto assim. Tiramos os pratos da pia. Em nossa lógica, não limpávamos a pia a menos que todas as tarefas relacionadas a ela se tornassem impossíveis devido à bagunça piramidal saliente e, consequentemente, às vezes a comida ficava embaixo dos pratos e tigelas, e mofava. Mas os pedaços de comida amarronzada não fediam tanto. O cheiro vinha do fogão.

— O que tem aí dentro? — perguntei a Reggie, referindo-me à panela.

— Não é minha — disse ele, testemunhando sob juramento.

— Não é minha — falei, com a mesma gravidade, e uma vez que tínhamos declarado inocência de qualquer acusação que estivesse prestes a ser proferida, levantei a tampa da panela.

O fedor explodiu. A pálida fervura de larvas se contorcia, se batia e triturava a carne moída em decomposição e os pedaços alaranjados de gordura endurecida. Elas serpenteavam, levemente tingidas de rosa pelo tempero Taco Mix.

— Creeeedo! — gritei.

— Arrggh! — exclamou Reggie.

Éramos irmãos.

Tampei a panela de novo e fizemos uma conferência. Apertei a tampa como se estivesse guardando os Portões do Inferno. O problema era que não havia precedentes para aquela situação. A panela estava fora do alcance da lei, além da fronteira do estado. Quem tinha jurisdição? A panela era da minha mãe. De qualquer forma, ela seria lavada na véspera do retorno de nossos pais, e quem estivesse a cargo da cozinha naquele dia teria que esfregá-la. Na verdade, seria a vez de Reggie. Mas isso aconteceria no futuro: nossos pais não voltariam tão cedo. A responsabilidade iminente de Reggie aplicava-se retroativamente? Não, ele argumentou, assim como eu argumentei o contrário, e se os papéis tivessem sido trocados, teríamos argumentado o oposto com a mesma erudição e ênfase. A panela, aos olhos da lei, não existia como tal. Não era a minha, nem de Reggie, a panela era da sociedade.

O cheiro, no entanto, não era hipotético. Dei uma sugestão. Eu me livraria das larvas, mas Reggie esfregaria a panela até limpá-la. Moção aprovada. Depois disso, abri as janelas. Naquela época, não gritávamos tanto um com o outro.

Episódios como esses, em que até o zero a zero era posto à prova, nos faziam correr para a segurança da cama *queen* dos nossos pais. Quando conseguíamos a cama grande, ficávamos com ela até os nossos pais voltarem, o que significava que, quando eles não vinham no fim de semana, ficávamos com ela por onze dias seguidos. Um bônus.

Reggie enfiou a cabeça na porta.

— Teve um apagão — disse ele.

Levantei-me para dar uma olhada. A energia sempre acabava. Qualquer grande tempestade derrubava uma ou duas linhas em algum lugar da rede elétrica de Long Island. Às vezes, era na nossa região; em outras, não. Ficávamos sem energia elétrica por algumas horas ou, em caso de furacões, dias. Nosso fogão era elétrico, e precisávamos de eletricidade para o aquecedor, mas, em geral, a energia voltava rápido, então os apagões raramente representavam mais do que um pequeno incômodo. A gente acendia velas, se xingava por não ter comprado mais pilhas depois do apagão anterior, embora isso já tivesse acontecido antes, e ia para a cama. Quando acordávamos no dia seguinte, as luzes já estavam acesas de novo. Na maioria das vezes.

O dia estava lindo e ensolarado. Fui andando pela casa, apertando interruptores e botões, abrindo a geladeira, e nada ligou. Saí pela porta lateral para ver se conseguia ouvir a voz de Chuck Woolery ecoando na televisão da sra. Johnson — ela era uma grande fã do Love Connection e, pelo que tudo indicava, havia descoberto um canal Love Connection vinte e quatro horas —, e encontrei a conta presa na maçaneta. A LILCO havia cortado o fornecimento de luz por falta de pagamento. Não houve um apagão. Éramos só nós.

— Fala sério — disse Reggie.

— Essa foi pesada, não? — completei.

Reggie foi pegar o ônibus para ir trabalhar, e eu liguei para a nossa mãe no trabalho.

— Quer deixar recado? — perguntou a secretária.

Respondi que não. Dizer à secretária da minha mãe que a luz tinha sido cortada estava fora de questão. Fui programado para não deixar que outras pessoas soubessem dos nossos problemas. O que acontecia em casa ficava em casa, ricocheteando nas paredes, nos móveis e em nós, até ser absorvido ou esquecido. Quando minha mãe retornou a ligação, pareceu despreocupada.

— Foi só uma confusão de pagamento — disse. — Eu cuido disso.

Ela nos disse que iriam para lá na sexta-feira. Ela nos veria, então.

SAÍ PARA TRABALHAR às 16h45. Dei mais uma checada na minha camiseta: meio fedida. Martine estaria lá para supervisionar a entrega para o fim de semana, e NP estava de plantão, então eu seria zoado pelo Incidente do Tapinha na Cabeça. Além disso, as quintas-feiras são o começo do fim de semana de algumas pessoas, chegando com suas notas amassadas e olhares sedentos. Seria um turno difícil.

O vento havia aumentado. Talvez fosse chover, mas não tão cedo. Eu podia pegar o atalho pela praia. Cortar caminho por lá significava pular várias ruas, a Terry Drive e o restante, chegando à Bay Street com uma boa vantagem. A Terry Drive recebera o nome de Maude Terry, a arquiteta espiritual dos condomínios e — se alguém seguisse o longo fluxo de causa e efeito, a série de consequências que se propagaram através das gerações — a responsável por todos os segundos da minha vida em Sag Harbor. A culpa por tudo isso recai sobre os ombros da velha Maude Terry.

Ela fazia parte de um grupo do Brooklyn e do Queens que surgiu nas décadas de 1930 e 1940 em Eastville, perto da Hempstead House. Eastville é o lugar onde os trabalhadores negros e indígenas que chegaram para trabalhar nos navios durante a explosão da caça às baleias em Sag Harbor tinha se estabelecido. Um dia, nossa Maude, depois de caminhar pelas trilhas de terra verão após verão até o que se tornaria a Azurest Beach, resolveu investigar quem realmente era o dono daquelas matas. O que significava que já tinha alguma ideia dos condomínios, certo? Por que ir atrás se não tivesse um plano? Que incidente fez com que essa ideia aparecesse na cabeça dela, que tipo de dia ou noite ela teve para ter esperanças e planejar, para pensar numa coisa dessas? Tá aí uma história que não foi transmitida de geração em geração.

Os vinte acres pertenciam a um homem chamado sr. Gale, que estava tentando se desfazer deles havia algum tempo. Ninguém queria aquele terreno. Não ficava à beira do Atlântico, como as principais áreas de Bridgehampton, South Hampton etc. Maude elaborou um plano no qual ela venderia os lotes por ele — para os amigos dela, para os amigos dos amigos dela e assim por diante, para os negros de classe média que eles conheciam. Um lote interno saía por setecentos e cinquenta dólares e um de frente para a praia por mil. A notícia se espalhou. Uma a uma, as casas foram construídas.

Corta para quarenta anos depois, mais especificamente para mim, indo para o trabalho e lidando com aquele contratempo. Cortar caminho pela praia significava passar por um corredor polonês de interações sociais forçadas. Naquela tarde, enquanto caminhava pela lateral da casa em direção à contenção, dei sorte. Só havia uma amiga da minha mãe na praia em frente à nossa casa. Era a sra. Collins, mãe de Marcus, com um exemplar da revista *People* no colo. Sua mão pendia na lateral da cadeira de praia, caindo na borda da taça de vinho branco. A areia aglomerava-se na condensação da taça como ferrugem. Havia três cadeiras de praia vazias. Vi toucas de banho na água. Ótimo *timing*.

— Como vai, sra. Collins?

Ela olhou para mim por cima da armação dos óculos de sol.

— Bem, bem — respondeu, inspecionando minha camiseta suja. — Está indo para o Jonni Waffle?

— Estou.

— Vai trazer um pouco de rocky road para casa? — perguntou ela, como fazia toda vez que me encontrava a caminho do trabalho.

Eu era tão bitolado que sempre a levava ao pé da letra, e minha mente girava em cenários desesperadores nos quais eu era forçado a contrabandear um pote de sorvete sabor rocky road por baixo de raios laser, passando por sensores infravermelhos. Martine deixava que levássemos um pote por semana para casa, "para nossa família", e as mães dos funcionários do Jonni Waffle espalhavam a notícia com alegria, ostentando seu acesso aos sorvetes "bombom de maçã" ou "doce de amêndoas com baunilha". A sra. Collins e eu não éramos parentes. Se eu levasse um pote para uma amiga da família, estaria quebrando a confiança de Martine? Eu me importava com a confiança de Martine depois do Incidente? O que contribuiu para minha reflexão neurótica foi o fato de não termos rocky road, pois esse sabor era muito comum para o desfile de extravagâncias que era o Jonni Waffle. Ela não estava apenas me pedindo para roubar, estava me pedindo para roubar algo que nem existia. Um exercício lógico: o Dilema do Idiota.

Repetindo:

— Vai trazer um pouco de rocky road para casa?

Concordei com a cabeça.

— Quando seus pais vêm salgar as coisas?

— Amanhã — respondi.

Ela sorriu. Era uma piada divertida, quando nossos pais viriam para salgar as coisas.

— Tudo bem, então — disse ela.

Segui meu caminho. Naquela época, a maioria das casas na praia eram bangalôs modestos, com deques que se estendiam em direção à baía ou gramados inclinados que desciam até a contenção. A exceção era a casa da família Martin, que ocupava três lotes e era uma verdadeira casa de praia moderna no estilo dos Hamptons, daquelas que apareceriam em uma revista quando não houvesse mais casas brancas nos Hamptons para fotografar. Coisa que nunca aconteceu. Era a maior casa de Azurest naquela época, uma refugiada do outro lado da ilha, com seus janelões fingindo dar para algum trecho mais sofisticado da praia. O sr. Martin era dono de algumas estações de R&B na região nordeste e era cheio da grana. Sempre havia caminhonetes estacionadas do lado de fora da casa, pertencentes aos jardineiros, aos piscineiros, aos caras que faziam fossem lá quais melhorias e instalações lá dentro. Eu nunca tinha entrado — os pais de todos nós iam às festas, mas crianças não podiam entrar.

Todo mundo ainda falava da festa de cinquenta anos do sr. Martin, quando ele contratou Gladys Knight e um Pip para se apresentarem. Eles só podiam pagar um Pip do grupo Gladys Knight and the Pips depois de gastar tanto com um monte de comida e bebida. Era uma nova espécie de farra. O avô de Bobby, que fazia parte da primeira geração, sempre nos contava que, quando as casas começaram a ser construídas, nas estradas de terra antes dos empreendimentos serem pavimentados, todos eram bem-vindos quando se dava uma festa. As pessoas até podiam não se conhecer pessoalmente, mas todos meio que tinham a mesma história, certo? Depois de uma longa jornada, tinham encontrado segurança naquela praia. Sobreviventes e vizinhos. Os dias de semana eram tranquilos, administrados pelas esposas, que cuidavam das crianças, iam à praia e zelavam pelos loteamentos com cuidado matriarcal. Os homens chegavam na sexta-feira, e a socialização começava. Se alguém visse luzes ou ouvisse música, de acordo com o avô de Bobby, era só chegar e empurrar a porta de tela, conhecendo a pessoa ou não. E, quando entravam, viravam irmãos de sangue.

Parecia loucura, para dizer a verdade. O costume de tempos melhores. Metade da diversão de dar uma festa, ao que parecia — e falo como alguém que não era convidado para festas e, portanto, tinha uma perspectiva externa —, estava em excluir as pessoas, especialmente vizinhos, que seriam forçados a ouvir a música e as risadas, fechando as janelas para manter o barulho do lado de fora, assim como alguns fechavam as janelas para manter o barulho do lado de dentro.

As casas terminavam na Azurest Beach, onde se colocava os cobertores e as coisas de praia caso não estivesse em frente à casa de alguém que morasse à beira-mar. Era onde Reggie, eu, Marcus e Bobby passávamos a maior parte das nossas tardes ensolaradas quando mais novos, fazendo as coisas típicas de crianças na praia, criando coisas com areia, arremessando caranguejos mortos uns nos outros. Nossos substitutos estavam lá, reencenando nossas criações fracassadas, nossos passatempos fúteis. E um dia estariam passando por seus substitutos a caminho do trabalho. Não reconheci as mães, mas acenei mesmo assim, e elas acenaram de volta. Éramos vizinhos.

Pulei o pequeno filete de água que, desde sempre, chamávamos de Barrigudinho, mas que qualquer pessoa com bom senso chamava de Esgoto, o que era menos romântico, mas mais honesto. Era onde o escoamento da rua desaguava no mar. Peixes barrigudinhos prateados ficavam lá, e os usávamos como isca. Puxávamos uma velha colcha em direção ao cano estriado, recolhendo dezenas de peixes em nossa rede suja. Quando içávamos o pano entre nós, lutando contra o peso da água que escorria, os peixinhos pulavam e se debatiam nos fios sujos. Enfiávamos nossos anzóis neles, torcendo seus corpos esguios no metal enquanto suas entranhas e olhos saltavam para fora. Lançávamos as linhas no Long Wharf ou na Azurest, na esperança de conseguir uma mordida dos pargos e dos filhotes de pargo. Já fazia um tempão que não pescávamos.

O Barrigudinho significava que eu tinha chegado à Praia Pública, outro local abandonado, embora isso fosse mudar no ano seguinte, quando começamos a ficar chapados no estacionamento, no carro de Bobby. A Praia Pública — que era aberta a todos em Sag Harbor, ou seja, aos brancos — era fundamental naquele momento, pois fornecia a segunda metade do atalho para a cidade, para o trabalho. O trajeto até o Jonni Waffle, na verdade tudo relacionado ao Jonni Waffle, ocupava um lugar tão importante na minha cabeça que eu nem tinha mais as recordações das aulas de natação quando chegava à Praia Pública. Um feito e tanto, considerando os ecos atormentadores do meu fracasso e suas reverberações ao longo dos anos. As frases fantasmagóricas — "Sopre pelo nariz!", "Agora flutue!", "Solte meu braço, droga!" — eram apenas um sussurro, quase inaudível por sobre as ondas. Instrutor de natação, guarda de campo prisional. Minha primeira lição sobre a verdadeira inutilidade. Peixinho, Golfinho, Tubarão — não consigo me lembrar dos nomes específicos, porque nunca os alcancei. Fiquei para trás por três anos seguidos, o maior Peixinho da praia, grandalhão em meio a criancinhas como um monumento desajeitado à inépcia, então minha mãe lavou as mãos. Um bebê de Sag Harbor era alguém que ia para lá desde que nascera, como minha mãe, como Reggie e eu, como aquelas crianças que havia acabado de ver na Azurest Beach. Um bebê de Sag Harbor que não sabia nadar era uma vergonha para toda a comunidade, já que uma deficiência nessa área era uma previsão amplamente reconhecida de desvios futuros. Red Tompkins, por exemplo, era um notório não nadador, e todos sabíamos que fim ele teve, apesar de todas as vantagens. *Glub, glub.*

Atravessei o estacionamento e segui pela estrada, afastando-me para chegar ao último trecho do atalho, um desvio na mata que terminava na Bay Street. Hoje em dia tem uma casa lá, então é preciso pegar o caminho mais longo. Refiz meus antigos caminhos para ter certeza de que o que sei é plausível na recontagem e para dar uma chance aos Esquecidos e aos Reprimidos, àqueles dois primos nossos esquecidos lá no canto, evitando contato visual. (Podem opinar quando quiserem, rapazes.) A casa é bacana, com ângulos bem definidos, uma gárgula cinza de modernidade, e eu gosto dela, embora não combine com as outras casas na Bay Street, as casas coloniais holandesas com varandas longas e espaçosas, residências neogóticas, inevitavelmente enfeitadas com bandeirinhas vermelhas, brancas e azuis quando chega o Quatro de Julho. Da última vez que fui a Sag Harbor, a casa nova tinha um playground de plástico no quintal, o que parecia estranho, porque o parquinho da Praia Pública ficava muito perto. Mas as crianças não brincam mais fora de casa.

O atalho nos levava até a Sag Harbor Branca e tinha o bônus de passar rapidamente pela casa na esquina da Bay com a Hempstead, onde uma matilha de labradores mimados e spaniels bem escovados sempre saía de debaixo da varanda para rosnar para os transeuntes. Também passávamos pela casa verde e decadente onde uma caminhonete com o adesivo da bandeira confederada estava estacionada, nos obrigando a dizer "racistas filhos da puta" sempre que passávamos por ela. Ao longo dos anos, a quantidade de "racistas filhos da puta" aumentara bastante. Estávamos cansados de falar aquilo e cansados de ver aquela caminhonete o verão inteiro.

Depois da curva, passei pela High Street, e estava praticamente na cidade. Passei pelo Retiro Cormaria, conhecido em nossa região como Convento. Como de costume, parei por um minuto para imaginar o que acontecia nas profundezas daquela entrada, geralmente vislumbres de amor lésbico. Inspiradas pelos filmes da TV a cabo da madrugada, minhas imagens daquele verão mostravam mulheres jovens e esguias de camisola se divertindo, segurando castiçais ao luar e rindo enquanto corriam atrás umas das outras pela propriedade. Em geral, as cenas terminavam com muitas carícias e colegas de quarto dizendo: "Você é o menino e eu sou a menina, e nós vamos praticar beijos de língua".

Cheguei à marina sonolenta, naquela época o porto de origem para pequenos barcos a motor, lanchas Chris-Crafts de segunda mão, barcos de pescadores com Budweiser no *cooler* e algum veleiro elegante como um cisne descansando em nossa humilde enseada entre as excursões. De vez em quando, uma lancha rápida, saída diretamente da série *Miami Vice*. Barcos maiores eram raros, mas a migração da gentalha já estava começando, à medida que as marinas dos Hamptons enchiam atracadouro após atracadouro e os ricos do outro lado da ilha descobriam Sag Harbor como um lugar para atracar seus iates chamativos e extravagantes.

Já fazia algum tempo que Sag Harbor deixara de ser um porto de embarque, primeiro como um canal de transporte de mercadorias do Atlântico e Long Island para Connecticut (madeira, alimentos) e depois atingindo seu auge durante o rápido crescimento da atividade baleeira. É difícil imaginar os navios que antes ancoravam lá. A cidade é mencionada em *Moby Dick* — é um navio de Sag Harbor que leva Queequeg de sua casa no mar do Sul para a América. Talvez você saiba como as coisas terminaram para ele. Nem mesmo suas habilidades de natação, sem dúvida nível Tubarão, conseguiram salvá-lo de seu destino. Gostaria de salientar que Queequeg tinha um pouco de dupla consciência envolvendo-o, para ilustrar a questão: "E, assim, um velho idólatra, vivia entre cristãos, usava suas roupas e tentava falar seus desatinos. Daí o seu jeito estranho, embora já estivesse havia algum tempo longe de casa".

Deve ter sido uma bela visão, a sonolenta Bay Street fervilhando com o comércio excêntrico das atividade baleeiras — capitães vesgos resmungando pelas pranchas das escunas e grandes navios; marujos bravos de todos os formatos, temperamentos e cores arrastando arpões, cantarolando as últimas canções do mar e, em geral, rondando o que hoje é um calçadão organizado, com a grama bem-cuidada. Quando começo a descrever o tipo de trabalho que eu fazia em Sag Harbor, o ofício de manusear colheres de sorvete, tento imaginar como as coisas eram cento e cinquenta anos antes, e é turvo, claro. Tudo o que consigo reunir, na verdade, é uma imagem dos marinheiros negros caminhando penosamente de volta para casa no fim do dia, em Eastville, a direção de onde eu tinha acabado de vir. Tirei o chapéu para os fantasmas enquanto passávamos um pelo outro.

No sinal, a Bay Street terminou, e eu tinha uma escolha. Virar à esquerda, em direção ao Corner Bar, ou virar à direita, no Long Wharf. Virei à direita. O cais tem mais que o suficiente para nos manter ocupados, em especial em dias quentes de verão como aquele. Eu estava indo para o trabalho, e era o Long Wharf que o Jonni Waffle chamava de lar.

O Long Wharf era a principal atração na época da caça às baleias. Depois passou a atender a um comércio diferente — turismo e lazer —, embora, dadas as estatísticas nacionais de obesidade, a gordura ainda tivesse seu nicho. Bayside, a discoteca que ficava ancorada no cais, era um novo ponto de encontro nos Hamptons para os nova-iorquinos festeiros. Seus shows contavam com grandes nomes do pop, e as noites regulares nas casas noturnas atraíam multidões e um trânsito como a cidade nunca vira. Não havia como voltar atrás. Ao lado da Bayside ficava a galeria Long Wharf Promenade, um labirinto de lojas sazonais devidamente amaldiçoadas que nunca duravam muito. Antiquários que reuniam sessenta anos de lapsos de bom gosto em decoração de casas de veraneio. Lojas de roupa elegantes e reluzentes vendendo coisas estranhas, como suéteres pré-amarrados — suéteres que não podiam ser usados da maneira convencional, pois eram, na verdade, colares grossos de algodão, feitos para ficarem sobre os ombros no estilo anglo-saxão protestante branco imaculado. Uma loja de gibis abrira e desaparecera, assim como uma locadora de vídeos. O gerente de uma tabacaria calculara incorretamente a taxa de hamptonização — o conhecimento científico sobre o assunto ainda era pequeno —, e seu estabelecimento desaparecera muito rápido. O único sobrevivente, e ele está lá até hoje, foi o Jonni Waffle.

O Long Wharf Restaurant completava o cenário, oferecendo pratos norte-americanos caros em troca da vista. Qualquer lugar no cais era especializado no pitoresco e desafiava qualquer um a não gostar dele. Uma ponte flexível estendia-se até North Haven, e uma réplica de um moinho de vento, enfeitada com uma ou duas placas históricas, oferecia um local prático para fotos Polaroid. A Shelter Island pairava sobre a água, muda e estoica. O restaurante tinha vista para a marina, e isso tinha sido antes de os grandes iates tomarem conta do lado leste do cais, então ainda havia muitos lugares para os pescadores jogarem boias vermelhas e brancas pela lateral das embarcações, com os pescados se debatendo nos baldes a seus pés. Os peixinhos que eram pescados lá — lucianos e pargos — eram uma paródia do antigo comércio, mas eram saborosos quando preparados na frigideira.

O cais era duas vezes maior em seu auge. Não sei o que aconteceu. Talvez um incêndio. Mergulhe na história local (de qualquer lugar, na verdade) e lerá muitas vezes sobre coisas sendo "destruídas pelo fogo". Em 1700 e lá vai fumaça, a rua principal tinha sido incendiada, "destruída pelo fogo". Em 1800 e pouco, a Bay Street fora incinerada, "destruída pelo fogo". Depois reconstruída em novo estilo. Em 1985, um tipo diferente de incêndio transformador atingira Sag Harbor. Um personagem local produzia adesivos para para-choques que diziam Tive um mar de diversão em Sag Harbor, enquanto uma baleia piscava e balançava o rabo. Fazia tempo que eu não via um desses. Acredito que o desaparecimento dos adesivos de para-choque e o surgimento de estabelecimentos no estilo Hamptons estão diretamente ligados. Pois, cada vez que um carro com um adesivo TIVE UM MAR DE DIVERSÃO EM SAG HARBOR ia para o ferro-velho — um Chevy azul-escuro com capota de vinil, uma perua Ford marrom com painel de nogueira falsa —, um restaurante de *nouvelle cuisine* surgia, um spa abria as portas, uma loja de bichos de estimação de socialite aumentava os preços de seus brinquedos artesanais de mastigar. Para cada baleia piscante que desaparecia, um Jonni Waffle tomava seu lugar.

O FURGÃO DA BRISTOL'S ICE CREAM estava estacionado do lado de fora do Jonni Waffle. Martine mexia nos galões de sorvete no carrinho para conferir se correspondiam ao pedido do que havia sido saqueado nos sete dias anteriores. Uma névoa branca brotava das latas e desaparecia no calor da tarde.

— Olá, Benji — cumprimentou Martine, mal erguendo os olhos.

Eu não me encolhia mais quando ele me chamava de Benji. Meus grandes planos no começo do verão de ser chamado de Ben foram por água abaixo, por isso eu tinha desistido de pedir a amigos e familiares para fazerem a troca, concentrando-me, em vez disso, nos estranhos compreensivos que conheceria no futuro, meus hipotéticos e iminentes camaradas tranquilos. NP tinha me relegado à existência benjinesca antes mesmo de eu entrar na loja. Ele me entregara um formulário de candidatura, que preenchi na hora e devolvi para ele. Martine me ligou no dia seguinte.

— Então, você é o Benji — disse ele, de cara, e eu soube que não conseguiria escapar do meu nome.

Vendo que eu era mais um dos misteriosos garotos negros de classe média de Sag Harbor, Martine me deu alguns turnos na escala. Meu primeiro emprego.

Segui o entregador até lá dentro. A frente da loja, do lado do cliente, não era tão grande, o que deixava tudo ainda mais assustador quando se tirava os olhos do freezer durante a correria da noite e via uma multidão tão feroz. Tanta ameaça por centímetro quadrado. Quando se entrava, os sabores ficavam bem na frente, e uma suave corrente de desejo atraía os clientes até o vidro, onde se maravilhavam com a fartura gelada diante deles. Antes de começar a trabalhar lá, minha ideia de sabor exótico era menta com gotas de chocolate, a versão inovadora da rede de sorveterias Baskin-Robbins. As etiquetas da vitrine de sorvete dentro do Jonni Waffle destruíram minhas noções provincianas. Que porra era um praliné, e o que levaria alguém a inseri-lo em uma criatura chamada mocha com cranberry? Eram criações nefastas. Mas o truque secundário do lugar, depois do cone de waffle, era a possibilidade de recombinação infinita. Uma porção disso com outra porção de outra coisa e finalize com uma cobertura. Se tudo desse errado, era só tacar um pouco de marshmallow.

Eu já conhecia os granulados, mas era o máximo que eu me aventurava a adicionar, em termos de *toppings*. Jonni Waffle tinha um enorme Balcão de *Toppings*, com todos os tipos de coisas maravilhosas dispostas em um espetáculo extravagante de gula ao estilo norte-americano, a liberdade servida "do jeito que você quiser". Uma placa de acrílico protegia o balcão dos clientes. Juro que era à prova de balas e testada contra revoltas. Tudo pronto para uma visita de perto ao balcão de *toppings*? Vamos dar o sinal para a orquestra enquanto consideramos, devagar e com carinho, as delícias nos potinhos. Fragmentos de barras de chocolate, Heath and Mounds picados, lascas de Snickers, balas de goma em forma de ursinho que enfiamos de cabeça em creme de baunilha, M&M'S, Reese's Pieces, recipientes com framboesas e mirtilos com auréolas de moscas circulando. Gotas de chocolate, granulados coloridos, lascas de coco. Pegávamos esses itens com as conchas, pontos extras se ouvíssemos um estalo quando o cone se dobrasse sob a pressão, e também adicionávamos calda de chocolate quente e caramelo quando solicitado, com o cuidado de um fetichista. Nos horários mais tranquilos, os gerentes nos mandavam limpar o balcão, e nós esfregávamos uma esponja entre os recipientes e puxávamos os resíduos horríveis para a palma das mãos. O próprio resíduo do desejo. No final da noite, o chão estava mais melado do que os corredores de um cinema pornô, e nossos tênis faziam barulhos pegajosos e rangidos enquanto andávamos.

Ao lado da vitrine ficava o enorme freezer em que Martine armazenava os recipientes fechados. A máquina de waffle ficava perto da janela. Esprema-se para passar por ela e chegue à parte detrás do balcão, onde, naquela tarde, Nick estava encostado na máquina de sorvete.

— E aí, Benji? — O palito de dente pendia em seu lábio.

Vi que tinha uma nova corrente de ouro. A antiga trazia NICK escrito em letras de cinco centímetros e cravejado de pequenas pedrarias brancas. Sua nova corrente tinha a inscrição BIG NICK também em letras de cinco centímetros e cravejada com pequenas pedrarias brancas que brilhavam com mais intensidade do que as de sua antecessora, já que a indústria de imitação de diamantes havia feito progressos admiráveis nos últimos meses.

— Beleza — respondi.

— Pedi pro meu camarada no Queens Plaza fazer isso aqui — disse ele, olhando para baixo, para sua querida.

Nick estava morando em Sag, por isso fazia questão de ir bastante para a cidade. Era um amigo de verão, um dos integrantes da nossa gangue em muitas aventuras, mas alguma coisa havia acontecido entre seus pais — nunca perguntávamos sobre processos familiares, apenas aceitávamos os resultados quando informados —, e ele e a mãe estavam morando em Sag Harbor Hills. *Arrepio.* Ele estudava na Pierson High

School, era tecnicamente um local pelas definições que ele mesmo teria defendido, e ficava envergonhado por isso. Quando seus colegas de escola entravam na loja, ele agia de forma casual, minimizando a conexão e murmurando "Posso ajudar?" com o real desprezo por um emprego de verão. "Essa coisa toda de Sag é apenas temporária", dizia-nos com frequência, para se tranquilizar.

Meu pai me expulsaria de casa se eu chegasse com uma corrente de ouro no pescoço. Não que alguma vez me tivesse ocorrido comprar uma corrente de ouro. "Quem ele pensa que é?", posso ouvir meu pai dizer. "De onde ele pensa que vem, da Rua?" A Rua, na mente do meu pai, era uma superfície vasta e abstrata da patologia negra. Ele cresceu pobre, lutando para voltar para casa todos os dias pela Lenox Avenue, e qualquer indício de que não havia escapado, de que todo o sofrimento dele tinha sido em vão, provocava seu mau humor e seu profundo medo de que a aspiração fosse uma ilusão; e a Rua, um labirinto sem saída, uma confusão de becos e avenidas interligadas que sempre levava de volta ao mesmo lugar. Então, nada de correntes de ouro.

Essa questão dos estereótipos era difícil, sem brincadeira, não importava de onde a pessoa viesse. Veja bem, tínhamos todos os tipos em Azurest. Tínhamos burgueses radicais, estudantes universitários batalhadores de primeira geração, falsos brancos anglo-saxões protestantes e algum militante mais brando, mas não importava onde se estivesse no espectro da retidão, a favor da causa ou a favor do Homem, havia certas coisas que não se fazia. Era gente demais observando.

Por exemplo, ninguém andava pela rua principal com uma melancia debaixo do braço, um dos clássicos estereótipos racistas. Mesmo que tivesse um bom motivo. Tipo, se a pessoa fosse para uma festa e cada um tivesse que levar alguma coisa, e sua coisa por acaso fosse uma melancia por culpa do sorteio, e tivesse escrito isso em uma placa para que todos entendessem o contexto, e enquanto caminhasse pela rua principal, segurando a placa em uma mão e a melancia justificada na outra, tudo dentro da normalidade, e ficasse movendo a cabeça entre as duas para chamar atenção para a placa caso ocorresse algum contato visual. Isso não aconteceria. Estávamos em exposição. A pessoa acrescentava outros itens para disfarçar, como se estivesse comprando pomada para hemorroida, ou algo assim; jogaria algumas maçãs na cesta, uma caixa de leite, manteiga, algumas bolachas de água e sal e ficaria toda sorridente no caixa.

Para efeito de argumentação, digamos que houvesse um tipo de personagem que dissesse: *Deixa disso, eu vou andar pela rua principal com uma melancia debaixo de cada braço! E uma entre as pernas! Um grande sorriso no meu rosto! No horário de pico!* Essa rebeldia seria, por natureza, performática demais e pensada em excesso. Um protesto exagerado como esse denunciava um conflito interno tão grande quanto o das pessoas que evitavam melancia. Estávamos todos presos, quiséssemos admitir ou não. Éramos pessoas, não artistas performáticos, apesar de todas as aparências indicarem o contrário.

Mas Nick! Nick adotava a moda dos jovens negros do início dos anos 1980 com vigor e entusiasmo descarado. Adorava calças jeans bicolores, cinza na frente e preto atrás, peças fora de moda havia meses, mas, em Sag, consideradas peças autênticas da cidade grande. Os cadarços grossos de seu Adidas eram largos e magníficos, e quando não estava usando sua camiseta Jonni Waffle com as mangas arregaçadas no estilo delinquente juvenil, usava uma camiseta dos Knicks que exibia seus músculos. Músculos que eram subprodutos de tanto carregar o rádio por aí.

O rádio dele era ridículo, o maior rádio que qualquer um de nós já tinha visto ou jamais veria. Em grande parte, a indústria de consumo de eletrônicos concentrou sua inovação na miniaturização, no Walkman mais leve e no aparelho de som mais compacto. Reservaram sua paixão pelo gigantesco para as televisões — exceto no caso do rádio de Nick. Nessa única área, a indústria ignorou seu amor pelo discreto, pelo diminuto e lindamente detalhado. O rádio dele tinha um metro de largura e metade disso de altura, uma placa prateada brilhante de dinamismo estereofônico. Não funcionava tão bem. Tocava as terríveis estações de rádio do East End. Tocava fitas cassete. Fazia gravação de uma fita para a outra com o toque de um botão. Pelo que sei, havia basicamente ar lá dentro, exceto pelas pilhas enormes necessárias para alimentar aquela coisa, nas quais Nick gastava a maior parte do salário. Nisso e no ouro. O único verdadeiro talento do aparelho estava no reino do volume, a produção do som prometido por sua estrutura formidável. Depois de um incidente que ele se recusava a descrever, Nick girava o botão somente até o 7. Os dois alto-falantes eram como grandes olhos pretos cintilando em um rosto desafiador. O rádio dizia: "Sou eu, e daí?".

Quando andávamos pela rua com ele — admito que eu mal conseguia carregá-lo —, os brancos olhavam fixamente, davam cotoveladas na barriga uns dos outros e faziam piadinhas que não conseguíamos ouvir porque o rádio estava perversamente alto. Nossos pais balançavam a cabeça quando viam aquilo e, quando se encontravam com a mãe dele, diziam: "Ora essa, é um rádio e tanto esse que o Nick tem". Todos nós adorávamos o rádio, e Nick era um dos favoritos de Martine, por isso o rádio tinha um lugar próprio perto da janela.

— **ESTOU UM CACO** — disse Nick.

— Nem me fala — respondi.

Nós dois tínhamos trabalhado no turno da noite anterior. Quartas-feiras eram os dias mais lentos — não era a correria que matava, mas o tédio. O tédio fazia a gente comer. Mais um pouco de sorvete, outro milk-shake. Então, quando tínhamos que esfregar e limpar os deques da frente, mal conseguíamos mover o balde pelo chão.

Martine deixava o freezer aberto para o entregador e o Oreo em cima para facilitar o acesso. Passávamos pelo Oreo bem rápido, e Martine tinha uma noção aguçada dos hábitos de seus clientes, do fluxo e refluxo de seus desejos. Era um novo tipo de empreendedor em nossa pacata vila; na verdade, no East End em geral. Um arauto.

Por anos, a Tuck Shop tinha sido o nosso lugar para matar a vontade de sorvete. Ficava logo na esquina, ao lado do banco, e era o lar dos videogames da cidade. Passamos muito tempo lá, comprando refrigerantes, doces e, às vezes, uma casquinha do Gabe, o dono e único funcionário do lugar. Jogávamos nossas moedinhas de vinte e cinco centavos para marcar território e ser o próximo a jogar em máquinas como Asteroids, Robotron, Galaga, Berzerk, toda uma galeria de bandidos barulhentos, estabelecendo nossos direitos ao deixar as moedas alinhadas ao lado dos buracos marrons no plástico em que os garotos mais velhos apagavam seus cigarros.

Gabe era um cara estranho, um velho *beatnik* que encalhou em Sag Harbor depois do que deve ter sido uma longa e improvável história. Será que ele ganhara a Tuck Shop em uma maratona de pôquer de uma semana, ou o prêmio lhe fora deixado por um tio distante que queria fazê-lo crescer? Nós o víamos todos os dias e não sabíamos nada dele. Alto e magro, com o cabelo longo e escuro preso em um rabo de cavalo, ele usava um paletó de tweed cinza mesmo nos dias mais quentes e gostava de andar de um lado para o outro na frente da loja fumando Pall Mall. Ele olhava para a água, alisando o cavanhaque, pensativo, deixando-nos sozinhos lá dentro, confiante de que os garotos negros não roubariam nada. E não roubávamos mesmo, embora ficássemos obcecados pelo fato de ele nos ter deixado sozinhos. "Aquele ali é um branco maluco."

Passamos a nos dedicar a outras diversões e negócios mais urgentes, e não ficávamos mais na Tuck Shop. O restante da cidade também. Como poderia a humilde Tuck Shop, com suas reles casquinhas comuns, competir com o waffle, que era o futuro materializado? Sai fora com essa velharia de merda. Não, Martine tinha um truque que fazia as pessoas entrarem na loja e voltarem. O Jonni Waffle de Sag Harbor era sua terceira loja — ele tinha outras duas em algum lugar da ilha, tão bem-sucedidas que ele pôde expandir. Não tinha sido uma aposta tão alta.

Martine era um dominicano atarracado, de olhos claros e cabelo ruivo curto e crespo. Chegara aos Estados Unidos ainda adolescente e se descrevia como "uma verdadeira história de imigrante de sucesso", tendo trabalhado como empacotador em um supermercado no Queens, promovido a gerente, depois dono daquela loja e de outras. Fazia pouco tempo que ele havia vendido seu império e se mudara para Long Island, onde entrou no comércio de sorvetes. Consigo ver Martine sentado na espreguiçadeira de seu novo conjunto de sala de estar, planejando o que fazer com o supermercado, folheando uma pasta grossa de folhetos de franquia. Chega ao panfleto do Jonni Waffle — "O verdadeiro sabor belga!" —, e as imagens e o texto apelam a algo profundo em sua alma nômade.

— Esta é uma nação de imigrantes — dizia, maravilhado, quando chegava na segunda-feira e avaliava os danos causados pelo grande movimento do fim de semana.

O que não fazia muito sentido: estava dizendo que nossos clientes eram realmente imigrantes ou abordando uma noção maior de expropriação universal brevemente remediada por sorvete?

— Imigrantes!

— Alguns de nós chegamos em navios negreiros — comentava NP.

— Sempre tão negativo! — respondia Martine.

NP estava prestes a ganhar um aumento de dez centavos. Então, você sabe como é.

Martine tinha muitas pérolas filosóficas que selecionava e compartilhava de tempos em tempos, a maioria delas relacionadas à intersecção de certas teorias que tinha sobre comportamento humano e gestão de sorveterias. "Ninguém quer olhar para moscas", murmurava para o Balcão de *Toppings*, enquanto espantava o pequeno enxame que pairava sobre as framboesas, o tom de sua voz deixando claro que não estava realmente se referindo a moscas, mas a outra coisa, algo de uma profundidade um tanto ambígua. "Casquinha pesada, coração leve" era outro de seus ditados favoritos, expressando sua alegria ao ver o braço de um cliente pender sob o peso de uma extravagância de três bolas. "As pessoas vêm aqui em busca de uma fuga crocante da realidade" era a frase que encerrava o expediente, satisfeito com o curso de sua vida.

Obviamente, ele era negro.

— Não fala uma merda dessas pra mim — disse NP a Nick, o arquiteto dessa provocação. — Ele tem olho azul e cabelo loiro.

— Estou falando que ele tem olho castanho! Porra, sua irmã, Mary, tem esse mesmo tom — respondeu Nick, antecipando o ataque. — E o cabelo dele é daquele ruivo que a gente vê nos pretos caribenhos, e é de lá que ele é, Dominica.

NP fez que não com a cabeça.

— E o Little John? — completei.

Little John era primo de Bobby. Tinha cabelo liso de um loiro encardido, olhos cinzentos e um tom indiscutivelmente caucasiano em suas feições, ou melhor, um tom caucasiano que poderia estar em uma moeda. Mas era primo de Bobby e agia como se fosse negro... Para mandar a real, nunca tocamos muito nesse assunto. Na verdade, talvez tenhamos feito um esforço extra para não falar disso.

— Exatamente! — exclamou Nick.

— Mas aí é o Little John — retrucou NP, com desdém.

— Martine deixa o cabelo bem curto porque é crespo pra cacete — explicou Nick. — Você sabe disso.

— Ele não é um negro dominicano.

— Tem dominicanos andando por aí mais pretos do que todos nós.

— Mas, se você chamar eles de pretos, te dão um soco na cara.

— É verdade. — Nick teve que admitir.

NP olhou para mim.

— O que você acha, Benji?

— Sei lá. — Dei de ombros. — Nunca se sabe.

Era Nick contra NP naquela discussão, que durou semanas, com cada lado voltando com novas evidências para reforçar a própria opinião.

— Por que acha que ele contratou tantos de nós? — perguntou Nick, certa noite, quando o movimento começou a diminuir. — Você sabe que esses brancos daqui não querem negros atrás do balcão.

— Porque ele paga uma miséria?

Teve um dia em que Nick estava bem agitado. Errando mais do que o normal. Deu o troco errado, confundiu banana com chocolate e banana com chocolate e avelã, tirou waffles ainda meio crus da grelha, essas coisas de novato. Martine estava na loja naquele dia, nos fundos, fazendo muitas ligações. Notei que Nick não parava de olhar para ele. Quando Martine despediu-se e saiu da loja, Nick nos chamou para a vitrine, todo animado.

— Olha lá! Olha lá! — exclamou Nick.

— O quê?

— Martine andando até o carro.

— O que é que tem?

— Não dá pra falar que isso não é uma caminhada de negro!

— Acho que não, hein.

— Os braços dele! Os quadris!

Alguns dias depois, começou a tocar Smokey Robinson no rádio de Nick, e Martine começou a arrastar o pé devagar enquanto falava com um distribuidor pelo telefone. Estava meio durão, mas bem dentro do estereótipo de Homem Negro de Meia-idade Curtindo um Som. Nick me deu uma cotovelada na barriga, e eu ouvi um estalo. Com o susto, eu tinha quebrado a casquinha de waffle com duas bolas de sorvete de framboesa que estava preparando. Nick apontou o queixo em direção a Martine e encarou. Olha lá! Olha lá!

Olha mesmo. Estávamos entrando naquele território complicado dos "olhos de quem vê". E claro que não íamos perguntar. Se ele não fosse, nos demitiria por pensar que era, e se fosse, nos demitiria por não ser óbvio. A questão teria permanecido puramente teórica não fosse pelo Incidente do Tapinha na Cabeça, que aumentou as apostas. Na verdade, foi o que me jogou para essa questão, mesmo que eu tenha tentado ficar de fora.

NO DIA EM QUE ACABOU A ENERGIA ELÉTRICA, NP chegou atrasado, vestindo uma camiseta nova do Jonni Waffle que sua mãe havia lavado para ele. A mãe dele não era uma mãe de fim de semana. Era professora e ia correndo para Sag, pronta para o verão, assim que o último sinal da escola começava a tocar. Ele cumprimentou Nick, deu um tapa na minha mão, olhou para o meu cabelo e, voltando-se para Martine, disse:

— Tem certeza de que quer deixar tudo exposto desse jeito? Quer um boné?

— Cala a boca, biscate — falei.

Eu estava experimentando "biscate", soltando de vez em quando pra ver a reação. Até aquele momento, estava indo bem.

Nick deu um peteleco no braço de NP.

— Por que você fica brincando com fogo o tempo todo? — perguntou ele.

NP foi direto para a máquina de refrigerantes e gritou:

— Martine, encomendou mais pistache dessa vez? — E piscou para nós por sua falsa diligência.

O Incidente do Tapinha na Cabeça havia acontecido na semana anterior, depois de uma correria pós-almoço. Era um dia quente e abafado, o que irritava os nativos. O estoque de casquinhas de waffle estava baixo quando a correria começou, e, de todos no turno, eu era conhecido como o especialista em waffles, assando-os a uma velocidade invejável quando a pressão aumentava. Não que tal habilidade fosse de fato algo digno de inveja, mas dá para entender, eu conseguira fazer o trabalho sem sacrificar a qualidade e sem desperdício. A correria culminara de forma brutal quando uma família de seis pessoas, mãe, pai e filhos tagarelas, usando todos os estilos de short cáqui possíveis — Sansabelt, com pregas, cintura alta com elástico — decidira que seria legal se todos pedissem banana splits. Aquilo era uma verdadeira desgraça para nós. As pessoas achavam que a banana split era algo muito exótico, por isso observavam cada etapa do processo de montagem e trocavam ideias depois com um dos integrantes do grupo, e sempre tinha alguém que reclamava quando seu split tinha um tiquinho menos de calda cremosa do que o dos amigos.

Por fim, a família tinha ido embora. Os caras atrás do balcão e eu no meu posto dos waffles começamos a relaxar. Martine surgiu do fundo e, observando meu feito, a pilha de casquinhas, dissera:

— Ótimo trabalho, Benji, isso é que são casquinhas.

E deu um tapinha na minha cabeça. Dois, na verdade.

Fiquei paralisado. Acho que ouvi o queixo do NP cair. Martine já havia passado pela porta com sua pasta.

— Mas que...? — perguntei.

NP deu a volta no balcão.

— Ei, Martine acabou de dar um tapinha na sua cabeça como se você fosse um negrinho.

— Eu não sou um... — comecei.

— Se um branco me desse um tapinha na cabeça como se eu fosse um negrinho, eu sentaria a mão na cara dele, cacete.

— Martine é negro — insistiu Nick. — Estava apenas dizendo: "Bom trabalho, irmão".

— Rolou uma merda racista aí — comentou NP. — Dar tapinha na cabeça de um homem negro.

Não há muitas pesquisas feitas na área sobre o que leva pessoas brancas a tocar no cabelo de pessoas negras. Quais são as origens da estranha compulsão que os obriga a esticar os braços para alisar, afofar, acariciar, dar tapinhas, enfiar os dedos na exuberância resiliente de um afro, um emaranhado natural de cabelos negros que simplesmente estão de boa? É só cabelo, mas tente dizer isso para o espécime que olha para aquela delícia sedutora de cachos pretos enquanto o suor escorre pela testa e ele treme com a intensidade da contenção, os dedos fechados em punho dentro do bolso: *Não posso tocar, mas preciso.* Um acariciador de cabelo afro tem algumas perguntas favoritas que gosta de fazer quando está acariciando. "Como você penteia?", "Como você deixa ele assim?", "Como você lava?" Com pente-garfo, só deixar que ele fica assim, com xampu. Babaca.

Um bom ponto de partida para tal estudo pode ser uma pré-escola metropolitana, na qual as raças *são forçadas a se misturar.* Só deixar a câmera rodando. As horas de gravação entupidas de tapinhas que a professora branca dá nas cabeças crespas de seus alunos — bom dia, olá depois do recreio, despedida no fim do dia — renderiam um bom material de pesquisa. É uma curiosidade antiga, sem dúvida, que encontra sua primeira expressão plena durante a escravidão. O contato diário das duas raças, em solo do Novo Mundo, enquanto respiram seu ar estranho. Imagine o dono de escravizados inspecionando sua propriedade, tanto animada quanto inanimada, caminhando entre barracos enfileirados, as pessoas negras em posição de sentido. Ele passa por um garoto de olhos brilhantes, bochechas redondas... e um cabelinho afro irresistível, indomável, quase sedutor. É... pode ser que ele esteja... piscando para ele? Ele vai acariciar sua propriedade, e acariciar é o verbo correto, pois para ele é como acariciar seus animais.

Soquei um, dois ou três colegas brancos, alguns meninos e uma menina, no estômago ou no olho, durante meus primeiros anos do ensino fundamental por "toques no afro" inoportunos. "Só queria ver como era." Bati neles de acordo com os ensinamentos do meu pai. Toda vez que isso aconteceu o diretor ligou para nossa casa à noite, minha mãe atendeu, meu pai ouviu um lado da conversa, ficou furioso, pediu o telefone e daí ensinou detalhes da história negra ao sr. Aletta, de forma paciente e inexorável. Faz bastante tempo.

NP iniciou uma campanha. Em momentos de calmaria, ele sussurrava com um tom de admiração na voz:

— É como lã de cordeiro.

Quando eu voltava do intervalo de dez minutos, ele gritava com toda animação:

— Adoro essa sua textura crespa.

E também:

— Ele volta tão rápido.

Ou, quando queria ser conciso, apenas:

— Carapinha!

— Ele é negro, estou falando — comentava Nick.

E as coisas continuaram assim por um tempo. Qual teria sido a intenção de Martine? Eu estava preso entre a acusação de NP de que eu tinha sido zoado e a visão de Nick sobre solidariedade racial. Fiquei no meio, deixando o vento do momento me levar. No dia em que nossa energia acabou, eu pendi para o lado de NP e sua visão de uma guerra racial eterna e sem fim.

O que você vai fazer a esse respeito? O que você vai fazer a respeito de qualquer coisa?

* * *

MARTINE NÃO FICOU MUITO TEMPO depois que os entregadores foram embora e saiu para "dar uma olhada nas outras lojas", deixando-nos aos cuidados de Bert, nosso nobre capitão. Bert era bom em fingir ser um gerente responsável quando Martine estava por perto, mas, depois que o chefe saía, passava metade do turno no banheiro, tremendo de ressaca. Naquela época, eu não entendia muito sobre ressacas, mas, desde aquele tempo no Jonni Waffle, Bert continuou sendo o meu Paciente Zero da Incapacitação do Dia Seguinte. Era sempre bom quando Bert caía no mesmo turno que eu. Ele deixava expedientes difíceis mais fáceis, preocupado demais com seu enjoo e com os planos daquela noite para ficar enchendo o saco por gotas de alfarroba que precisavam ser repostas ou por bolas de sorvete generosas demais.

O último membro do turno da noite de quinta-feira se juntou a nós na forma de uma das Primas, Meg, e imediatamente me lembrei da minha camisa. Por que eu tinha que estar fedido naquele dia?

— Achei que a Marsha viesse hoje — falei.

Logo em seguida percebi que poderia parecer que eu estava familiarizado demais com a agenda dela. O que não deixava de ser verdade.

— Nós trocamos — explicou Meg.

Marsha tinha um encontro com um dos garotos, um dos Teds, Derricks e Sammys, que povoavam a conversa das Primas no intervalo e ficavam na frente da loja perto do horário de fechamento. As Primas eram divertidas. Marsha, gordinha com cabelo tingido de vermelho, morava no interior da ilha, em Center Moriches, e Meg tinha vindo de sua casa em Rhode Island para passar o verão com alguns parentes. Meg me causava alguma coisa estranha, principalmente por causa do corte de cabelo New Wave, que atravessava o seu rosto em um ângulo bonito e fechado. Demorei algumas semanas até perceber, quando ela se curvou, que o corte cobria um olho vesgo. O fato de eu saber o segredo dela deixara tudo ainda mais emocionante quando o peito dela roçou meu cotovelo, ou meu cotovelo roçou o peito dela, dependendo da perspectiva, embora eu tenha a minha interpretação, à qual estou apegado.

Meu cotovelo encostava no peito dela pelo menos uma vez por turno. A área em que atendíamos era bem apertada. Nós nos esticávamos um sobre o outro, nos inclinávamos para pegar raspinhas de sabores próximos ou adjacentes, às vezes competindo pelo mesmo sabor, trocando as colheres de sorvete uma após a outra. Respirando o hálito refrigerado um do outro. Então, havia certa margem de dúvida em relação aos esbarrões, entre a gravidade agindo no corpo dela e meus braços longos e magros. Mas o problema é que isso nunca acontecia com Marsha ou Arianna, a outra garota com quem eu trabalhava às vezes. E isso acontecia em todos os turnos, o que já se desviava da probabilidade. Eu sempre murmurava um rápido "Desculpa, desculpa", e Meg dizia "Sem problema", e continuávamos com nossas casquinhas ou sundaes.

Uma colherada de medo, outra de empolgação — era assim que eu ficava quando trabalhava com Meg. Se um turno avançava sem uma colisão de tetas, eu pensava, o feitiço era quebrado, então, alguns minutos depois, *pá*, era inevitável. Desculpa, desculpa. Depois de todos esses anos, a única conclusão possível é que ela estava direcionando os peitos para o meu cotovelo esse tempo todo, como uma piada ou por emoção, sei lá, os objetos de tesão dos outros são tão misteriosos quanto os meus. (De mãos dadas na discoteca sobre patins, uma colisão de teta entre latões de sorvete... parece que temos um arco se formando aqui, ou, considerando que são apenas dois pontos, uma linha reta ascendente, a Equipe Homem-Criança vindo de trás no segundo tempo.) Quando penso nisso, a lembrança evoca uma estranha mistura de sensações — o calor do seu seio e a rajada fria do freezer, esta última dominando a primeira, de modo que o desejo esfriava e se extinguia logo que surgia. Era assim mesmo.

As Primas tinham um carro e uma rede de informantes sobre as festas que estavam rolando e, no geral, estavam tendo um verão muito melhor do que eu. Meg me convidou — ou nos convidou, na verdade, Nick, NP e eu, então não posso dizer que foi exclusivo — para ir com elas a uma das festas das quais ouvíamos falar o fim de semana todo, em algum endereço misterioso em West Hampton ou em alguma praia sinistra em East Hampton da qual eu nunca tinha ouvido falar, como Plow-Buddy Bluffs ou Sugar-Bang Drift. Eu queria ir, mas não sozinho, e NP e Nick não estavam interessados no estilo de vida das Primas. Sobre Marsha, eles achavam que ela precisava "depilar os braços" e tinha "uma bunda bonita", e, sobre Meg, diziam que ela era "muito magra", tinha uma "bunda reta", mas era "bonitinha de rosto". Imagine se soubessem do olho vesgo! Não estavam interessados, mas havia algo mais também, um medo de sair do mapa, viajar para uma parte do East End que não conhecíamos, onde não sabíamos quais eram as saídas caso alguma treta racial acontecesse, aquele pequeno raio de luz projetado por uma fogueira de festa na praia ampliando os profundos mistérios que estavam além dela, aquela escuridão maior. Branquelos racistas do caralho.

Das quatro até às seis ficava vazio. Todo mundo na praia ou lavando a areia dos pés, puxando o elástico do maiô para verificar o bronzeado. Nick estava fazendo massa nos fundos, e NP, Meg e eu nos revezávamos com os poucos retardatários do final da tarde. Eu não tinha comido o dia todo, então peguei meu almoço: um milk-shake de chocolate com um montão de calda. Havia uma máquina de cachorro-quente no local, com salsichas girando eternamente como planetas sinistros e macabros, e, às vezes, eu fazia um banquete desgraçado com uma delas; em outras, pegava uma fatia de pizza do Conca D'Oro ou um hambúrguer do Corner Bar; mas na maioria delas eu comia sorvete. Sorvete de chocolate em um copo de plástico com granulado colorido, milk-shakes de chocolate, *ice-cream sodas* de chocolate, sorvete de máquina de chocolate distribuído por uma alavanca em picos ondulados, marrons e de vida breve. Quer dizer, era de graça, coma à vontade, sem limites, e era bom viver como um glutão, para variar, sem restrições e sem reservas. Era novidade para mim. Eu sempre ficava enjoado no final do dia, mas me parecia um preço pequeno a pagar, e, no turno seguinte, eu magicamente esquecia o estrago da vez anterior e começava tudo de novo.

— Sua camiseta está com um cheiro meio estranho, Benji — comentou NP.

— Sim, esqueci de lavar.

Dei uma olhadinha para Meg. Ela olhava para as próprias unhas, alheia, a testa franzida.

— Tá cheirando a... tipo...

Enquanto NP tentava usar a analogia apropriada, Bert chegou cambaleando e mandou Nick preparar waffles.

— Fala sério — disse Nick.

— É melhor ir agora do que quando tiver todas aquelas pessoas lá fora olhando para você — comentei.

— Parece a fedentina dos zumbis do *Thriller*, do Michael — disse NP, por fim.

Ainda não expliquei como eram feitas as casquinhas de waffle. Eu estava adiando. Tinha um pouco de teatro envolvido. "Olha o que ele está fazendo, mamãe!" Havia uns banquinhos na frente da loja para que todos pudessem ver o responsável pelo waffle da vez colocar a massa nas quatro chapas, que eram montadas juntas em uma roda. A gente girava a roda, retirava a casquinha, enrolava no molde, borrifava óleo de cozinha, adicionava mais massa, girava a roda e passava para a seguinte. "Eu quero um, mamãe!" Parece fácil? Vai se foder.

Se o giro fosse muito rápido, as casquinhas ficavam moles e inúteis; se o giro fosse muito lento, ficavam quebradiças como cinzas e se desintegravam em um piscar de olhos. Usávamos luvas grossas, mas queimávamos os antebraços nas chapas com frequência, por isso, para evitar cicatrizes, tínhamos um tubo todo amassado de pomada de vitamina E sempre por perto. Quando a massa transbordava, espremida quando a chapa de cima descia, raspávamos as estalactites de massa com um raspador de tinta. Um raspador de tinta é um utensílio padrão para preparação de alimentos? Pronto, virávamos uma propaganda viva da casquinha de waffle, uma engrenagem em uma máquina de sobremesas belga. "Que cheiro bom!" Os famintos observavam cada movimento, uma multidão encardida e ansiosa pelo espetáculo.

A epiderme humana é uma coisa maravilhosa. Quando trabalhávamos na preparação de waffles, uma barreira de acrílico nos separava das hordas, o que não era pouca coisa, principalmente durante o movimento dos fins de semana. No final da noite, o óleo acumulado de inúmeras testas, antebraços e mãos cobriam o vidro de forma tão completa que nossos opressores ficavam perdidos na névoa de sua própria plenitude. "Se eu não conseguir ver o rosto deles, não vou ter pesadelo", sussurrava para mim mesmo enquanto o vapor saía das chapas crepitantes: lá os limpa-vidros chegavam em engradados, para você ter noção.

Um homem alto de camisa havaiana entrou, o rosto tão vermelho e descascando que devia estar com queimaduras em cima de queimaduras. Estava começando, uma quinta-feira à noite em toda a sua humanidade. No início do turno, brincávamos de "é sua vez de atender", trocando clientes até que as quantidades não permitissem mais a brincadeira.

— Todo seu, Benji — disse Meg, erguendo os olhos do jornal *Dan's Papers* daquela semana.

Ela estava imersa nas páginas das discotecas, fazendo um reconhecimento do fim de semana.

— Por que é minha vez? Você acabou de chegar.

— Estou fazendo uma pausa — respondeu ela.

— Hein?

— Estou fazendo minha pausa no início do turno — insistiu Meg. — O que foi? Não tem uma lei contra isso.

Olhei para o cliente e sabia que ele era um daqueles Imbecis de Passas ao Rum. Claro que, com o tempo, a gente começava a saber o que as pessoas pediriam assim que entravam: o interior estava escrito no exterior. Os Imbecis de passas ao rum pareciam estar derretendo. Tinham uma postura flácida característica, rostos molengas e relaxados, como se o dia a dia tivesse drenado algo essencial. Mas uma mordida no Passas ao Rum e eles imediatamente se animavam, empertigando-se com brilho nos olhos. Era estranho.

Ele pegou uma senha, mesmo sendo o único cliente na loja. Esperei que falasse alguma coisa. Os Imbecis de Passas ao Rum sempre faziam questão de considerar outros sabores, anunciando "Ah, esse parece bom" e "Eu estava querendo experimentar este", antes de escolher seu favorito, o poliéster dos sorvetes. Inovador para a época, talvez, o Passas ao Rum era um short xadrez chamativo ao lado de uma lata nova de Mocha Duplo.

— Passas ao rum, por favor.

— Na casquinha de waffle? — perguntei, o tom agradável.

Martine queria que empurrássemos o waffle. No auge da correria, nosso *Na casquinha de waffle?* uníssono soava por toda a loja como um lindo badalar de sinos.

— Eu estava mesmo querendo experimentar uma...

Exalei com impaciência. Sabia onde isso iria dar.

— Uma casquinha simples está ótimo.

Comecei a pegar a bola de sorvete. Uma coisa boa do passas ao rum é que era mais mole, principalmente depois de ter ficado algum tempo no expositor. Um recipiente novo recém-saído do congelador era um horror. Tudo o que se conseguia raspar eram aquelas raspinhas que faziam parecer que você estava descascando uma cenoura enquanto os pais levantavam os filhotes para que pudessem nos ver trabalhando, o nariz das crianças deixando manchas de gordura no vidro. As raspas iam se acumulando eventualmente, mas, com aqueles olhinhos brilhantes observando tudo, era um verdadeiro incômodo.

Registrei a venda e ele saiu da loja, revigorado e lambendo, pensativo. Meu milk-shake havia derretido, então o despejei e fiz uma vaca-preta de chocolate, sem exagerar no refrigerante. O tempo desapareceu no vácuo do setor de serviços. Quando olhávamos no relógio, vinte minutos já haviam se passado. O que acontecia? Vi NP amassando um pouco de Oreo em um pote de meio litro. Ele me notou e disse:

— Minha mãe quer um pouco para este fim de semana.

— Você não pegou um pote de meio litro ontem?

O que era verdade. Com o pedido de um pote de rocky road da sra. Collins pesando na minha mente, comecei a observar os hábitos dos meus amigos que já levavam sorvete para casa na esperança de descobrir uma saída para o meu problema.

— Fala sério, Benji. Você é a polícia do Jonni Waffle por acaso?

Eu tinha uma coisa com esse negócio de roubar. Descobri na quinta série, na primeira vez que meus colegas brancos começaram a dar suas corridinhas diárias às prateleiras de doces do Gristedes, do lado da escola. Andy pegara um tubinho de balas Mint Certs e piscou. Eu tinha ficado atrás dele com um Fruit Roll-Up de uva que eu pretendia pagar, de acordo com as normas sociais. Ele sussurrara: "Pega alguma coisa, mano". Mas, antes que eu pudesse pensar nisso, tinha ouvido a voz de Sidney Poitier na minha cabeça e, naquele tom nítido, familiar e tão digno, ele declarara: "Eles acham que roubamos, e porque acham que roubamos, não devemos roubar".

Andy pagou pelo picles, escondendo os Certs adquiridos de forma ilícita no bolso do casaco. Paguei pelo meu Fruit Roll-Up, meio inebriado com essa nova sensação de superioridade moral. Nos anos seguintes, eu balançava a cabeça em sinal de desaprovação quando um dos meus amigos roubava alguma coisa. Gastava minha mesada com balas Starbursts e Jolly Ranchers de forma totalmente lícita.

Roubar, dissera Sidney Poitier, era coisa de criança branca. Deixe que cometam seus pequenos delitos se quiserem, somos melhores do que isso. Não havia mal de verdade em pegar uma barra de chocolate ou uma caixa de pastilhas para tosse aqui e ali, a menos que, e todos concordavam nesse ponto, você fosse uma das desgraçadas Crianças Cleptomaníacas anônimas, aquelas almas infelizes que canalizavam sua disfunção doméstica em extravasamentos escolares, vasculhando os casacos das pessoas durante o recreio, revistando armários desprotegidos em momentos-chave de oportunidade. (Bettina, Bettina.) Era fácil imaginar os tesouros proibidos embaixo da cama das Crianças Cleptomaníacas, vinte andares acima da Park Avenue — o monte brilhante de relógios Timex, óculos de sol Fiorucci, calculadoras eletrônicas e pulseiras gravadas com nomes de crianças mais felizes.

E assim foi até o colegial, quando as regras mudaram, como de costume. E, assim, os bons da minha turma de Sag Harbor passaram a cometer crimes ocasionais: contrabandeavam uma Budweiser do 7-Eleven de South Hampton por baixo de um moletom, enfiavam uma *Penthouse* em uma edição da *OMNI* para camuflá-la e saíam do Ideal. Eu me abstinha, e Sidney Poitier, observando os roubos dos meus colegas, mantinha-se em silêncio, apenas estalando a língua de tempos em tempos. Só tentei roubar uma vez. E aprendi a lição.

O GRANDE ROUBO DA COCA-COLA ocorreu na primavera de 1985, quando me vi em um lugar dos mais improváveis: uma festa. Encontrei Bobby uma tarde na Tower Records, na 66th Street. Estava procurando um disco do Depeche Mode; ele estava vindo de Scarsdale para comprar o álbum de estreia do U.T.F.O. Raramente nos víamos durante o ano letivo, mas rapidamente retomávamos as coisas como se tivéssemos andado de bicicleta pelo Hills no dia anterior. Quando estávamos prestes a nos separar, retirei todo o tom de parasita da minha voz e perguntei o que ele iria fazer naquela noite. Ele disse:

— Vou numa festa. Quer ir?

E talvez isso tenha sido uma espécie de roubo, porque, com a delicadeza de um batedor de carteira, eu me poupei de uma noite em casa assistindo à TV a cabo.

A festa era a alguns quarteirões de casa, na 98th Street com a West End Avenue. Bobby estudava em uma escola preparatória em Riverdale que tinha uma mistura de crianças da cidade e de Westchester. Eu o encontrei em frente ao McDonald's, do lado de fora do metrô.

— Os pais da Karen viajam todo fim de semana — contou Bobby —, por isso ela dá muitas festas.

Imaginei fim de semana após fim de semana de festas, bacanais de sexta a domingo, em que a garotada fumava maconha e bebia cerveja em plena liberdade da Casa Vazia, uma noção reforçada quando chegamos à festa e o pessoal estava espalhado pelos sofás ou encostado nas paredes com uma expressão tranquila. Parecia que estavam lá havia dias, em um hábitat perfeito de confiança. Bobby me apresentou para as pessoas, e fui recebido com interesse genuíno e sem julgamentos. Todas as escolas particulares de Nova York recrutavam alunos do mesmo grupo de rebentos limpinhos, mas aquelas pessoas pareciam mais gentis do que a turma certamente desdenhosa da minha escola, como se fossem abrir espaço para minha bandeja na hora do almoço, chamando-me quando eu passava pela mesa em que estavam almoçando, ou zombar das minhas roupas como se dissessem, "Somos tão próximos que minhas brincadeiras revelam nossa conexão humana" em vez de

"Você é um babaca e eu sou um cuzão". Pensei comigo mesmo: Posso me acostumar com isso. Fui procurar uma cerveja e lá me deparei com o Fort Knox das bebidas carbonatadas.

Algumas semanas antes, a Coca-Cola Company havia descontinuado seu refrigerante de cola exclusivo. Haviam perdido uma bela fatia de mercado para a Pepsi. A Diet Coke, a marca irmã, fez muito sucesso, atraindo consumidores com a promessa de coxas mais finas, um corpo mais alinhado ao Eu Aeróbico da época. A cúpula da empresa encontrou uma solução catastrófica. Eles decidiram substituir a bebida mais famosa do mundo por uma impostora.

Eu era viciado em Coca-Cola havia anos, com o hábito de consumir duas ou três latas por dia desde o quinto ano, mais ou menos na mesma época em que meus colegas de escola começaram a roubar, parando para pensar. Quando minha irmã me dizia para não ser tão hiperativo ou meus pais me diziam para dar uma maneirada, eu tremia com o esforço de ficar parado e me perguntava por que a natureza tinha me amaldiçoado daquela forma. Só quando estava no ensino médio entendi o que era cafeína. No entanto, meu amor pela Coca-Cola ia além da mera euforia. Como não se encantar com a jovialidade efervescente de um copo alto daquela bebida — a atividade maníaca das bolhas, estourando, se recriando, estourando de novo, deslizando para cima, dentro do copo, em direção à liberdade, como se a bebida estivesse, de fato, milagrosamente, *ela mesma cafeinada*. Aquele primeiro gole ácido, de preferência com o gelo batendo nos lábios para um toque sensorial adicional, que atordoava o cérebro e fazia com que ele se lembrasse totalmente do prazer, de todas as coquinhas consumidas antes e de todas as que viriam, da longa sequência de satisfação que fortalecia uma vida. Até dava para perdoar a decepção suprema de uma Coca de máquina choca, ou de uma Coca morna que tinha ficado aberta, esquecida por um tempo fora de sua temperatura ideal de oito graus, quase sem bolhas, de modo que ela virava uma lama inútil de açúcar. Que vinha a ser o gosto da New Coke, na verdade.

Lembro-me de quando ouvi que estavam mudando a fórmula pela primeira vez. No dia 23 de abril de 1985. Era hora do jantar, e eu fui até a sala de estar para fazer uma pergunta à minha mãe. Não consigo lembrar o que era, pois a questão foi apagada pela informação terrível. Em casa, Reggie e eu jantávamos no quarto dele, diante de uma série de seriados cômicos, tipo *M*A*S*H* e *WKRP*, enquanto nossos pais comiam na sala de estar e assistiam ao noticiário noturno. (Quando a minha irmã foi para a faculdade, fiquei com o quarto dela, mas Reggie conseguiu ficar com a TV depois de uma série de negociações muito maquiavélicas, coisa de nível até mais alto do que o zero a zero, além da compreensão mortal.) Entrei bem a tempo de ouvir o apresentador dizer: "Um anúncio surpreendente sobre um clássico americano". De alguma forma, eu sabia. Esperei o intervalo comercial e vi Roberto Goizueta, diretor-presidente da Coca-Cola, comemorando o fim do mundo. Era inconcebível, o mesmo que brincar com as leis da natureza. Ei, vamos experimentar as terças-feiras sem gravidade, apertem os cintos, filhos da puta. A partir de hoje, a água vai ser incrivelmente inflamável, vejam como é. Voltei para o meu quarto cabisbaixo, tonto e confuso. Era como se alguém tivesse estourado a rolha do mundo e deixado todo o ar sair.

Em poucos dias, eu havia vasculhado todo o mercado local em busca da velha Coca em uma região definida pela 103rd Street ao norte e pela 96th ao sul, indo da Amsterdam até o rio, comprando o que podia nas mercearias da esquina, nas *delicatessens* cada vez mais elegantes que surgiam na Broadway e nas diversas papelarias do bairro. Quando a New Coke começou a aparecer, alguns dias depois do anúncio, eu estava bem preparado, com um enorme estoque no meu armário, uma oração contra o Juízo Final. (Um esconderijo secreto, no estilo Clepto.) Eu não tinha sonhos de investir em iteração, de vender meu estoque a um preço alto para fanáticos quando chegasse o dia em que o povo da Terra descobrisse o tesouro que tinham destruído, como se a velha coquinha fosse um lagarto requintado ou um bivalve espinhoso levado à extinção na selvagem ânsia de nossa raça pela ruína. Não. Eu queria tudo para mim, como um ladrão de arte que rouba um *Nu descendo uma escada* ou algum Picasso primordial e pendura na parede de sua galeria particular, para seu prazer perverso e íntimo, em paz com o fato de que o mundo não tem conhecimento de suas atividades, e talvez esse seja, na verdade, o objetivo de todo o exercício — embora tal sentimento provavelmente não cause tanta surpresa vindo de um garoto cuja principal recreação era se masturbar.

Quando terminei de percorrer as avenidas carregando meus fardinhos de seis latas de volta para meu covil, dava a impressão de que eu tinha Coca-Cola para uma vida inteira. Mas é claro que acabou num instante. Tentei me limitar a uma lata por dia, mas não durou muito. Eu não conseguia tirar as mãos daquela coisa. Meus pais deram uma festa, e minha mãe perguntou se ela poderia "pegar emprestado" algumas latas para fazer drinques. Emprestar! Como ela sabia do meu estoque? Se sabia disso, o que mais ela sabia? Eu tinha revistas que talvez devesse esconder melhor. O que eu poderia responder senão sim, já que ela não conseguia ver ou simplesmente ignorava o desespero em meus olhos. Que horror foi ver todas aquelas latas pela metade espalhadas pela casa, era um campo de batalha, minha própria Batalha de Gettysburg, e naquele dia eu aprendi o que é lamentar quando ouvi o chiado triste e exausto enquanto despejava os restos na pia.

Por isso, estava impressionável quando entrei na cozinha de Karen e alguém abriu o armário ao lado da pia e eu vi um flash vermelho. Como num sonho, me ajoelhei para ver e lá estava, pilhas e pilhas daquele Doce Ouro Marrom. Fiquei surpreso. Sim, ainda havia Coca-Cola no mundo, mas, mais importante, havia outras pessoas por aí como eu, aquelas que ficaram decepcionadas com a vida, mas que fizeram o que podiam para combater o caos. Afastei-me da cozinha para conseguir absorver a revelação. Enquanto eu socializava com os amigos de Bobby, conversava e brincava com eles, meu sonho de ser adotado por aquele clã foi desvanecendo. As latas, as latas continuavam voltando à minha mente, como uma cortina vermelha se fechando para esconder o mundo. Depois de duas cervejas, soube o que precisava fazer. Eu nunca tinha tomado duas cervejas antes.

Peguei meu casaco no quarto dos pais de Karen, que estava sendo usado como uma chapelaria, e me esgueirei de volta para a cozinha. Um garoto e uma garota conversavam próximos à geladeira. Joguei um pouco de gelo num copo, em voz alta e enfática, e declarei:

— Só procurando uns drinques.

Eles sorriram e se afastaram. Oculto pela porta do armário, enrolei um engradado de seis latas na minha jaqueta e puxei o pacote seguinte para a frente, de modo que parecesse que nada estava errado. Meu crime talvez não fosse percebido por dias. Eu me levantei. Ninguém tinha me notado.

Saí para a sala de estar agindo muito "naturalmente". Meu plano era guardar as coisas em uma área segura na chapelaria e sair, com toda a calma, com elas ao final da festa. A sala de estar estava silenciosa, a sala de conversação em oposição à sala de dança, o quarto de Karen, onde a música estava estourando. Foi isso que deixou o estrondo ainda mais alto. No meu nervosismo, eu havia embrulhado o engradado de qualquer jeito e, quando o ajeitei enquanto caminhava pela sala, as latas escorregaram em câmera lenta, que é a velocidade da humilhação. Elas bateram com tudo no piso de madeira. Todos olharam, mas meu crime era tão inexplicável que ninguém conseguiu compreender o que tinha acontecido. Voltaram a conversar enquanto eu juntava as latinhas. Todos eles, exceto

Karen. Ela olhou para o meu rosto e balançou levemente a cabeça em um julgamento triste. Ela pegou a Coca-Cola das minhas mãos e disse:

— Vai embora, por favor.

Nos dias seguintes, não sei do que mais me arrependi: do exílio daqueles que poderiam ter sido meus novos amigos, colegas da escola que eu teria frequentado se tivesse feito outra escolha, ou da perda de seis latinhas de Coca. Francamente, foi uma disputa acirrada. Resumindo, o episódio pôs fim às minhas tentativas de criar problemas. Então, para quê? Mover-se. Não se mover. Agir. Não agir. Os resultados eram os mesmos. Aquele era meu labirinto.

NP COLOCOU O POTE de meio litro de sorvete de sua mãe no congelador da frente para mantê-lo fora do caminho.

— Acho que vou comer um cachorro-quente — anunciei.

— *Na casquinha de waffle?* — gritou Meg, de um jeito malévolo, e nós caímos na gargalhada, minha mão instintivamente se levantando para cobrir a boca.

Minha boca. É possível que eu ainda não a tenha mencionado? Minha boca era tudo de repulsivo nessa vida reunido em um caldeirão, derretido por sádicos em uma liga abominável e depois moldado em clipes e fios para serem colocados nos dentes. Eu usava aparelho, sabe, pequenas caveiras sugadoras de autoestima, todas enfileiradas, transformando meu sorriso em uma careta manchada de pedaços de comida. Ah, eu os mantinha bem limpos, mas uma série de incidentes relacionados a espigas de milho plantaram as sementes de uma neurose, e, de dez em dez vezes, se o clima psicológico estivesse favorável, minha mão disparava para cobrir meu sorriso. Mas acho que algo estava acontecendo naquele dia, porque, para os observadores, o gesto deu a entender que eu estava cheirando a palma da minha mão.

— Por que você está cheirando a mão? — perguntou Meg.

— Por nada! — respondi.

As famílias começaram a chegar aos poucos, os primeiros clientes empanturrados de pizza e frituras de um dos restaurantes de frutos do mar da rua principal que mudavam de nome e de dono todo verão. Apenas os distribuidores de empanados de peixe congelados permaneciam os mesmos, eternos à sua maneira, mantendo linhas de fornecimento estação após estação. Bert apareceu, acompanhado do efeito sonoro de sempre, a descarga. Ele enxugou a testa com uma toalha molhada e me disse para levar o lixo para os fundos.

O céu estava ficando escuro.

— Será que vai chover? — perguntei a Nick.

A única vantagem da máquina de waffle era a proximidade com a janela, permitindo que o prisioneiro visse o exterior e inspirando alguns devaneios durante o turno.

— Ainda não, mas está tudo nublado.

Se a chuva viesse rápido, teríamos uma noite tranquila. Levei o lixo para fora. Bem, não sou químico, então não consigo explicar a reação com qualquer autoridade verdadeira, mas devo dizer que a Bristol foi forçada a um pacto profano quando criou sua fórmula de sorvete. Em troca de um sabor sobrenaturalmente delicioso, o sorvete não conseguia sobreviver fora de seus recipientes por muito tempo. Começava a apodrecer imediatamente quando exposto à temperatura ambiente. Típica cláusula escondida de um acordo com o diabo. À noite, o sorvete da manhã fedia como o inferno coalhado.

Sempre havia um furo em algum lugar. Deixei um rastro multicolorido, como uma obra de Jackson Pollock de merda, sobre a trilha seca do dia anterior ao longo do calçadão, nos fundos de Bayside, até a lixeira oficial do Jonni Waffle. Com alguma dificuldade, joguei as sacolas pesadas para dentro, virei-me e vi Gabe do outro lado da rua, encostado na porta da

Tuck Shop, me olhando fixamente. Abaixei a cabeça, dei um passo, voltei a erguer a cabeça, e ele ainda estava me encarando. Aquela expressão no rosto dele... era de desaprovação?

Não só minha camiseta do Jonni Waffle fedia, mas parecia brilhar em um vermelho-neon ofuscante, com o logotipo branco alternando a mensagem: *Traidor, Traição, Traidor, Traição*. Não, nunca mais fomos à loja de Gabe. De vez em quando éramos tomados pela nostalgia e entrávamos para jogar videogame. O lugar estava sempre vazio. Os jogos pareciam tão bobos. Como pudemos passar tantas horas lá, parados como idiotas, batendo os dedos e com os olhos vidrados? Voltei para a loja, olhando para o chão. Lembrei-me de um incidente de algumas semanas antes, quando Gabe me parara no caminho para o Jonni Waffle.

— Ei, vocês nunca mais vieram aqui — dissera ele, apontando seu Pall Mall para mim.

— É — tinha respondido, sem nem parar para ser educado; estava atrasado para o trabalho.

Passei pela Tuck Shop, ignorando o olhar de Gabe. Quem não ficaria bravo por ser substituído? Apenas mais uma manchinha no rolo compressor de Martine. Ninharia. "O que aconteceu com a Tuck Shop?", perguntariam as pessoas nos anos seguintes. Fora "destruída pelo fogo". No verão seguinte, tinha virado uma loja de comida saudável.

O vento estava aumentando, o céu sobre o cais era uma espuma cinza suja. Embora eu tivesse ficado fora por não mais do que quatro minutos, a loja já havia lotado. Muitas vezes eles surgiam do nada, a mando de um sinal fora do alcance dos ouvidos humanos. Bert flagrou meu olhar enquanto eu me esgueirava de volta.

— Invasão! — gritou ele, do outro lado.

Invasão, exatamente. Analogias de guerra e cerco surgiam sem dificuldade durante um horário de pico. Eu gostava mais de um cenário que eu chamava de Esconderijo Zumbi, fruto do meu treinamento precoce em filmes de terror: os seres humanos na casa, os móveis pregados nas portas e janelas para repelir os mortos-vivos. *Despertar dos mortos*, com a crítica embutida à sociedade de consumo, tinha suas lições particulares. Para quem não viu o filme, basicamente é sobre mortos que voltam à vida e desejam carne humana. Vestidos de bailarina, uniformes de policial e robes felpudos, os mortos vagam pelas ruas em busca de presas. Já foram pessoas normais. Em uma cena desse filme da saga sobre mortos-vivos do mesmo diretor, sobreviventes humanos se entrincheiram em um shopping, uma microssociedade com todos os alimentos embalados e itens de consumo que podiam desejar. Em certo momento do filme, enquanto os personagens estão parados encarando as portas, olhando para as centenas de zumbis irracionais reunidos do lado de fora, eles se questionam o que motiva os mortos-vivos. "É uma espécie de instinto", diz um deles. "Este era um lugar importante na vida deles." Seus cérebros se foram, mas eles mantiveram uma coisa. A essa altura, sei que, quando os mortos-vivos vierem, não será no shopping que se reunirão, mas na sorveteria.

De vez em quando, na cidade, trombo com uma pessoa branca, Sag Harbor aparece na conversa e ela diz: "Ah, eu não sabia que negros iam para lá". O que eu sempre acho engraçado, porque até aquele verão eu achava que todos os brancos que eu via lá eram moradores locais. Locais com calças xadrez. Era assim que víamos as coisas lá do nosso cantinho na floresta. Trabalhar no Jonni Waffle me ensinou que aquela quantidade imensa de gente branca não podia ser de apenas locais, porque, se o pequeno vilarejo abrigasse tanta ruindade o ano todo, já teria sido engolido pela Terra havia muito tempo.

Eles pegavam uma senha do dispensador de plástico rosa e esperavam, os Hamptons inteiros. O cheiro das casquinhas de waffle os atraía para dentro, da mesma forma que pescávamos peixinhos com lençóis e colchas velhos — eles se lançavam em direção ao mar aberto do desejo. Usavam chinelos que estalavam como lábios molhados, caminhavam arrastando os pés com mocassins com franjas, tênis brancos de jogar tênis e camisetas polo que percorriam todo o espectro pastel, do verde-limão ao laranja-creme e ao rosa-bunda-de-babuíno. Eram membros de diversas fraternidades, clubes de iates, clubes de golfe, grupos de apertos de mão secretos, eram esperançosos, herdeiros e privilegiados entediados.

Todos os tipos de mosca apareciam lá no verão, presas nas tiras marrons meio onduladas.

Nós as servíamos. Jardineiros que passavam as tardes cuidando de fileiras de tomates até uma suculência vulgar, usando luvas caras e elegantemente gastas. Aposentados balançando a cabeça em desaprovação ao trânsito do fim de semana e sibilando insultos aos jovens policiais de rua e suas novas regulamentações, os policiais com pele de pêssego que os tratavam como forasteiros, embora frequentassem o lugar havia anos. Os "No Meu Tempo Não Era Assim" chegavam devagar com seus catálogos mofados do passado, arrastando doses intravenosas de nostalgia destilada atrás deles sobre rodas rangentes, desprezando os novos-ricos e relembrando a silenciosa rua principal de antigamente, quando era possível andar metros e mais metros sem ser insultado por pequenos emissários chorões do futuro emergente. Essas pessoas saíam de grandes carros antigos que não eram mais fabricados e que ficavam embaixo de lonas em garagens imaculadas esperando pelos três dias do ano em que engoliam em seco e percorriam as ruas, esses passeios descabeçados em veículos luxuosos dos mortos, descendo as principais vias das cidades lentamente, para que todos vissem e refletissem.

Vinham de todo o East End. Os jovens príncipes que desviavam, bêbados, pelas estradas secundárias e eram repreendidos por policiais ansiosos que viam seus boletins de ocorrência amassados por xerifes experientes com um breve "Você é idiota?", enquanto os registros policiais dos semanários detalhavam distúrbios domésticos sórdidos ao lado de cupons destacáveis anunciando: "Noite 2 por 1 no Jonni Waffle". De fato, *habituès* dos boletins policiais cambaleavam até a loja entre uma encrenca e outra. "Acho que conheço esse cara." Aqueles que eram lançados por helicóptero, aqueles que passavam pipocando a dez por hora em calhambeques, aqueles que abençoavam a Terra a cada passo, que se dignavam, se inclinavam, aqueles que teriam fotos ao lado de seus obituários no *New York Times* e aqueles que jazeriam no chão de seus quartos abjetos por dias antes de serem encontrados.

Era preciso conhecer os locais. Havia pessoas que tinham desenraizado a vida a um grande custo, os convertidos que tinham acabado de se tornar moradores permanentes com planos de pertencimento. Empreendedores que tinham se apaixonado pelo silêncio e pelo pôr do sol e se convenceram de que seus estabelecimentos teriam sucesso contra todas as probabilidades — restaurantes que serviam comida produzida com carinho e de cunho especializado, lojas de curiosidades cujas prateleiras cediam sob o peso de bugigangas que eram manifestações físicas da psicologia de seus donos. Lojistas que tremiam de desespero e atacavam sempre que um visitante tocava os sinos sonolentos sobre as portas da frente, lojistas que demoravam até o sombrio outubro para aceitar o que era óbvio, quando tentavam renegociar seus aluguéis em frenesi e iam ao Jonni Waffle com menos frequência conforme o verão avançava, conforme começavam a cortar gastos extras, e quando foi que sorvete deixou de ser a definição de extra?

Não discriminávamos, apenas servíamos. Para os esgotados, os à deriva, as ervas daninhas humanas que éramos apesar de nossas escolhas, que encontraram abrigo em Springs, nos arredores de Amagansett, entre cidades cortadas por estradas de terra, em quartinhos acima das vitrines da rua principal, em porões de iluminação sombria. Editores de revistas que publicavam artigos sobre os pontos mais badalados para garantir uma cortesia, ah, como chegavam bamboleando. Os caseiros das propriedades alheias, as pessoas que viviam em barcos, os pintores que tentavam capturar a lendária luz do East End, os escritores de ombros curvados ironicamente, chafurdando na riqueza enquanto farejavam mecenas. Exibicionistas. Celebridades de óculos escuros. Marinheiros sem navios. Descendentes de baleeiros locais famosos, cujos nomes estampavam as placas de rua para lembrar as pessoas do que elas nunca conheceram. Produtores de batata deliberando sobre ofertas de empreendedores, o fluxo de ajudantes no verão, as garçonetes, bartenders e subchefes chegando em sua migração anual. Tripulantes de iates à procura de alianças nos dedos, presas fáceis, familiarizados com nós de todos os tipos, *au pairs* tropeçando em saltos altos na noite de folga e usando muita maquiagem e desamparo em seus rostos. Duas bolas, por favor.

Eles apontavam através do vidro e nos davam ordens. Subcelebridades C visitando as casas de seus amigos subcelebridades B, pairando com impaciência no balcão enquanto tentavam conciliar condescendência e confusão. Velhas com trecos estranhos embolados na cabeça: turbantes, *fascinators* recém-saídos da naftalina, criações de vime desleixadas que caíam sobre os grandes óculos escuros. Hóspedes de fim de semana cheios de amor, ideias e conversas inquietas sobre horários, o trem no domingo que os levaria embora cedo demais. Turistas de fim de semana, turistas de fim de semana de todos os tipos, dizendo *Olha isso*, *Olha só isso*, *Não é a coisa mais fofa*, *mais pitoresca*, parados diante das vitrines enquanto o sorvete derretia em doces filetes sobre seus dedos, *Será que esse é o tipo de coisa que poderíamos exibir em casa e ter uma pequena história para contar caso alguém pergunte*, e esperava-se que perguntassem, porque, se não perguntassem, haveria um grande abismo para sobrepor. Jovens apaixonados por cremes e caldas.

Os melados, os borrados, os comilões feios em busca de sua guloseima favorita.

Queriam sorvete, e nós os servíamos. Servíamos bola atrás de bola de sorvete. Para entidades em ruínas, mantidas em pé apenas pela energia de seu feroz desdém e que, paradoxalmente, muitas vezes davam ótimas gorjetas, vá entender. Herdeiras levando poodles carrancudos de um lugar para outro — "É bom ter alguém com quem conversar" — e machões grisalhos que trabalhavam com as mãos, zombando e enganando os clientes, aquelas crianças mimadas da cidade de quem cobravam caro por madeira, pregos e massa corrida para que pudessem comprar um óleo especial para esfregar em seus calos. Os sustentados, os modelos, os garotos de programa e todo tipo de influenciáveis, como se não fôssemos todos sustentados por este lugar de alguma forma, então quem éramos nós para zombar? As estranhas líderes de torcida e os com sorrisos bizarros, as vítimas que apenas seguiam o fluxo. Frequentadores de boates bêbados que vinham de Bayside com olhos da cor de sorvete de framboesa, que encostavam o nariz no vidro para ver a majestade austera das latas de sorvete e estremeciam diante da abundância.

Davam-nos o dinheiro e botavam moedas no copo de gorjeta de vez em quando. Criaturas ágeis com procurações, instigadores arrogantes que sairiam ilesos de desastres iminentes de poupança e empréstimo, vice-presidentes astutos de divisões corporativas com nomes inescrutáveis que entravam na loja meio que levitando em sua magnificência e zombavam com desdém impotente dos números das senhas. Inquilinos cujas queixas ecoavam pelos corredores de mansões impressionantes, inquilinos de casas de madeira decadentes que não tinham banheiro para todo mundo, inquilinos de casas horrendas com fossas sépticas sobrecarregadas e sérios problemas de drenagem. Vagabundos de fim de semana sem lugar para ficar, que pegavam carona no trem das cinco horas vindo de

Penn, saltavam e rondavam atrás de diversão, farreavam, fodiam ou não, encontravam uma cama, um sofá ou um assoalho ou dormiam na praia e, por milagre, não eram molestados, cochilavam até tarde e recomeçavam no sábado, com mais ou menos sucesso em suas aventuras, e pegavam o trem de volta cedo, na manhã de domingo, exalando males e esperanças, balançando a cabeça de felicidade.

E deve ter havido criaturas tão ricas que nem consigo especular a respeito de suas rotinas, além do claro apetite por doces. Viviam em algum lugar em South Hampton, em propriedades protegidas por sebes solenes, um exército de pequenas pétalas verdes repelindo todos os olhares invasores. Imagino a lama fumegante e criaturas reptilianas sem pelos descendo em voo rasante por entre folhas pré-históricas em formato de leque. Seres emergem da lama cinzenta, erguendo as grandes cúpulas oculares acima do lodo, estalando línguas. Não sei dizer o formato exato de seu corpo, o número de guelras nos pescoços e ventosas nos dedos manchados, porque, para se misturarem com os terráqueos, precisavam usar trajes de carne humana, pois apenas assim conseguiam andar entre nós, e é claro que acabavam entrando pelas portas do Jonni Waffle como todos os outros, como todos nós, e eu lhes servia sorvete.

Mas não naquela noite.

As luzes se apagaram às oito e meia, justamente quando as coisas estavam ficando boas e horríveis, daquele jeitinho familiar. Já havia senhas de papel rosa espalhadas pelo chão, grudadas na gosma derretida. As mãos recebiam as casquinhas. Um peito bateu no meu cotovelo, e eu senti uma pontadazinha nas partes baixas. Desculpa, desculpa. Outro órgão sensorial se manifestou: meu nariz. O cheiro de waffle queimado deixou o ar acre. NP estava nas grelhas, exibindo seu orgulho habitual pelo trabalho. Olhei para cima e o vi jogar um frisbee carbonizado no lixo. Ele se dissolveu em um vapor preto enquanto voava pelo ar.

Águas agitadas. Bert fez uma correção de curso, colocando-me nas grelhas para evitar o desastre — perigo, teu nome é escassez de waffles. Troquei de lugar com NP. Ele me entregou o avental. Eu coloquei o avental. Ele me entregou as luvas. Eu calcei as luvas. Quando peguei a concha, olhei para a minha direita, nos olhos brilhantes de um moleque loiro que me olhava maravilhado, com um arco de ranho transparente prendendo sua narina à barreira de plástico — e as luzes se apagaram.

A única iluminação era o olho vermelho do indicador de energia do rádio de Nick. Todos gritaram — dentro da loja, os caminhantes noturnos no calçadão e no cais, as pessoas que passeavam pela rua principal. Bert resmungou no escuro e apareceu com algumas lanternas, e foi assim que terminamos de entregar os pedidos, por conta da casa, já que o caixa estava fora de serviço. Banimos o restante dos infelizes das instalações. Ficaram circulando pelo corredor lá fora, segurando suas senhas enquanto a notícia era assimilada.

— Graças a Deus — disse Meg.

— Estava começando a ficar uma loucura aqui — completou Nick. — Olhem para eles...

Faróis banhavam seus corpos, produzindo silhuetas assustadoras.

— Estamos fechados! É um apagão, caceta! — gritou NP.

Falem baixo, murmurei para mim mesmo. Os mortos-vivos vão saber que estamos aqui dentro. Bert trancou as portas da frente para maior proteção e nos disse que tentaria falar com Martine pelo telefone.

— Talvez a gente feche mais cedo — falei.

Nick mexeu no rádio e encontrou a WLNG. "A energia acabou na cidade de South Hampton, e estamos recebendo relatos de que as luzes estão apagadas em todos os lugares, de Quogue a Amagansett..." Ainda não havia começado a chover, mas obviamente a tempestade já causava alguns danos no norte da ilha.

— Martine deve estar surtando — comentou NP. — Um apagão numa noite quente como esta... todo esse sorvete vai encher isso aqui de poças, cara.

— Que bosta pra ele — disse Meg.

Tudo viraria uma sopa se a luz demorasse muito para voltar. Era uma baita grana.

Bert voltou com a lanterna embaixo do queixo para dar ao rosto um tom macabro e nos disse que Martine queria que esperássemos uma hora para ver se a eletricidade voltava. Só então poderíamos dar a noite por encerrada. Mesmo que as luzes voltassem depois de algumas horas, aquela noite seria um desastre. Todo mundo ficaria em casa caso a energia caísse de novo.

Quem sabia o que estava acontecendo lá fora? Estava uma loucura. Pessoas gritando, carros buzinando para coisas que passavam a toda velocidade noite adentro. O locutor estava animado. Nunca acontecia nada, então tinha isso para saborear: "Recebemos um relato de Eric, de Watermill, que está do lado de fora do Candy Kitchen, e ele diz que toda a rua principal de Bridgehampton está no escuro".

Bert nos contou da última vez que tinha vivenciado um apagão, uma história que envolvia duas estudantes suecas de intercâmbio, um Volvo emprestado e duas garrafas de José Cuervo.

— Nem precisamos de limões, se é que me entendem — brincou ele.

Eu não entendia. Do lado de fora das janelas e além das portas de vidro da loja, figuras caminhavam na escuridão, capturadas por raios aleatórios de iluminação. Ouvíamos suas vozes quando encontravam os camaradas e compartilhavam informações, trocando decepções. Todos unidos.

O telefone tocou um pouco tempo depois.

— É isso, acabou por hoje — anunciou Bert, quando desligou.

— Acabou o turno? — perguntou Nick.

— Foi o que nosso mestre falou.

— Mestre? — perguntei, antes que NP o fizesse.

— É uma figura de linguagem.

— É melhor a gente receber o turno inteiro — avisou NP.

— Tenho certeza de que você vai receber suas oito pilas — disse Bert, para satisfação geral.

Como eu disse, o dinheiro aumentava.

Limpamos o que deu. Procedimentos especiais de apagão exigiam que colocássemos sacos de lixo vazios em cima dos potes abertos na vitrine de sorvetes para adicionar uma camada a mais de isolamento. Manter o frio lá dentro, onde é o lugar dele. Bert verificou os sacos duas vezes quando terminamos, enfiando bem as bordas.

— Ele vai surtar se chegar amanhã e tudo isso estiver derretido — comentou.

Eu estava limpando a máquina de waffle quando começaram a bater à porta.

— Mas que merda, já fechamos, cacete — xinguei.

— Me deixa entrar, seu tonto!

Era a outra prima, Marsha.

— Que sorte vocês tiveram — disse ela, quando abri a porta.

Ela tinha ido buscar Meg. Ela, seu paquera e um dos amigos dele estavam esperando do lado de fora.

— Ei, Bert, posso ir? — perguntou Meg.

Ela ajeitou a mecha de cabelo no rosto, mas, dadas as condições de iluminação, o olho vesgo não seria um problema naquela noite. Houve um momento no escuro em que a imaginei me dando uma carona para casa (Ela tinha ido ao trabalho de carro? Eu não sabia.) e várias coisas acontecendo entre a gente. Ela pegou a bolsa e foi embora.

— Até mais!

Logo, todos que haviam ficado estavam no cais. O vento esfriou o suor que havia encharcado nossas camisetas Jonni

Waffle. As pessoas tomavam cerveja e olhavam as estrelas. Os barcos estavam com o rádio ligado no volume máximo, e as músicas favoritas da Motown, da trilha sonora de *O reencontro*, se sobrepuseram umas às outras durante a noite. A poucos metros de distância, as janelas do Long Wharf Restaurant brilhavam com a luz das minivelas sobre as mesas. Bert disse que ia para o Corner Bar. O amigo dele era barman. Não seria a primeira noite de apagão que ele passaria lá. Nick foi até o restaurante para saber a que horas Randy sairia. Talvez conseguíssemos uma carona para casa, ou talvez houvesse um plano na manga.

NP xingou baixinho.

— Ei, Bert, posso ficar com a chave? Deixei meu pote de meio litro lá.

Ele desapareceu no calçadão com as chaves. Fiquei surpreso que Bert simplesmente as havia jogado para ele. É claro que NP não roubaria nada, mas eu sempre ficava surpreso com esses pequenos gestos de confiança de pessoas brancas em posição de autoridade. Como quando Gabe saía da Tuck Shop para fumar um cigarro, cheio de fé na gente. Não deveria ser surpresa para mim. Conquistamos essa confiança por sermos bons rapazes. E olhe onde Gabe foi parar.

NP voltou da loja. Eu falei:

— Droga, esqueci minha fita cassete! Posso ir lá pegar?

Bert balançou a cabeça e me entregou as chaves.

— Vai depressa, cara. Preciso de cerveja, caralho.

Não consigo explicar o que aconteceu. Só posso contar a vocês, da melhor forma que posso, como eu costumava viver.

As fitas cassetes eram o álibi perfeito. Todos nós da turma de adolescentes as tínhamos, eram um instantâneo do estado de espírito do mês traduzido em música e arranjado em ordem perfeita. Deixávamos tudo o mais de lado, mas éramos fascistas em relação às fitas. Eram nossas evidências necessárias. Nós nos revezávamos, colocando-as para tocar no rádio de Nick quando era a nossa vez, para finalmente fazer alguém ouvir. Eu tinha um bode expiatório em NP que, segundo confissão própria, voltara ao freezer para pegar seu meio litro de sorvete. Entrei na loja e fiquei em frente ao freezer gigante. Era preciso puxar as portas com muita força para abrir. Eram projetadas para permanecerem fechadas e criar uma forte vedação. Eu as abri, e o ar frio bateu no meu rosto. Não dava pra ver, mas imaginei a névoa branca na escuridão se espalhando em frios e fantasmagóricos filetes. O calor e a umidade de fora se infiltraram, roçando a ponta dos dedos nas laterais dos recipientes de sorvete e transformando o gelo em gotas de água. Era uma troca, o exterior entrando e o interior saindo, como uma pequena escuridão que crescia e depois se espalhava para cobrir cidades inteiras. Deixei as portas abertas, primeiro em um ângulo de dez graus, depois em um de vinte e cinco. Desse jeito.

Devolvi as chaves para Bert. Ele se despediu de todos nós e foi até o Corner Bar, com os faróis dos carros que se aproximavam iluminando seu caminho. No cruzamento, um policial agitava um cone vermelho brilhante, girando e girando. Nick tinha voltado com algumas Budweiser nas mãos, suborno de Randy para que esperássemos até que ele terminasse o turno. Eu estava cansado e fedendo, então decidi ir para casa.

Era tão diferente voltar para casa sem postes de luz, principalmente depois que passei pela marina, onde as pessoas estavam em barcos iluminados e se divertiam muito, bebendo e rindo. Com certeza, as jovens da Cormaria Retreat House estavam dançando sob as estrelas com seus candelabros e uma paixão extra naquela noite. Quanto mais eu me afastava da cidade, mais escuro ficava e menos carros vagavam lentamente na escuridão para iluminar meu caminho. A chuva ainda não havia chegado, mas o vento agitava as árvores, e esse era o único som que eu ouvia. Velas e lanternas de querosene queimavam nas janelas das casas, pulsando em laranja e amarelo, mostrando o caminho, assim como tinha sido cem anos antes. Não dava para ver os cabos elétricos e os fios telefônicos, e não tinha como distinguir os carros luxuosos na frente das casas e garagens. O mundo moderno tinha sido desligado. Como se nunca tivesse existido. A iluminação nas janelas das velhas casas de sempre guiava os homens para casa quando retornavam do mar, as constelações terrestres que reconheciam, em que confiavam e que os guiavam. Eu sabia onde estava. Tinha andado por aquelas ruas a vida toda. Por alguns minutos, fui um verdadeiro filho de Eastville, retornando para casa na escuridão na companhia de meus irmãos pela Bay Street e pela Hempstead Street depois de um bom dia de trabalho.

As luzes estavam acesas quando acordei na manhã seguinte. A chuva nunca veio. Reggie e eu passamos a tarde limpando a casa, desfazendo a bagunça do nosso dia a dia. Nossos pais chegaram naquela noite, e tudo recomeçou.

Não trabalhei naquele fim de semana — Nick pediu meu turno de sábado à noite para ajudar a pagar seus ouros — e, quando cheguei na segunda-feira, não houve menção ao freezer aberto e ao sorvete dentro dele, sólido ou não. Nem perguntei. O Jonni Waffle era uma família, e minha experiência com família dizia que a gente não devia fazer muitas perguntas. Poucos dias depois, na parede acima da mesa que ficava nos fundos da loja, Martine colou uma folha com uma lista de "Procedimentos em caso de apagão", e o último tópico era: VERIFIQUE DUAS VEZES SE AS PORTAS DO FREEZER ESTÃO FECHADAS! No verão seguinte, a lista ainda estava lá, e ao lado dela havia uma foto de Martine e seu irmão, tirada em uma reunião de família "na terra natal", ou assim ele nos contou. Estavam com os braços cruzados em volta do pescoço um do outro e copos de cerveja clara nas mãos. Eram muito parecidos de rosto e tinham o mesmo sorriso. Se você não acreditasse no que as pessoas lhe diziam, tudo o que tinha que fazer era olhar para o sorriso. O irmão dele era preto pra caramba, sem brincadeira, com uma bela coroa de fios crespos na cabeça.

A Coca-Cola Company voltou a produzir a Coca-Cola boa — o novo nome era "Classic Coke" — logo após o apagão, em 10 de julho de 1985.

Trabalhei no Jonni Waffle por mais dois verões, tomando sorvete o tempo todo, em todos os turnos. O cheiro da massa ainda me assombra. Meu metabolismo era tal que nunca engordei, mas, com o tempo, minha compulsão alimentar se transformou em uma forma de terapia de aversão e me fez odiar sorvete só de olhar, e esse ódio se espalhou para todo o mundo das sobremesas e para a maioria dos doces. É uma coisa terrível odiar sobremesa, afastar-se dos costumes das pessoas civilizadas. A gente aprende a ver as coisas de forma diferente do outro lado do balcão, parado lá atrás do acrílico protetor, observando as pessoas normais e seu prazer fácil nas coisas simples.

De vez em quando, penso no congelador e tenho uma visão da catástrofe. À medida que a noite avança, os recipientes no fundo da pilha começam a ceder embaixo daquele peso. O que está dentro fica mole e escorrido. Os potes de baixo cedem sob o peso dos outros, e os de cima caem do freezer, fazendo as portas se abrirem e as tampas estourarem. Os recipientes espirram suas entranhas, um por um. Está escuro, e ninguém está vendo além de mim, só eu consigo ver, a calamidade do arco-íris no ladrilho, o sorvete verde-menta e vermelho-sangue e outras coisas variadas em uma lama coagulada de biscoito escorrendo pelo chão, marshmallows flutuando como dentes quebrados, tudo isso em uma onda lenta e feia, estendendo-se em minha direção como a mão de alguém.

Os gângsteres

TODA AQUELA MERDA HORRENDA ACONTECIA ÀS quintas-feiras, como se programado. Às segundas-feiras, dormíamos até tarde, embalados pelo silêncio da casa. O único barulho era o das formigas-carpinteiras roendo a madeira embaixo do deque, ou seja, quase não havia barulho. Era seguro. Quando nos encontrávamos com a turma, trocávamos ideias rebuscadas para saber o que faríamos antes que os pais voltassem. O resto da semana era um continente vasto para explorarmos e conquistarmos.

Então, de repente, o tempo estava acabando. Às quartas-feiras, acordávamos agitados, percebendo que nosso idílio se aproximava do fim. Corríamos para ajeitar tudo. Às vezes, às quartas-feiras, cometíamos erros, mas nunca era um erro do tamanho dos de quinta-feira. Não, a quinta-feira era reservada para os piores percalços, os erros mais esdrúxulos, que causavam vergonha, precisavam de primeiros socorros e desculpas. Todas as piores merdas aconteciam às quintas-feiras, os desastres que nós mesmos criávamos, porque na sexta-feira os pais voltavam e nossos desastres fugiam do nosso controle.

A primeira arma foi a de Randy. O que devia ter sido um sinal de que estávamos caminhando para uma quinta-feira clássica. Eu nunca tinha ido à casa dele, não era um dos nossos lugares de sempre. Mas todos os outros estavam trabalhando. Nick estava no Jonni Waffle ou na cidade comprando coisas para seu disfarce de fã de rap; Clive, fazendo churrasco no Long Wharf; Reggie e Bobby, no Burger King. A sensação que eu tinha era a de que havia semanas que eu não via o meu irmão. Tínhamos horários opostos: eu, trabalhando na cidade; ele, vendendo Whoppers em South Hampton. Quando nos encontrávamos em casa, estávamos exaustos demais do trabalho ou nos preparando para o turno seguinte, sem tempo até para discutir direito. Não tinha outra opção a não ser ligar para NP, que não era minha primeira opção, e a mãe dele disse que ele estava na casa de Randy. Normalmente eu teria deixado quieto, mas havia uma chance de estarem indo para algum lugar, uma expedição para Karts-a-Go-Go ou Hither Hills, e eu teria que os ouvir exagerar sobre o quanto se divertiram.

Randy morava em Sag Harbor Hills, na Hillside Drive, uma rua sem saída fora do nosso circuito habitual. Eu a conhecia como a rua onde ficava a Casa Amarela, onde Mark James ficava. Mark era um garoto nerd com quem eu me dava bem, e que às vezes passava o verão em Sag visitando a avó, que era daquela primeira geração. Quando virei a esquina na Hillside vi que o quintal da Casa Amarela continuava coberto de mato e com as persianas fechadas, como acontecia havia anos. Fazia tempo que eu não via Mark, mas, algumas semanas antes, por coincidência, tinha perguntado à minha mãe se ela sabia por que ele não tinha mais aparecido, e ela dissera: "Ah, é que o sr. James tinha outra família".

Havia muito dessa Outra Família circulando por aí naquele verão. Pessoas desapareciam. Eu perguntava: "O que aconteceu com os Peters?", e minha mãe respondia, "Ah, é que o sr. Peters tinha outra família, então eles não vêm mais". E o que aconteceu com os Barrows, já fazia um tempo que não via aqueles caras, o pequeno Timmy com suas muletas. "Ah, é que o sr. Barrows tinha outra família, então estão vendendo a casa."

Por um tempo, quase chegou a virar uma epidemia. Eu achava fascinante, e ficava imaginando a mecânica da coisa. Uma família em Nova Jersey e outra no Kansas — que tipo de história encobria aqueles quilômetros escondidos? Era um nível de mentira a que se aspirar. E quem poderia dizer qual era a Família Verdadeira e qual era a Outra Família? Seria a família de Sag Harbor, nossos conhecidos, a versão sombria, da antimatéria, ou era o contrário, a família que vivia no novo bairro de Delaware, aquela que devorava migalhas com um sorriso? Imagino as crianças correndo para a porta da frente ao ouvir o carro do papai estacionando na garagem depois de tanto tempo (os breves telefonemas da estrada só aumentavam a ausência), e o papai desligando a ignição e se demorando alguns minutos para se orientar, descobrir quem era e onde estava dessa vez. *Sim, eu reconheço aquelas pessoas paradas à porta — são minha família.*

Qual a extensão daquela transformação? As regras, a decoração e todo o clima mudam de uma casa para a outra. Naquele outro CEP, o papai era um ursinho de pelúcia que fumava cachimbo e usava suéter, um retorno à ideia de paternidade amigável de seriado de comédia, esbanjando sabedoria do tipo: "Sabe, filho, às vezes o corpo precisa defender a si mesmo" e "Todos nós ficamos machucados às vezes, mas depois nos sacudimos e dizemos: Nossa, amanhã é outro dia". A mamãe estava sempre tirando o frango do forno, ela se arrumava para o Aniversário de Casamento, e eles saíam de braços dados, nunca perdiam um ano. Todo mundo bem aconchegado. A família fazia as refeições junta e conversava. E então o papai mudava de CEP, mudava de rosto, e tudo se invertia. Um homem, duas casas. Duas caras. A casa na qual você nascia, criança, era uma questão de sorte.

Você pode chamar essa especulação de idiotice. Cada casa fazia da outra uma mentira. Nenhuma delas era verdadeira. Não tenho tanta certeza assim.

Randy e NP estavam curvados na rua, olhando para alguma coisa no chão.

— E aí? — gritei.

Eles não responderam. Fui andando até os dois.

— Olha isso — disse NP.

— O que aconteceu com ele? — perguntei.

O tordo estava estirado no asfalto, mas não tinha a tatuagem de pneu típica da maioria dos animais atropelados. Era pequeno e estava imóvel.

— Randy deu um tiro nele — respondeu NP.

Randy abriu um sorrisinho e ergueu a espingarda de chumbinho para mostrá-la. Parecia real, mas esse era o objetivo. Se parecia real, era possível fingir que era real, e quem tivesse uma arma de verdade podia fingir ser outra pessoa. O metal era liso, bem preto, os veios de madeira falsa da coronha e do antebraço brilhavam ao sol.

— Comprei na Caldor — comentou ele.

Olhamos novamente para o tordo.

— Ele voou e pousou no poste, e eu só atirei — explicou Randy. — Fiquei praticando o dia todo.

— Está morto? — perguntei.

— Não tem sangue — respondeu NP.

— Talvez seja apenas uma concussão — falei.

— Você deveria enchê-lo e empalhá-lo — sugeriu NP.

Pensei: *Isso não é legal.* Um julgamento que tinha aprendido com a turma de viciados da minha escola, que decidira que eu era "ok" já perto do fim do primeiro semestre e me deixava ficar perto deles, ou pelo menos ficar entre eles sem ser incomodado, como prelúdio para uma adoção provisória pelo clã no segundo semestre. (Eles tinham uma instituição de caridade chamada Erva para Nerds e um forte compromisso com a diversidade.) Eu gostava desse "não é legal" porque significava que havia um código com que todos concordavam. As regras não haviam mudado: tudo no universo era ou não legal, sem confusão. "Isso não é legal", alguém falava, "Isso não é nem um pouco legal", afirmava outro, a voz da própria justiça, anasalada e descomplicada.

Randy entregou a espingarda a NP, que a segurou, testando o peso. Parecia bem-feita e formidável. Ele mirou em idiotas invisíveis que estavam parados no beco sem saída.

— Mãos ao alto!

Ele deu três bombeadas na coronha, *clac clac clac*, e puxou o gatilho. E repetiu.

— Tá vazia, idiota — disse Randy.

Fomos até a casa dele para pegar mais "munição". Randy morava no fim da rua, em uma casa estilo americana, comprida, pintada de verde com detalhes em laranja desbotado. Eu nunca tinha entrado lá. Ele abriu a porta de tela e gritou:

— Mãe, estou com uns amigos!

E o som da TV desapareceu quando uma porta bateu com um baque surdo. Eu não sabia muito sobre a vida familiar de Randy, mas sabia que o pai dele não era presente. Havia pais que trabalhavam na cidade durante a semana e havia pais ausentes. Eu sabia que o pai do Randy aparecia um fim de semana a cada dois verões porque eu ouvia meus pais comentando. "Stanley saiu neste fim de semana com a namorada jovem/o carrão/a lancha", ou a novidade que fosse que estivesse exibindo naquele ano. Eu presumia que ele não se hospedava em Hillside.

As persianas estavam meio abertas, enviando planos de luz para iluminar partículas de cabelo e pele morta que dançavam bem devagar. NP e eu nos sentamos nos móveis cobertos de plástico, e Randy foi para seu quarto. Senti cheiro de cachorro e me lembrei de uma conversa recente com Randy sobre o cachorro dele, Tiger, um cocker spaniel que havia se engasgado com um pedaço de corda e morrido dois anos antes. Observei alguns pelos brancos presos embaixo do plástico do estofamento e senti uma onda de nervosismo típica de consultório médico.

— Podemos nos sentar aqui? — perguntei.

— Para que acha que serve o plástico? — perguntou NP.

Randy voltou e nos levou pela cozinha até o quintal. Folhas marrons formavam pocinhas sujas nos assentos das cadeiras. Atrás da casa havia uma floresta, o que lhe permitiu transformar o quintal em um campo de tiro. Ele tinha arrastado a churrasqueira até a beira das árvores — tinha uma trilha de cinzas pelo chão — e, ao redor de seus três pés, havia latas e copos crivados de furinhos. Randy botou um boneco de *O homem de seis milhões de dólares* na tampa da grelha. Foram necessárias algumas tentativas para ele ficar em pé. Já tínhamos superado a ideia de amarrar soldadinhos a foguetes feitos de garrafa, o que sempre era um fracasso, apesar de nossas ilusões de uma competência semelhante à da NASA, então aquela era a progressão lógica do abuso de bonecos.

— Deixa eu tentar — implorou NP.

— Eu vou primeiro — interrompeu Randy, com o tom imperioso que havia dominado durante sua performance como o Garoto com Carro.

Steve Austin, o homem de seis milhões de dólares, que havia sido reconstruído a grande custo com o dinheiro dos contribuintes, estava na cúpula vermelha, as mãos biônicas em eterna busca por pescoços para estrangular. Randy mirou. Steve Austin encarou, impassível; tanto tempo na mesa de operação lhe concedera uma graça silenciosa e estoica. Foram necessários cinco tiros, Randy puxando a coronha e fazendo-a estalar com fúria crescente enquanto observávamos sua pontaria de merda. Steve Austin caiu da tampa e se deitou de lado na terra, a pose intacta. Nem sequer piscou. Realmente sabiam como fazer um boneco naquela época.

— Queria comprar a mira opcional para ter uma precisão maior — explicou Randy —, mas custa mais grana.

— Deixa eu tentar essa merda agora — disse NP.

Fui embora pouco tempo depois.

— Vocês querem ir até East Hampton comprar discos? — perguntei, mas ninguém respondeu.

Pensei que já tínhamos superado essas brincadeirinhas com armas. Dei a volta na casa e, quando cheguei à rua, o pássaro tinha sumido.

Aquela foi a primeira arma. A segunda era de Bobby. Uma pistola, réplica de uma nove milímetros. Estávamos no quarto dele. Bobby me convidou para jogar *Lode Runner* no seu Apple II+, mas, quando chegamos lá, ele enfiou a mão debaixo do colchão e puxou a pistola de chumbinho.

Apontei com a cabeça em direção à porta aberta.

— E o seu avô?

Ele apontou para o despertador. Eram sete e trinta e cinco da noite. O que significava que seu avô estava dormindo fazia cinco minutos. Os pais de Bobby apareciam nos fins de semana, como os nossos, mas ele não ficava sem supervisão. Os avós passavam o verão inteiro lá para garantir que ele se alimentasse direito. Mas, depois das sete e meia da noite, Bobby pulava o muro.

Os avós dele eram amigos da primeira geração, mas não tinham comprado a casa durante a corrida do ouro. Ficavam na casa de amigos nos fins de semana, e, por isso, nos anos 1970, os pais de Bobby começaram a alugar uma casa na mesma rua da nossa antiga em Hempstead, e foi assim que ele se juntou ao grupo. A família havia construído a casa em Ninevah dois anos antes, uma imponente casa de praia cinzenta com vista para a baía lá do alto. Lembro-me de tocar Alien Prison Cell na fundação de cimento quando os trabalhadores da construção estavam descansando. Escadas lascadas e vertiginosas levavam da duna até a água. Era um lugar grande — a maioria das casas da primeira onda só tinham um andar — com um quarto de hóspedes no andar de baixo e três quartos no de cima.

Os avós de Bobby ficavam no andar de baixo, então tínhamos um sistema de alarme de última geração para chinelos nas escadas, caso o avô dele, contra todas as probabilidades, ainda estivesse acordado depois das sete e meia da noite. Seguindo a grande tradição local, a avó ficava no quarto o tempo todo, às vezes chamando Bobby para conversas, das quais ele saía com uma nota de cinco ou dez dólares para "guloseimas". Acho que não a vi durante todo aquele verão. O avô dele era um cara muito gentil, sempre tranquilo diante de nosso grupo asqueroso quando íamos lá. Gentil daquele jeito que dizia que tinha visto muita merda racista na vida e estava feliz que as coisas tinham melhorado para os filhos e netos. Um tipo de velho legal. A filha dele havia se casado com outro morador do Brooklyn — que não era de Sag, embora tivesse crescido com crianças de Sag no resto do ano e conhecesse o mito —, e finalmente tinham chegado lá. Ele tinha o direito de estar orgulhoso. E o direito de dormir um pouco aos primeiros sinais do crepúsculo.

— NP e eu fomos com Randy até a Caldor comprar — disse Bobby. — Ele pegou a prateada, mas eu queria a preta. Lá é o lugar, né?

Claro que Randy foi o facilitador. Vê-lo acariciar o rifle, dado seu potencial, teve o efeito paradoxal de fazê-lo parecer um bebê monstruosamente grande. Só faltava chupar o dedo. A arma de aparência real de Bobby permitia que ele satisfizesse suas fantasias de rock pesado e enterrasse a fraqueza da escola preparatória. Esconda as feições suaves de seu avô na carranca de um bandido, o bandido das fantasias invertidas de Westchester. Uma espécie de *blackface*.

— O primo do Greg Davis tem uma arma igual a essa — comentou Bobby, estreitando os olhos na mira da pistola. — Vi uma vez na casa dele. Sabe do que ele gosta, certo?

— Não, do quê?

— Você sabe, umas merdas pesadas. Estava na prisão e tals. — Ele estendeu a arma. — Quer segurar?

— Não, deixa pra lá.

— Que foi, ficou com medinho?

Dei de ombros.

— Eu e Reggie fomos atirar em umas coisas no Creek hoje — comentou Bobby. — Ele tem uma mira boa. Deveria virar atirador de elite do Exército.

Eu tinha visto Reggie antes de ele ir trabalhar no Burger King e perguntei o que andava fazendo. "Nada", respondera.

— Me deixa ver — pedi.

Era mais pesada do que parecia. Densa com causa e efeito. Dobrei o dedo no gatilho. Tudo bem. Já entendi. Fingi examiná-la por mais alguns instantes e a devolvi.

— Vou levar essa merda pra escola — revelou Bobby, fazendo uma cara de louco. — Mirar em alguns filhos da puta cor-de-rosa. *Pow-pow!*

O que era besteira. Caçar alunos da escola preparatória — o Jogo Mais Mortal de Todos — interromperia sua vigília diária do lado de fora do escritório do orientador da faculdade. Apesar de suas últimas baboseiras. Essa coisa de arma de chumbinho estava fazendo as pessoas agirem como idiotas.

A saber: ele apontou para mim.

— Mãos ao alto!

Protegi os olhos com a mão.

— Tira essa merda da minha cara!

Ele riu.

— Óleo quente! Óleo quente! — exclamou, revirando os olhos freneticamente.

— Vai atirar no meu olho — falei.

Reggie tinha começado a dizer "Óleo quente! Óleo quente!" sempre que eu mandava nele ou dizia alguma coisa sem graça. Depois da vigésima vez, perguntei por que continuava dizendo aquilo, e meu irmão disse que havia um cara meio retardado que trabalhava no Burger King por meio de um programa especial, e ele sempre ficava agitado quando passava perto das fritadeiras e berrava "Óleo quente! Óleo quente!" para se lembrar daquilo.

— Não se preocupe. Eu acionei a trava de segurança — comentou Bobby, puxando o gatilho.

O chumbinho disparou, atingiu a parede, ricocheteou no monitor do computador, bateu na janela e desapareceu debaixo da cama.

— Desculpa, cara! Desculpa, desculpa! — gritou ele.

Lá embaixo, era possível pressupor, o avô dele se virou durante o sono.

Pelo menos era um chumbinho de plástico. Naquela época, os chumbinhos de Randy eram de cobre e os de Bobby, de plástico. Os de plástico não doíam tanto. Mas os de cobre podiam causar danos reais, como presenciei na semana seguinte, quando me vi praticando "tiro ao alvo". Estávamos a caminho de Bridgehampton para dar uma volta. Eu, Randy no volante, Clive e NP. Então, Randy entrou no estacionamento do parque Mashashimuet.

— Achei que estávamos indo para Bridgehampton — comentei.

— Depois que dermos uns tiros — explicou Randy, enfiando as chaves do carro no bolso.

Caminhamos pelas trilhas atrás do parque. NP carregava uma caixa de papelão mofada. Quando perguntei o que havia dentro, ele disse:

— Surpresa, cara.

Segui Randy e NP, posicionando-me um pouco à frente de Clive, de acordo com um adorado cenário de sobreviventes dos velhos tempos. As trilhas, veja bem, eram mantidas pelas rodas de picapes, motocicletas e quadriciclos, que trituravam ervas daninhas, revolviam a terra e quebravam os galhos de carvalhos tristes e dos arbustos espinhentos das margens. Onde as trilhas se abriam em pequenas clareiras, sempre encontrávamos indícios da presença de garotos mais velhos e/ou branquelos racistas — latas de cerveja corroídas e pontas de cigarro, claro, mas também cartuchos de espingarda. As florestas entre as cidades eram o domínio dos rapazes da boa e velha guarda e suas inclinações de rapazes da boa e velha guarda. Fora do alcance da lei, longe dos ouvidos, podiam ir até lá e atirar em coisas. Nunca, em todos os nossos verões, encontramos alguém lá, mas era apenas questão de tempo, certamente. O melhor era andar no meio da matilha, atrás dos primeiros mas à frente do último cara, e assim haveria corpos isolantes para servir de escudo em caso de emboscada.

Assim teorizava meu eu jovem. Naquele dia, estávamos armados.

Randy já tinha escolhido o local. O Karmann Ghia abandonado. Fazia sentido. Tentamos fazer dele um brinquedo em muitas tardes de tédio, mas estava enferrujado demais para ser abordado e incorporado adequadamente a brincadeiras além de atirar pedras nos vidros cada vez menores das janelas. Éramos um grupo obediente e com fobia de tétano, sendo o trismo o vilão mais sinistro que podíamos imaginar. "Seu rosto se contorcia em uma careta de horror." Mas não mais. As armas nos dariam a distância necessária para apressar a destruição do carro.

Cada vez que íamos até o Karmann Ghia vermelho, aquela vítima degradada dos Deuses da Ferrugem, outras crianças já haviam roubado mais um pedaço no meio-tempo. As calotas, os espelhos. Uma vez, os limpadores de para-brisa estavam estendidos como antenas, e ninguém tocou neles porque o efeito era legal, uma estética adolescente satisfatória de destruição. Em outro verão, nos aventuramos, e o estofamento ficou pendurado para fora da janela do motorista como uma língua medonha. A garotada gostava de mutilá-lo. Como essa é uma história do tipo "O Que Aconteceu", fico imaginando como o carro chegou lá e quem era o dono dele. Abandonado por ocupantes embriagados, deixado para morrer por um espécime veranista que não conseguiu pagar as prestações. Será que eu os tinha visto no dia anterior, aqueles velhacos sem rosto, ultrapassando a faixa de pedestres, mesmo eu tendo o direito de atravessar primeiro, em seu possante novo e formidável; será que vendi sorvete para eles no Jonni Waffle sem ganhar gorjeta; ou será que foram eles que mandaram um *shhh* na nossa direção quando fizemos muito barulho no Conca D'Oro? Não nos conhecíamos, mas tínhamos essa ligação oculta. Éramos ligados pela ferrugem.

As primeiras tentativas de Randy não foram nada espetaculares. Mas, à medida que a mira melhorava e ele descobria os principais pontos de pressão, um chumbinho desintegrou uma boa parte da estrutura enfraquecida do carro, em vez de passar direto e deixar um buraquinho do tamanho da ponta de um dedo, que era preciso chegar perto para ver.

— Viu como eu faço para bombear? — perguntou Randy, em tom retórico. — Quanto mais você bombeia, mais m/s tem.

Imaginei que ele estivesse dizendo metros por segundo, o que depois confirmei quando me sentei em cima de alguns folhetos sobre espingardas manchados de ketchup no banco de trás do carro de Randy.

— Baixo m/s é bom se quer apenas espantar um cervo ou outra criatura para longe de sua propriedade. O m/s mais alto é quando você realmente quer dar um recado. *Irrá!*

NP e Clive revezaram-se com a pistola de NP — Randy agarrara-se com firmeza ao seu bebê naquele dia —, e, embora tenha sido divertido, comecei a me perguntar se daria tempo de ir até Bridgehampton antes do meu turno.

— Acabamos de chegar, cara — comentou NP.

— Não quero ir ainda — disse Randy, enquanto recarregava a espingarda.

O carro era dele, as chaves também.

Clive tinha dado alguns tiros. Era o único sensato entre nós, mas parecia estar se divertindo.

— Por que você não vai lá e tenta? — perguntou.

Alicie quem está reclamando.

Pensei em Reggie e Bobby atirando em esquilos e caranguejos-ferradura mortos. Peguei a arma de NP. Idêntica à de Bobby, mas prateada. Clive me ofereceu a caixa de chumbinho. Na caixinha azul, as bolinhas de cobre derretiam ao sol.

— Vamos colocar essas coisas — disse NP, abrindo a caixa que tinha levado.

Estava cheia de itens recolhidos do porão dele: um vaso de porcelana, um monte de copos com designs descolados dos anos 1960, uma bola de futebol americano Nerf com marcas de dentes, um frasco de esmalte vermelho e outras tralhas escolhidas por serem frágeis.

— Aqui, acerta o rádio — disse NP. — Não atire ainda!

Ele vasculhou a caixa e colocou um velho rádio transistorizado em cima do Karmann Ghia. Esperei o quanto pude. Limpei o suor da testa. Apoiei meu braço de tiro com a mão esquerda, como um pistoleiro. Mirei.

O rádio fez um *clink* triste, oscilou em suspense barato e caiu no chão. Acertei o rádio quase no alto, desequilibrando-o. As palavras “centro de gravidade” me ocorreram, um jargão de atletismo de segunda mão, fruto da minha vã tentativa de sair da aula de educação física naquela primavera e alcançar a glória do salto em altura. Eu não conseguia lançar uma bola sequer com meu braço de mulherzinha, mas de alguma forma acertei o rádio. NP e Clive comemoraram e me deram tapinhas nas costas. Clive só disse um conciso "bom tiro", como um instrutor tentando não ser muito assertivo. Abri um sorrisão.

Posicionamos as outras relíquias do porão de NP. O vaso não explodiu, mas, cada vez que era atingido, outra parte irregular caía, e podíamos ver mais do seu interior. Por fim, ele desabou sozinho enquanto estávamos recarregando. Mirei em um velho abajur de vidro colorido e, embora não tenha recriado a pontaria excelente da minha primeira tentativa, tive que admitir que foi divertido. Não os tiros em si, mas a satisfação de descobrir uma nova maneira de aproveitar um pouco do verão. Era como abrir uma caverninha, criando um novo espaço nas horas para se esconder por um tempo.

Coloquei a última vítima em cima do carro: a bola de futebol americano Nerf verde-néon. Ela tinha ficado para o final porque nada superava a destruição de uma Nerf. Era a vez de Randy, mas NP reivindicou o "primeirão", já que a bola Nerf era dele. O que, olhando em retrospecto, foi um caso raro de um de nós desafiando Randy, já que o carro era dele. Acontece que NP não conseguiu acertar. Tentativa após tentativa. Estávamos lá, embaixo do sol e desidratados. A adrenalina e a novidade desapareceram, e todos nós sentimos isso.

Por fim, NP desistiu e entregou a pistola para Clive.

— NP não acertaria nem a parede mais larga de um celeiro — disse Randy, lembrando o velho insulto que todo mundo usava para atirador ruim.

NP explodiu. Ele tinha insultos de sobra, mas foi atrás de sua delicadeza característica.

— Eu poderia acertar essa sua bunda gigante, seu filho da puta cara da reprise de *What's Happening*.

— Que porra foi essa que você disse?

— Sua putinha cara de comedor de biscoitos!

As horas que Randy passou judiando de seus brinquedos velhos no quintal por fim encontraram seu verdadeiro escoadouro. Ele afagou a espingarda, *clac clac*, e começou a atirar na terra aos pés de NP.

— Dança, negão, dança! — gritou ele, no estilo *saloon* do Velho Oeste, o que era meio pesado, e os chumbinhos de cobre explodiam no chão em breves baforadas.

NP pulava de um pé para o outro, os tênis brancos brilhantes cintilando como bandeiras de rendição.

— Dança!

Não acho que Randy estivesse mirando nos pés de NP, mas não tenho certeza. E se ele errasse? Um daqueles chumbinhos, dependendo do m/s, certamente rasgaria o tênis.

— Dança!

E não dava para saber a que profundidade entraria.

Clive e eu gritamos para Randy parar com aquilo, estávamos um de cada lado dele, fora do alcance, o que facilitava o confrontamento. Clive deu um passo em direção a Randy, as mãos estendidas na defensiva. Ele foi rápido e conseguiu avançar nele, mas mesmo assim. Randy olhou feio para Clive, juro que fez um cálculo e, em seguida, baixou a espingarda.

— Eu só estava brincando.

NP partiu para cima de Randy, xingando como um filho da puta. Clive o conteve.

— Isso não é legal — falei, mas ninguém completou com a outra frase: "Isso não é *nem um pouco* legal".

Os garotos se dispersaram para seus cantos neutros, e nós fomos embora logo depois, descartando a excursão a Bridgehampton sem discutir.

FAZIA MUITO TEMPO QUE EU NÃO VIA ISSO, aquele negócio antiquado de briga que a gente costumava ter. Em Sag, brigávamos um com o outro o tempo todo. Aprimoramos socos especiais com o nó dos dedos, nos quais a articulação do dedo médio era levantada ao lado do polegar para golpes letais, de acordo com nossa tradição. Reencenávamos poses de kung-fu da obra muito breve de Bruce Lee, franzindo o rosto como se fôssemos Muhammad Ali e tentando lembrar as posições dos principais grupos nervosos. Havia lugares no corpo conhecidos pelos fanáticos, vulneráveis a um único golpe. E isso valia para mim também, apesar de tudo que já falei sobre o meu temperamento e personalidade. Sério. Foi assim que fomos criados.

Recebi meu treinamento cedo. Uma noite, no quarto ano, eu estava brincando com meus bonecos de ação de *Star Wars* quando ouvi meu pai me chamar da sala de estar. Soltei o Greedo imediatamente. Eu tinha parado de interpretar os heróis caucasianos do universo de *Star Wars*, e tinha passado para os alienígenas blindados e mascarados. Eu tinha sido Luke Skywalker por muito tempo, os raios brilhantes de toda aquela coisa do "grande destino" eram um apelo à minha alma sombria, e depois Han Solo, sua facilidade de brincar diante das dificuldades era uma espécie de ensinamento. Um sabre de luz por uma pistola *blaster*. Então, concluí que ser os dois era um tanto desonroso. Tinha visto alguma coisa sobre isso na TV. Em uma manhã de domingo, meus pais estavam assistindo a *Like It Is*, um programa de debates de assuntos afro-americanos, quando Gil Noble recebeu um psicólogo que protestou contra as Barbies e o culto às loiras. Ondas grisalhas varriam seu cabelo afro, e ele usava um *dashiki* verde e amarelo e um punho prateado do Black Power pendurado em uma corrente em volta do pescoço. Juro por Deus. O cara falou sobre um estudo em que um grupo de crianças negras foi instruído a "escolher a boneca bonita" e o que dizer uma vez que elas ignoraram as princesas marrons, uma depois da outra? "Por que nossos filhos estão aprendendo a se odiar?" Barbie, Luke. Lavagem cerebral feita pelo Império do Mal.

O preto era bonito, mas o preto não existia no universo de *Star Wars* pré-Lando Calrissian, além do preto malévolo de Darth Vader. (Sem contar a traição de Lando na Cidade das Nuvens de Bespin quando ele apareceu. Entregando Han e dando em cima da namorada dele. Que belo exemplo.)

Então, nas minhas brincadeiras, virei Greedo, o inimigo verde de Han Solo, de orelhas denteadas e olhos esbugalhados; ou melhor, na minha mitologia, outro alienígena de seu planeta natal, Rodio, primo de Greedo. Daí a semelhança familiar e a predileção por macacões canelados. Ele era um bom garoto, sempre andava na linha, bem diferente de seu parente. Ou eu era um Droide da Estrela da Morte com programação humana (o que não exigia muita coisa), ou um Stormtrooper desertor, com a pele escondida atrás das placas de armadura do Império. No meu quarto, o primo de Greedo redimia seu povo por meio de uma guerra particular contra as forças do mal. Ele era "um orgulho para a raça".

— Vem cá, agora!

Eu me levantei com um sobressalto.

Alguém havia me dedurado. Reggie só me dedurava se estivéssemos brigando, porque era uma plano arriscado — nunca dava para saber quando nosso pai introduziria uma subcláusula obscura nas regras de conduta familiar, algo como "Você deveria ter pensado melhor antes de deixar seu irmão fazer isso", e, com isso, o dedo-duro era incluído na punição do irmão. Então meu pai tirava o cinto, um passante por vez, e batia em nós dois. *Não chore ou vai apanhar mais um pouco.* Mantinha a gente atento. Mas estávamos bem, Reggie e eu, e, de fato, eu havia emprestado vinte e cinco centavos para ele naquela manhã, com minha taxa de juros usual de "dobra toda segunda-feira", para que ele comprasse lanches. Ele era louco por batatinhas Munchos, torrando a mesada antes do meio da semana como um viciado.

Saí do quarto correndo e repassei os últimos dias em busca de algum deslize. Não consegui me lembrar de nada. Tinha jogado dois talos de brócolis no lixo, mas estava certo de que ninguém tinha visto, e já fazia quase um ano que eu não me metia em encrenca por não comer tudo. Talvez essa regra ainda estivesse em vigor, talvez não, nunca dava para saber.

As regras iam e vinham, novas eram introduzidas. Então, me dei conta de que eu tinha usado uma calça cáqui levemente amassada para ir à escola naquela manhã. Depois do dia que fomos interceptados quando estávamos saindo de casa e fomos advertidos (essa não é a palavra certa, mas serve) por usar roupas amassadas, tínhamos que deixar as roupas do dia seguinte para inspeção antes de irmos para a cama. Só poderia ser a calça cáqui. Eu me arrisquei, achando que meu pai não a verificaria, e me dei mal.

Ele estava no sofá. A TV estava desligada, um mau sinal.

— Sua mãe me contou que vocês brigaram na escola hoje — anunciou ele.

Vários pensamentos passaram por minha cabeça ao mesmo tempo. 1) Minha mãe que havia me dedurado. 2) Eu não precisava me vingar de Reggie e teria que guardar os dois ou três planos que havia elaborado na curta caminhada até a sala de estar para outro dia. 3) Não tinha sido a calça cáqui, então eu poderia arriscar outro dia de roupas amassadas no futuro. 4) Eu não fazia ideia do que ele estava falando. Mas essa era uma situação familiar. Familiar, no sentido de família.

Olhei para minha mãe. Ela não se mexeu. Tinha uma forma específica de se sentar nessas situações, certo? Agora me lembro.

— Não me meti em briga hoje — respondi.

Ele olhou para minha mãe e, em seguida, para mim.

— Sua mãe disse que um garoto te chamou de neguinho na escola hoje.

Ah, ele estava falando *daquilo*. Uma semana antes, durante o recreio, Tony Reece tinha feito algo estranho comigo. Era o primeiro ano dele na nossa escola. O pai era um figurão na embaixada francesa. O diretor e fundador da nossa escola era francês, e vários dignitários franceses mandavam os filhos para lá, o que significava que assistíamos a muitos filmes de François Truffaut e celebrávamos o Dia de Paris uma vez por ano, quando comíamos croissants e *pain au chocolat* enquanto professores franceses compartilhavam algumas histórias da pátria, como reminiscências de infância relacionadas a observar colaboradores do nazismo tendo suas cabeças raspadas. Eles pegavam os cabelos do chão como lembrancinhas. "Vocês, americanos, ficaram chocados com Watergate", disse-nos um dia nossa professora de música, madame Mamelock. "Nunca acreditamos nos que estão no poder. Os poderosos mentem."

Eu tinha seis anos.

Tony Reece durou apenas alguns anos. Era um garotinho magro, com olhos escuros e uma curva sinistra no lado esquerdo da boca. No primeiro dia, almoçou sobre um lenço branco que desdobrou delicadamente e estendeu sobre a mesa. Todos rimos dele, e ele nunca mais fez isso, mas, a partir daquele momento, o garoto ficava o tempo todo *en garde*, com medo daqueles pagãos comedores de salsicha e suas crueldades de Novo Mundo.

No dia que meu pai perguntou, nosso grupo de amigos estava falando umas bobagens durante o recreio. Andrea Rappaport tinha acabado de voltar de Saint Thomas e seu rosto estava rosado, com escamas marrons murchando no nariz. Não eram férias de primavera — ela havia recebido o dever de casa da semana com antecedência e o feito entre as idas à piscina. Era assim que a família dela vivia. A conversa em questão era sobre se bronzear durante as férias, os prós e contras, as várias teorias sobre o que era "bronzeado demais", da qual me abstive, e foi então que Tony Reece tinha estendido a mão na direção do meu rosto, passado um dedo pela minha bochecha e dito: "Olha... não sai".

Ele riu baixinho, o canto direito da boca se curvando para complementar o esquerdo, e eu não havia entendido o que ele quis dizer, mas depois percebi, dado o contexto da conversa, que estava falando da minha pele. As outras crianças se entreolharam, e o que os alunos do quarto ano sabem dessas coisas? Eu não fazia ideia. Mas eles sabiam dizer o que era errado quando acontecia bem na frente deles, e Andy Stern, que era meu amigo, disse: "Cala a boca, Tony *Reece*". E deu um empurrão no ombro dele. "Cadê seu lencinho, francesinho?"

Todo mundo riu de Tony Reece. O sinal tocou para a aula de sociologia, e nós voltamos para nossos lugares. Contei para minha mãe uma ou duas horas antes de ser chamado para a sala de estar, algo para matar o tempo enquanto ela jogava pimenta nas costeletas de porco.

— Ah, isso foi na semana passada — falei, para esclarecer os fatos. Tinha sido um mal-entendido. — Ele não disse isso.

Então contei minha versão do incidente. Meu pai olhou para minha mãe e depois para mim.

— "Não sai" — repetiu ele. — Estava chamando você de neguinho. O que achou que ele estava fazendo?

— Sei lá. — Foi o que escapou da minha boca.

Eu soube na hora que tinha errado porque meu pai odiava quando falávamos "sei lá". Não havia escapatória. Na verdade, acho que talvez ele gostasse do "sei lá" porque aí conseguia forçar a gente a se abrir.

— Por que não deu um soco nele, como eu já te ensinei?

— Sei lá — repeti, sem conseguir evitar.

— Ficou com medo de que ele fosse revidar.

Eu não podia dizer não e discordar dele. Então, decidi concordar.

— Fiquei.

Com certeza, se eu parasse de me defender, de tentar me livrar da enrascada, eu rapidamente voltaria a ser Greedo.

— Desse jeito?

Sua mão rápida me acertou no rosto. Eu vi estrelinhas, e minha bochecha pulsou, quente, parecendo que havia inchado até o dobro do tamanho. Quando olhei no espelho mais tarde, parecia normal, um pouco vermelha, mas a sensação foi aquela. Ouvi Elena e Reggie fechando a porta dos quartos. Como eu consegui ouvir se eles estavam tão longe? Mas eu sabia que era isso que estavam fazendo, porque era isso que sempre fazíamos. Nessas situações.

— Ele consegue te bater mais forte do que isso? — perguntou meu pai, dando-me outro tapa, com mais força.

Meus olhos boiavam nas lágrimas. De canto de olho, vi minha mãe descruzando as pernas.

— Sei lá — respondi.

Ele me deu outro tapa no rosto, com mais força. Dessa vez, eu estava pronto e falei para mim mesmo: *Não caia.*

— Ele consegue te bater mais forte do que isso? — repetiu ele.

— Não — respondi.

— Então não precisa ter medo.

Uma pausa. Eu estava bufando muito pelo nariz.

— Não chore — disse ele, então eu não chorei. — Quem vai te proteger se você não fizer isso? Eu? Sua mãe? O mundo não vai te proteger. É isso que estou tentando te ensinar.

A lição era: *Não tenha medo de levar um soco.* Mas o que eu entendia era: *Ninguém pode te machucar mais do que eu.* O resultado era o mesmo, na verdade. Na manhã seguinte, fui até Tony Reece, meti um soco na cara dele e o joguei voando contra a mesa. Sem repercussões.

NO VERÃO, NÓS BRIGÁVAMOS. Estávamos sedentos por insultos, provocações grandes e pequenas, e, quando nada disso aparecia, inventávamos acusações. Território. Quanto mais inteiro ficasse, mais território tinha. Era possível tolerar uma invasão ocasional. Mas e se você tivesse tão pouco território que mal tinha espaço para respirar? Dizia a alguém que essa pessoa tinha cruzado um limite que não sabia que existia. Então dava um socão na cara dela.

As primeiras equações da masculinidade. Em geral, a gente soca alguém mais jovem e menor. Bom senso. Às vezes, uma disputa mais equilibrada era inevitável. A luta padrão era breve e estranha. Um golpe rápido no rosto deixava a gente na nossa posição favorita, uma que não pode ser encontrada em qualquer cartilha de boxe do país, ou fazia a gente procurar uma pose querida de filme de artes marciais, a Posição do Louva-a-Deus, a Posição da Tartaruga. Os epítetos tradicionais eram oferecidos, estranhos xingamentos pessoais eram murmurados, e as coisas rapidamente degeneravam para uma briga de tapas e, depois, a inevitável imobilização no chão pelo filho favorito do dia. O outro cara caía, inutilizado, preso contra o chão com a terra grudada no cabelo afro e no couro cabeludo, o que exigiria raspagens extras das unhas no chuveiro para remover. Era então que entrávamos no meio para acabar com aquilo.

Nunca se lutava a menos que houvesse uma plateia. Do lado de fora, escolhíamos nosso favorito e vaiávamos. "Eita! Que porra é essa?" "Ele deu uma surra naquele neguinho!" "Só na esquiva!" A lembrança da briga da semana anterior com um dos lutadores surgia em um piscar de olhos — a luz do sol brilhando enquanto a cabeça era jogada para trás, as luzes da arena por entre as folhas —, forçando a gente a torcer pelo oponente. Brigas e desentendimentos de anos anteriores pervertiam a lógica convencional das apostas. Fazíamos nossas apostas não com base na velocidade, na categoria de peso ou no histórico de luta, mas no rancor. Em agosto de 1978, Nick havia quebrado um dos apoios do foguete Air Rocket de Clive e se recusara a pagar pelos danos. Daí a insistência de Clive para que Bobby desse "uma surra naquele neguinho" durante a série de lutas entre os pugilistas de camisa polo Bobby e Nick, no verão de 1980. Marcus havia comido meu último Twizzler durante uma matinê de *O fusca enamorado*, de propósito, embora tivesse negado, e essa foi a história de fundo quando eu atuei, metaforicamente, como o remendeiro de Clive durante o Confronto de 1981. Mas a memória de curto prazo também entrava em ação. Se tivesse passado uma tarde agradável com aquela pessoa no dia anterior, você ficaria ao lado dela se algo acontecesse, brinquedos quebrados e Twizzlers roubados que se danassem.

Em geral, o vencedor era aquele que mais queria vencer, ou seja, alguém que tivera um fim de semana ruim ou sabia que teria um fim de semana ruim pela frente, o Temido Iminente. Relatos de danos haviam chegado: um cotovelo ralado e já com casquinha, uma camisa rasgada que levaria ao interrogatório das autoridades parentais. Eles se sacudiam, dizendo: *Isso não foi nada.* Os perdedores difamavam a técnica do oponente ("Ele tem unhas compridas que nem uma menina"), e os vencedores exageravam na misericórdia ("Eu poderia ter acabado com ele se quisesse, mas não valia a pena"). A multidão se dispersava, dissecando a luta em grupos menores até que alguma nova aventura destruía tudo. Na próxima vez, a próxima vez seria planejada naquela noite na cama, quando os lutadores estavam sozinhos, enfim, sem plateia, sob a brisa fria noturna do arrependimento.

À medida que ficávamos mais velhos, começamos a intervir para separar as brigas em vez de gritar ao redor do ringue. Interrompa a briga de outra pessoa, e talvez ela retribua o favor em outro momento. Depois, por uma ordem universal, paramos de lutar por completo. Foi um alívio. Para começar, estávamos maiores e poderíamos causar alguns danos. Sam e TT, dois mais velhos que eram irmãos, brigaram um dia, e Sam tinha atacado o rosto de TT com um pedaço de cabo de fio elétrico; a pele da têmpora ficara em carne viva pelo restante do verão, como um alerta. Em vez disso, aprimorávamos nossa destreza verbal, aprendíamos a nos comunicar e estudávamos o gancho do comentário rápido. Descobrimos que todos nós tínhamos mandíbulas de vidro que caíam como um saco de batatas na combinação certa de palavras. E teve também... a puberdade. Essa criminosa infame. Os hormônios redirecionam a energia extra para a virilha e para como usar essa parte do corpo em vez de os punhos. (Um dia, se Deus quiser. Todo-Poderoso, Misericordiosíssimo, que em Sua bondade possa jogar uma migalha a um irmão de vez em quando.) De fato, ao contar essa história, fica claro que a puberdade reorganizara meu cérebro de forma tão completa que esse período pertence à história de outra criança. O que foi feito dele, mamãe? Acontece que ele era outro garoto. E ele não vem mais.

Devo ter gostado, dessa coisa de bater em alguém sem motivo algum, ou por algo bobo. Por aqueles poucos anos. Dez, onze anos de idade. Era um jeito de extravasar. Um lugar para colocar essa vontade. Nosso pai dava instruções a Reggie, adaptadas individualmente, e nessas noites era a minha vez de fechar a porta do quarto, mas, quando Reggie provocava alguém maior, eu intervinha e lutava no lugar dele, esse era o meu trabalho, e eu era derrubado, ou não. Às vezes, ele provocava porque sabia que eu estava lá para intervir, mas tudo bem. Estávamos juntos nisso naquela época. Amigos viravam inimigos por um dia ou dois e, em seguida, o tédio era tanto que a gente esquecia. Precisávamos de alguém para brincar. Ou, então, ficávamos sozinhos.

O TREINO DE TIRO ATRÁS DO PARQUE tinha acontecido em uma quarta-feira. Não consigo lembrar o que aconteceu no dia seguinte. Provavelmente algo ruim aconteceu com alguém. Na segunda-feira, estávamos de volta ao limiar de mais uma semana vazia que precisávamos preencher. À noite, nos reunimos em casa. Mandei Reggie me ajudar a colocar o lugar em ordem. Ele me olhou com raiva, procedimento operacional padrão naquele verão. Falei para ele arrumar o quarto dos nossos pais, já que era a vez dele de dormir lá enquanto estivessem fora. Havia um telefone ao lado da cama, o que permitia aos nossos amigos fecharem a porta para nos impedir de ouvir suas respostinhas covardes quando ligavam para casa e eram repreendidos por alguma coisa. "Tá bom… tá bom… tá bom…" Eles saíam do quarto cheios de justificativas de por que precisavam ir embora de repente. Não nos vangloriávamos. Regozijai, e o carma dirá que a próxima rodada será a sua.

Eu estava lavando a louça quando Reggie chegou e disse:

— Benji, o que acha que é isso aqui?

Olhei para ele e sequei as mãos para não deixar evidência de que o havia tocado. Era a letra da nossa mãe, em um dos blocos de papel antigos do nosso pai, os que usávamos para rascunhos depois que ele mandou fazer os novos artigos de papelaria. Estava em tópicos, como era característico dela:

- grita comigo na frente dos meus amigos
- maldoso/verbalmente abusivo
- bebe todos os dias
- explode e no dia seguinte age como se nada tivesse acontecido

Falei para ele colocar de volta onde tinha encontrado. Não voltamos a falar daquilo, como de costume. E, quando chegou a minha vez de dormir no quarto na semana seguinte, procurei o papel, mas não o encontrei.

Estava escurecendo quando chegaram. Randy, Nick, Bobby e Clive. Randy levou cerveja, algo novo, mas permanente, naquele verão. A idade mínima para beber era dezenove anos, o que tornava Randy de maior, e Clive e Nick, altos o suficiente para comprar seis latas de cerveja para viagem no Corner Bar sem questionamentos. Uma cerveja, e eu já estava altinho; duas, e eu ficava bêbado. Perguntávamos um ao outro: "Em qual você está?", para ver quem estava na frente e quem ficava para trás. Apontando as latas vazias como evidência.

— Por que não abre a porta de tela para ventilar? — perguntou Randy.

— É uma porta de tela. O ar passa — respondeu Reggie. — Além disso, os mosquitos vão pegar a gente.

— Então deixa as luzes apagadas. Eles não entram assim — explicou Randy. — Estou com calor.

Reggie abriu a porta de tela, e nos agachamos na penumbra. Fomos direto ao ponto. Tínhamos três dias. Clive sugeriu pesca noturna de anchovas em Montauk. Nick reclamou do preço, pelos próprios motivos, mas o restante de nós concordou que era caro demais ir mais de uma vez por temporada, considerando as realidades da miséria que recebíamos, e já tínhamos ido uma vez. Reggie, que naquele verão decidira que não tinha mais medo da água, contrariando um princípio fundamental dos homens da nossa família, disse que deveríamos pegar o barco a motor do tio de Nick emprestado mais uma vez. Mas Nick falou que o tio estava reformando o casco e que achava que talvez o pai e ele estivessem brigados, pela frequência com que o pai falava mal do irmão. Tipo, de hora em hora. Irmãos... Fazer o quê, não é? Bobby usou aquela velha máxima: Perguntar à Sra. Carter Se Podemos Nadar na Piscina Dela. Mas Clive e Bobby logo disseram que não. O filho da sra. Carter havia morrido cinco anos antes. Crescera em Sag, em uma turma com o pai de Clive e o de Nick, e da última vez que usaram a piscina dela, ela os chamara o tempo todo pelo nome dos pais deles, e aquilo os deixara apavorados. Ela tinha visto os corpos marrons debaixo d'água e pensara que os conhecia. Então, brincando de cabra-cega na água, aqueles rostos surgiram gritando "Tá quente!" e "Tá frio!", outros garotos subitamente saindo das profundezas, e o cérebro dela se confundira. Assustador, não é?

Aquilo nos deixou sem opções, e ainda nem era agosto.

— Vamos mostrar o pinto — sugeriu Randy.

Cri-cri-cri.

— Por que a gente faria isso, porra? — perguntou Clive, rompendo o silêncio.

— Para ver quem tem o pau maior — respondeu Randy.

— Da próxima vez que formos ao Karts-a-Go-Go, podemos apostar dinheiro e cronometrar para ver quem é o mais rápido — falei, conduzindo os procedimentos como um bom anfitrião.

Eu não era muito bom pilotando karts, mas achei que a novidade do esquema poderia interessar a todos.

Bobby acionou a voz de mestre de cerimônias e começou a cantar:

— "One, two, three, in the place to be".

— "Alright" — completou Reggie.

Então eles começaram a cantar, e eu revirei os olhos na escuridão. Bobby e meu irmão tinham memorizado a letra de "Here We Go", do Run-D.M.C. e a cantavam pelo menos dez vezes por dia. Bobby era Run, Reggie era D.M.C. Bobby assumia a liderança, com Reggie entrando após cada linha como um ponto de exclamação. Vai e volta. Clive mantinha o ritmo com as mãos. Estavam praticando, porque tinham tudo sob controle, uma dupla foda do caralho.

Bobby: It's like that y'all
Reggie: That y'all!
Bobby: It's like that y'all
Reggie: That y'all!
Bobby: It's like that-a-tha-that, a-like that y'all
Reggie: That y'all!
Bobby: Cool chief rocker, I don't drink vodka,
But keep a bag of cheeba inside my locker
Reggie: HUH!
Bobby: Go to school every day
Reggie: HUH!
Bobby: Always time to get paid
Reggie: HA HUH!
Bobby: Cause I'm rockin' on the mic until the break of day!*

---

* "É assim mesmo! / Mesmo! / É assim mesmo! / Mesmo! / É assim assim assado mesmo! / Mesmo! / Chefe roqueiro maneiro, eu não bebo vodca / Mas tenho um saco de erva no meu armário / HÁ! / Vou pra escola todo dia / HÁ! / Sempre é hora de receber / HÁ HUM! / Porque eu tô arrasando no microfone até o sol nascer!", em tradução livre. [*N. E.*]

Run-D.M.C. se gabando de continuar na escola — dias pitorescos na história do hip-hop. "Jogamos uma partida de Go Fish antes da maratona de palavras-cruzadas... Ha huh!" Para meu desgosto, eu nunca tinha ouvido a música antes de eles começarem a cantá-la. Eu estava ouvindo Buzzcocks demais. Achava que conhecia todos os discos do Run-D.M.C., o álbum de estreia autointitulado e *King of Rock*, mas eu era careta. A música era uma gravação ao vivo de edição limitada feita em uma boate chamada Funhouse, "o lugar mais bacana para 1983", de acordo com a letra. Qualquer menção a uma Boate Real me atormentava com cenas de ternos prateados e saltos altos do tamanho de uma lista telefônica, imagens tiradas de antigos segmentos de noticiários das onze reclamando da "decadência no Studio 54" que eu tinha que aguentar antes de o *Saturday Night Live* começar. Anos mais tarde, o som da multidão na gravação passara a ser um lembrete de que as pessoas estavam se divertindo, e eu ainda estava em casa, de pijama, esperando um bom vídeo passar no *Night Flight*.

Bobby apresentou a música para Reggie, que fez uma cópia de "Here We Go" no aparelho de som de Nick. Distraídos por suas habilidades de rima, ninguém deu continuidade ao meu plano de Karts-a-Go-Go, apesar da promessa de dinheiro, competição e fama. Com inveja, vi Bobby e Reggie fazendo aquela apresentação atrás do balcão do Burger King, o clubinho em que eu não tinha permissão de entrar, com seus bonés de papel da loja e toucas de cabelo, enquanto o retardado gritava: "Óleo quente! Óleo quente!", como uma reza.

Continuamos a trocar ideias para chegar a um consenso. Nenhum progresso. Então, alguém falou:

— Deveríamos fazer uma batalha com as armas de chumbinho.

A ideia pegou. A única coisa para silenciar a nova fome. E pronto. Nossa casa ficou cheia de pernilongos por uma semana, e eu e Reggie tivemos que dormir com a cabeça debaixo dos lençóis para mantê-los longe de nossos ouvidos.

Então, eu comprei uma. No dia seguinte, Randy levou Clive e eu até a Caldor. Depois de consultar nossas economias, guardadas em envelopes amassados em esconderijos excelentes pela casa para evitar que um roubasse um pouco do outro, Reggie e eu decidimos que seria melhor compartilharmos uma pistola de chumbinho, com um de nós pegando a reserva de Randy emprestada para a guerra. Compartilhar: a metade que é sempre menor do que a metade. O arranjo também me permitia monitorar a atividade armada de Reggie. Ele iria acabar se machucando. Bobby inventaria alguma ideia idiota, Reggie concordaria e acabaria se machucando. Eu precisava ficar de olho nele — na verdade, na noite da Cúpula dos Pernilongos, decidi que ia tentar marcar a batalha com armas de chumbinho para um dos turnos dele no Burger King. Todos nós perdíamos momentos importantes por causa do trabalho. Não havia motivo para que essa não fosse uma das ocasiões em que Reggie ouviria histórias gloriosas e lamentaria sua ausência até o fim dos tempos. A batalha com armas de chumbinho era estúpida, mas essa estupidez ficaria reservada para mim.

Clive bateu com o punho na porta de tela. Assim que o último micrômetro do meu corpo passou pelo batente da porta, ele gritou:

— Vou na frente! — declarando seu direito de ir no banco do carona.

Clive era um homem de prioridades e um exemplo inigualável de quem ocupava sempre o banco do passageiro. Naquela época, a estratégia de ir na frente — conquistar, se planejar e contestar os resultados com sucesso — era outra forma popular de guerra sublimada, o impulso de briga direcionado à proteção do território dos passageiros do banco da frente. Literalmente tirando o cu da reta. Ele foi correndo na minha frente, apesar da vitória incontestável, pulando para dentro do carro e fechando a porta com tudo.

Pegamos estradas secundárias, discutindo como adultos de verdade sobre a Única Rota Verdadeira, murmurando os encantamentos. Pegar à direita na Texaco, à esquerda na Scuttlehole e virar na Fazenda. Havia uma combinação secreta que abria o East End, e nós pensávamos que a sabíamos de cor. O poder da crença popular pura. Vivíamos em um lugar onde não havia preocupação com idiotices como nomes de ruas, porque nomes de ruas são irrelevantes. O Grande Celeiro Vermelho, a Casa Queimada, a segunda à esquerda, essas eram coordenadas indiscutíveis e o único mapa necessário.

O antigo complexo da Caldor tinha virado um grande shopping. Hoje em dia, todas as marcas que já entupiram sua caixa de correio com catálogos têm uma loja física, mas naquela época havia apenas três entidades notáveis: Caldor, King Kullen e o Drive-In. Antigos parquinhos, em tempos menos curiosos. O Drive-In estava fechado e tinha um clima pós-apocalíptico. Era fácil imaginar os sobreviventes do Grande Acontecimento reunidos no estacionamento, com o cabelo caindo, os dentes balançando nas gengivas e a carne queimando com erupções cutâneas horríveis enquanto olhavam para a tela suja em busca de mensagens de seu mundo decaído. As ervas daninhas e a grama rompiam o asfalto como se fossem as últimas de sua espécie, pendendo no ar, parentes carnudos das caixas de som cinzentas que fluíam em seus caules de ferro. Antes, já de pijama, embaixo dos cobertores surrados de verão, vivíamos para assistir a dobradinhas de filmes: cópias arranhadas da Disney dos anos 1960 e do início dos anos 1970, e, depois, o segundo filme assustador, para o qual tentávamos manter os olhos abertos. Acordávamos para ter um vislumbre de terror de baixo orçamento, despertando com um tremor que tomava conta do estacionamento para ver as Partes Boas, que revivíamos no dia seguinte. Veja, é o jovem Dirk Benedict do *Esquadrão Classe A* se transformando em uma cobra humana, escama por escama.

O Drive-In estava fechado. Já fazia um tempinho.

Cachorros-quentes dançantes e elegantes nos chamavam para a barraca de comida entre os carros, e nos perdíamos entre os veículos, desesperados por silhuetas de nossos conhecidos. Durante o dia também nos perdíamos e nos separávamos em busca de comida, entre os corredores gigantescos do King Kullen. Um supermercado, embora "super" seja um modificador muito fraco para a formidável abundância do reino de Kullen. O corredor de carnes era o paraíso dos churrasqueiros, uma fração de uma fartura sangrenta. Passávamos pelos corredores, os pés enfiados na estrutura do carrinho de compras. Estávamos lá para policiar nossa mãe, que às vezes se esquecia da importância de um pacote família de bolinhos Yodels. Mas, naquele verão, já tínhamos perdido o entusiasmo por esse exercício. Era muito pouco másculo pedir para ir na frente para uma ida ao supermercado.

E, por fim, havia a Caldor, o empório único do East End para comprar bonecos e toalhas de praia, velas repelentes de insetos e cadeiras de praia, fluido de isqueiro e chinelos. Os suprimentos de manutenção que mantinham as férias agitadas em constante movimento, tendo em vista que toda pausa forçava a contemplação daquela vida de baixa temporada esperando por nós depois do Dia do Trabalho, quando nada nas prateleiras da Caldor poderia impedir o inevitável que se assomava nas brisas frescas e nos pores do sol rápidos. Havia um corredor no qual até então nunca tivéramos motivos para entrar, o Corredor Masculino, cheio de acessórios e adereços, tanques de gasolina, apetrechos de churrasco de propósito obscuro, formas cromadas trabalhadas em um torno grosseiro da identidade masculina, pesadas e brilhantes em ganchos. E armas de chumbinho. Naquele dia, passamos pela seção infantil sem pensar, a caminho de nosso novo corredor de brinquedos.

Não havia atendente no balcão e, apesar da minha imaginação, nenhum vagabundo de avental vermelho correu para nos espantar. Randy mostrou seu conhecimento apontando os arranjos por trás do vidro. Aqueles são carregadores rápidos, essas são as miras. E ali, meus rapazes, estão as armas em si. Era preciso ter dezoito anos ou mais para comprar uma, por isso entregamos nossos dólares esfarrapados e amassados para Randy e chamamos uma lacaia adolescente. Ela pegou o chaveiro para destrancar a bancada.

— Quer a preta ou a prata?

A preta, querida. ("Querida" apenas na voz interna, não na externa.)

Reggie e eu não tivemos armas de brinquedo quando crianças, por isso tínhamos que correr atrás do prejuízo. Mesmo quando a casa estava vazia, eu ficava nervoso ao andar com ela. Pistolas de água verdes ou laranja eram aceitáveis, mas qualquer outra coisa fazia nosso pai ter um ataque de nervos. "Isso é coisa de branco", dizia ele, confiscando a arma de brinquedo de uma sacola de presentes de aniversário. "Os branquelos amam suas armas. Atirar nas pessoas, eles adoram essa merda. Então, deixem eles para lá. Nenhum filho meu vai ter essa mentalidade."

Fui praticar sozinho, nas profundezas do Riacho, longe da vista dos banhistas e moradores. Por que assustar os turistas felizes com a visão de um adolescente magro e curvado, com o sol refletindo em seu aparelho e em sua pistola? Tudo o que queriam era sair da cidade por alguns dias e descansar. Recolhi algumas conchas de mexilhões da areia escura na beira do Riacho e as coloquei em uma fileira fina e preta. Minha mira excelente fora pura sorte de principiante, um gostinho para me viciar. Eu trisquei as conchas, arrancando lasquinhas. No dia da batalha, meus amigos seriam alvos maiores.

Nós nos armamos, um por um. Reggie me disse que estava "indo praticar com Bobby" e desapareceu para uma de suas confabulações secretas, provavelmente uma grande encenação extravagante de rap e tiro. É assim mesmo, pessoal. Antecipando as estrelas do hip-hop do futuro em alguns anos. Não que o restante de nós fosse imune. NP enfiou a arma no cinto como um policial arrogante em busca de suborno ou um xerife invasor de um vilarejo segregado; Clive foi visto fazendo um movimento de Dirty Harry quando pensou que não estávamos olhando; e Randy com frequência era flagrado segurando sua espingarda contra o peito, com um sorriso horrível no rosto, como se estivesse prestes a fazer um bistrô de East Hampton de refém. Eu preferia a pose de novato promissor com as duas mãos na arma, a preferida dos figurantes de *Starsky e Hutch: Justiça em dobro* que morriam antes do primeiro comercial e eram vingados pelo restante do episódio. "Ele teria sido um bom policial, assim como seu velho."

Quando nos reunimos nos dias que antecederam o evento, era apenas uma questão de tempo até começarmos a posar para capas de discos. (O fotógrafo sempre se diverte tirando fotos desses caras do rap, eles se exibem e se pavoneiam mais que as supermodelos.) Ficávamos em fila, o personagem incorporado. A comparação com o cinema e a TV é uma analogia natural, porque naquela época éramos informados por filmes e seriados policiais, mas, considerando o futuro do rap, a capa de disco é uma comparação mais adequada. Não uma do inocente ano de 1985, mas de alguns anos no futuro, quando a música mudou. Éramos um bando: os *Garotos de Azurest.*

Tínhamos aprendido a mudar o caráter de nossas batalhas e continuaríamos a fazer isso pelo resto da vida, reajustando-nos para diferentes provocações e diferentes riscos. A música também crescia, os testículos descendo, a voz mudando, passando disso:

Rhymes so def, rhymes rhymes galore
Rhymes that you've never even heard before
Now if you say you heard my rhyme, we gonna have to fight
*'Cause I just made the motherfuckers up last night**

---

* "Tenho rimas tão boas, rimas rimas de montão / Rimas que você nunca nem ouviu / Agora, se você disser que já conhece minhas rimas, vamos ter que brigar / Porque eu inventei essas filhas da puta ontem à noite", em tradução livre. [*N. E.*]

Para isso, em tão pouco tempo:

"Hey yo, Cube, there go that motherfucker right there."
"No shit. Watch this...Hey, what's up, man?"
"Not too much."
"You know you won, G."
"Won what?"
*"The Wet T-Shirt Contest, motherfucker!"**
[sons de tiros]

Palavras da já mencionada "Here We Go" e de "Now I Gotta Wet' cha", escrita em 1992 por Ice Cube, nascido no mesmo ano que eu, que cresceu à base de Run-D.M.C. como todos nós. "Wet'cha", no sentido de ficar com "a camisa empapada de sangue". Todos nós, cantores e público, éramos da mesma geração. Alguma coisa aconteceu. Alguma coisa aconteceu que mudou os termos e passamos da luta (vou arrancar esse sorriso do seu rosto) para a aniquilação (vou acabar com a sua raça). Como saímos de um ponto e chegamos ao outro são as principais passagens da história dos jovens negros que ninguém se interessa em escrever. Mas nós as vivemos.

Você era durão ou era mole, na gíria retirada do território da masculinidade, o estado do seu *eu* construído. O que se dizia na rua era que éramos moles, com nossos uniformes de escola particular e nossas aconchegantes comunidades na beira da praia. Então aprendemos a andar como durões, como caras do hip hop legítimos, cheios de confiança. Mesmo sabendo que não era bem assim. Ouvíamos as vozes do coro constante e condenatório que nos dizia que vivíamos uma falsidade, e decidimos ser diferentes. Falávamos de um jeito na escola, de outro em casa e de ainda outro entre nós. Nós tivemos armas.

---

* "E aí, Cube, lá vai aquele filho da puta. / Pode crer. Olha só isso... E aí, cara? / De boas. / Você sabe que você ganhou, G. / Ganhei o quê? / A competição de camisa molhada, filho da puta!", em tradução livre. [*N. E.*]

Tivemos armas por alguns dias de verão, depois nos livramos delas. Mais tarde, alguns de nós tiveram armas de verdade.

NA QUARTA-FEIRA, REVISAMOS AS REGRAS na casa de Clive. Eu, Marcus, Randy e Clive. Os pais de Clive trabalhavam para o Conselho de Educação e iam para Sag apenas nos fins de semana, e ele tinha um belo deque para discutir assuntos importantes. Os móveis eram novos e exalavam uma nuvem de almíscar plástico. Não podíamos nos sentar neles. Na semana anterior, de acordo com Nick, ele tinha ido fazer uma visita e se juntara a Clive na mesa. A mãe de Clive chamou-o para dentro de casa e, quando ele saiu, foi até os fundos da casa e pegou uma cadeira velha e mofada para Nick se sentar. O aspecto proibido fez com que o encontro parecesse mais oficial.

Sem tiros no rosto ou nos olhos, isso era óbvio. Sem trapaças — se você for atingido, acabou, não precisa dar piti. Sag Harbor Hills era o limite do campo de batalha, sem a necessidade de atravessar para outros locais e retornar sorrateiramente para emergir no estilo emboscada. Comentei que todos deveríamos usar óculos de proteção, só por precaução, e, para minha surpresa, pareceram concordar. Alguém mencionou algo sobre sincronizar relógios, mas ninguém usava relógio no verão, exceto eu, porque o verão tem seu próprio tempo, e eu era o único que não sabia disso. Quando surgiu a questão da programação, eu sugeri:

— Amanhã à noite?

Era durante o turno de Reggie, e todos na mesa estavam livres, então não houve objeções. O fim de semana estava fora de questão — havia muita gente por perto —, e ninguém quis adiar para a semana seguinte. Reggie foi colocado no banco de reserva, e eu fiquei feliz.

Não que pudesse ter rolado de outra forma. Embora tenhamos elaborado o plano para a batalha de armas de chumbinho para uma segunda-feira, não havia dúvidas de que, no final, tudo aconteceria em uma quinta-feira.

Restava apenas um assunto para discutir. Clive serviu um pouco de limonada. Elegante. Eu estava fazendo anotações. Minha casa e a de Reggie era um ponto de encontro dos rapazes durante a semana, mas Clive aproveitava melhor sua situação de Garoto com a Casa Vazia, levando garotas de Bayside e até mesmo convidando garotas da escola dele para ficar lá por alguns dias. Ele as buscava na cidade e nem pagava o micro-ônibus. O garoto tinha estilo, nosso Hugo Hefner de boina Kangol.

Tomando limonada, Clive levantou a questão da espingarda de Randy e do m/s. Um chumbinho de metal disparado de uma das pistolas, no campo de tiro em que íamos atirar um no outro, doía um pouco, mas não tanto, segundo rumores. No entanto, se a espingarda fosse bombeada várias vezes, um chumbinho de cobre poderia perfurar a pele.

— Mas se eu não conseguir bombear, vou ficar em desvantagem — lamentou Randy.

— Temos que descobrir quantos disparos de espingarda equivalem a um tiro de pistola padrão — sugeri.

— Como descobrimos isso? — perguntou Clive.

— Podemos testar no Marcus — respondeu Randy.

— Tudo bem — disse Marcus, e saímos para o quintal.

Era o meio da semana, o meio da tarde. Não precisávamos nos preocupar com os transeuntes. Marcus tirou a camisa. Randy carregou a espingarda.

— Vamos começar com uma — disse ele.

— Marcus, por que não se vira para não bater na sua cara, ou algo assim? — orientei.

Marcus virou-se e cerrou os dentes. Tinha uma cena que ele fazia quando um de nós ficava bravo com ele, na qual levantava a camisa e gritava, "Por favor, meu senhor, meu senhor, por favor", antecipando a chicotada, como em *Raízes*. Ele ficava com a mesma expressão no rosto. Randy parou a quatro metros de distância, mirou e atirou. A bala atingiu Marcus na coluna e ricocheteou.

— Merda, nem doeu — disse Marcus. — Ficou marcado?

Respondemos que não.

— Então vamos tentar três vezes — disse Randy, aproximando-se.

— Ai! — gritou Marcus.

Mas ainda assim não rompeu a pele.

Clac, clac, clac, clac, clac. Percebi que Randy continuava se aproximando entre os tiros, mas não comentei. Clive também não.

Cinco vezes, e Marcus gritou, uma lua crescente de sangue se abrindo em um sorriso na pele.

— É só não bombear mais de quatro vezes, então — concluiu Clive.

— Ei, essa doeu — disse Marcus.

— Vamos deixar apenas duas bombeadas, por segurança — pedi.

Não consegui dormir naquela noite. Os pernilongos não ajudaram. Então chegou quinta-feira e seus registros acumulados em todos aqueles anos. Quando NP quebrara o tornozelo ao entrar pela janela do quarto depois de ficar até tarde na sala de recreação com algumas garotas da cidade. Tinha sido em uma quinta-feira que eu não lavara direito as espreguiçadeiras no deque e, no dia seguinte, fora condenado a ficar dentro dos limites da propriedade por uma semana, obediente como um idiota, mesmo depois que eles voltaram para a cidade e nunca saberiam se eu tinha obedecido ou não. Luta após luta, muitas para contar. Quando a corrente da bicicleta de Marcus caíra e ele ralara os pés descalços pelo cascalho da colina tentando parar, aquilo com certeza tinha acontecido em uma quinta-feira. Nossa lua cheia semanal.

Acordei meio esquisito. Ouvi barulhos na sala de estar. Era para estar tudo tranquilo.

— Por que não está no trabalho? — perguntei ao meu irmão.

— Troquei de turno para poder ir para a guerra — respondeu ele.

Mais tarde, soube que Nick tinha feito a mesma coisa, deixando quatro contra quatro.

Falei que ele não poderia ir, pois iria acabar se machucando.

— Quando eles estão fora, eu estou no comando — lembrei-o.

— Você não manda em mim.

Estranho. Sempre funcionava quando nossa irmã usava essa frase, tipo, a cada cinco minutos.

— Mando, sim.

— O que você vai fazer? Me dedurar? — perguntou, deixando-me sem saída.

Eu não podia dedurá-lo, senão também seria punido, como nos velhos tempos, só que dessa vez eu era realmente culpado. Reggie saiu para fazer alguns treinos de última hora.

Na hora da batalha, fui para a Walker. Passei pela placa de PARE na Meredith e notei que estava salpicada de prata, com a tinta vermelha descascada — prática de tiro para um dos nossos amigos, provavelmente Marcus, que morava duas casas abaixo. Um belo aglomerado no A e no R. Ele tinha boa mira, dependendo da distância em que estava.

Parei bem na frente da casa dos Edwards. Tinham sido as primeiras vítimas do vírus da Outra Família. Yvonne Edwards tinha a idade da minha irmã e a reputação de arremessar objetos pesados quando ficava brava, muitas vezes em seu irmão caçula, Ralph, que por acaso tinha sido meu último oponente nos dias dos confrontos de verão. Ralph ficava no meio do caminho, assim como Randy, jovem demais para que o aceitássemos em nossos planos e velho demais para as crianças mais novas. Era inofensivo e, às vezes, o deixávamos ficar com a gente, mas isso tinha sido anos antes. Não sei o que ele fazia no dia a dia, mas com uma irmã louca como Yvonne, provavelmente passava muito tempo fugindo.

Como todas as nossas brigas, tinha começado com algo pequeno. Uma pedrinha, na verdade. Ele era dois anos mais novo do que eu, e eu era uma cabeça mais alto. O que provavelmente me encorajara a cantarolar "You're lost, little girlllll",* do disco do Doors que nossa irmã tocava sem parar, quando o vira sentado na calçada naquele dia. Desamparado, com os cotovelos cinzentos sobre os joelhos cinzentos e o afro desgrenhado. As palavras simplesmente saíram. Foi o que me ocorreu dizer enquanto passava de bicicleta por ele.

Ele me olhou feio e lançou uma pedrinha em mim. Ela quicou no chão e bateu nos raios da bicicleta. Nada de mais, mas daí vi que Marcus vinha descendo a rua, batendo uma bola de basquete, então havia uma testemunha. Pulei da bicicleta e, parando para baixar o estribo, perguntei: "Que porra é essa?". Como eu disse, ele era menor que eu. Terminaria aquilo bem rápido.

Mas a luta tinha sido longa e arrastada; diria que se estendeu por quilômetros, se alguém desembaraçasse nossos passos e os estendesse em linha reta. Nunca tinha visto tanta fúria antes. Não em uma pessoinha daquelas, pelo menos. Dei um soco no rosto dele, que o recebeu e recuou, andando para trás, e eu avancei em direção a ele por um tempo. Então, ele chegou a uma fronteira interna e começou a avançar na minha direção, me acertando no rosto, e eu recuei por um tempo, andando para trás até que bati na minha parede pessoal e voltei a avançar na direção dele. É por isso que as lutas profissionais têm um ringue — caso contrário, as pessoas simplesmente ficariam andando pelo lugar todo, pelo corredor, pelas poltronas, sairiam do saguão e entrariam nas avenidas. Perambulamos

---

* "Você está perdida, garotinhaaa", em tradução livre. [*N. E.*]

um atrás do outro pela Walker, para a frente e para trás, o pêndulo idiota, enquanto meus amigos saíam um por um, farejando o vento de todos os pontos e seguindo de perto como uma equipe de notícias, fornecendo informações detalhadas para o pessoal em casa. Os olhos malignos dele ficaram sobre mim o tempo todo. Eu o imobilizaria com uma chave de braço, mas ele não cairia no chão como deveria. Era durão! Tentei fazer um movimento do Indiana Jones, de quando ele está lutando com o nazista no avião e bate a cabeça do sujeito na asa várias vezes. Achava aquele um truque espetacular e tentei recriá-lo com a cabeça de Ralph no lugar da cabeça nazista, e o Volvo vermelho dos Anderson no lugar da asa do avião. Mas não consegui encostar a cabeça dele no metal. O pescoço dele era muito forte, provavelmente por se desviar dos tijolos da irmã.

Por fim, nos cansamos e baixamos os punhos. Ele não me venceu e eu não o venci, mas, como eu era o mais velho, os juízes deram vitória para ele. Se alguém perguntasse, eu teria dito: *Olha, o outro cara queria mais.* Ele era descendente de um povo que atirava materiais de construção e estava em treinamento sério entre isso e o negócio da Outra Família, da qual ele provavelmente não tinha consciência, mas a gente sabe que não tinha como ele não se curvar diante de uma gravidade invisível muito feroz. Principalmente se a família dele fosse a Outra Família em questão, com os presentes mais baratos e abraços mais mirrados. Mas ninguém perguntou. Reggie não estava lá e não comentou sobre a briga, mas eu sei que ouviu falar dela, por isso, no final, eu perdi aos olhos do meu árbitro interior. Atravessei a entrada da garagem dos Edwards. O verão daquela última luta tinha sido o último verão em que eles foram até Sag.

QUANDO CHEGUEI À CASA DE CLIVE, estavam todos lá, exceto Nick. Ele ligou, e disse, aos sussurros, que a mãe estava em casa e que ele não conseguiria sair com a arma de chumbinho. Marcus sugeriu que começássemos sem ele.

— Mas aí teríamos equipes desiguais — disse Bobby.

— Um de nós pode ficar de fora — sugeri. — Primeiro o mais novo?

— Quatro é melhor do que três — anunciou Clive, e nós cedemos.

Logo escureceria, então nos ocupamos em formar equipes. Todos queriam estar na de Clive porque o time dele sempre ganhava, mas Randy era um fator importante por conta de sua perícia com espingardas. Além disso, se a gente considerasse o valor de Randy em todas as suas formas maravilhosas — motorista, caçador... bem, é tudo em que consigo pensar agora —, ele poderia escolher um de nós durante uma próxima disputa de "banco da frente". Ele deixaria de lado anos de matemática robusta.

— Eu e Bobby somos uma miniequipe porque estamos treinando juntos — declarou Reggie.

Fiquei chocado. Nunca deixamos de ser uma miniequipe, com toda aquela coisa de "Benji e Reggie, Benji e Reggie" ao longo dos anos. O único pensamento que me acalmou naquela tarde foi que eu poderia protegê-lo melhor se estivesse na minha equipe. Mandá-lo para uma missão maluca fora do perigo até que tudo acabasse. Ele não olhou para mim.

Essa ruptura histórica da aliança "Benji e Reggie" passou despercebida. Mas quem eu queria enganar? Ninguém mais pensava em nós como aquela antiga unidade, exceto eu. Alguns irmãos atiravam tijolos, outros simplesmente se afastavam. Por fim, nos dividimos e eu, Clive, Marcus e Nick formamos a Vice (como *Miami Vice*); e Randy, Bobby, Reggie e NP, a Chefões Maneiros. Quando Nick chegou, peguei os óculos de proteção que havia resgatado das teias de aranha embaixo do deque, e NP falou:

— Óculos?

Eu os tinha levado para Reggie.

— Ninguém falou nada de óculos.

— Eu não tenho óculos.

— Não vou usar óculos de maricas — anunciou Marcus.

E Reggie também não, mas nem me dei ao trabalho de brigar com ele por isso. Eu também não os usei.

O céu estava escurecendo. Repassamos as regras de novo e contamos até duzentos, conforme as diretrizes. Então, começou.

Fugimos em direção à rodovia, em direção à praia, espalhando-nos de acordo com a lógica descontrolada dos adolescentes. Corri até a esquina, verificando se alguém estava de olho, e pulei no terreno baldio ao lado da Nichols House. Entrei fundo o suficiente para não ser visto da rua, mas próximo o suficiente para ver qualquer um descendo a rua de Clive ou a rua onde ficava a casa da sra. Jenkins. Cinquenta e dois, cinquenta e três. Chegando lá. Estava quase escuro demais para brincar naquele momento, mas a visibilidade ruim me ajudaria. Eu esperaria um dos Chefões Bacanas fazer o reconhecimento da rua e, em seguida, emboscá-lo, uma das minhas táticas favoritas até hoje. Esperar o momento certo em uma discussão com um ente querido para surpreendê-lo com alguma mágoa que guardei por anos, a lista de acusações alimentadas na escuridão do meu esconderijo, e dizer: "Te peguei!". Veja como você acabou comigo. Se eu tivesse sorte, Bobby e Reggie parariam bem na frente de onde eu estava escondido para se reagruparem ou começarem a cantar, e eu acabaria com os dois.

Um vaga-lume surgiu e desenhou meia palavra no ar. Em seguida, foi embora. O segredo de um inseto preto na noite. Que carinha estranho. Ele se materializava, ficava visível aos olhos humanos por breves momentos e desaparecia. Mas recebeu esse nome por causa do seu tempo falso, o tempo das pessoas, quando, na verdade, a maior parte de sua vida acontecia quando as pessoas não podiam vê-los. Sua vida de verdade era invisível para nós, mas o chamávamos de vaga-lume em homenagem a frações dele. Reconhecível e fixo por alguns segundos, compartilhando um pequeno segmento de sua mensagem antes de continuar a missão real, desconhecido em sua verdadeira natureza e curso, fora de alcance. Era um nome ruim porque era incompleto: as duas partes eram verdadeiras, a clara e a escura, aquela que podíamos ver e a que não podíamos. Eram tanto uma coisa quanto outra.

Cheguei mais perto da rua para ter uma visão melhor, e alguém me acertou no rosto com uma pedra.

Óleo quente! Óleo quente!

Uma pedra. Foi isso que senti. Minha cabeça foi jogada para trás, e a metade superior do meu rosto latejava como se eu tivesse levado um tapa. Xinguei e saí cambaleando para a rua. Quem atira pedras em uma batalha com armas de chumbinho? Gritei pedindo tempo.

Randy surgiu do outro lado da rua, vindo do meio da floresta.

— Eu te acertei — disse ele, surpreso e orgulhoso.

— Por que está atirando pedras?

— Não, foi um chumbinho.

Apalpei com cuidado ao redor do meu olho esquerdo. Ele me bateu na órbita, no vão entre o canal lacrimal e a sobrancelha. Talvez haja um nome anatômico adequado para essa parte da órbita ocular, mas eu não o conheço. Senti como se fosse uma pedra. Não conseguia enxergar nada. Tinha alguma coisa estranha aí. Randy estendeu a mão, e eu a afastei com um tapa.

— O que foi? — Ouvi NP dizer.

Passei a ponta do dedo pelo buraco irregular no meu rosto, pela carne ardendo. Rompeu a pele. Ele havia bombeado mais de duas vezes.

— O que aconteceu? — perguntou Clive.

— Benji está fora. Eu acertei ele — declarou Randy.

— Eu não estou fora — reclamei. — Ele bombeou mais de duas vezes! Estou sangrando! Você que está fora!

Randy pegou meu rosto entre as mãos e levantou meu queixo para ver melhor. Fez uma coisa bem nojenta. Abaixou o rosto e enfiou a língua na ferida.

Eu o empurrei para longe.

— Que porra é essa?

— Estava vendo se tinha gosto de sangue ou suor — disse ele. — É suor. O suor está escorrendo da sua testa.

Falei para ele ficar longe de mim, esquisitão. Toquei o buraco no meu rosto e cambaleei em direção ao cone do poste. Os besouros gordos rastejavam uns sobre os outros no chão em seu ritual desgraçado. Levantei o dedo. Era sangue.

Bobby e Reggie apareceram, e, em seguida, todos os Chefões Bacanas e Vicers, com armas balançando. Reggie agarrou meu braço e quis saber se estava tudo bem comigo. Fazia tempo que eu não ouvia a voz dele daquele jeito. Balancei a cabeça, zonzo.

— Que porra é essa, Randy? — questionou Reggie.

— Ele bombeou mais de duas vezes — repeti.

Todos murmuravam "fala sério", em seus registros de "fala sério" díspares. Quando olharam o ferimento, ficaram surpresos ao ver o quão perto do olho tinha sido.

Randy negou, mas para furar a pele do outro lado da rua ele teve que bombear muito mais de duas vezes. Todos sabíamos disso.

Daí caiu a ficha da Coisa Horrível.

— Ainda está aqui — anunciei.

Examinei o ferimento. A pele estava dura e inchada, mas por baixo havia algo mais rígido, como uma pérola. Compartilhei a Coisa Horrível.

Randy não acreditou.

— Deixa eu ver — pediu, as mãos estendidas.

— Fica longe dele! — gritou Reggie.

Ele se pôs entre nós.

— Benji — começou meu irmão, olhando de soslaio para o buraco sangrento na luz fraca —, você precisa ir para o hospital.

— Não podemos fazer isso — interveio Marcus. — Vai dar problema pra gente.

— Todos nós vamos estar fodidos quando nossos pais chegarem amanhã.

Olhei ao redor. Eles haviam decidido. Até mesmo Clive, que em sua condição de cão-alfa poderia ter pegado as chaves de Randy e me levado se quisesse. Que todos eles fossem à merda. Ele estava olhando para a rua, como se tivesse ouvido os pais chegando, evitando meu olhar. Meio-olhar.

— Como vai chegar lá? — perguntou Randy.

— Isso não é legal — disse Reggie.

Ele era meu irmão. Eu o amava. Pelo jeito que falou, eu soube. Ele falou igual à turminha de viciados da escola. Talvez ele ficasse bem, no fim das contas.

— Isso é não é nem um pouco legal — completei.

A justiça segundo irmãos e viciados: se alguém precisa ir ao hospital e você tem o carro, você tem que o levar.

— Bobby, seu avô pode nos levar! — sugeriu Reggie.

BOBBY FICOU EVASIVO.

— Ele está dormindo... já escureceu.

— Não preciso de hospital. Estou bem — garanti.

Reggie protestou, mas todos os outros ficaram tão aliviados por ser a quinta-feira de outra pessoa que o assunto se tornou irrelevante. Eu me sacrificaria pela equipe. Não importava que fosse isso que quisessem de mim. Eu aceitaria o tiro porque era quem eu era. Os outros caras se voltaram contra Randy por colocá-los nessa posição, discutindo sobre o bombeamento e se ter mirado no meu rosto foi um acidente ou não. Ele não cedeu um centímetro ("Só aconteceu"), mas me ofereceu "ir na frente no carro por duas semanas, sem discussão" como compensação. Mas, na semana seguinte, Bobby ganhou um carro, as garotas por fim apareceram, e o reinado de Randy acabou.

Meu plano era ir para casa e tentar espremer o chumbinho do rosto, como se fosse uma espinha. Eu e meu irmão fomos embora, uma das mãos sobre o olho e a outra em seu ombro.

— Ainda podemos brincar três contra três — sugeriu NP.

Tentamos cortar caminho pela casa dos Edwards na volta, mas as luzes estavam acesas. Alguém estava em casa. Pegamos o caminho mais longo.

No espelho do banheiro, vi como meu olho estava nojento. Como se eu tivesse lutado alguns rounds com um peso-pesado de verdade. A órbita estava toda inchada, e o sangue escorria pelo nariz, se unindo a filetes de sangue mais velhos e secos. Lavei o rosto e consegui ver melhor. Dava para sentir o chumbinho, mas não consegui movê-lo. Estava alojado na carne, ou algo assim. Reggie ficou por perto, tentando ser útil, mas ele me assustou tanto que pedi que me desse um minuto. Tentei mexer no chumbinho de novo, aplicando princípios consagrados de alavancagem estratégica para estourar espinhas, como um Arquimedes da era moderna. Nada aconteceu, e a carne inflamada ficou tão sensível que não consegui mais tocá-la. Sangue com pedacinhos escuros escorria pelos meus dedos. Tínhamos pensado em tudo e concluído que chumbinhos de metal seriam aceitáveis porque, em teoria, não romperiam a pele, mas lá estava eu com uma bomba-relógio coberta de tétano na minha cabeça. Eu acordaria com o maxilar travado e me consumindo em sofrimento de ossos estalando. Se tivesse que pegar um avião entre aquele dia e o dia da minha morte para, por exemplo, fazer uma consulta com um especialista internacional em trismo em sua clínica no topo da montanha, os detectores de metal disparariam e eu teria que contar toda aquela história idiota.

Bebemos algumas das garrafas de cerveja Miller do nosso pai. Coloquei gelo no local, e assistimos à última metade de *O homem que eu escolhi*. Tentaria de novo pela manhã.

Na manhã seguinte, o inchaço havia diminuído um pouco, e o buraco estava coberto por uma crosta. Tentei apertar de novo. O chumbinho não estava mais preso na carne firme, mas o "ferimento de entrada" estava fechado. Nossos pais chegariam naquela noite e nos matariam. Brincando com armas de chumbinho. Permitindo que Reggie brincasse com armas de chumbinho quando eu estava responsável pela casa. Nós dois deixando o outro brincar com armas de chumbinho quando devíamos saber que não podíamos. Três crimes capitais bem ali.

E eu teria que tirá-lo de mim.

Eu tinha um bisturi que usava nas aulas de ciências do oitavo ano, mas ele ficava na cidade. As lâminas de barbear do nosso pai eram descartáveis, envoltas em plástico para evitar exatamente esse tipo de uso indevido. Mandei Reggie até a casa de Frederico.

— Pegue algumas daquelas lâminas de barbear antigas, aquelas que as pessoas usam para se matar.

Fiquei encarando minha cara de idiota. Algumas crianças rebelavam-se para chamar atenção. Eu fazia coisas estúpidas com muito cuidado, gastando todo o meu tempo pensando em maneiras de planejar pequenas idiotices sem ser pego. Coisas tão pequenas que ninguém mais conseguia enxergá-las e apenas eu sabia a respeito. Mas lá estava eu, na noite anterior, sendo idiota em grupo, e é claro que ia contra as minhas regras, e veja só aonde isso me levou. Quem faz uma batalha de armas de chumbinho ao cair da tarde? Os imbecis e os desesperados. Pensei: E se eu pudesse voltar no tempo? Apenas treze horas. Tudo o que eu pedia era uma simples máquina do tempo, um objeto remanescente de um filme de ficção científica. Era preciso ter poderes reais para fazer aqueles efeitos especiais do tipo George Lucas. Veja o caso do meu amigo Greedo. Em

1997, quando George Lucas relançou a trilogia Star Wars, corrigiu o que não gostava usando tecnologia moderna de efeitos especiais, apagando os erros da juventude. Tinha um complexo secreto e um exército inteiro de nerds dedicados a essa finalidade. No caso de Greedo, significava reescrever a história do alienígena. No filme original, o caçador de recompensas de pele verde vai entregar o resistente herói Han Solo ao chefão da máfia da era espacial, Jabba, o Hutt, então Han atira nele para impedir isso. Mas, depois de tantos anos, aquela versão de Han Solo, o cara que atira primeiro, não se encaixava mais na ideia de Lucas de como um verdadeiro herói age. Então, ele mudou o que aconteceu. Redigitalizou a cena, inseriu um raio laser de Greedo atirando primeiro para que Han não atirasse em alguém a sangue frio. Han era um herói; Greedo, o vilão. Pronto. Arrumado.

Os fãs ficaram furiosos. As pessoas não gostam quando você mexe com a infância delas. Mas eu, não. Greedo não mudou. Havia o primeiro Greedo, aquele que conhecemos, e o outro Greedo, o novo que surgiu para mudar o sentido das coisas. Para mim, os dois são reais. É simples manter os dois Greedos juntos na cabeça se soubermos como.

Reggie voltou com um pacote de lâminas de barbear de verdade, cada uma embrulhada individualmente como fatias de queijo. Abri a caixinha de papelão de uma delas. Minha nossa, parecia horrível. Era uma peça de metal muito fina e, ainda assim, continha muito mais potência que armas de chumbinho. E eu estava prestes a botar aquilo na minha cara. O lábio de Reggie tremia. Seus olhos ficaram marejados.

— Não quero que nada aconteça com você — disse ele.

Não chore ou vai apanhar mais um pouco.

— Eu vou ficar bem. — E o botei para fora.

Cortei uma linha fina na casquinha e apertei. O chumbinho não se moveu. Cortei mais fundo. Nada aconteceu. Então, cortei outra linha, criando um x. Apertei o mais forte que pude. O chumbinho estava muito fundo. Os m/s foram tantos que ele havia entrado lá embaixo, e a pele o envolveu em um abraço. Eu não era tão psicopata a ponto de realmente me aprofundar naquilo, caceta.

Não sabíamos o que fazer. Exatamente como nos bons e velhos tempos, quando quebrávamos um abajur ou fazíamos um buraco no sofá e corríamos um em volta do outro como baratas tontas. Dois babacas esperando a Grande Chinelada. Tapa-olho? Rezamos para que decidissem não ir para Sag no último minuto. As probabilidades eram boas. ("Nunca me diga as probabilidades" era um discurso de herói bem *à la* Han Solo.) Fizemos uma limpeza especial na casa e até usamos Windex para limpar as impressões digitais na geladeira. Talvez isso os distraísse. Colocamos o bolo ensanguentado de papel-toalha Bounty e uma toalha de rosto encharcada de sangue em um saco plástico do King Kullen e jogamos no lixo.

No meio da tarde, Reggie saiu para vender nossa arma para NP, que a comprou por cinquenta centavos. Ensaiamos histórias para ocultar a verdade e chegamos a uma versão final: estávamos correndo pela floresta em direção à casa de Clive, e eu bati em um galho que estava no caminho! Eu podia ter furado o olho! Dessa forma, poderiam nos repreender por correr na floresta e deixar por isso mesmo. Mas eles chegaram em casa e nem perceberam. E aquela coisa grande quase dentro do meu olho.

As armas de chumbinho não voltaram a ser usadas naquele verão. Não fomos os únicos a nos livrar delas. A emoção passou, e as meninas por fim chegaram, como eu disse, transformando nossas quintas-feiras em um novo tipo de desgraça. Para alguns de nós, essas foram nossas primeiras armas, um ensaio. Eu gostaria de dizer, depois de todos esses anos, agora que um de nós está morto e outro está paralisado da cintura para baixo por causa de balas de verdade — relacionadas a drogas, como disseram os jornais —, que o jogo não era tão inocente assim. Mas não é verdade. Sempre combatemos de verdade. Apenas a natureza da batalha havia mudado. Sempre mudará. Com o passar do tempo, aprendemos a nos armar de maneiras diferentes. Alguns de nós com armas de verdade, outros com armas mais efêmeras, uma ideia, um plano improvável ou algum tipo de formulação sobre a melhor maneira de se deslocar pelo mundo. Uma ideia que nos permitisse existir. Que nos protegesse e nos mantivesse em segurança. Mas, ainda assim, uma arma.

Ainda está aqui. Embaixo da pele. É uma boa história, algo para chocar as pessoas depois de conhecê-las por anos a fio e sentir a necessidade de surpreendê-las com aquele garoto. Não é uma cicatriz que as pessoas notem, embora esteja lá. Certa vez, perguntei a um médico sobre o caso, sobre um possível envenenamento do sangue ao longo do tempo. Ele balançou a cabeça. Então, deu de ombros.

— Ainda não te matou.

Para evitar que a chama suba

ÉRAMOS UMA FAMÍLIA ESTILO COSBY, BOA NO papel. Esse era o jargão. Pai médico e mãe advogada. Três crianças em idade escolar com unhas limpas e boas maneiras. Não era uma *brownstone* imperial, mas nosso apartamento *Prewar Classic 7* não era tão ruim, apertando-nos em suas velhas estruturas antigas. Nós nos espremíamos? Ah, só um pouquinho.

The Cosby Show era o programa mais assistido dos Estados Unidos, protagonista das Noites de Quintas-Feiras da NBC. Os brancos adoravam, até aqueles que consideravam o programa ficção científica, uma versão colorida de *Túnel do tempo* ou *Perdidos no espaço*. Quem são essas pessoas? Nós respondíamos: pessoas que conhecemos. E assistíamos. Pessoas que conhecíamos começaram a usar suéteres com estampas alucinantes, em homenagem ao próprio Coz, e as barbearias anunciavam versões do último corte de cabelo de Theo, fosse lá o que ele e os amigos estivessem exibindo no set, durante suas breves carreiras, aqueles garotos bonitos que não chegaram a lugar algum. Os jovens saíam das barbearias para todos os lugares, com cabelos em corte militar, em degradê, um *hi-top* com ambições de torre de Pisa: o exército de Theo. "Eles são uma verdadeira Família Cosby", diziam as pessoas, quando conhecidos rompiam a atmosfera para alcançar órbitas mais altas. Um termo de afeto e admiração.

Da rua, fiquei aliviado ao ver que os quartos estavam escuros. Um longo dia de trabalho e depois o sofrimento no trânsito da Long Island Expressway na sexta-feira à noite — meus pais geralmente já estavam dormindo quando eu voltava do turno da noite no Jonni Waffle. Mas, quando subi os degraus, ouvi a TV e vi as mariposas cambaleando à luz das janelas da sala de estar. Meu pai estava acordado.

— Cadê o Cabeça de Bosta? — perguntou, enquanto eu fechava a porta.

— Ainda está no Burger King — respondi.

Estávamos havia alguns meses na fase Quando o Pai Chamou Reggie de Cabeça de Bosta por Um Ano. Naquela primavera, meu irmão tinha tirado duas notas baixas, um novo recorde. Reggie e o primeiro ano do ensino médio não se deram muito bem. Ele ia mal em um teste atrás do outro, tanto os aplicados pelos professores quanto os mais importantes: aqueles dados por outros alunos. Era esse último tipo de teste surpresa que realmente lhe interessava, o que é uma pena, porque é impossível se preparar para eles. Principalmente quando se é uma criança como nós. Essas outras notas eram registradas em nosso Histórico Escolar Permanente, aquele que carregávamos o tempo todo, mesmo depois de anos de formados. Todos viam as notas que recebíamos, como se tivessem olhos de raio X.

Nosso pai reagiu com ameaças, sermões e, por fim, com essa mudança de nome. Sempre que nosso pai estava na sala,

Reggie desaparecia e, em seu lugar, ficava uma mancha constrangedora que era culpada por tudo. "Isso aqui é do Cabeça de Bosta?", perguntava, segurando um exemplar da *Spin* que tinha encontrado entre as almofadas do sofá. Lâmpada queimada? "O Cabeça de Bosta está gastando muita luz." Eu acabava me safando. Graças a Deus. Sempre ficávamos gratos quando o outro tinha que lidar com a bucha. Se eu deixasse alguns pratos sujos na pia, meu pai dizia: "Devem ser do Cabeça de Bosta", quando passava, e eu entendia a indireta e os lavava. Foi só no Dia do Trabalho que percebi que, ao longo do verão, Reggie havia transferido a maior parte dos turnos no Burger King para o fim de semana, negociando e trocando com colegas de trabalho para minimizar a exposição. Naquela noite, ele estava no BK, como eu dissera, e tinha conseguido um turno duplo no sábado. Um grande desperdício de tempo livre.

Abri uma lata de refrigerante de baunilha e me recostei na geladeira. Meu pai comentou:

— Eu fiquei imaginando quando você ia parar de me pedir para cortar seu cabelo.

Passei a palma da mão no meu couro cabeludo eriçado.

— Clive tem uma máquina de cortar completa.

— Parece coisa de um daqueles pretos da esquina — resmungou ele.

Grupos de jovens de pele escura — negros, dominicanos, porto-riquenhos — se reuniam em turnos alternados do lado de fora da bodega na esquina da 101 com a Broadway, aquele *locus* da licenciosidade. Sempre que alguma coisa dava errado no bairro, os pretos da esquina reportavam para o serviço de bode expiatório. Chiclete pisado no sapato, diarreia de cachorro escorrendo na frente do prédio, greve de transporte público: todas essas eram manifestações bem conhecidas das travessuras dos pretos da esquina. Eles usavam o cabelo raspado com um pouco menos de um centímetro, e Clive me introduzira à gangue deles.

— Eu gosto — retruquei.

— A cabeça é sua. — Ele deu de ombros.

Recostou-se no sofá e retornou à TV. Parecia familiar. Eu já conhecia aquele tipo de comportamento.

Tinha sido a primeira vez que outra pessoa cortara meu cabelo. Desde que me lembro, Reggie e eu tínhamos um ritual. Quando nosso cabelo ficava muito bagunçado, pedíamos para nosso pai cortar, e ele negava, dizendo que estava ocupado demais ou que tivera um dia puxado no consultório. Nas semanas ou meses seguintes, pedíamos de novo, espaçando criteriosamente os pedidos para não parecermos "velhotas reclamonas", então, por fim, uma noite, ele chegava em casa embriagado depois de "uma reunião" e pegava a tesoura. Barbeiros negros no mundo todo usam máquinas elétricas. São tempos modernos. Em muitos setores, os avanços tecnológicos são bem-vindos e acolhidos. Meu pai, no entanto, amava sua tesoura de barbeiro especial da velha guarda, e nós também a amávamos, porque o som das lâminas longas e finas estalando uma contra a outra era o som de sua total atenção.

Enquanto eu ficava sentado em uma cadeira no banheiro, segurando a toalha bem firme em volta dos ombros ossudos e olhando para o azulejo preto e branco igual ao do metrô, ele aparava e aparava, reclamando da luz, inclinando minha cabeça para a frente e para trás com um empurrão firme dos dedos indicador e médio. Ele puxava os tufos com a ponta dos dedos, estreitava os olhos e cortava. Eu murmurava a Primeira Diretriz para mim mesmo: "Não mexa a cabeça, não mexa a cabeça", embora nunca funcionasse. Eu me mexia. Ele sempre me dizia que eu me mexia, não importava o quanto me concentrasse, não importava quantos juramentos e promessas eu fizesse entre os cortes de cabelo, como se um novo arranjo de palavras pudesse fazer as coisas serem diferentes na vez seguinte. Em algum momento ele falava: "Você mexeu a cabeça. Agora eu tenho que acertar isso aqui", e eu me xingava enquanto ele cortava e cortava, e meu cabelo afro ficava mais e mais curto...

Mas, quando terminava, ficava perfeito. Como quando ele fazia churrasco — precisávamos admitir que, apesar de tudo, ele era um mestre churrasqueiro. Era uma daquelas coisas que ele fazia bem, não tinha como negar, era um pilar da nossa realidade. Ele nos dava versões em miniatura do próprio corte, o mesmo que fazia em si mesmo desde o colegial, quando assumiu as responsabilidades de corte de cabelo do próprio pai. Os cortes de cabelo se mantinham perfeitos por horas inteiras — não se deixe enganar pelo fato de nenhuma câmera tê-los registrado. O feitiço rompia-se quando a gente tomava banho ou dormia sobre eles, então todos aqueles tapinhas, as cutucadas e as ajeitadas eram desfeitos, e nossas coroas magníficas ficavam deformadas e desordenadas, com os princípios básicos se revelando falsos. O que ocorria no meu couro cabeludo não podia ser chamado de "estilo" no sentido verdadeiro, e ficava ainda mais selvagem com o passar do tempo. Era uma ameba preta estranha testando as bordas, lançando pseudópodes flácidos aqui e ali, de repente, em uma nova direção imprevisível a cada dia. Juro que estava vivo, e cheguei à conclusão de que seus caroços e tentáculos em constante movimento eram uma tentativa frustrada de comunicação com os humanos. A tragédia dos cortes de cabelo no dia seguinte! E todos os dias depois! Os meses passavam até que tínhamos que admitir para nós mesmos que o mundo nos abominava, e o processo começava de novo.

Nem preciso dizer que eu não fazia ideia do quão horríveis eram os cortes de cabelo naquela época. Para nós, eram normais. Era como as coisas eram feitas em casa. (Levante a mão se você se identifica.) Os meus delírios acabaram naquela primavera, quando eu estava arrumando minha mesa durante uma das minhas limpezas de nerdice periódicas. Meu D20 tinha uma força de vontade curiosa, voltando para me incomodar e perturbar mesmo que eu o tivesse jogado fora cem vezes, o espectro dos jogos passados de D&D. Daquela vez, eu o jogara pela janela. (Encontrei-o debaixo do aquecedor uma semana depois.) Tinha guardado as cópias amassadas da *Famous Monsters* em uma caixa no fundo do armário e escondido todos os quadrinhos que tinha comprado desde a última limpeza, caso uma garota surgisse no meu quarto devido a um mau funcionamento do teletransportador. Eu estava de bom humor, ou algo assim, sentindo-me otimista, como se alguém tivesse rido de uma piada que eu tinha feito em uma aula de biologia ou história e isso tivesse subido à minha cabeça.

Eu acabei encontrando um anuário do quinto ano embaixo do meu exemplar de *Monstro do Pântano* nº 35. É a qualidade irritante das fotos do ensino fundamental que revela a verdadeira natureza da nossa infância. Nada é como nos lembramos, e todas as alterações necessárias que fazíamos para sobreviver com psiques semifuncionais são expostas. Melhor deixá-las em paz.

Olhando para trás, acho que eu tinha o que pode ser mais bem descrito como uma predileção pré-lapsariana pelo quinto ano, por sua falta de complicação. Nunca mais. A srta. Fredericks, professora de sociologia cujo sorriso cruel me assombrou por anos e que, na verdade, era a definição padrão de meus pesadelos quando eu precisava de uma figura de autoridade maligna, tinha, examinando em retrospecto, um rosto melancólico. Um pouco magra demais, quase doente, e fiquei pensando em como era a casa dela, imaginando as sombras na cozinha minúscula onde ela preparava refeições solitárias. Duas bolotas de queijo cottage em uma grande folha de alface-americana murcha e tristeza para acompanhar. Ela nunca mais apareceu nos meus sonhos.

Analisando o restante da fotografia, ficou claro que nenhum de nós, professores e alunos, ficamos imunes à epidemia horrível que circulava naquela época, a moda dos anos 1970, as listras e estampas maníacas das camisas, saias e calças, uma espécie de erupção cutânea em nossa carne que somente uma nova década poderia curar. Depois, havia as próprias crianças. Ninguém se parecia como deveria. Aquelas criaturas metamorfas que me cercavam de poliéster, tocando meus cotovelos. Estranhos. Passei o dedo pelo rosto deles como um amnésico de cinema... este deve ser meu melhor amigo... o nome dele é Andy... esta é a garota inteligente que se sentava na minha frente o ano todo... ela comia salsichas de uma garrafa térmica da *Mulher Biônica* cheia de água quente e oleosa. Então, tinha o meu rosto. Meu rosto não era o que eu me lembrava de ter mostrado ao mundo. Meus olhos eram escuros daquele jeito, naqueles tempos? Havia algo errado com minha boca, sempre a minha boca, mesmo antes de eu usar aparelho. Meus lábios estavam ressecados, claro, mas o ressecamento parecia mais expandido, de modo que um enorme halo branco circundava minha boca, como se eu tivesse comido cinzas no café da manhã, no almoço e no jantar. Então, havia aquela coisa por cima.

Aquele corte de cabelo horroroso.

Eu me recuperei da foto da turma bem rápido. Nem era tão ruim assim. Ao ver as letras brancas identificando minha sala de aula, o mapa de cartolina da França no qual havíamos trabalhado com ardor naquele inverno, o pôster de Neil Armstrong flutuando na superfície lunar, senti uma gostosa pontada de nostalgia. O que era de matar eram as quatro fotinhos cinco por sete abaixo da foto da turma. Só dava eu lá. Tinham que ter me impedido. Tinham que ter me impedido em vários momentos. Quando estava para sair do apartamento, um parente próximo teria sido fundamental. O porteiro poderia ter me chamado de lado. Nós nos dávamos bem, ele e eu, trocávamos cumprimentos com entusiasmo, ou assim eu pensava. Mas ele não disse nada. Com certeza, o motorista do ônibus, representante de fato do corpo político, podia ter me proibido de embarcar, rasgando meu passe de ônibus ao meio e jogando-o nos trilhos pretos e sujos. O segurança do lado de fora da escola deveria ter batido em mim com a lanterna, e certamente minha professora, a srta. Barrett — rigorosa por natureza, portadora de um olhar bifocal aniquilador — devia ter empurrado sua grande mesa de madeira contra a porta da sala de aula, com ou sem suporte lombar. Todos deveriam ter dito: *Que porra de cabelo é esse?*

Obviamente já fazia meses desde meu último corte. Em vez de um corte de cabelo, o fotógrafo capturou algum processo primordial se desenvolvendo. O universo puxava e apertava meu cabelo com dedos invisíveis, do mesmo jeito que puxava montanhas na direção do céu e cavava os mais profundos abismos oceânicos, nos quais os únicos seres vivos são coisas pálidas e desossadas vasculhando a escuridão eterna. O que mais há para dizer senão que, na minha vizinhança, forças maiores agiam, os alicerces antigos de tudo isso. Havia leis naturais. A Terceira Lei da Termodinâmica diz que, à medida que a temperatura se aproxima do zero absoluto, a entropia do sistema se aproxima de uma constante. A Terceira Lei do Movimento de Newton afirma que para cada ação há uma reação igual e oposta. A entidade na minha cabeça era a prova de outra lei fundamental: um afro cagado tende à caganeira a uma taxa exponencial ao longo do tempo, conforme expresso pela equação:

$$CA = C * t$$

em que **CA** é Crespice Absoluta, **C** é a caganeira e **t** é tempo

O painel de fotos não tinha sido recortado, é claro. Quem iria querer levar uma foto daquilo na carteira, envenenando seu dinheiro?

Não me lembro de ter sido provocado por causa do meu cabelo ou da minha boca ressecada. Mas certamente zombavam de mim, as crianças na fotografia e os estranhos fora de enquadramento. É claro que haviam reparado. Por que não disseram nada? Eu estava novamente precisando cortar o cabelo quando encontrei essas fotos, mas nunca me ocorreu não pedir para meu pai cortá-lo, como de costume. Sempre fazíamos as coisas do mesmo jeito. Então, em Sag, eu estava na casa de Clive enquanto ele cortava o cabelo de NP. Quando terminou, ele tinha se virado para mim e perguntado: "Quer que eu corte esse matagal aí, ou o quê?".

Terminei meu refrigerante cremoso e fui enxaguar a lata. Pedaços de frango boiavam em uma grande panela com água na pia, descongelando. Meu pai iria fazer churrasco no dia seguinte. Fiz uma nota mental.

— Ele acabou de ferver aquela mulherzinha na hidromassagem — disse ele.

Halloween II.

— Fala sério — falei, sentando-me no sofá e assistindo ao restante do filme com ele.

Reggie me acordou com seu cheiro de batata frita quando chegou. O cheiro de batata frita era quase como se fosse uma outra pessoa em nosso quarto, cambaleando no escuro. Quando me levantei, ele já tinha voltado ao trabalho.

Era quase meio-dia, pela barulheira. Nos sábados de Sag Harbor, eu gostava de ficar deitado na cama ouvindo o fim de semana se animar. Primeiro, porém, eu me concentrava nos ruídos da casa para ver no que estaria me metendo. A porta de tela bateu, e alguém entrou na sala de estar — minha mãe, chegando da caminhada. Ela fez um comentário, meu pai respondeu em tom de brincadeira, e os dois riram. Eu relaxei. As coisas pareciam estar bem.

Eu tinha três alto-falantes — as duas janelas do quarto e a fresta embaixo da porta — que funcionavam como meu aparelho de som trifônico, enchendo o cômodo com a melodia de uma tarde em Azurest. Se eu fechasse os olhos, veria tudo com perfeição. As coisas nunca eram diferentes. Cortadores de grama de última hora giravam e cuspiam, e um carro fazia uma curva lenta na esquina da Terry com a Walker, fazendo um reconhecimento para ver quais casas tinham carros na garagem. Aquela eterna pergunta: *Quem veio, quem veio?* Três casas acima, Big Dennis tocava o melhor de Earth, Wind & Fire, que naquela época do verão eu já conhecia faixa por faixa, cantando a música seguinte enquanto a anterior ainda estava no segundo verso. "*Reasons, the reasons that we hear.*"* Na água, dois barcos a motor navegavam em círculos, preparando-se para o movimentado treino do fim de semana: arrastando gente importante em esquis aquáticos, fazendo expedições de pesca no Grande Além, fora da baía e passeios lentos ao redor do Neck ou do Baron's Cove, dependendo dos motivos de cada um. O quebra-cabeça do fim de semana se encaixava no formato da caixa, aquela que nos era prometida. Então, eu ouvi aquele som que uma pessoa normal nunca notaria.

Vuump.

Era o ímã. Havia um ímã com que eu estava bem familiarizado. Ficava no cômodo ao lado, no quadrante inferior esquerdo da ilha da cozinha, protegendo a porta do armário de bebidas. Produzia um som, *vuump*, quando as faixas duplas de metal na porta do armário se conectavam com o ímã no armário em si. *Vuump* significava que o armário de bebidas tinha sido esvaziado. *Vuump* significava que havia começado.

Senti uma pontada. Então relaxei. Estava tudo bem. Eu tinha criado uma estratégia de fuga quando vi o frango na pia.

Ainda não expliquei a estrutura do nosso pequeno refúgio. A casa de praia era um bangalô que meus avós construíram no final dos anos 1960. Longas tábuas tingidas de um vermelho profundo e terroso cobriam o exterior, e o telhado se inclinava em um ângulo fechado, como um livro virado para baixo. Os dois quartos apertados davam para a rua; ao sair deles,

---

* "Motivos, os motivos que escutamos", em tradução livre. [*N.E.*]

chegava-se a um corredor com um banheiro à direita, antes que tudo se abrisse para a sala de estar. A área da TV e os sofás à esquerda, cozinha e sala de jantar à direita. A parede norte era de vidro, voltada para o deque, e além dela se estendia a praia e a baía. Visitantes vindos da praia usavam a porta de tela; e os que chegavam da rua, a porta lateral ao lado do fogão. Subir as escadas laterais com passos pesados era um sistema de alerta precoce inestimável, permitindo-nos correr para os fundos se decidíssemos fingir que não estávamos em casa. O que acontecia com bastante frequência.

Passamos três verões lá. Costumávamos ficar na Hempstead Street, na velha casa que meus avós haviam construído quando os condomínios começaram. Minha mãe e a irmã dela herdaram as duas casas, então, em alguma transação intrincada e desleal, nossa família ficou com a de praia, e minha tia ficou com a Hempstead House. Obviamente, de um ponto de vista imobiliário objetivo, a casa de praia era a melhor propriedade. Localização, localização etc. Mas passei minha infância de verdade no outro lugar e nunca superei ter que o abandonar. Deixando de lado minha longa lista de lesões psíquicas, a Hempstead House era simplesmente maior. Na nova casa, ficávamos meio que amontoados. Minha irmã ficava no segundo quarto sempre que ia para lá, obrigando a Reggie e a mim a dormir na sala de estar, esperando que ela ou nossos pais acordassem para que pudéssemos ir para um dos quartos e ter um curto, mas importante, período de sono no fim da manhã.

A casa de praia ainda era grande o suficiente para se movimentar de fininho, esgueirar-se para o banheiro e se recompor antes de ter que dar bom-dia. Nesse dia, ouvi minha mãe conversando com uma das amigas no deque, então fui correndo para o banheiro, verifiquei se estava tudo bem e, em seguida, corri para o quarto dos meus pais para usar o telefone.

— James vai fazer churrasco hoje? — Ouvi a mãe de NP perguntar.

— Você conhece o James — respondeu a minha mãe.

Bobby disse que me pegaria às duas para dar uma volta de carro. Contei até cem e, quando emergi, a sra. Grimes estava desaparecendo escada abaixo em direção à praia. Cálculo de tempo perfeito. Minha mãe enfiou o cabelo na touca de banho, uma de suas velhas preferidas, branca com flores de plástico nas cores do arco-íris flutuando ao redor.

— Preciso ir nadar antes que aqueles malucos cheguem aí — avisou ela.

Em poucas horas, os barcos começariam a navegar de um lado para o outro, pilotos com uma das mãos no volante e a outra no cooler de cerveja, olhos atentos à próxima aventura. Nunca houve um acidente, mas uma tarde em Sag Harbor sempre tinha momentos especiais de tsc-tsc que precisavam ser preenchidos.

Minha mãe estava ótima. Essa mágica sempre acontecia: conforme o verão passava, ficava cada vez mais jovem. O sol bronzeava sua pele com um tom marrom forte e vivo, e seus finos pés de galinha desapareciam, trazendo um brilho travesso aos olhos. Durante a semana, ela era uma profissional discreta, uma advogada interna da Nestlé. A cada poucos anos, eu perguntava o que ela fazia lá, e ela dizia: "Ah, você não vai querer saber", ou pior, explicava tudo detalhadamente, fazendo com que minhas sinapses se desligassem. Tinha a ver com marcas registradas internacionais, a proteção da família de produtos Nestlé e fórmulas ultrassecretas. Todo Natal ganhávamos uma caixa enorme de chocolate quente com minimarshmallows que durava o ano inteiro.

Na cidade, toda manhã ela se preparava para a agitação do centro e saía com roupas sociais monocromáticas e tênis Nike nos pés, seus lindos sapatos em uma sacola da PBS. É um modo de viver. Mas, lá em Sag, ela era uma pessoa diferente. Nunca tinha perdido um verão nos últimos quarenta anos. Seus amigos na praia eram os amigos das antigas. Eram a turma dela, assim como Reggie e eu tínhamos a nossa. Não era a única que era dos primórdios de Azurest, mas Sag Harbor caía bem nela de uma forma que eu nunca tinha visto acontecer com outras pessoas. Havia uma parte dela que só existia lá. Era isso que a fazia ir.

— Parece que alguém está dando uma festa na praia — disse ela.

— É só o Dennizão e a fita cassete dele — expliquei. — Onde está o pai?

— Ele foi até a praia para falar com o sr. Baxter — respondeu ela, e caminhou até a água.

Fiquei com a casa só para mim por um tempo. Tomei café da manhã e assisti a *O jovem Frankenstein* no Canal 11. Cada vez que eu via, entendia cinco por cento a mais das piadas. Apenas matando o tempo até Bobby me buscar. Ele ganhara um carro, uma tentativa dos pais de seduzi-lo com os mimos do conforto burguês. Eu não me importava em saber as origens do carro, deleitando-me com as consequências do nosso golpe. O velho e desajeitado calhambeque de Randy fora exilado, um veículo de emergência, um último recurso, sem mais disputas para ir na frente. Tínhamos restabelecido a ordem natural. Exceto pela coisa toda das garotas.

As meninas surgiram um dia, simples assim, saindo da concha. A casa veio primeiro. Reparamos nela em uma de nossas primeiras voltas no começo do verão. Havia destruído um pedaço de floresta sem valor especial, ou seja, não ficava no meio de atalhos valiosos e esconderijos dilapidados, mas ainda doía. Era uma casa pré-fabricada dos anos 1980, sem nenhuma estrutura tipo *saltbox* ou estilo casa americana, mas algo que seria possível ver se pegasse o caminho errado e se perdesse nas áreas residenciais. Eu nunca tinha ido às áreas mais residenciais, mas já tinha visto filmes ambientados em bairros estéreis onde, com o tempo, o coração morto e apodrecido dos subúrbios era exposto, e as casas nesses filmes se pareciam com aquela casa. As informações dispersas e os relatórios infundados chegaram aos poucos na metade do verão. Primeiro dia: "Tem umas garotas do lado de fora", declarara Marcus. "Vi algumas garotas subindo a Cadmus", relatara Reggie. "O quê, criancinhas?" "Não, da nossa idade." "Vamos ver." "Não, elas não estão mais lá, cara." Segundo dia: "Elas se chamam Devon e Erica", informara NP; "Irmãs?"; "Não, cara, a Devon é clara, dá pra ver, e os pais e avós também. De jeito nenhum que a Erica é irmã dela." Fato: eram primas, e a casa era de Devon. O relatório do Quarto Dia continha mais avistamentos confirmados, especulações absurdas e, então, algo novo: encontros em primeira mão. As meninas eram de Nova Jersey e estavam prestes a cursar o segundo ano do ensino médio. Devon tinha "aqueles peitões da Lisa Lisa", Erica, "uma boca de chupar rola". "Jovem demais pra mim", comentara Clive, contrariado, "mas vocês deveriam tentar." "Eu transaria com qualquer uma dessas gatinhas", declarara Randy, compartilhando seu entusiasmo por estupro de vulnerável. "Devon iria comer seu rabo", atestara NP. Eu perguntara: "Sério?". No Quinto Dia, tudo havia acabado. Bobby e NP convocaram uma reunião para anunciar que sairiam com elas, após uma tarde agitada em que as primas "foram dar uma volta" no carro de Bobby. Eu nem as conhecia ainda! Você sai para o trabalho, serve uns sorvetes, volta para casa e a coisa toda está fora do eixo. Carros, cara.

— Aquele Baxter é uma figura — disse meu pai, abrindo a porta de tela.

Tinha um copo vazio na mão, parte de um conjunto que compramos quando começamos a ficar na casa de praia para substituir os copos dos anos 1960 de design moderno, bolinhas e formas geométricas estranhas. As coisas velhas foram para o lixo.

— O que você está fazendo?

— Nada — respondi.

— Hora de acender o fogo.

Ele era conhecido em toda a praia como um mestre churrasqueiro, com o próprio vento a serviço de sua fama, levando o cheiro delicioso da carne caramelizada pelos arredores do condomínio. Todo sábado, todo domingo, fizesse tempo bom ou ruim. Em dias bons, a pele do frango borbulhava com ferocidade e a luz do sol dançava nos líquidos; em dias ruins, a chuva evaporava na tampa com sons sibilantes e amargos. Ele não acreditava em Deus, mas era um devoto adorador de Gore-Tex, a fibra milagrosa à prova d'água, e fazia churrasco no outono e no inverno usando sua amada jaqueta corta-vento. "Essa coisa realmente funciona", exclamava, enquanto rajadas de vento furiosas puxavam o tecido para a frente e para trás. Ventos do nordeste rugiam pela costa, trazendo pequenas complicações em relação à incidência de incêndios, mas ele sempre encontrava seu olho de tempestade pessoal embaixo da projeção, em meio ao barulho, com as chamas rasgando com fúria no vento. Nos dias de outono, a nossa era a única casa habitada na praia, o braseiro do lado de fora era um sinal de vida e de uma antiga tradição dos homens das cavernas. Certa vez, ele fez churrasco no meio de uma nevasca, como gostava de lembrar às pessoas, só para se divertir e provar que conseguia. Testemunhar uma visão tão estranha e maravilhosa deveria ser considerado um privilégio. Shelter Island, a baía, tudo o que existia fora dos limites da nossa propriedade era um vazio impenetrável, uma espécie de escuridão faminta e salivante, enquanto a neve rodopiava como mil vaga-lumes à luz emitida pela sala de estar. Éramos os únicos que restavam, os últimos seres humanos, ou talvez os primeiros. O frango demorara mais para assar, mas, quando ele o levara para dentro, estava fantástico.

Se a pessoa dissesse que não estava com fome, ele não se importava. Faria churrasco de qualquer jeito. No fim das contas, a pessoa acabaria comendo.

Vuump! Precisando de um refresco. Quantos foram? O que ouvi no quarto e provavelmente mais um na casa do sr. Baxter. Mais este. Tinha começado sabe-se lá a que horas. Calculei: quase uma hora até Bobby chegar para me buscar. Eu aguentaria.

Antes do *vuump*, ouvia-se o estalo da porta do armário de bebidas sendo afastada do ímã. Era possível ouvir o *vuump* por toda a casa; o *taque* era um som mais suave, nada auspicioso, já que era o começo de tudo. Era o som de duas coisas se separando e também o estalo de eventualidades se encaixando. Uma sequência de contagem regressiva, tique-*taque*.

Para ser bem preciso, ouvia-se primeiro o gelo, mas, às vezes, gelo é apenas gelo, não um presságio. Eu mesmo gostava de tomar uma Coca deliciosa com gelo de vez em quando. O gelo era um prenúncio apenas intermitente. Meu pai vasculhou o congelador e tirou o saco meio cheio de bolinhos de batata de cima da bandeja de gelo. Então, o gelo caiu dentro do copo. Era uma queda curta, mas pareceu mais longa. Os cubos de gelo se agrupavam como presos. Então… *taque!*

A garrafa de Tanqueray fazia *tunc* na madeira do balcão da cozinha, seguida pelo som metálico da tampa da garrafa deslizando no sentido horário. *Crec, crec!* O gim estilhaçava o gelo, fatiando os cubos, mas eles continuavam inteiros, apenas a fina camada de gelo derretendo no álcool. A primeira das muitas reações químicas do dia. *Vuump*… o ímã fechava. Ele abria a porta da geladeira, e outro ímã, silencioso em sua capa de plástico branco sanfonado, se afastava da estrutura de metal. A água tônica chiava enquanto a pressão na garrafa diminuía. A garrafa fazia um leve barulho ao deslizar para dentro da prateleira da porta da geladeira, ao lado dos condimentos e da mostarda.

Eu estava bem familiarizado com todos aqueles sons e ouvia as outras coisas silenciosas. Algo que também não emitia som: meu pai mexendo a bebida com o dedo. Outra ausência de som: o cálculo temido, quantos vão ser hoje? E algo que com certeza não fazia som algum: o entendimento de que estava brincando com a sorte ao ficar lá. E uma coisa silenciosa naquele momento, mas que logo se faria ouvir: a reação química no cérebro dele que dizia: "Vamos botar esse ódio para funcionar".

— Posso mudar de canal? — perguntei. Ele tinha mudado para a CNN. — *Mad Max 2* vai começar agora.

— Pode.

Éramos uma família feita para a TV. Cada novo canal adicionado à nossa programação, cada avanço magnífico no entretenimento doméstico, aumentava a possibilidade de não precisarmos mais falar uns com os outros. Se ficássemos morando na mesma casa por mais cem anos, nunca teríamos que lidar uns com os outros. Ficaríamos vinte quatro horas por dia, sete dias por semana, olhando para nossos óculos de realidade virtual, apenas nos esbarrando de vez em quando, uma família que se reconheceria pelos chutes na canela e cotoveladas na barriga. Ainda assim, se eu parar para pensar, provavelmente haveria mais contato físico do que tínhamos naquela época.

Não há diálogo nos primeiros dez minutos de *Mad Max 2: a caçada continua*, depois que o narrador define o quando-onde-por quê. (Depois do Apocalipse, Deserto Apocalíptico, Sobrevivência.) Max e seu cachorro vasculham o deserto em busca de comida e gasolina. Malucos de cabelo moicano pilotam motocicletas, caminhões e caminhonetes gigantes turbinadas, atacando os fracos. As coisas começam a acontecer quando Max descobre o assentamento, uma antiga refinaria de petróleo onde um grupo de humanos construiu uma comunidade no vazio do mundo. Vivem sob cerco, com psicopatas em roupas de couro circulando seus muros e o mundo exterior gritando ameaças. Eu amava *Mad Max 2: a caçada continua*.

Do outro lado do vidro, meu pai havia começado a trabalhar. Primeiro, preparou a grelha. Empurrou a Weber para a lateral do deque e despejou as cinzas da semana anterior sobre o parapeito. Elas esvoaçaram no ar em ondas cinzentas. Os olhos dele eram fendas. As cinzas caíram em seu montinho. Três metros nos separavam da casa do vizinho, e ninguém nunca andava por lá, principalmente porque Reggie e eu já tínhamos superado a ideia de "explorar" a propriedade, fingindo que os pinheiros e arbustos retorcidos eram território estranho. Tentando tornar desconhecido o que era completamente conhecido. O monte crescia durante o verão, endurecendo e formando bolos pretos quando chovia. Na baixa temporada, o vento levava tudo embora, e meu pai começava tudo de novo.

Em seguida, fez a limpeza cerimonial da gordura da grelha da semana anterior.

— Não quero que a chama suba quando estiver tentando assar o frango.

Ele tirava a louça da pia para ter espaço para trabalhar. A palha de aço S.O.S se desintegrava em espuma rosa e pedaços de metal em sua mão. Parte superior, parte inferior, as pequenas rachaduras em que as hastes se encontravam. Aquilo levava um tempo. Ele cantarolava um pouco de Nat King Cole.

Fui ao banheiro e, quando voltei, a CNN estava na tela. Voltei para *Mad Max 2: a caçada continua*. Ele não reagiu.

Eu queria alguma coisa para ler. A TV estava sempre ligada em nossa casa, independentemente de ter alguém assistindo ou não. Precisávamos de som, de qualquer tipo. Ver TV e ler ao mesmo tempo era uma atividade padrão. Não tínhamos muitos livros na casa de praia. Havia os livros de Danielle Steel e Judith Krantz da minha mãe e velhos romances de terror e ficção científica meus e de Reggie, que não eram amados nem sangrentos o bastante para serem relidos. Eu tinha alguns quadrinhos antigos do Homem-Aranha e *Marvel Dois em Um* na cômoda do nosso quarto, mas, nos últimos meses, eu tinha renunciado a todas as coisas bobas e estava indo muito bem, minha limpeza nerd de primavera e a subsequente revelação do corte de cabelo alimentando minha determinação.

Só o que me restava era *O livro das listas*, aquela enciclopédia excêntrica do mundo, reduzindo trivialidades a pedaços densos e obscuros de verdade. Um best-seller! Estava caindo aos pedaços. Eu já tinha lido aquele livro mil vezes, mas sempre havia alguma lista nova que caía das páginas no meu colo, alterando meu *status quo*. Não "6 Posições para Relações Sexuais" ou "8 Fugas Notáveis da Ilha do Diabo", essas eu tinha memorizado. Não me importava que o livro já estivesse terrivelmente datado em 1985 (Maior herói para meninos e meninas americanos: O.J. Simpson; mulher mais bonita dos tempos modernos: Twiggy). Eu ainda respeitava os clássicos, como "8 Casos de Combustão Espontânea" e "10 Fantasmas Medonhos", que poderiam muito bem ser mandamentos esculpidos em tábuas de pedra, eternos e impressionantes. Com certeza, a combustão espontânea é uma ocorrência rara, mas nunca se sabe. Prevenir é melhor do que remediar.

A sra. Gardner veio andando da praia e atravessou o deque. Eu a vi de soslaio e mergulhei na lista dos "10 Piores Seres Humanos Conhecidos da História segundo o dr. Ashley Montagu". (Era surpreendente.) Ela deu uma batidinha no vidro. Fingi me assustar. Ela era até legal — os filhos dela tinham a idade da minha irmã, então tivemos muito contato ao longo dos anos —, mas ainda assim.

— Como vai, garota? — perguntou meu pai, alegre.

— Estou indo para a praia, nada de mais — respondeu ela. — Se importa se eu usar o banheiro?

Além da rotina agitada, outra coisa de ficar em casa era que a gente precisava falar com adultos o dia todo. Eles chegavam para ir ao banheiro, dizer olá e riscar a visita da lista de afazeres do fim de semana, além de tomar o drinque que sempre era oferecido. Naquela época, eu não tinha noção de que a maioria dos adultos também não queria falar com a gente, do mesmo jeito que não queríamos falar com eles. *Olá, como vai?* A menor interação fazia com que eu me encolhesse só de pensar nas consequências. Meu irmão, minha mãe e minha irmã eram variáveis conhecidas. Eu já sabia como lidar com os raros momentos de desafio da minha mãe e o jeito imprevisível de Reggie. Mas aquelas pessoas que vinham da praia eram variáveis perigosas, e não era possível prever seus efeitos. Uma palavra ou uma recordação errada podia fazer a tarde tomar um novo rumo, mais agitado. Podiam dizer ou fazer algo que provocasse uma reação quando ainda estavam lá, ou depois de irem embora, horas mais tarde, quando a melancolia do meu pai já o dominava, e sobrava para nós, os únicos presentes. O som da porta de tela se fechando atrás dessas pessoas nunca era motivo de alívio, porque não se sabia o que tinham deixado para trás.

— Está fazendo um churrasco daqueles? — perguntou a sra. Gardner, quando saiu do banheiro.

— Você me conhece — disse ele. — Posso preparar alguma coisa para você?

Ela saiu de mãos vazias — as visitas antes do churrasco eram sempre mais curtas do que quando havia comida —, e meu pai foi acender o fogo.

— É melhor que ela não tenha acabado com o banheiro — comentou ele.

Eu ri.

Taque, tunc, rasp, vuump.

Carvão Kingsford, o combustível preferido do meu pai. Pelo menos quando se tratava de churrasco. As brasas saíam do grande saco azul e branco e caíam na churrasqueira. A gravidade tinha um projeto, jogando-os em um certo arranjo. Meu pai tinha leis próprias, um conceito preciso de formação de fogo aprimorado ao longo dos anos. Para pessoas como você e eu, um briquete é um briquete. Não para ele. Ele parecia analisar cada pedaço de carvão individualmente, medindo seus pontos fortes, deficiências e potencial secreto. O diamante na escuridão. Ele sabia onde colocá-los, reconhecendo a singularidade de cada cubo e determinando onde se encaixava com o restante da turma. Ele montava a pirâmide de um jeito meticuloso, percebendo o invisível: os corredores tortuosos de ventilação entre os briquetes, as armadilhas de calor e os vetores inevitáveis de energia liberada, qualquer irregularidade potencial que pudesse prejudicar o projeto. A sublime interconexão de tudo aquilo. Ele impunha sua própria ordem. Criava seu fogo.

A lata de fluido de isqueiro era uma ferramenta indispensável nessa empreitada, assim como a espátula e o pegador. (Ele gritava "pegador!" como um cirurgião na TV pedindo um bisturi.) Molhava, encharcava e batizava sua criação com uma quantidade nojenta de fluido de isqueiro. Os vapores eram inebriantes, estranhamente apetitosos em sua nocividade, um antiaroma para o aroma que viria, tão interligados quanto a lagarta à borboleta. Os pedaços de carvão ficavam tão completamente saturados de fluido que, de vez em quando, uma pilha se acendia de antemão quando uma caixa de fósforos chegava a menos de trinta metros, escolhendo abraçar seu destino com honra. Nas ocasiões em que um monte de carvão se recusava a se autoimolar, um único fósforo o fazia explodir com um ruído de arrepiar, *uuuuósh*. Meu pai então assentia para o fogo e o deixava quieto por quarenta minutos para que pudesse fazer as pazes com seu deus.

De vez em quando, um de seus amigos ou um aventureiro que estava passando o fim de semana vinha da praia e, observando aquele ritual, sentia-se inspirado a compartilhar suas técnicas de fazer fogo: "Eu faço o que chamo de um 'ninhozinho' de jornais embaixo das brasas"; "Deveria experimentar uma daquelas chaminés que tem agora". Meu pai olhava para eles como se fossem imbecis, com a espátula balançando. *Faço um ninhozinho.* "Os brancos inventaram o fluido de isqueiro por um motivo", respondia ele. Quem poderia discordar?

— James. Está aí?

A cabeça careca do sr. Turner surgiu no horizonte do deque. Minha mão tremeu ao antecipar o aperto forte o suficiente para quebrar uma mão. Era um dos amigos mais antigos do meu pai. Tinham se conhecido na época da faculdade, no final dos anos 1950, quando fizeram parte de um grupo de jovens negros que se infiltrou nas grandes universidades da região nordeste. Irmãos do Brooklyn, do Harlem, que se amontoavam enquanto os invernos de Massachusetts e de New Hampshire lhes davam uma bela surra. O que estavam fazendo para conseguir uma educação nas melhores faculdades do país? Não deveriam estar lá. Andavam juntos com os outros cinco ou seis negros da escola, bebiam cerveja com os cinco ou seis negros da escola vizinha. Saíam com cinco ou seis moças negras da elegante faculdade feminina da cidade vizinha e de outras universidades da rede negra, viajando de carro para o grande baile naquele fim de semana na B.U., na Smith, ou até em Montreal, onde, segundo todos os relatos, existia uma utopia racial maluca, uma integração do tipo que faria a pessoa ser linchada em metade do Sul. Meu pai conheceu minha mãe naquela época, no circuito universitário negro da Nova Inglaterra. Então, foi aí que tudo começou, talvez.

O sr. Turner também era um cara de Sag Harbor, filho de uma das primeiras famílias a chegar. Menciono isso porque era uma daquelas variáveis perigosas com poder de transformar minha tarde. Meu pai começava a falar, a falação passava a trazer coisas ruins à tona, e nunca se sabia o que poderia acontecer.

— Quando você veio? — perguntou meu pai.

— Ontem à noite.

Meu pai foi buscar uma bebida para ele. O sr. Turner ficou no deque, e eu mantive a cara n'*O livro das listas* para evitar contato visual. O sr. Turner tinha uma empresa que vendia pacotes turísticos para a África e o Caribe. Conheça a terra natal, entre em contato com sua ancestralidade, tire férias onde todos se parecem com você, para variar. Ele enviava frotas de ônibus precários para subir as estradas precárias das montanhas, com propinas decidindo onde paravam para almoçar. Negociava acordos com lojinhas de bugigangas que vendiam autenticidade em muitas formas: colares de contas e símbolos de fertilidade, as máscaras onipresentes refletindo rostos de um anseio sentimental. Quando se ia ao apartamento de alguém, nunca se questionava: "Ei, onde você arranjou essa máscara africana legal?", porque a resposta era sempre: "Da viagem do Mike Turner". Havia quenianos dirigindo BMWs até suas vilas nas montanhas, com grandes antenas parabólicas nos quintais, porque os negros norte-americanos precisavam de um cheirinho de casa. Ele prestava um serviço.

Eu não o via desde que tinha ido ao nosso apartamento para se desculpar pelo que aconteceu na nossa viagem à Jamaica no Natal anterior. Ele nos hospedou em um hotel decadente com tudo incluído em Montego Bay, onde as baratas eram tão grandes quanto lagartos, os lagartos eram tão grandes quanto morcegos e os morcegos tinham uma envergadura tão impressionante que dava vontade de pedir uma carona de volta para o aeroporto JFK. Todo mundo teve intoxicação alimentar uma noite, por causa do péssimo bufê, exceto eu, porque naquele inverno eu estava decidido a não comer salada — algo inexplicável, olhando para trás anos depois, mas que acabou sendo uma feliz coincidência. "Não trabalho mais com eles", nos informou. "O filho realmente destruiu aquele lugar." Meu pai xingou o nome dele por semanas, mas, depois que ele se desculpou, saíram para beber e foi como se nada tivesse acontecido. Eles se conheciam havia muito tempo, como eu disse.

Meu pai jogou uma Budweiser para ele.

— Meu filho cortou o cabelo como os moleques da esquina — disse, fazendo questão de que eu ouvisse.

— Esquina...? — O sr. Turner suspirou entre dentes. — Cara, todos os meninos estão usando o cabelo assim agora.

Eu precisava sair e dizer oi. Ele pulverizou minha mão, mas não tanto quanto de costume, graças ao meu recente treinamento fortificante de servir sorvete.

— Está parecendo um homem agora, hein, Benji? — comentou ele. — Já arrumou uma namorada?

— Não.

— Porra, se eu fosse você estaria em cima das garotas que temos aqui. Quando eu estava crescendo, puta que pariu.

Ele piscou para meu pai.

6 sorrisos falsos na casa de Benji

1. Para menosprezar adultos
2. Ao ouvir a cruel humilhação de um membro da família
3. Para erguer uma barricada falsa de invulnerabilidade
4. Quando tudo o mais falhava
5. Uma forma bizarra de dissonância cognitiva
6. Para evitar ser o próximo

— Isso me lembra — continuou o sr. Turner, erguendo as sobrancelhas —, sabe quem mais está vindo?

— Quem?

— Mabel.

— Mabel Jackson?

Eles riram baixinho.

— Faz anos que não a vejo — disse meu pai.

— Eu sei que ela não quer te ver, garoto — avisou o sr. Turner.

Meu pai deu de ombros.

— Porra, não consigo evitar o que sou. Como ela está agora?

— Bem, o marido a trocou por aquela novinha, como você acha que ela está?

— Mas naquele tempo, hein?

— Caceta.

Entrei para ligar para Bobby. Estava atrasado. A mãe dele me disse que ele já tinha saído. Buzinaria a qualquer momento, e eu estaria livre. Talvez fôssemos à casa de Devon e Erica, ou algo assim. Talvez eu nem precisasse sugerir, ele tocaria no assunto, e eu conseguiria manter um ar de desinteresse. Eu ainda não havia entrado na casa de Devon, torturando-me por ter perdido o período de Reuniõezinhas no Porão, quatro dias lendários que foram interrompidos quando o pai de Devon descobriu tudo. Disseram que ele era "rígido para caramba".

— É melhor eu ir lá e ver o que o pessoal está aprontando — falou o sr. Turner, balançando a lata de cerveja para ver o quanto ainda tinha.

— Volte para comer um pouco de frango quando terminar de ficar zanzando por aí — ofereceu meu pai.

Ele verificou o fogo, estendendo a mão sobre as brasas.

— Mabel Jackson vindo para cá. — Ele balançou a cabeça e sorriu. — Na faculdade, ela era ótima... — Ele parou e olhou para a palma da mão. — É por isso que você deveria se casar com uma virgem — afirmou. — As pessoas falam de você. Ninguém quer sair com a própria mulher e dar de cara com algum idiota cochichando sobre o que ele costumava fazer.

— Certo. Quer dizer, não.

— O que você faz te persegue, é o que estou tentando te dizer.

— Certo.

Ele seguiu para a cozinha. As cinzas roíam os cantos das brasas. Uma das amigas da minha mãe estava indo até a praia, passando ao lado da casa, arrastando uma cadeira de praia sobre as pedras rachadas do pavimento. No início da tarde de sábado, havia algumas distrações. Um coquetel em Ninevah, ou um almoço de aniversário no Salty Dog, mas a praia era o quartel-general. As coisas sempre acabavam na praia, em frente à nossa casa.

Quando entrei, ele estava pegando o frango. A CNN na tela. Voltei para *Mad Max 2: a caçada continua*. Ele não reagiu, mas eu podia ter ligado a MTV no volume máximo e ele não teria ouvido. Tudo desaparecia quando ele estava temperando o frango. O mundo dele se encolhia para ficar do tamanho da bandeja de alumínio à sua frente, uma espécie de tela. Examinava minuciosamente as fileiras flácidas de pedaços de frango enquanto deslizava a mão sobre elas. Há alguns de nós que depositam a fé em marinadas. Para outros, o molho barbecue — à base de tomate no estilo do Texas ou com a infusão de vinagre da Carolina do Norte — é a pedida certa. Meu pai não ligava para nada disso. "Sal. Pimenta. Páprica. É tudo de que você precisa. Tudo de que sempre vai precisar." Primeiro um lado, depois ele virava pedaço por pedaço e temperava do outro. Como uma concessão ao restante da humanidade, ele pincelava um pouco de molho barbecue no final se a pessoa pedisse, mas era obviamente indigno dele e uma traição aos valores fundamentais. Tacava aquele molho porcaria da Heinz só para mostrar o que ele pensava de você.

Ele ficava mudando de canal por hábito. A CNN e a Nightly News eram as únicas coisas que via. Para ele, os rostos na tela — os âncoras, os jornalistas, as vítimas do dia e todos os heróis do cotidiano — eram um desfile de máscaras mutáveis. Cenários para uma ideia, como as lembranças que nossos amigos e vizinhos traziam do outro lado do Atlântico. Ele via os rostos verdadeiros por baixo e os invocava. Não precisava de um teleprompter, conhecia seus comentários de cor. Um televangelista enfiava a mão furtivamente na caixa de coleta. "O problema com os negros é que eles perdem todo esse tempo rezando quando deveriam estar procurando um emprego." Mães que recebiam auxílio do governo expostas! "Ninguém nunca me deu nada. Eu nunca pedi nada. Algumas pessoas precisam sair da zona de conforto." Uma jovem atraente processou o chefe por pegar no traseiro dela. "As mulheres sempre falam sobre como querem direitos iguais, mas ficam bravas quando a gente não segura a porta para elas." O Subsecretário da Besteira explicando por que queria bombardear algum país. "Os branquelos sempre tentando explodir alguém. Deveriam botar todos aqueles brutamontes em um bloco de gelo no Polo Norte com os pinguins, deixá-los explodir uns aos outros e nos deixar em paz." Ele era o nosso comentarista. O único canal que recebíamos.

Taque, tunc, rasp, vuump.

Ninguém nunca lhe dera nada, e ele nunca havia pedido. Os pais dele morreram antes de eu nascer. Eu não sabia muito sobre eles porque meu pai nunca falava a respeito. Eu sabia qual era a opinião dele sobre cada questão, mas seus pais eram uma lacuna. Exceto pelo fato de que nunca lhe deram nada. Ele foi o primeiro da família a ir para a faculdade, que custeava lavando pratos em um restaurante no centro da cidade. Depois disso, fez pós-graduação. "Eu não sabia que podia fazer outra coisa", contou. "Naquela época, se você quisesse ser alguém na vida, virava um dos Sete Sagrados." Ele os enumerava nos dedos: "Professor, Pastor, Médico, Advogado, Enfermeiro, Dentista. Empresário. Se os brancos não vão fazer isso para a gente, temos que fazer por nós mesmos. Separados e tão iguais quanto possível. Eu olhei ao redor e pensei: *Todo mundo fica doente. E todos os negros que eu conhecia tinham problemas nos pés.* Então, virei médico podólogo". Ele trabalhava dois dias por semana no Harlem Hospital e três dias em seu consultório, na Morningside Drive. Eu nunca fui lá. Imagino que tenha existido. Ele ganhava bem. E tinha razão, pessoas negras tinham alguns problemas nos pés, embora deva ser ressaltado que ele trabalhava com uma amostra autosselecionada.

Acrescentarei aqui a observação pessoal de que ser médico podólogo lhe ensinou a realmente dar um pé na bunda dos outros.

Minha mãe voltou da praia.

— Terminou de fazer aquela salada de macarrão? — perguntou meu pai.

— Está na geladeira — respondeu ela.

— Sua mãe faz a melhor salada de macarrão do mundo.

Ela serviu-se de um pouco de vinho branco.

— A praia está ótima.

— Estão todos lá embaixo?

— Onde mais estariam? — Ela olhou para mim. — Vai ficar dentro de casa o dia todo?

— Bobby está vindo. Vamos dar uma volta de carro.

— Você não vai ficar para comer o churrasco?— perguntou meu pai. — Aquele frango delicioso já vai sair.

— Eu já falei com ele.

Uma sombra cruzou o rosto dele, mas, então, aquele gene que compartilhávamos entrou em ação, aquele que dizia: *Não demonstre*. Para ver sua expressão, ele estava de volta ao cronograma, quando colocar o quê, virar isso, tirar aquilo. Era um mestre churrasqueiro. Que bom que eu estava prestes a dar o fora de lá.

O fogo estava pronto. Ele raspou a pilha até formar uma camada vermelha uniforme — nada daquela bobagem de zona de calor direta/indireta para ele. Atrás dele, uma senhora idosa que eu não reconheci surgiu da praia, com o cabelo púrpura-acinzentado aparecendo por baixo de um grande chapéu de palha. Eu poderia apostar que ela tinha uns sessenta anos, mas depois descobri que era vinte anos mais velha. Carregava a idade em seus movimentos, nos passos curtos e hesitantes e no tremor da mão enquanto se prendia ao longo do corrimão.

— Gail, é você? — perguntou ela, tentando enxergar dentro da sala de estar. — Louisa disse que você talvez estivesse aqui.

Minha mãe foi correndo até o deque.

— Sra. Russell!

— Natalie — disse meu pai. — Como vai, garota?

Eles se apertaram em um grande abraço. Tinha que ser uma veterana de Azurest para receber aquele tipo de tratamento, uma das amigas dos meus avós, o que foi confirmado quando ela olhou ao redor e disse à minha mãe:

— Lembro quando seu pai começou a limpar este terreno.

Não importa quantos anos se tinha, sempre havia uma recordação de árvores caindo.

— Benji, venha aqui dar um oi! — chamou minha mãe.

Quando apertei a mão dela, a sra. Russell estremeceu.

— Que aperto de mão, hein?

Tinha sido algum tipo de piada? Ela me disse que não me via desde que eu era bebê.

— Seu avô... simplesmente o cavalheiro mais simpático que já esteve aqui. Não existia alguém igual.

— Ela não está linda? — perguntou meu pai, voltando-se para mim. — Juro que você não envelheceu um dia, garota.

— Sinto falta de vir aqui — disse ela, quase corando. — Eu deveria tentar mais.

— Você é sempre bem-vinda na minha casa — afirmou meu pai.

— Aquele lá é o *Finn's Spirit*? — A sra. Russell apontou para a água.

Um grande iate branco navegava lentamente em direção ao Long Wharf. Não consegui ver ninguém nele. Grandes iates eram uma visão rara naquela época, flutuando por aí como os boatos.

— Esse daí esteve aqui no ano passado — comentou minha mãe.

Ela foi buscar o binóculo.

— É um dos grandes — admirou-se meu pai.

— É holandês — falou a sra. Russell.

— Se você tem um iate como esse, tem que exibir.

— Não é grande demais para o iate clube? Eles são bem rigorosos lá, disso eu sei — comentou a sra. Russell.

Depois que minha mãe e a sra. Russell voltaram para a praia, meu pai falou:

— É isso que a gente procura em uma mulher: um bom DNA. Ela não envelheceu nem um pouco. Se quer saber como vai ser uma mulher em trinta anos, olhe para a mãe dela. Tudo é passado adiante.

— Certo.

— Assim, a gente não comete erros. A mãe dela também... ela era demais. Velha pra caramba quando a conheci, mas ainda assim. Elegante. Uma verdadeira dama. Ela era *escura.* É por isso que sempre foi legal comigo. Eu também não era um deles. Ela não era uma dessas gatinhas de pele clara que a gente vê aqui. Não sei de onde ela era, mas não era de Sag Harbor, isso eu te garanto.

Pensei: *É a partir daqui que o dia azeda.* Estava na postura dele, naquela rigidez. Ele olhou para a praia. Lá de cima, tudo se estendia diante dele, o lento desfile de um sábado de Azurest.

— Todas essas vagabundas burguesas aqui... — Ele levantou o binóculo. — Quem é aquela ali embaixo perto do Rochedo?

Ele me passou o binóculo.

— É a Sherry. É amiga da Elena.

— Vai ficar gorda quando tiver quarenta. — Ele pegou o binóculo de volta e olhou para ela novamente. — É preciso ficar atento. Não quero que as pessoas fiquem comentando que você se casou com uma baleia. Está nos genes, estou te falando.

Bobby buzinou. Fui correndo para o banheiro para dar uma olhada no visual, caso víssemos Devon e Erica. Nada mal. Eu estava gostando cada vez mais do meu corte de cabelo. Quando cheguei à rua, as meninas realmente estavam lá. Devon no banco do passageiro ao lado de Bobby, e Erica atrás com NP.

Era o primeiro verão em que a família de Devon ia para Sag Harbor, por isso nunca as tínhamos visto antes. Segundo minha mãe, o pai de Devon tinha passado alguns verões em Sag nos anos 1960, então a família até era bem conhecida, mas foi muito antes da minha época. Eu tinha conseguido dar uma boa olhada na dupla famosa quando NP as levara até a sorveteria para exibi-las. Eu estava com as manchas vergonhosas de sempre na minha camiseta do Jonni Waffle e preparava um sundae. Que *timing*, hein.

A resposta era óbvia: Erica. Eu ouvia o debate "Devon *versus* Erica" havia muito tempo, criando retratos delas em constante transformação na mente, cada nova opinião ou relato alterando suas características, adicionando e subtraindo gordura infantil, tingindo a carne. Dependendo do gosto intrínseco de cada um — um pouco mais clara ou um pouco mais escura, mais gordinha ou mais magrinha, patricinha ou um pouco menos patricinha —, dava para preferir uma prima ou outra. (Estou falando das galinhas do churrasco? Sem considerar a parte de patricinha, quero dizer. Minha cabeça está no frango hoje.) Erica era magra, como eu. Formaríamos um belo casal magrelo, que nunca ocuparia muito espaço e passaria os dias discutindo nossos metabolismos incríveis.

Agachei-me para poder ver todos no carro.

— E aí, Benji? — cumprimentou NP.

— Oi, Benji — disse Erica.

— Ben — corrigi.

— O quê?

— E aí? — Esse foi Bobby.

— Só matando tempo.

— Seu pai está fazendo churrasco?

— O sr. Cooper faz o melhor churrasco — informou NP a Erica, batendo no antebraço dela.

— Ele é o cara mesmo — comentou Bobby com Devon.

— Ele é irado — disse NP.

— Ah — disse Erica.

— E aí...?

Eu não sabia a quem me dirigir. Tinha feito planos com Bobby, mas queria ficar tranquilo para agradar a Devon e Erica, para parecer um cara normal, de quem as pessoas queriam ser amigas, e parte disso envolvia reconhecer a presença de NP, mesmo que não devesse estar lá, para começo de conversa. Eu que deveria estar lá atrás com Erica. Meus olhos pulavam de um rosto para outro enquanto eu me movia entre as janelas.

— Olha só — disse Bobby —, a gente passa aí para falar com você mais tarde, pode ser?

— Vamos até o mar — falou Devon, entediada.

Sim, esqueça Devon. Devon era de segunda categoria mesmo, principalmente porque Erica tinha rido da minha piada outro dia, o que me uniu a ela em caráter permanente. Foi assim: estávamos no Conca D'Oro, e NP tinha sacado do bolso a grana de seu pagamento do Jonni Waffle, folheando as notas como um figurão, então eu dissera: "Quem é você, garoto-propaganda daquela financiadora, a Money Store?". E Erica rira. O sorriso dela era incrível, tão incrível que minha mão se erguera para cobrir meu aparelho. Na minha história, estávamos casados havia anos. NP estava sentado no meu lugar.

— Vai ficar por aí? — perguntou Bobby.

— Vou.

— Passo aí mais tarde, então — disse ele. — Tente guardar um pedaço daquele frango gostoso.

— Tchau, Benji — disse Erica, as palavras mal escapando pela janela antes que se afastassem.

Taque, tunc, rasp, vuump.

Não, não era possível que eu estivesse ouvindo isso lá da rua. Balancei sobre os calcanhares no meio-fio. Nem precisei me virar. Eu poderia ir até a cidade para comer uma pizza, comprar um romance de ficção científica no Canio's e ir para o parque Mashashimuet ler. Ou dar uma volta pelas ruas para ver quem mais estava por aí. Mas não fiz isso. Estava em casa.

— Vai ficar por aqui? — perguntou meu pai.

Concordei com a cabeça. As bandejas estavam sobre a mesa ao lado da grelha, os pedaços de frango em formação sobre o alumínio, como aviões de caça esperando para decolar. Ele estava assobiando "Lady", de Kenny Rogers. Talvez a névoa tivesse passado. Ele tinha se divertido com o sr. Turner, a sra. Russell, e o sr. Baxter. Resolvi apostar nas probabilidades. Entrei e voltei para o Mad Max com o primeiro lote de carne chiando atrás de mim.

Já havia assistido ao filme tantas vezes que chegava a ser vergonhoso. A ponto de saber quando cada colisão, cada acidente e cada derrapagem aconteceria, mas ainda assim me animava como se estivesse de volta ao cinema de East Hampton, assistindo àquilo pela primeira vez. Um alerta disparou na minha cabeça, avisando-me que era tão ruim quanto histórias em quadrinhos, mas achei melhor deixar quieto. Pode chamar o filme de ficção científica, fantasia ou do que quiser. Hoje em dia, coloco o filme no mesmo nível de Beckett, um exemplo do realismo puro. Se bem que, na maior parte do tempo, estou soterrado na areia.

Meu pai estava parado à porta.

— O que você quer? Um peito e uma asa? Uma porção de asa? É o que vou fazer primeiro.

— Tanto faz.

— Isso não é resposta. O que você quer?

— Um pouco de asa.

Eu conhecia crianças brancas na escola cujos pais não as deixavam ver TV, aqueles moleques com joelhos machucados que sempre estendiam as mãos para pegar migalhas quando a gente mencionava Potsie ou Chachi, da série *Happy Days*. Ainda encontramos pessoas brancas que gritam: "Não deixamos nossos filhos verem televisão!". Não posso dizer que já ouvi uma pessoa negra falar isso. Talvez eu devesse conviver com bolhas diferentes. Talvez um dia, à medida que as forças do progresso racial transformam cada canto da nossa nação — você consegue ouvir a inspiradora música de "superação"? — cruzaremos a barreira da cor nas proibições da TV. Que pessoa negra não gostava de rir das travessuras que os brancos faziam na TV? Pessoas brancas eram o *camp*, o extravagante, dos negros, nosso *kitsch* nativo; séries de comédia brancas ampliavam esse jeito *camp* a proporções grotescas. Abraços. Conversar sobre o assunto. Estou aqui por você. Que merda era aquela?

Só dava para rir mesmo. Gente branca de séries de comédia, gente branca do filme da semana, esses eram nossos programas de humor. Filha de Juiz Viciada em Maconha, Adolescente Fugitiva Enviada para Reformatório; esses contos de advertência sérios pareciam puro *vaudeville*, especialmente os minutos iniciais, com as sequências de montagem estabelecendo o Lar Perfeito, a Família Perfeita. Tipo, eles faziam refeições juntos. Fala sério. Então vinham as reações confusas quando a crise estourava. "Encontrei isso no seu quarto. Onde você arranjou isso?" "Recebi uma ligação da escola hoje. Disseram que você não aparece há semanas. O que está acontecendo?" As coisas aconteciam de forma diferente lá em casa. Aquilo parecia transmissões de uma estrela distante.

Meu pai botou a cabeça para dentro da casa.

— Quer molho barbecue ou não?

— Tanto faz.

— É uma pergunta simples. Qualquer idiota pode responder. Quer ou não molho barbecue no seu frango?

— Não.

— Vou colocar um pouquinho em alguns, porque sei que as pessoas gostam.

O *Cosby Show* nos encurralava, forçando-nos a reconsiderar nossa posição. Aquilo era uma versão de nós mesmos na tela. Depois de tanto tempo. Minha mãe nos contou que, quando era criança, sempre que um rosto negro aparecia na televisão, as pessoas corriam pela casa para contar para todo mundo, e eles paravam o que estavam fazendo e se reuniam em volta do televisor RCA. Se tivesse tempo, a pessoa faria ligações para espalhar a notícia. Era possível planejar o dia em torno disso — a *Jet* publicava uma lista das próximas aparições de pessoas negras na televisão, não importava o quão insignificantes fossem. Nat King Cole, Diahann Carroll em *Julia*. Arrumávamos um espacinho no sofá para verificar que realmente existíamos. Minha geração teve *Good Times* (seis temporadas) e *Baby, I'm Back* (um quarto de temporada), programas que retratavam como a comunidade negra vivia neste país, de um jeito sincero. Tipo, o que fazer quando o aquecimento quebra nos conjuntos habitacionais no meio do inverno. Como resolver as coisas quando seu marido irresponsável volta depois de sete anos com um alegre "Querida, voltei!", daí o título, *Baby, I'm Back*. As questões práticas do dia a dia dos negros, sabe? Eu, Reggie e Elena assistimos, arrumando um espacinho no sofá para verificar que não existíamos, enquanto meu pai se continha para não dar um chute no televisor: *Não é assim que vivemos.*

Cosby se tornara um problema. O que significava quando os milionários diziam: "Vou tentar um pouco daquela coisa do Cosby"? Ficar parado lá, com um suéter fodido. Sedento por validação, depois de tudo o que haviam conquistado. Se uma série de comédia tinha tanta influência, isso não era motivo de piada. Aquelas coisas eram possíveis. A caixa continha coisas de valor. E onde é que aquilo nos deixava quando olhávamos ao redor de casa? A recepção era terrível.

No final, o que aconteceu foi que meu pai colocou um pouco de salada de macarrão em um prato de papel e, quando voltou para perto do fogo, o prato virou, e a salada de macarrão caiu no chão. Eu o vi parado olhando para o prato quando gritou:

— Benji!

Levantei tão rápido que fiquei tonto.

— Vai falar para sua mãe que preciso dela aqui — disse ele, virando-se para a grelha e enfiando o pegador na fumaça.

Caminhei devagar. Soltei uma bufada pelo nariz. Meu coração palpitava, graças à adrenalina, mas, quando o sangue chegava à minha cabeça, transformava-se em chumbo, de modo que tudo acima dos ombros ficava tão pesado que beirava o insuportável. No pé da escada, minha mãe e as amigas estavam sentadas em seu círculo familiar, com revistas no colo e copos de plástico ao lado dos tornozelos. Grandes círculos molhados floresciam nas costas das cadeiras de praia, enquanto secavam ao sol após o mergulho da tarde. A sra. Burnett estava contando uma história quando olharam para cima e me viram. Minha mãe espantou uma mosca do pé.

Cumprimentei as senhoras nas cadeiras de praia e disse:

— Mãe, o pai quer falar com você.

Ela olhou para as pernas como se para reafirmar que estava bem e acomodada, e suspirou. Ela se levantou.

— Provavelmente quer saber onde está o outro saco de carvão — comentou ela.

As amigas assentiram e se entreolharam.

Nós caminhamos; eu na frente, andando mais rápido. Queria entrar antes que ela chegasse.

— O que aconteceu? — perguntou ela, vendo a salada de macarrão.

— Eu não tinha falado que não queria mais que você comprasse esses pratos de papelão baratos? — disse meu pai. — Olha só pra isso. Por que você nunca me escuta? O que acha que eu sou? Algum tipo de bunda-mole?

— Fui até o King Kullen, estava em falta.

— "Estava em falta." Você tinha que ter ido mais cedo. Ficou aqui sentada a manhã toda no telefone, falando besteira com as suas amigas. Tinha que ter sentado a bunda no carro e ido até o King Kullen. Verdade ou não?

— Eu tinha muita coisa para fazer hoje.

— Verdade ou não?

— Verdade.

Ela foi andando para trás, indo em direção à sala de estar. Para evitar que as amigas ouvissem. Como se não tivessem ouvido. Ele avançou. Ela estava na sala de estar. Então, ele também estava.

Minha mãe tinha brincado com o perigo. No início do verão, ele tinha ficado furioso com a má qualidade dos pratos de papel da marca Dixie e nos proibido de usá-los. Em sua extensa bateria de testes, eles não conseguiam suportar o peso do frango de uma porção de salada de macarrão ou dos bolinhos de batata da Ore-Ida. Eles dobravam. A umidade logo os danificava. Eram necessários três, até quatro, para alcançar a firmeza adequada. Minha mãe apostou que um mês depois ele teria se esquecido da proibição e seria seguro comprar a marca mais disponível de prato de papel. Afinal, era apenas um pedido entre muitos. Então, ela brincou com o perigo. Eu vi: minha mãe ficando nervosa ao comprar os pratos Dixie algumas semanas depois do primeiro incidente, prendendo a respiração quando ele acendeu a churrasqueira. Nada aconteceu, e ela relaxou. Já fazia algum tempo que tínhamos voltado a usar os pratos de papel Dixie. Talvez ela tenha sentido uma pontada nas primeiras vezes, mas já era quase agosto. Não deveria ser um problema. Todos brincávamos com o perigo à nossa maneira.

Às vezes, apenas entrar numa sala já era uma forma de brincar. Em algum momento, o perigo mostrava os dentes.

Estava dentro de casa comigo. Depois do rápido lampejo de alívio que sentia ao ver que naquele dia seria a vez de outra pessoa, tinha que encarar questões práticas. Na maioria das vezes, eu conseguia fechar as janelas e tentar conter o que estava por vir, mas era uma Tarde de Azurest. Todo mundo estava ao ar livre. Pessoas vindo da praia ou da rua, caminhando pela lateral da casa — gente demais, perto demais. Eu não podia sair de casa porque precisava agir como se nada estivesse acontecendo. Eu me transformei em uma pedra. Concentrado na TV. Aumentei o volume. Quanto mais eu me concentrava, menos conseguia ver. O filme falava de caos. Havia caçadores. Eles eram perseguidos. Matavam uns aos outros em um mundo em declínio.

— Conversamos sobre isso. Esses pratos são baratos. Preciso dos de plástico. É só o que eu estou pedindo. Estou tentando cozinhar para o meu filho. Você foi ao Schiavoni's?

— O Schiavoni's não tem esse tipo de coisa. Eles só têm esses.

— Se o Schiavoni's não tiver, tem que continuar procurando até encontrar. Estou tentando fazer churrasco aqui. Onde é que vou botar a comida? Nessa merda aqui? Eu gasto esse tempo todo... por que você não consegue fazer as coisas direito? Está me dizendo que não tem um lugar nesta ilha para comprar pratos de plástico? E em South Hampton?

— Não tenho tempo para isso.

— Para sentar essa bunda gorda lá e ficar de papinho com suas amigas você tem. "É, é, u-hum, u-hum." Você estava lá agora mesmo.

— James — disse minha mãe.

Era assim que minha mãe desaparecia, palavra por palavra. Foi ficando mais velha a cada segundo, o efeito mágico de Sag Harbor desaparecendo. Alguma coisa tinha acontecido com minha mãe que a fizera nunca se defender ou se proteger. Que a fizera nunca nos defender ou proteger quando chegava a nossa vez. Não sei o que exatamente. Suponho que tenha sido a mesma coisa que me impedira de defendê-la ou protegê-la quando já tinha idade para isso. Eu ficava de boca fechada e assistia à TV.

Os 8 silêncios mais comuns na casa de Benji

1. Birra
2. Realmente magoado
3. Apreensão da própria fraqueza
4. Para evitar novas provocações
5. Classificação dos rancores
6. Preâmbulo para explosão/erupção
7. Atordoamento com as consequências e cambaleando com a ferocidade do ataque, em especial quando não se fez algo para merecer
8. Para acompanhar um olhar furtivo de simpatia

— Você acha que estaria aí sentada falando toda essa besteira se eu não estivesse cumprindo com as minhas obrigações? Trabalhando feito um louco a semana inteira para sustentar essa família. Não sou como todos esses outros bundas-moles daqui. Eu trabalho pra caramba. Não peço nada, só não quero ter essas merdas chinfrins na minha casa.

Vi uma cabeça aparecer acima das escadas da praia, um torso em uma camisa polo cor de cereja. Então, quem quer que fosse recuou.

Eu mergulhei, mergulhei fundo em *Mad Max 2: a caçada continua*. Sem palavras. Apenas carros colidindo, metal triturando metal, balas e flechas perfurando carne. Graxa e sangue. Chegamos à parte mais triste do filme, na minha opinião, a morte do cachorro de Max. O nome dele era Cachorro. Um vira-lata, o único amigo de Max. Compartilhavam comida de cachorro vencida em latas enferrujadas. Não havia outra coisa para comer no deserto. Max devorava aquela pasta cinza com um sorriso, como se fosse a melhor coisa que já houvesse provado, e Cachorro farejava em busca do que ficava no fundo. Juntos, eles eliminaram os inimigos. Cachorro saltava para assustar o punk que segurava a besta no momento certo, para que Max ganhasse vantagem. Era muito legal ter um cachorro como o Cachorro. Ele o protegia. Eu não me importaria de ter um assim.

Então, me lembrei de que odiava cachorros. Porque eles me odiavam. Durante toda a vida, eles me perseguiram como se eu fosse feito de ração. Arreganhavam os dentes e as gengivas rosadas e lisas, emitindo sons angustiantes do fundo da barriga. Cães grandes, pequenos. Sentiam esse cheiro em mim. Medo, algum tipo de fraqueza. Sentiam a parte de mim que gostaria de ser esmagada e destruída. Sempre esteve lá, a mente do duende, salivando e esfregando as garras, esperando o sino do jantar anunciando que era hora de se banquetear com minhas humilhações. Eles latiam e rosnavam para mim com a compreensão bruta de que era tudo o que eu queria e merecia.

— Agora, limpe isso e me traga uns pratos de plástico, porra.

Alguns anos antes, eu e Reggie fomos explorar Sag de bicicleta. Não tínhamos mais lugares para conquistar, então fomos aos que nunca havíamos pensado em ir. Descemos a Division Street, na parte branca da cidade. Não sabíamos onde dava. Sabíamos que estávamos cansados dos nossos velhos lugares e circuitos cansativos ao redor de Sag Harbor.

É uma cidade pequena. Quando se sai da rodovia, é possível passar muito tempo sem ver nenhum carro passando ou alguém saindo de casa para pegar a correspondência. Tínhamos avançado apenas alguns quarteirões, mas mesmo uma avenida fora do nosso mapa parecia estar a quilômetros de distância.

Reggie e eu sorrimos um para o outro. Pedalando em direção à aventura.

O doberman tinha saído galopando na rua, e ficamos paralisados. O cão parara a meio metro de distância, com músculos rígidos embaixo da pele e dentes amarelos brilhantes estalando. O tempo parara. As patas dele raspavam o asfalto em seus passos furiosos. Pensei que nos destroçaria. Os dobermans haviam substituído o pastor-alemão como o cão mais temível que existia, naqueles dias pitorescos antes de o pit bull fazer sucesso. Conhecíamos as histórias. Ele estava pronto para saltar e rasgar nossa garganta, primeiro a minha e depois a do meu irmão. Não tinha ninguém por perto. Ninguém o chamara de volta. Ninguém ligava.

Não falamos nada. Recuamos devagar, um centímetro de cada vez. Nos primeiros metros, o doberman nos seguira, rosnando, ameaçador. Até que chegara ao limite de seu território e parara. Tinha ficado lá, parado no meio da rua, enquanto a gente andava de ré em nossas bicicletas, empurrando com os pés no asfalto, até dobrarmos a esquina. Fomos para casa e tomamos muito refrigerante Hi-C para repor o que tínhamos suado, e contamos a história da Division Street para nossos amigos, todos assustados e, ao mesmo tempo, com inveja de termos uma aventura para contar. Eles só repetiam: "Uau".

Quando nossos pais chegaram naquele fim de semana — Elena tinha ficado responsável durante a semana —, nosso pai nos disse para entrar no carro e mostrar onde aquilo havia acontecido. Ficamos com medo até Reggie enfatizar que o cachorro não conseguiria nos pegar dentro do carro. Mantivemos as janelas fechadas e trancamos as portas, só por precaução. "Está vendo aquilo ali", disse ele.

"O quê?" Eu estivera preparado para ver o doberman vindo a galope.

"Aquilo ali." Não tínhamos visto o jóquei de jardim na primeira vez. A estatuetazinha caricata de um homem negro estava no meio do gramado segurando uma argola de ouro e sorrindo em seu traje vermelho brilhante. Brilhante, bem polido. "É assim que o cachorro é treinado para atacar pessoas negras", explicara ele. "Aquele branquelo joga carne crua perto do jóquei de jardim, o cachorro come lá todo dia, e aí, quando ele vê gente preta, pensa: *comida*. Tiveram sorte que ele não estraçalhou vocês."

Eu tinha olhado para Reggie, e Reggie olhara para mim. Fala sério.

"Não é culpa do cachorro. É como ele foi treinado." Nosso pai pisara no acelerador. "Fiquem longe daquela casa. Não quero que venham aqui de novo."

A trilha sonora de *Mad Max* começou a rugir depois que a gritaria acabou. Abaixei o volume.

— Olha isso — disse ele, erguendo a primeira leva de comida. — Que maravilha!

Ele transferiu o frango para uma tigela de vidro.

— Eu faria churrasco na lua se pudesse — continuou, melancólico.

E em Marte, e em Saturno, e além. Existe churrasco no Céu? Quem sabe o que os anjos comem. Mas sei que tem churrasco no inferno, e são as suas entranhas e os seus miolos escurecendo diante dos seus olhos.

— Está pronto para um frango delicioso? — perguntou ele.

— Estou — respondi.

Éramos uma família feita para a TV e, quando ele gritava "ação", assumíamos a nossa posição e repetíamos as falas como profissionais. Os roteiros eram todos iguais. Tínhamos a fórmula pronta.

A sra. Gardner entrou para usar o banheiro.

— Onde está Gail? — perguntou ela, tirando a areia dos pés antes de entrar.

Ele não respondeu, então eu disse:

— Ela teve que dar uma passadinha no mercado. Já, já volta.

A sra. Gardner assentiu e foi até o banheiro. Quando saiu, ele a deteve.

— Garota, melhor ficar esperta e pegar logo uma asinha — ofereceu ele.

— Hummm — disse ela. — Estava torcendo para conseguir um pouquinho desse churrasco.

Ela pegou uma asa e completou a taça de vinho branco antes de voltar a se juntar às mulheres na praia.

Apesar de todo o medo que ele tinha de que as pessoas estivessem observando o tempo todo, de que falariam da gente a menos que estivéssemos atentos ao que os outros viam, ninguém estava vendo nada. Ninguém ligava para o que acontecia na casa dos outros. Os dramas encardidos. Éramos apenas nós. O estúdio estava vazio; o lote de produção, programado para demolição. A eletricidade tinha sido cortada havia muito tempo. Estávamos repetindo nossas falas na escuridão.

— Aqui — disse ele, entregando-me um prato de papel reforçado quádruplo com asas de frango.

Você está com um corte de cabelo cagado e todo mundo sabe que você está com um corte de cabelo cagado. Mas ninguém diz nada. Você não sabe que está com um corte de cabelo cagado, ou sabe e não consegue admitir. Até que um dia encara o fato de que seu corte de cabelo está cagado, faz um novo, e todo mundo diz, "Bom trabalho", como se estivessem esperando por esse momento. Como se ligassem.

— E aí? — perguntou ele.

Estava segurando a próxima bandeja de frango que ia para a grelha, um pé dentro da casa e o outro no deque.

Dei uma mordida. Foi como comer areia. Os sucos evaporaram ou respingaram nas brasas, deixando pedaços secos grudados nos ossos. Olhei para as outras asas no prato no meu colo. Estavam carbonizadas e murchas, todas, desintegrando-se em partículas pretas. Mastiguei bem a areia e engoli.

— Está ótimo — respondi.

Dicas de respiração de grandes beatboxers americanos

O DESTAQUE DO VERÃO FOI O SHOW DO U.T.F.O. com a Lisa Lisa na Bayside. Lisa Lisa e Cult Jam foram as atrações principais, graças ao hit em parceria "I Wonder if I Take You Home", mas U.T.F.O. era a verdadeira celebridade na nossa região. Eles dominaram o inverno com "Roxanne, Roxanne", um lamento sobre uma garota linda que não lhes dava a mínima atenção. Seguindo a tradição do Village People, lançaram mão de personalidades temáticas. O Educated Rapper se gabava de seu intelecto amplo ("Ela precisa de um cara como eu, com um QI alto"), o Doctor Ice a cortejava com seu conhecimento do mundo médico ("Dermatologia é o tratamento da pele... Há anestesiologia, oftalmologia, clínica médica e cirurgia plástica, cirurgia ortopédica e pa-to-logia"), enquanto o Kangol Kid depositava a fé em sua boina Kangol, embora, francamente, nunca se deva subestimar o poder dos acessórios para ajudar alguém a se destacar na multidão. O Mix Master Ice, DJ deles, ficava em silêncio, preferindo "falar com as mãos", como diziam no meio.

Uma jovem que se autoproclamara Roxanne Shante lançou um disco de resposta chamado *The Real Roxanne*, uma revisão no estilo Rashomon de suas relações com o "bafo de dicionário" e seus amigos. Um disco de resposta atrás do outro intensificou as coisas, com os "pais" de Roxanne se intrometendo, seus "irmãos" mais velhos, primos de segundo grau distantes e algum espectador ocasional, culminando em "Roxanne's a Man" [Roxanne é homem], que, como uma bomba de Hiroshima do hip-hop, surpreendeu todos os envolvidos e efetivamente encerrou o conflito. Ao revisitar as Guerras de Roxanne de meados dos anos 1980, sei que corro o risco de despertar emoções profundas e intensas associadas àquele episódio infeliz, mas sinto que o contexto é necessário para explicar nossa empolgação. O U.T.F.O. (***U**n**T**ouchable **F**orce **O**rganization*) representava o esforço adolescente, a perseverança juvenil contra todas as probabilidades e personalidades engraçadas que faziam nossas tentativas de reinvenção parecerem geniais. O show tinha sido anunciado no *Dan's Papers* durante todo o verão, então em agosto estávamos um tanto agitados.

Precisava ter dezoito anos para entrar no clube. Era um antigo rinque de patinação, uma operação meio suspeita, onde os patins faziam barulho molhado de um jeito meio insalubre quando os enfiávamos nos pés, e o DJ excêntrico com frequência desaparecia, colocando *Off the Wall* no *repeat* e saindo pelos fundos. Desde a reforma, éramos barrados. Durante todo o verão, os mais aventureiros entre nós tentaram romper aquela barreira em uma série de fracassos lendários envolvendo pelos faciais estratégicos, indiferença cuidadosamente ensaiada e até uma história comovente inspirada na Fundação Make-A-Wish. Era triste ver Clive e Nick entrarem no personagem e se arrastarem até a corda de veludo apenas para retornarem à Terra com as penas derretidas. Se entrassem, seria como se todos nós tivéssemos entrado. Quando falhavam, aceitávamos nossa parcela de vergonha.

Quando o grande dia chegou, a única pessoa com uma chance real era NP, que vinha subornando Marlon, o leão de chácara, havia semanas com a principal moeda do Long Wharf: sorvete. Marlon ia ao Jonni Waffle algumas vezes por noite, e NP, fugindo dos supervisores, preparava-lhe um copinho com um aceno conspiratório. Marlon retomava seu posto saboreando devagar o sorvetinho de menta com banana enquanto um presunçoso grupo de moradores de Hamptons fazia fila para entrar no clube. Ele sugava a colherzinha com ar pensativo enquanto avaliava os que estavam diante dele, um belo teatro que dava aos seus julgamentos um ar de capricho impensado.

— Sei que *eu* vou entrar... *combinei* com ele! — contou NP.

— É melhor torcer para que Freddie não esteja lá — enfatizou Marcus. — Ele ia ficar, tipo: "Negão, por favor, Negão, por favor".

Freddie era um grande lutador de Bridgehampton, conhecido por sua perícia em artes marciais. Além de trabalhar na Bayside, frequentava algumas noites no Reef, um clube na 27th Street onde Marcus havia trabalhado no início do verão, em mais um de seus breves empregos. ("O barman disse que roubei duas garrafas de licor de pêssego, mas armaram para mim.")

— Ele tem uma maleta no porta-malas na qual guarda os *nunchaku*, o *sai* e as estrelas ninja — avisou Marcus. — Uma noite, Freddie estava trabalhando na porta, e um branquelo chegou gritando na cara dele, daí ele sacou o *sai*, tipo, *pam-plá*, e mandou o babaca pras cucuias. — E acrescentou: — Além disso, fica chapado de cocaína o tempo todo.

Tudo o que eu sabia sobre ele era que, quando pedia seu *sorbet* de laranja, nunca dava gorjeta, evitando olhar para o copinho de gorjetas como se fotos suas antes dos halteres, do seu "eu" frágil de quarenta e cinco quilos, estivessem escondidas lá.

— Marlon vai trabalhar na noite do show, eu já verifiquei. Não estou preocupado — disse NP.

NUNCA TENTEI ENTRAR. Minha rotina diária já me gerava muitos constrangimentos. Por que ser ganancioso? Mas, à medida que agosto se aproximava, concentrei-me no show, elaborando planos para aquela única incursão. Como eu não era alto e tinha um semblante pré-adolescente que achava impossível de ignorar, minha ideia era usar alguma camuflagem de aluno do terceiro ano do ensino médio para me misturar ao povo que vinha do East End — nada de All-Start Chuck Taylors surrados ou camiseta do Flipper — e segurar meu ingresso de compra antecipada como se fosse um documento de identidade em uma travessia de fronteira. Além disso, com o tempo, passei a acreditar que ninguém estava interessado no que eu tinha a dizer, e, com isso, adquiri a tendência de resmungar ou falar rápido, em uma tentativa de ajudar as pessoas a me ignorarem com mais facilidade. Então, eu estava treinando frases inflexíveis de fatos como "Eu comprei este ingresso" e "Eu paguei por este ingresso". Também estava torcendo para que o processo de reembolso, sem dúvida complicado, representasse um incômodo burocrático no qual o segurança não quisesse se envolver. E isso era tudo que eu tinha.

Na noite anterior ao show, fui até a casa de Bobby para começar a caça. Uma pessoa normal teria me buscado em casa, mas Bobby, como muitos antes dele, estava perdido na névoa moral do primeiro carro. Pelo jeito, tenho questões a respeito: por que uma mudança de circunstâncias significava uma mudança de caráter? Parecia um sinal de fraqueza. Sua recente promoção provavelmente contribuíra para isso.

Ele tinha sido chutado para o andar de cima, de Bobbizinho para apenas Bobby. Dada a rígida hierarquia etária em Sag, problemas de nomenclatura surgiam de tempos em tempos. Se moleques em duas faixas etárias diferentes tivessem o mesmo nome, então, logicamente, um seria "inho"; e o outro, "ão". O Bobbizão estava no grupo da minha irmã, alguns anos mais velho do que a gente. Desde que nasceu, o nosso Bobby carregava consigo a plaquinha de "inho" pendurada no pescoço.

Havia uma regra fácil: se houvesse um "inho" e um "ão", eles precisavam ter personalidades diferentes. O Bobbizão era um babaca, sem dúvida. Furava a fila dos fliperamas da cidade, demonstrava os aspectos sádicos de sua personalidade em Marcus com fria diligência e era conhecido por arrancar a cabeça dos bonequinhos do Han Solo e comê-las. Eu cheguei a testemunhar este último ato desprezível, e isso ainda me assombra. Mas o Bobbizão tinha parado de ir a Sag, entende? Estava trabalhando na cidade, sei lá, por isso Bobby não se qualificava, era apenas Bobby, e tinha liberdade para exercer seu caráter. O Bobbizinho de outrora era como eu: um garoto legal, invisível quando vinha a calhar, amado por tios e tias, sempre com receio de ter as convidativas bochechas rechonchudas beliscadas por algum parente idoso sem limites. Já o novo, ele estava livre para ser um babaca. Não me surpreenderia se houvesse outro Bobby brincando na praia de Sag, coroando o nosso como Bobbyzão e vestindo esse pirralho hipotético com o manto de bom garoto. A natureza abomina o vácuo.

Quando passei pela praia de Sag Harbor Hills, os retardatários estavam dobrando as cadeiras de praia e tirando a areia dos cobertores. Os mosquitos se reuniam em nuvens flutuantes, e os insetos cantavam para saudar o crepúsculo na grama alta. Estava escurecendo mais cedo, os intermináveis dias de verão não eram mais tão pacientes com as nossas tentativas de aproveitar tudo até o fim.

Subi as escadas até a casa de Bobby. O avô dele me deixou entrar. Ele não tinha se barbeado, uma fina camada de pelos brancos cobria as bochechas, e parecia exausto em sua desbotada camiseta azul do Morgan Stanley, uma lembrança do trabalho de sua filha. Eu não sabia que ele tinha voltado — duas semanas antes, teve algum tipo de "questão médica" e voltara à cidade para fazer exames. Ele abriu a porta de tela, sorrindo, mas notei uma nova qualidade cautelosa em seus movimentos, como se tivesse cacos de vidro nos chinelos.

Ele me disse que Bobby já estava descendo. Perguntou pelos meus pais e por Reggie e, em seguida, disse:

— Tem aproveitado para pescar?

— Não, neste verão, não.

Seis anos antes, ele tinha levado Reggie, Bobby e eu para Long Wharf para pescar lucianos e pargos, convocando uma reunião para compartilhar seu método de prender a isca nos anzóis com segurança. "Se o olho saltar, você sabe que está bem preso." Com exceção da pesca noturna de anchovas em Montauk, que era uma desculpa para ficar acordado até as quatro da manhã e beber Millers, eu não pescava desde aquele dia.

— Seu avô adorava pescar. Naquela época, a gente sempre ia no barquinho dele.

Assenti.

— É bom ver os jovens seguindo a tradição. Eu sei que ele gostaria de ter visto você lá, cantando, como costumávamos fazer.

— Eu gosto de pescar — comentei.

Ouvi Bobby andando no andar de cima, então enviei uma rajada telepática para fazê-lo se apressar. Meus avós morreram antes de eu nascer, e eu não sabia como me sentir quando as pessoas falavam deles. Eu tinha essa ideia de que me colocariam sentado e me explicariam tudo, como as coisas funcionavam, como agir, o que ser, mas era tarde demais para receber essas informações. Exceto do jeito mais difícil. Tirei um carrapicho das meias, mas não sabia onde colocá-lo, então fiquei segurando.

— Essa é a beleza de vir para cá — continuou o avô de Bobby. — De ter este lugar. Pessoas como seu avô trabalhando muito para fazer algo para a família e passando isso para a sua geração. — De repente, ele percebeu como a escuridão havia se assomado e tateou ao redor para acender os abajures. — Você tem sorte, sabia?

— Sim.

— De ter tudo isso.

— Sim.

Quando Bobby e eu entramos no carro, tentamos bolar um plano. Todo mundo estava trabalhando naquela noite, exceto nós dois e Nick, mas ele tinha ido à cidade para comprar discos. (A Sounds, loja de música de East Hampton, não servia para a gente, a menos que quiséssemos algo dos Top 40.) Precisávamos de cerveja. A busca por cerveja, com suas intrigas diárias, reviravoltas e suspense, virou nossa subtrama favorita. Como obtê-la, onde comprá-la, onde bebê-la, e começar tudo de novo no dia seguinte. Nossos amigos altos não estavam por perto. Já tínhamos bebido algumas cervejas do meu pai naquela semana, e eu não queria forçar a barra. Era uma tentativa arriscada, mas, por fim, decidimos ir à cidade e, depois, a outros lugares importantes, como o 7-Eleven em South Hampton, para ver se aparecia alguma festa interessante. Como alguém do grupo da minha irmã, ou Orrin. Orrin era um cara branco e hippie mais velho que perambulava por aí, sempre a caminho de algo ou entre bicos e aventuras. Ele comprava packs de cerveja para a pessoa se ela topasse ouvir sua última história triste: "Eu estava cuidando da minha vida quando...". Ele cheirava a esgoto entupido, mas valia a pena.

— Eles têm uns jogos americanos no Corner Bar — contou Bobby, quando saímos de Ninevah — que contam a história dos Hamptons, e neles diz que Sagaponac é uma palavra indígena que significa "a terra das grandes bolotas marrons". Eu estava comendo um hambúrguer e comecei a rir.

— Que engraçado.

— Pensei: "Suas grandes bolotas marrons estão bem aqui".

— Seu sacodilíaco.

Ele olhou para mim. Eu expliquei:

— Como em "The Message", do Grandmaster Flash and the Furious Five, quando Melle Mel faz um rap... É algo como: "tentei acertar bem lá... King Kong de Neon parado atrás de mim, não consigo me virar, quebrei meu sacodilíaco". O saco de bolotas dele. Ele diz que tudo é tão difícil, que é como levar um chute nas bolas.

— Nunca entendi do que ele estava falando.

— Bom, é isso aí.

Bobby virou na Azurest e me informou que passaria na casa de Devon para ver se ela havia voltado do passeio em família.

— Se ela estiver aí, vou ter que te mandar embora, cara.

Eu tinha acabado de ir me arrastando até a casa dele. Pensei: Caótico Mau. Já fazia um tempo que eu não fazia isso, classificar as pessoas com os alinhamentos. Durante minha grande fase de D&D (de outubro de 1981 a abril de 1983), levei a sério o sistema de classificação do jogo, distribuindo alinhamentos ao mundo. Veja, de acordo com o *Manual do jogador*, pessoas e monstros podem ser divididos por suas naturezas, com Bom, Mau e Neutro em um eixo, e Ordeiro e Caótico no outro. Ordeiro Bom, por exemplo, descreve o temperamento leal de um cavaleiro, e Ordeiro Mau, a personalidade de um ditador ou rei maligno — ou seja, eles tinham uma ordem à qual obedeciam, mantendo-se fiéis às suas regras, fosse para salvar a pele das pessoas ou cortar a cabeça delas. Os Neutros tendiam para o Bom ou para o Mau, dependendo se praticavam atos altruístas ocasionais ou tinham uma propensão a esfaquear as pessoas pelas costas. Robin Hood era do tipo Caótico Bom, fora da lei e imprevisível, mas sempre disposto a ajudar, enquanto Caótico Mau era o estandarte do brincalhão pervertido, como o Coringa nas histórias do Batman. Ou caras com seus primeiros carros.

Eu levava essa taxonomia a sério. Fazia sentido de verdade: as pessoas tinham alinhamentos, uma natureza essencial. Se fosse possível ver quem e o que eram, eu estaria mais bem equipado para lidar com elas. Antes de minha irmã virar uma namorada em potencial e eles terem que nos tratar melhor, os garotos mais velhos de Sag eram completamente Caóticos Maus. Ao encontrar um grupo deles na esquina da Terry ou da Milton, a gente precisava se preparar. Eles falavam: "Bicicleta daora! Posso ver por um segundo?". Então a pegavam e subiam a colina sacudindo em sua pequena Huffy, deixando você no meio dos comparsas uivantes. Horas depois, justamente quando estava prestes a denunciá-los, você a encontraria jogada no jardim da sua casa, com os pedais cheios de grama espalhada. Marcus era o brinquedo deles, abusado e desrespeitado. Faziam-no tropeçar e jogavam-no sobre o cascalho afiado, mijavam em sua Coca-Cola e pisoteavam suas pipas. Caótico Mau, como eu disse.

Na primeira semana do oitavo ano, eu tinha me inclinado em direção a Andy Stern no meio da aula de ciências do segundo período e sussurrado: "Você não acha que o dr. Nadler é do tipo Ordeiro Mau?". É, o dr. Nadler, o dragão que aguardava nas profundezas da caverna do ginasial. Tínhamos ouvido histórias durante anos, e lá estava ele, com olhos vermelhos selvagens e armadura escamosa. Um relatório de laboratório atrasado reduzia sua nota em cinco pontos, que só poderiam ser recuperados por meio de créditos extras. Uma fé inabalável em um sistema falsificado. Ordeiro Mau. "O quê?", perguntara Andy, encolhendo-se. "Ordeiro Mau, cara", repeti.

"Xiu!" Ele olhara ao redor em busca de alguém bisbilhotando e me ignorara pelo resto da aula. Tinha sido minha primeira indicação de que eu estava atrasado na definição do que era ridículo/não ridículo, do que poderia ser dito quando garotas ou garotos legais estivessem por perto e o que não poderia. Falar de D&D era o mesmo que peidar na frente de uma garota no jogo da garrafa. Não que eu já tivesse participado de um jogo da garrafa, mas tinha passado um tempo pensando nisso e me ocorreu que peidar era algo que não se deveria fazer nessa ocasião. Eu teria que me acostumar com isso, a ficar para trás, porque não se tratava de uma condição temporária. O cara que entregava os panfletos semanais descrevendo os códigos e decretos mutáveis da adolescência sempre pulava a minha casa, ou alguém os roubava da minha porta antes de eu acordar.

Não me deixei desanimar. Encantado com a clareza reconfortante dos alinhamentos, não parei nas pessoas, começando a rotular objetos inanimados, sistemas abstratos e estados de espírito. Cochilo: Ordeiro Bom, sem dúvida. O assassinato da Betamax pelas mãos do covarde VHS: Ordeiro Mau de cabo a rabo, pois o que era o capitalismo senão um projeto malévolo exercendo seu poder? Acordar para ir à escola era, na minha visão, Neutro Mau: a tela em branco do dia com suas possibilidades de diversão ou sofrimento, Neutro em si mesmo, o Mau se infiltrando com a coisa da escola, forçando-me a desempenhar meu papel no aparato social. Eu era um idiota, não um capacho.

O D&D tinha outras poucas aplicações na vida real, exceto como um meio de perpetuar a virgindade e por sua representação da existência como uma série interminável de aventuras sombrias em masmorras. Lamentei a primeira, aceitei a última como uma metáfora elegante. (Ou, na minha linguagem da época, "Isso aí, cara, resumiu tudo".) Acabei me esquecendo da questão do alinhamento. Perdi o gosto pelas nuances quando me tornei adolescente. Nuances não levam a gente a lugar algum. Ou era uma coisa ou era outra.

Fomos até a Meredith Avenue.

— O NP vai dar um jeito de me colocar lá dentro com as meninas, para o U.T.F.O — comentou Bobby. — Elas vão ter que ceder depois disso.

— Claro — respondi.

As luzes da casa de Devon estavam apagadas, e Bobby passou sem fazer comentários. A caça tinha começado. Na metade da Bay Street, encontramos um cara voltando da cidade sob os salgueiros-chorões. Estava escuro, mas achei que o conhecia. Nossos olhares se encontraram quando passamos um pelo outro e, mesmo que ele não tivesse me reconhecido, pedi a Bobby para dar meia-volta.

— É o meu tio — falei.

Isso ia contra minhas regras rígidas de evitar todas as interações com adultos, exceto as mais inevitáveis, mas, por algum motivo, eu queria dar oi. Acho que queria mostrar que meu amigo tinha um carro, que estávamos em outro nível.

— Talvez ele possa comprar cerveja pra gente — sugeriu Bobby.

— Ficou maluco? Ele vai nos dedurar.

No meu manual, todo mundo com mais de trinta anos estava de conluio, sempre mandando relatórios por telex ao centro de comando, para que o alfinete colorido no mapa da parede marcasse minha localização exata. "Suspeito caminhando desengonçado na direção sul-sudeste."

— Tio Nelson — chamei. — É o Ben. Benji.

Ele olhou para dentro do carro.

— Cadê o Reggie?

— Está trabalhando no Burger King.

Tio Nelson assentiu. Ele parecia um ursinho atarracado desde a última vez que o vira, a camisa polo apertada no peito e expondo um centímetro da barriga quando ele se movia.

O cabelo ralo seguia o mesmo padrão do pai dele, com os fios grisalhos recuando de um círculo brilhante de couro cabeludo. Sempre gostei do tio Nelson, o safado do tio Nelson, com a sorte de merda e o rosto aberto, ansioso. Era primo da minha mãe, de algum ramo que não saberia identificar, mas o mais importante é que os pais dele e os da minha mãe fizeram parte da primeira onda de Sag. Quando falavam o nome dele, cabeças balançavam e mãos se retorciam. A família da minha mãe era toda certinha, educada e bem-criada. O tio Nelson era "mau" no sistema de classificação deles. "Foi ali que Nelson subiu com o carro no gramado", minha mãe nos lembrava sempre que descíamos a Sagg Road, em homenagem àquele escândalo de um verão de tempos passados. Ele tinha abandonado a faculdade de odontologia (que horror), brincado de casinha com Aquela Espanhola (que vergonha, que vergonha) e, pior de tudo, tinha se mudado para a Califórnia, o que era sinônimo de maconha e sexo em grupo. Tudo isso acontecera nos anos 1960 e início dos anos 1970, antes que eu tivesse consciência de qualquer coisa, então, para mim, essas anedotas chegaram como história antiga: "Quando o tio Nelson afundou a lancha Chris-Craft", "Quando George Washington cruzou o rio Delaware" e "Quando Jimi Hendrix se engasgou com o próprio vômito" estavam no mesmo nível e tinham igual importância. Fazia anos que eu não o via. Já fazia um tempo que não saía para fazer suas rondas. Eu o classificaria como Bom Caótico, contrariando o sistema burguês, mas ousado e generoso.

— O que estão aprontando, rapazes?

— Só vamos dar uma volta — respondi, como se eu fosse um fóssil de South Hampton tirando seu calhambeque Modelo T. — O senhor está hospedado na Casa Amarela?

Ele baixou o olhar e disse:

— Estou passando o fim de semana na casa do Eddie Baxter, vendo o que ele anda aprontando. Mas eles estão colocando os netos para dormir, então decidi dar uma volta. Estou velho demais para…

— Acha que pode comprar uma cerveja pra gente? — perguntou Bobby.

— Claro, compro — respondeu o tio Nelson, em um piscar de olhos. — Só não conte pra sua mãe, Benji. Sei que sou o primo favorito dela, mas isso não a impediria de me esganar.

Bobby pedira ao único cara das antigas de Sag Harbor que faria isso por nós, como se tivesse reconhecido a atitude travessa do tio Nelson na mesma hora. Eu quis dar um soco na cara dele, como antigamente. Acho que queria que os pais ficassem sabendo, para provar que, apesar de ter aceitado o carro (e o dinheiro para a gasolina, mesmo nos cobrando o dízimo toda vez), ele ainda podia lhes causar sofrimento. Um novo tipo de sofrimento, na verdade.

Ofereci o assento da frente ao tio Nelson, mas ele franziu o rosto. Lembro-me da vez em que ele se espremeu conosco na mesa das crianças durante uma reunião de família, implorando: "Me deixa ficar aqui, eu sou um de vocês, meninos". Rimos, e ele nos entreteve durante toda a refeição, fazendo palhaçadas. Atrás dele, seu pai fazia careta ao observar as pernas grandes do tio Nelson balançando na cadeirinha.

Ele se inclinou e apoiou os cotovelos nos bancos da frente.

— Você só precisa me fazer um favor e me levar para conhecer o Hills quando terminarmos.

— Combinado.

— Tio Nelson tinha um MG — comentei.

Havia uma foto dele na Hempstead House encostado no capô de um carro estilo *Speed Racer* verde-esmeralda. Legal demais. Ele usava óculos escuros espelhados e tinha um bigode em V estilo *beatnik* cobrindo os lábios. Pois é, nada de acordo com o alinhamento padrão de Sag Harbor.

— Bacana — disse Bobby.

— Foi a melhor época — disse o tio Nelson —, sair com aquele bebê por essas estradas. Aprontar por aí. — Ele se recostou, batendo as mãos no estofamento. — Faz muito tempo, rapaz. Agora é a vez de vocês fazerem o que a gente fazia.

Ele ficou quieto lá atrás enquanto subíamos a rodovia, e fiquei de boca fechada para o caso de dizer algo infantil e ele mudar de ideia.

Depois que fomos ao 7-Eleven e voltamos para deixá-lo, Bobby e eu fomos até minha casa, bebemos cerveja e assistimos a *Hooper, o homem das mil façanhas* e *O trem do terror*.

— Este que é o assassino, certo? — perguntava ele depois de cada movimento suspeito.

— Continue assistindo — respondia eu.

Não ficamos acordados até tarde. Tínhamos um grande dia pela frente.

TRABALHEI NA TARDE SEGUINTE. Algumas mudanças tinham acontecido no Jonni Waffle ao longo das semanas, telegramas outonais para nos lembrar da efemeridade da estação. A nova máquina de sorvete, com um único bico que dispensava chocolate, baunilha ou morango apenas com o toque de um botão, tinha chegado. Zumbia o dia todo com um poder profano. A sede do Jonni Waffle enviara uma caixa de camisetas com o novo logotipo: uma casquinha sorridente com braços e pernas finos. Mais de um cliente comentou que parecia um vibrador dançante. Eu não sabia o que era um vibrador, então tive que perguntar. Os clientes sempre tinham razão no Jonni Waffle. E, por fim, as primas tinham ido embora. Martine as demitira depois que roubaram óxido nitroso de muitas latas de chantili Reddi-wip, fazendo com que o líquido branco se derramasse sobre as casquinhas e copinhos em vez de produzir um belo redemoinho vertical. Sim, Meg e Marsha tinham desenvolvido um vício em óxido nitroso para lidar com o estresse da vida nas trincheiras dos cones de waffle, e a sociedade as punira de acordo. Às vezes, meu cotovelo ainda formigava com a excitação fantasma, e até hoje permanece carregado, uma zona erógena vergonhosa.

Quem assumiu os turnos foi Jen, uma garota ruiva local conhecedora das leis trabalhistas do estado de Nova York, especialmente as relacionadas à duração e frequência dos intervalos. Ela declarava: "Vou fazer meu intervalo", como se desafiasse o gerente a interrompê-la, e, quando ninguém dizia nada, porque ninguém estava prestando atenção, ela acrescentava: "Temos direito a dois intervalos de dez minutos por turno!", antes de sair, furiosa. Por alguma razão que não consigo entender, ela era um ímã de gorjetas, o que era ótimo, porque dividíamos o valor igualmente, um sistema perfeito para alguém como eu, que fazia o troco dos clientes ir embora nos bolsos deles.

No grande dia, eu estava com Jen e NP. O início do turno foi tão tranquilo que quase esqueci que era dia de semana. Então, Jen disse:

— O Povo do Barco está aqui.

O Povo do Barco, depois de fazer a limpa na rua principal, vinha em nossa direção para continuar a destruição. O que eu sabia sobre Connecticut caberia em um dedal ou, mais precisamente, em uma casquinha simples ou em um copinho de plástico azul de duzentos gramas, mas tinha uma coisa que era certa: todas as manhãs, nos dias úteis, os moradores daquele belo estado embarcavam em uma balsa para um passeio nos Hamptons. É um milagre que o barco não afundasse, dada a enorme massa humana que descia pelas pranchas até o Long Wharf ao meio-dia. Invadiam as lojas de raridades, paravam o trânsito enquanto seu lento rebanho serpenteava pela rua, ficavam admirados e com os olhos vidrados diante dos apetrechos *kitsch* de caça às baleias e das bugigangas vendidas pelos

Protestantes Brancos Anglo-Saxões, os WASP, nas vitrines. Paravam para comer. Levantavam-se das mesas em uníssono, com guardanapos gordurosos caindo do colo como um bando de pombas em um ataque cardíaco repentino e coletivo. Eles caminhavam de volta para a balsa pela rua principal, pelo asfalto do Long Wharf, dando tapinhas na própria barriga borbulhando de peixe com batata frita, mariscos fritos e bacalhau empanado, a metade inferior dos corpos ocupada com a digestão e o cérebro cheio daquela melancolia peculiar que marca o fim de uma aventura ou de uma façanha. Então, eles sentiam o cheiro. O aroma da casquinha de waffle dançava na brisa do mar, e eles se revigoravam, entrando no Jonni Waffle com a língua para fora.

Os horários de pico do Povo do Barco eram breves — ninguém queria ficar na beira do cais, acenando para o navio que desaparecia —, mas a ansiedade do horário de partida deixava os clientes ainda mais grosseiros e intimidadores. Era avassalador. Lembrei a mim mesmo que logo acabaria. O ataque tinha duração finita. Eu usava muito essa racionalização naquela época. Quando as coisas se acalmavam, eu mergulhava em um dos meus momentos de distanciamento em meio a colheradas. Às vezes, quando a gente estava com a cabeça concentrada nos recipientes de sorvete, o tempo parava. A névoa branca rodopiante pairava no ar, pendurada como fitas. Todo o som sumia, o zumbido do liquidificador e do rádio, e até mesmo o zumbido estático dos próprios pensamentos. Não sei aonde eu ia durante esses períodos. Duravam apenas alguns momentos, mas continham uma pequena porção do infinito, uma eternidade com aroma de waffle.

Ouvi uma batida ao vidro e presumi que fosse o cliente me repreendendo por ter pegado o sabor errado, mas era Erica, que acenou para mim quando olhei para cima.

— Você trabalha aí de verdade!

Eu ainda gostava do charme de Erica, mas tinha abandonado as fantasias de que ela fosse largar NP e, na euforia de sua nova liberdade, percebesse minhas virtudes. A dupla NP-Erica parecia firme e forte, o que tornava difícil olhar para ela às vezes, ainda mais quando estava com o cabelo preso em um rabo de cavalo e o rosto virava uma natureza-morta da promessa adolescente, sombria e benevolente. Se eu tivesse uma cafeteria ou uma lavanderia, colocaria a foto dela na parede, perto do caixa, mesmo que ela não fosse uma celebridade. NP tinha parado de nos atualizar das coisas, tipo se ele havia pegado no peito dela ou algo assim, adotando uma reserva e circunspecção que nunca tínhamos visto nele. Tinha parado com as histórias elaboradas, pelo menos quando se tratava de garotas. Na coleira é a expressão certa? Ele saiu dos fundos da loja e fizemos nossas pausas, Jen assentindo com um encorajamento orgulhoso, maternal.

Lá fora, Devon esperava com Bobby. Ela usava a parte de cima de um biquíni azul de bolinhas, short cáqui e esmalte vermelho; enquanto Erica estava com um top de biquíni vermelho de bolinhas, short cáqui e esmalte azul. Tinha sido uma manhã movimentada. Devon sorriu para mim enquanto irradiava aquela vibração, tão familiar durante o ano letivo, de que não estava nem um pouco impressionada comigo. Eu estava parado sob o sol, com as gaivotas bicando a alguns metros de distância, mas eu podia estar na cidade, tropeçando como um idiota pelos corredores da minha escola. Imagine a grande fábrica produzindo, sem parar, mulheres que nunca sorriam para mim, exceto com ar de superioridade, as movimentadas linhas de montagem, o intrincado plano de distribuição que garantia que minha vida estivesse bem abastecida. Erica ao menos riria de algum comentário estranho que eu fizesse. Devon não entendia uma única palavra do que eu dizia, mas era educada e não expressava sua repulsa abertamente. Acho que ficava intrigada comigo, e só.

Paramos na pequena faixa verde em frente ao Jonni Waffle, os namoradinhos no encontro duplo e eu. O problema de namorar primas, observei, é que gerava muita comunicação não verbal, muitos olhares rápidos e sobrancelhas levantadas; enquanto os garotos tinham certeza de que suas brincadeiras e posturas estavam funcionando, as garotas conversavam entre si para saber se tinham feito boas escolhas.

Era uma parte famosa da experiência de Sag Harbor, namorar dentro dos condomínios, trocar saliva com outros escolhidos. Da própria espécie. Alguns famosos casais de adolescentes locais duravam para sempre: casavam-se, repovoavam o bairro e ampliavam a marca. Os pais de NP eram um desses Casais de Ouro. Quando começaram a ir para Sag, suas casas eram vizinhas de frente — veja os dois acenando um para o outro antes de dormir, os pernilongos saltitando nas telas. Todo mundo conhecia a família de todo mundo, então os namorados vinham pré-qualificados e autenticados. Não importava se as coisas dessem certo ou não, vocês teriam que se ver pelo resto da vida. Os namoradinhos no encontro duplo tinham que se perguntar: *Aonde isso vai dar?*

A ponte para North Haven era uma longa carranca branca diante de nós. De tempos em tempos, pintores e dramaturgos suicidas (por algum motivo, eram poucos os artistas de outras disciplinas que participavam) se atiravam de suas alturas de concreto, mas a água não era muito funda, e, em geral, acabavam puxados para um barco a motor que passava ou saíam se arrastando da água, desanimados, irritados por terem perdido a carteira. A poucos metros de nossos pés, gaivotas cambaleavam e bicavam uma casquinha de sorvete caída — se você rebobinasse o filme, os pedaços voariam para a mão de uma criança de expressão angustiada, encaixando-se enquanto o rosto dela se passava da angústia a um êxtase distraído, de quem está feliz com seu sorvete de Oreo.

Bobby coçou a perna e nos contou que, ao sair de casa, tinha tentado entrar no carro pulando como Crockett e Tubbs, mas escorregara.

— Quase esmaguei meu sacodilíaco — comentou ele.

Todos nós rimos, exceto NP, que perguntou:

— Sac-de-quê?

— Meu saco — respondeu ele, apontando para que eu confirmasse.

— Li num livro sobre Sagaponack, de Honoré de Bolasaco... — expliquei.

Mas essa piada só confundiu mais as coisas, então Bobby explicou sobre as grandes bolas marrons e todo o resto.

— Pode pesquisar.

— Onde? — perguntou NP.

Ele estava certo: ninguém tinha um dicionário em Sag. Talvez um velho dicionário de palavras-cruzadas, com metade das páginas faltando e cheio de traças, mas nada além disso.

— Aposto cem dólares que você está errado — disse ele.

De vez em quando, surgia uma competição entre NP e Bobby para definir quem era o cão alfa naquele namoro duplo, complicada pelo fato de Bobby ter as chaves do carro. Uma aposta de cem dólares era um aumento sério das jogadas, três semanas de salário.

Bobby não podia recuar. A garota dele estava vendo. A prima da namorada dele estava vendo. Ele olhou para mim em busca de ajuda, e eu dei de ombros, mas já era tarde demais. Já havia aceitado a aposta. O dinheiro estava ganho — se você não pode confiar em um nerd, vai confiar em quem?

Um chiado hidráulico nos assustou e nos viramos quando o ônibus de turismo enorme parou em frente à Bayside. Destino: fretamento. Caras com aparência de *roadies* vestindo camisetas pretas saíram dele.

— São eles! — gritou Erica.

— Preciso dar uma olhada no Educated Rapper — disse Devon, iniciando uma discussão com Erica sobre quem era "tudo aquilo mesmo", ele ou Doc Ice.

Caminhamos até lá e paramos em uma linha invisível perto das jardineiras, o provável limite que civis não deveriam cruzar. Esperamos por um vislumbre.

— Vou botar vocês para dentro — informou NP. — Dei um jeito. Menos você, Benji. Não tenho tanto jeito assim.

Não fiquei ofendido. Tinha meu próprio plano e, mesmo que ele oscilasse entre o fracasso e a certeza a cada cinco minutos, iria executá-lo. Eu queria entrar. Mas dizer isso seria o mesmo que o destinar ao fracasso, expressar um desejo em voz alta era sinônimo de ser rechaçado na mesma hora. Fiquei de boca fechada.

Vendo que ninguém mais saiu do ônibus, falei:

— Talvez seja apenas o equipamento deles.

Devon me lançou um olhar de desaprovação, como se eu fosse o empresário deles e tivesse organizado a viagem somente para frustrá-la. Era exatamente o tipo de comentário estraga-prazeres que um sujeito esquisito como eu faria.

Desistimos. NP e eu voltamos ao trabalho, e Bobby levou as meninas para casa para que pudessem "se arrumar para a noite". Talvez algo mais digno de nota tenha acontecido na hora e meia seguinte, mas não me lembro porque Lisa Lisa e U.T.F.O entraram na sorveteria.

Sim, celebridades iam ao Jonni Waffle. Hoje em dia, a Bayside é um grande teatro, então sempre tem algum ator ou atriz se apresentando lá, rondando o cais; além disso, Sag Harbor em si não é o mesmo lugar, então o quociente de celebridades no ambiente aumentou, mas naquela época era diferente. Eles iam à Bayside, às boates, e, às vezes, passavam no Jonni Waffle. Por exemplo, sabe Saul Rubinek? Ele é ator e sempre interpreta o advogado dissimulado, o coadjuvante que engana o protagonista, como em *Paixões violentas*.

Ele estrelou uma comédia romântica chamada *A garota dos meus sonhos*, que não fez muito sucesso, mas eu vi na TV durante uma das minhas muitas tardes calmas e, pouco tempo depois, ele tinha entrado no Jonni Waffle. "Ei, você fez *A garota dos meus sonhos*", tinha comentado. Ele parecera desconfiado. Ou até mesmo decepcionado por algum motivo. "Onde você assistiu?" Respondi: "TV a cabo". Ele pareceu triste. Não dei sorvete de graça para ele. Karen Allen, de *Caçadores da arca perdida*, foi lá uma vez, e eu dei sorvete de graça para ela, porque quem no mundo não tinha uma queda por Karen Allen. Ela tinha tudo para ser a namorada mais legal do mundo. Socando filhos da puta, atirando em nazistas. Além das sardas incríveis que cobriam seu rosto como granulados. Algumas outras celebridades chegavam bêbadas ou drogadas depois de algumas rodadas na Bayside, e a confidencialidade entre cliente e cara do sorvete me proíbe de mencioná-las, mas posso dizer que surpreenderia qualquer um (*Lori Singer*). A maior visão, claro, foi quando Lisa Lisa e U.T.F.O entraram naquele dia.

Lisa Lisa era mais baixa pessoalmente, mas tinha mais peito. Pode acreditar. Ela usava uma jaqueta de couro vermelha com franjas longas e calça jeans justa com strass nas costuras exageradas. Os dois músicos do Cult Jam não estavam com ela. Provavelmente estavam se maquiando, um processo demorado, a julgar pelo videoclipe. Não havia outros clientes, mas Lisa Lisa pegou uma senha do dispensador mesmo assim e nos fitou cheia de intenções, com olhos carinhosos de cachorrinho pidão. Jen se adiantou. Ela não a reconheceu.

Os caras do U.T.F.O estavam vestidos com agasalhos da Adidas, fora do figurino de sempre — o estetoscópio e o avental branco do Doc Ice esperavam no camarim —, exceto pelo Kangol Kid, que usava a boina característica. NP e eu fomos correndo anotar os pedidos, fazendo acenos de cabeça descontraídos como forma de cumprimento.

— Então vocês vão tocar hoje à noite, hein? — comentou NP, pegando uma colher em um dos baldinhos perto da vitrine de sorvete.

Educated Rapper grunhiu e bateu com o dedo no vidro que cobria o Mocha Praline Surprise. Kangol Kid pediu duas bolas de morango com M&Ms.

— Na casquinha de waffle? — perguntei.

— O que é isso?

— É uma casquinha feita de waffle.

— Sim, numa dessas.

Montei uma para ele, e ele me falou:

— O Mix Master Ice vai querer duas bolas de fudge ripple.

Eu não tinha ouvido o DJ falar.

— Na casquinha de waffle, também?

Meus olhos se moveram rapidamente entre os dois homens.

O Kangol Kid conversou com o colega. Mix Master Ice piscou devagar e inclinou um pouco a cabeça.

— Sim, na casquinha de waffle — respondeu Kangol Kid.

Eu me enfiei no freezer com NP.

— Que irado — comentei.

— Vou perguntar ao Educated Rapper — disse NP.

— Perguntar o quê?

— Sobre o sacadilíaco — respondeu. — Não vou perder cem dólares.

— Por que não tenta com o Doc Ice? — sugeri. — Porque é uma parte do corpo.

— Boa ideia.

Ele entregou a casquinha ao Doc Ice e disse:

— Posso fazer uma pergunta médica para o senhor?

— Manda.

— O que é um sacodilíaco?

— Como?

— O sacodilíaco.

— Talvez você esteja se referindo à articulação sacroilíaca, entre o sacro e o ílio. É possível?

NP olhou para mim.

— É isso?

— Sabe, de "The Message"? — falei.

— Ah, sim, Melle Mel está sempre falando de seus problemas nas costas. O *sa-cro-i-lí-a-co*. Posso ajudar com mais alguma coisa?

Fizemos que não com a cabeça, e Doc Ice enfiou a mão no bolso.

— Não, é por conta da casa, irmão — disse NP. — Tudo certo.

Doc Ice agradeceu, e NP logo soltou:

— Mas tem uma coisa... já que estamos nos ajudando aqui, sabe... você pode me colocar na lista hoje à noite? Me colocar para dentro? Tô o verão inteiro querendo ver o show de vocês.

Doc Ice olhou para a equipe. Eles lamberam o sorvete. Mix Master Ice assentiu.

— Posso botar você e mais um para dentro. Qual o seu nome?

— NP.

— NP do quê?

— Apenas NP. Eles me conhecem lá.

Depois que saíram, ele disse:

— Só por precaução.

A horas do grande evento, eu não iria mais entrar naquela besteira de "se um de nós entrar". Fiquei puto só de pensar neles lá dentro, e eu do lado de fora feito um babaca. Nós nos encostamos no balcão. A nova máquina de sorvete zumbia de um jeito ameaçador, ressaltando o vazio que era a vida depois de termos avistado uma celebridade. Sub-subcelebridade, mas ainda assim.

— Sacadilíaco? — perguntou Jen.

* * *

EM CASA, preparei minha fantasia. Vasculhei o armário e encontrei um par de top-siders da Sperry de dois verões antes. Não cabiam mais, mas eu fingiria conforto até entrar no local. Peguei uma das polos Ralph Lauren do meu pai, e meus braços magros ficaram parecendo gravetos. Inspecionei o short cáqui social que minha mãe havia me dado no começo do verão. Ela o comprara no piloto automático, *como se eu ainda usasse roupas daquele tipo*, na esperança de que minha fase desleixada tivesse acabado. Eu tinha cinco pelinhos no rosto, dois no lado esquerdo e três no direito, que eu não raspava desde julho de tanta ansiedade. Eu os cutuquei com as unhas para que ficassem espetados — parando para pensar, tinha ficado grotesco, mas fiquei contente com o efeito na hora. Com um pouco de sorte, eu não precisaria falar, apenas entregar meu ingresso e entrar. Por causa do meu maldito aparelho.

Era quinta-feira à noite, mas um trânsito como o de fim de semana congestionava o cruzamento da Bay com a rua principal. Um policial sacudia os braços no ar para manter a situação funcionando. As pessoas já estavam se reunindo, fazendo fila do lado de fora e se amontoado em grupinhos, esperando o restante da turma chegar, fumando um cigarro, tragando a ponta úmida de um baseado. Observei a multidão, achando que tivessem entrado sem mim, então vi Bobby e os outros perto do moinho de vento. Pela linguagem corporal, as coisas estavam fervendo: Bobby e NP inclinados um na direção do outro, e Devon e Erica dando tapinhas no braço uma da outra em sinal de apoio.

— Você sabe que ele não é um médico na ativa — disse Bobby.

— Mas teve que ler todos aqueles livros de medicina para inventar essas rimas, foi daí que tirou isso — comentou NP.

— Não vou te pagar nada até ter mais provas.

— É melhor me dar o meu dinheiro, seu filho da puta mão de vaca.

— Vocês usam uns palavrões muito pesados — reclamou Erica.

Eu cheguei e disse:

— E aí, pessoal.

Depois de alguns comentários sobre minha fantasia ("Engomadinho", "Nerdola", "Warren T. Higginbotham Terceiro"), fomos para a Bayside.

— Cadê Marlon? — perguntou Bobby.

O contato lá de dentro não estava em lugar algum. Agachado em um banquinho vermelho no portão do palácio estava Freddie, o Feroz, que verificava a identidade de uma anoréxica trêmula que havia sofrido um terrível acidente com spray de cabelo. Ele fez que não com a cabeça em sinal de desdém. Aquele era o desprezado Povo do Barco, viajantes desgrenhados do reino morto do tédio, com rostos desesperados e trajes fluorescentes.

— Você não disse que ia dar um jeito de a gente entrar? — Devon fez beicinho.

— Ele deve ter saído um pouquinho — falou NP, a mão nas costas de Erica. — Além disso, estou na lista.

— *Você* está — retrucou Bobby. — E a gente?

Entramos na fila atrás de um casal cheirado de cocaína. O cara tinha um logotipo da Mercedes-Benz na camiseta, Ray-Bans cobrindo os olhos, e a namorada usava um shortinho jeans curtíssimo e meia arrastão, com um ombro para fora do moletom. No auge dessa moda de blusa de um ombro só, era fácil imaginar o ombro que estava escondido, branco e com as veias expostas pela falta de sol. Estiquei o corpo e minhas costas estalaram, os pulmões confusos com aquele espaço repentino na cavidade do peito. Fiquei me sentindo uma girafa, com meus oito centímetros a mais de altura, mas me encaixava com perfeição no bizarro zoológico ao meu redor. Havia os caras mais velhos no uniforme padrão: jaqueta branca sobre camiseta lisa, no estilo *Miami Vice*, com o tecido branco dando à pele bronzeada demais um visual meio reptiliano. Suas adoráveis gatinhas troféus cambaleavam pela calçada com cabelo que parecia pena de avestruz desfiada, calça de couro, calça de pele de cobra, pantalona de cores variadas, blusa aberta até o umbigo e ombreira aparecendo. Os onipresentes tons pastel reinaram naquele ano, assim como joias enormes, pulseiras grandes como câmaras de ar pendendo dos pulsos e fivelas de cintos como placas de carros brilhando sob a luz dos postes. Pensando bem, devia haver alguma teoria que servia de base para tudo aquilo, uma noção combinada, mas, como eu disse, eu não estava recebendo essas atualizações semanais e, nesse caso, não estava perdendo muito.

Devon e Erica checaram a parte de trás de suas camisetas brancas, achatando-as contra as saias de veludo cotelê cor-de-rosa que ambas usavam.

— Preparem-se — alertou NP. — Benji, por que não fica aqui atrás e, tipo, deixa a gente entrar primeiro?

Pensei comigo mesmo: paguei por esse ingresso com dinheiro ralado.

Os quatro se aproximaram, e Freddie os examinou como se estivesse avaliando pontos de pressão e grupos nervosos para praticar jiu-jitsu.

— Cadê o Marlon? — perguntou NP, todo amigão.

Bobby fez um gesto másculo com a cabeça.

— Foi preso — falou Freddie, devagar, olhando para Devon e Erica.

— Ele ia nos ajudar a entrar — sussurrou NP. — Eu trabalho aqui do lado, e ele sempre vai lá.

— Não sei de nada. — Ele balançou a cabeça em direção às meninas. — Quantos anos elas têm, treze?

— A gente tá na lista — respondeu NP. — O U.T.F.O colocou a gente na lista deles.

Freddie ergueu uma das patas e consultou os papéis. Talvez tivesse tido uma carreira anterior no serviço público.

— Não tem ninguém com seu nome na lista.

— Tem que ter — insistiu NP, um pouco frenético.

— Mesmo que estivessem na lista, não posso deixar as garotinhas entrarem. Vocês dois, talvez, mas essas menininhas? Fechariam a casa.

Mais um fracasso na entrada da Bayside. Já tínhamos visto isso o verão inteiro, rostos desolados e o inevitável e perplexo afastamento. Eu segui. Não adiantava tentar. Marchamos em direção ao gramado.

— Ele nos chamou de menininhas — reclamou Erica.

— Não somos menininhas — disse a prima.

NP endireitou-se.

— Bem, eu vou entrar.

— E nós?

— Você ouviu o cara — respondeu NP. — Fariam o lugar fechar. Foi mal, amor. — Um soldado explicando a dura realidade da guerra.

— Você não pode nos deixar aqui desse jeito.

— O que você quer que eu faça? Perca o show?

— Bobby — disse Devon —, quero que você me leve para casa.

— Eu também!

Bobby parecia ter engolido um balde de anzóis.

— Nós não vamos voltar andando, seu filho da puta! — exclamou Devon.

AS MENINAS E O MOTORISTA DELAS FORAM EMBORA. Gostaria de dizer que o vínculo entre NP e Erica era forte o suficiente para sobreviver a esse pequeno contratempo, mas não foi o que aconteceu. A parada ficou tensa. Nos dias seguintes, a recusa de Bobby em honrar sua dívida e as constantes reclamações de NP de que ele "precisava receber" colocaram as primas uma contra a outra enquanto defendiam seus namorados. Some-se a isso o ressentimento das meninas por terem sido abandonadas, algo que provavelmente reviviam entre si quando ficavam entediadas, e tudo isso foi demais para os jovens amantes, inexperientes como eram nessa área. Uma semana depois, Erica deu um pé na bunda de NP, e Devon percebeu que não era tão divertido namorar sozinha, então também terminou com Bobby.

Quanto ao meu papel na separação, posso apenas dar de ombros diante da minha interpretação equivocada de "The Message". Ao reconstruir minha teoria sacodilíaca, tenho que voltar à época em que ouvi a música pela primeira vez, quando eu tinha doze anos. Melle Mel estava no microfone desfiando sua ladainha de inquietação urbana — "*Don't push me 'cause I'm close to the edge... It's like a jungle sometimes, it makes me wonder how I keep from going under, ah huh huh huh*"* —, e, quando ele chegava à parte em questão, eu pensava que ele estava falando que levar um chute nas bolas era tão ruim quanto uma greve no transporte público e ter o carro apreendido. Ele acrescentava o que para mim soou como "dilíaco" a "saco", para completar a rima, algumas sílabas sem sentido para o ritmo, como "ah-huh-huh-huh". Então, com o tempo, esqueci como havia chegado a essa conclusão, e sacodilíaco virou um termo médico oficial na minha mente. Pensando bem, retiro meu dar de ombros. Ouvir a letra de uma música errado e fazer uma paródia específica das palavras é um direito de todo ser humano. Tomar um chute nas bolas, na masmorra — essas eram metáforas que faziam muito sentido para mim. Culpe a sociedade.

Toda vez que as portas se abriam, a música saía em uma grande rajada. "Super Freak" era o ponto de virada. O que dizer sobre "Super Freak"? Se alguém descobrisse uma maneira de aproveitar a essência de "Super Freak", botaria a Exxon

* "Não me empurre, estou na beirada... / É como uma selva, às vezes / Me faz pensar como eu faço para não afundar", em tradução livre. [*N. E.*]

fora do mercado. Carros voadores, cidades voadoras descoladas. E ponto-final. Falei para NP que iria seguir com meu plano.

— O ingresso foi caro — comentei com ele.

— Freddie — raciocinou NP —, acho que posso falar com Freddie. "A estratégia é essa."

Dito e feito. Voltamos para a fila e, quando chegamos ao banco de Freddie, ele mal olhou para o meu ingresso e me deixou passar. Também fez sinal para que NP passasse, com um breve comentário:

— É melhor você me arranjar um pouco daquela porcaria que você vende lá.

E foi assim que NP e eu fomos os primeiros do nosso grupo a entrar na Bayside. Foi minha única excursão naquele verão, mas NP aproveitou seu "jeito duplo" até o Dia do Trabalho. (Marlon pagou a fiança e saiu no dia seguinte.) Naquele outono, na cidade, consegui entrar no Peppermint Lounge e na Area algumas vezes com outro figurino: jaqueta xadrez New Wave e botas militares, mas em dezembro eles aumentaram a idade mínima para consumo de álcool para vinte e um anos e demorou muito até eu entrar em uma boate de novo.

Ao entrar, vi que tinham reformado muito o local desde a época em que era uma pista de patinação. Em vez de corpos vagando em círculos, a mente das pessoas passou a percorrer circuitos infinitos, deslizando entre "preciso de uma bebida", "quero dançar", "gosto de transar" e "preciso de uma bebida", o ciclo do desejo na terra das baladas. As pessoas entravam e saíam da arrebentação humana ao redor dos bares, segurando bebidas acima dos ombros para mantê-las seguras. Garçonetes com os mamilos marcados nas camisetas desgastadas pela batalha de um verão inteiro de trabalho árduo carregavam bandejas até a seção VIP, no segundo andar, um anel de mesas circulando a pista de dança. Como era bom olhar a pista de lá de cima! Olhe aquela moça, parece que ela está curtindo. O DJ estava arrasando em seu poleiro, interpretando a multidão através dos óculos escuros Lennon, os corpos se contorcendo como folhas de chá. Ele pedia aconselhamento da mulher ao seu lado, que estava parada no escuro, enquanto os holofotes a iluminavam, escondendo suas feições, mas projetando a sombra assustadora de seus cabelos afro contra a parede. Sua musa, no clima daquela noite. No palco, os técnicos se curvavam sobre monitores como Igors, aqueles assistentes de cientista maluco, mas trabalhando em uma boate, desenrolando os cabos enrolados em seus braços e tagarelando em walkie-talkies. Testando um, testando dois. As picapes do Mix Master Ice esperavam no fundo do palco, com os *crossfaders* zerados e as agulhas pretas posicionadas como cabeças sinistras de gárgulas.

Feixes de arco-íris atingiram nosso corpo. Minha cabeça balançava com um pouco mais de força, no ritmo da batida. Hoje, pensando no U.T.F.O, é difícil entender por que estava tão animado. A batida é imortal, claro, mas a letra de "Roxanne, Roxanne" é cafona para caralho, cara. É um clássico pela época em que foi lançada, os primórdios do hip-hop, quando qualquer coisa um pouco diferente era hipnotizante, mas é bem idiota. Há pouco tempo, soube que eles andam fazendo shows nostálgicos em conjunto com artistas como Whodini, Kool Moe Dee e Dana Dane, dançando break com o sacroilíaco dolorido, apresentando seus sucessos para fãs cada vez mais velhos. Trazendo tudo aquilo de volta. Para Bobby, NP, Devon e Erica, ouvir a música provavelmente traz à tona lembranças dos dias de encontros duplos, das escapadas depois do toque de recolher e de estacionar na escuridão da Haven's Beach. Para mim, me faz lembrar de uma aventura que não deu errado, e olho com carinho para um dia incólume.

O DJ lançou "Raspberry Beret" com efeito sísmico. A maioria deles não estava lá para ver o show. É bem possível que os brancos mais velhos, os moradores de meia-idade do East End, não fossem fãs fervorosos do U.T.F.O. Só estavam lá porque tinham ouvido dizer que a Bayside era a parada obrigatória daquela noite. Refugiados do conhecido e do monótono, do sufocante cotidiano. Eu poderia ter comprado uma cerveja, mas não quis dar sopa para o azar, imaginando a música parando e as sirenes tocando enquanto o barman descobria que eu havia passado pela segurança. Tudo silenciaria e todos olhariam para mim, o oposto do que estava acontecendo naquele momento. Ninguém prestava atenção em mim. Na pista de dança, eu era um deles, e eles eram um de mim. Empurrei, fui empurrado, a colisão como comunicação: eu estou aqui, estamos aqui juntos. A batida fazia minha camiseta balançar contra o peito. Meu cotovelo esmagou a caixa torácica de uma senhora branca de quarenta e poucos anos que vestia um macacão verde-metálico, e quando me virei para me desculpar, ela apenas sorriu e continuou balançando ao som da música. Em algum momento, comecei a dançar. Eu era um péssimo dançarino, mas como podia ter vergonha com aquela música reprogramando todo o meu organismo? *Senhores, nós podemos reconstruí-lo.* Um feixe de luz azul atravessou a multidão, batendo em cheio nos meus olhos por um instante. NP estava em algum lugar, aprontando alguma. Eu não conhecia ninguém. E estava tudo bem. Algo de bom estava prestes a acontecer. Eu só precisava esperar. Estranhos viciados em tendências me cercavam, velhotes esquisitos assustadores, malucos drogados, mas, naquele momento, éramos todos camaradas. Estávamos todos lá pela mesma coisa. O DJ pairava acima de nós, lançando seus raios. Soltou um trecho de Debbie Harry cantando "Rapture", e todos gritaram. Na verdade, concluí que não dançava tão mal assim. Pensei: *Isso é Bom.* Sem qualquer qualificador, Caótico ou não. Apenas: Bom.

Eu sabia como o Mau era.

* * *

NA NOITE ANTERIOR, depois que tio Nelson comprou cerveja para nós, tivemos que cumprir com a nossa parte do acordo e levá-lo para dar uma volta em Hills.

— Só quero ver se umas pessoas estão por lá — disse, do banco de trás. — Uma olhadinha. Vou ser rápido.

— Por que não sai mais? — perguntei.

Eu estava com o pack entre os pés. Se minha conversa o irritasse, ele teria que passar por mim para pegá-lo de volta.

— Sabe de uma coisa, eu até quero — respondeu ele —, mas tenho muita coisa pra fazer, tenho muita coisa que estou tentando fazer acontecer. Um pouco disso, um pouco daquilo. Não dá pra ficar bebendo cerveja na praia o dia inteiro com o pessoal.

Entramos na Beach Avenue.

— É aqui — disse ele.

— Esquerda ou direita?

— Direita. Lá em cima... — Ele parou de falar.

A casa branca estava escura, o gramado alto e monstruoso. Uma das venezianas tinha uma inclinação de quarenta e cinco graus, pendendo da dobradiça restante, expondo os vidros quebrados e a escuridão na parte de dentro.

— Acho que não tem ninguém — retomou o tio Nelson. — Essa é a casa do Lionel. Sempre estávamos aí fazendo alguma coisa. Dia e noite.

Nunca tinha visto alguém naquela casa. Era uma de nossas casas mal-assombradas, com um homem-criança babão acorrentado no porão, mordiscando biscoitos de bichinhos, ou uma velha maluca misturando alguma coisa em uma panela, fazendo Sopa de Criança. Como seriam nossas casas em trinta anos? Ainda estaríamos por lá, certo? Ou estaríamos pelo mundo, como o tio Nelson, nossas casas lançadas à escuridão, as calhas brotando plantas, as calçadas tortas e rachadas? Assombradas por nós. E uma das outras casas no mesmo quarteirão ou na esquina será o novo ponto de encontro da próxima geração. Essas crianças do futuro, atirando pedras em nossas janelas e saindo correndo aos berros, ou desafiando umas às outras a bater à porta. Desafio duplo — gente maluca costumava morar lá e essa gente vai te pegar.

Retomamos o passeio pelas casas do passado dele, sobrepondo suas casas às que conhecíamos, levando-nos em direção à praia. Quando viu a luz acesa do lado de fora da casa dos Nichols, pediu para diminuirmos a velocidade. Minha mãe sempre dizia: "Parece que alguém está dando uma festa", quando via uma fila de carros amontoados na calçada como a que tinha lá naquele momento. Figuras se moviam pelas janelas e por trás da porta de tela.

— Aqui? — perguntou Bobby.

— Encontro eles mais tarde — disse o tio Nelson. — Tem mais um lugar que quero ver.

Bobby fez uma cara feia e continuou dirigindo. Chegamos à última rua em Sag Harbor Hills, o beco sem saída que terminava na água.

— Pare ali à esquerda — pediu meu tio.

Estacionamos em frente à casa dos Lee, onde Abby, uma das amigas da minha irmã, ficava. Talvez ele conhecesse os pais dela de outros tempos. Virei-me para perguntar o que queria fazer, e ele estava olhando pela janela, para o outro lado da rua, para a Casa Amarela, a casa de seus pais. Eu tinha esquecido que era lá.

A Casa Amarela era um bangalô aconchegante, com um eterno cheiro de mofado e pilhas de recordações náuticas. Lemes e presilhas de latão brilhante eram objetos de destaque na decoração, restos de embarcações amadas perdidas muito tempo antes. O pai do tio Nelson era de uma geração de marinheiros, como meu avô e o avô de Bobby, que atrelava o barco a motor à perua no início da temporada, saía para águas profundas para pescar e navegava pelo Caribe no inverno. O tio Nelson herdou parte disso. Seu velho *Sunfish* passara os últimos verões negligenciado, alojado na grama da praia em frente à nossa casa, com a vela branca e amarela mofada acumulando poças sujas durante tempestades. Quando eu era pequeno, nossos pais nos levavam para a Casa Amarela para churrascos de reencontro ou festas de aniversário de algum primo sulista da minha idade que eu nunca tinha visto e que nunca mais veria. As crianças correndo na grama, os pais no pátio tomando suas bebidas. Fazia muito tempo.

— Vai sair? — perguntou Bobby.

— Não.

Ele ficou sentado lá, olhando para sua antiga casa, sem dizer nada. Não vi alguém lá dentro, mas todas as luzes estavam acesas. O mata-moscas faiscou.

— Seu pai veio? — perguntei.

— Veio.

— Como ele está?

— Não sei.

Chamávamos o pai dele de tio Gideon, que era como nossa mãe o chamava. O tio Nelson e o tio Gideon eram a cara um do outro. Embora fosse tão magro quanto eu quando era mais novo, Nelson tinha crescido até ficar do tamanho do pai, com a barriga estufada e as bochechas arredondadas como maçãs. O tio Gideon não tinha muita paciência para crianças, o que era ótimo para mim, e eu não me lembrava muito dele além do que ficava sabendo pelas histórias da minha mãe quando contava das desventuras do primo dela. "O tio Gideon ficou *furioso*." "Você devia ter visto a cara do tio Gideon quando ele recebeu a conta." Na minha mente, ele era um personagem secundário de anedotas de caras maus, o cara que fazia *tsc-tsc* para brincadeiras barulhentas. Um dos pais fundadores, com suas ideias de como os negros deveriam agir.

Bobby pigarreou. O tio Nelson disse:

— Ele me falou: "Nunca mais ponha os pés na minha casa". Então, eu não ponho.

Encarei a paisagem à frente.

— Não significa que eu não possa olhar, certo? — perguntou ele.

Os condomínios geralmente ficavam bem festivos nessa altura da temporada. Nem era tão tarde assim. Era possível contar com pelo menos um ou dois churrascos ainda em andamento, já se esvaziando, restando os retardatários e as pessoas que não tinham para onde ir. Mas não havia alguém por lá. Não ouvi algo além da respiração do meu tio. As paradas anteriores foram apenas de fachada. Era lá que ele queria estar.

— Eu posso olhar, certo?

Um inseto fritou no mata-moscas e virou fumaça. Algo dentro dele estalou como um interruptor. Ele bateu as mãos bem alto e disse:

— Vamos embora, rapazes! Se vocês me deixarem na casa dos Nichols, vou ficar muito agradecido, vou ver essas pessoas maravilhosas e aliviá-las de suas bebidas chiques. Ainda é cedo!

— Tudo bem — falei.

Quando o deixamos, Bobby disse:

— Bem, esse passeio foi bem brochante.

— Foi mesmo — respondi.

Mas o que pensei foi: Mau. Não há outro nome para isso. Eu podia ter inventado minha própria letra de música para o que tinha acontecido entre pai e filho, algo sobre mal-entendidos, aqueles que não importam e aqueles que são tudo para nós, mas eu não teria encontrado as palavras certas. Quando a gente faz uma letra de música para outra pessoa, acaba estragando tudo, porque acaba se colocando na letra também.

ENQUANTO "RAPTURE" SE TRANSFORMAVA EM "BAD GIRLS", NP deu uma batidinha no meu ombro, materializando-se no meio da multidão com dois *coolers* de vinho Bartles & Jaymes nas mãos. Ele me deu um. Começou a falar, mas estava alto demais para ouvi-lo. De qualquer forma, eu sabia o que ele estava dizendo. Que seria uma ótima noite.

Mais uma coisa antes de o show começar, e eles vão entrar a qualquer momento, dá para sentir. Não é tão importante, mas caso o assunto surja: Sagaponack é uma palavra nativa americana que significa "a terra das grandes bolotas", não das "grandes bolotas marrons". Os jogos americanos do Corner Bar contêm um mundo de conhecimento que nunca deve ser questionado. Bobby tinha lido errado. Eu odiaria que isso se repetisse numa conversa. Talvez leve a complicações.

Agora, você vai ter que me dar licença. Dá para sentir? O negócio está prestes a começar.

Nesta noite, improvisamos

TODO MUNDO ODIAVA A WLNG. ERA A ÚNICA EStação de rádio de Sag Harbor, transmitindo sentimentos em 92.1 mega-hertz, reverberando pela nossa pele e pelos transistores internos, mesmo quando o som estéreo estava desligado. Eles se autodenominavam uma estação de Clássicos das Antigas, tocando os indispensáveis Motown e Beatles, e cantores e compositores descalços para se justificarem aos anunciantes, mas sua especialidade eram as melodias excêntricas, sucessos únicos e fortuitos, os "Popcorn", os "Monster Mash", os sublimemente terríveis "Itsy Bitsy Teenie Weenie Yellow Polka Dot Bikini".

Todo mundo já ouviu essas músicas engraçadas um milhão de vezes antes e apenas um coração de pedra não cantarolava junto por ao menos um segundo. O que fazia as pessoas saírem correndo era um tipo diferente de sucesso único, um tipo de música tão enjoativa e descarada que a alma estremecia ao reconhecê-la. Essas músicas chegavam à WLNG para morrer, eram cantigas desajustadas: declarações febris de afeto, histórias comoventes sobre tardes mágicas de última chance, odes ao amor eterno que mais pareciam medidas protetivas mal disfarçadas. Arranjos de cordas calculados partiam nossa resistência ao meio, solos solitários de sax parafraseavam corações partidos. Não digo o nome das músicas porque não sei, não faço a menor ideia de quem tinha feito a composição e de quem ganhava royalties. Tudo o que eu podia fazer era sucumbir ao Efeito LNG quando essas músicas começavam a tocar.

Acontecia dessa maneira: dos alto-falantes, saía uma música que a pessoa só tinha ouvido uma vez na vida, uma que deixava um registro tão tênue no cérebro que era a recordação de uma recordação. Paralisada pela confusão, a pessoa se perguntava: *Onde já ouvi isso antes?* A resposta era: *Em nenhum lugar importante.* Longe de marcar alguma passagem significativa da vida, era provavelmente a trilha sonora de um antievento — procurar uma meia sem par, limpar molho tártaro da boca —, mas o profundo sentimento de familiaridade e perda era inabalável. Esse era o Efeito LNG: um sentimento de nostalgia por algo que nunca havia existido. Era de arrepiar. E talvez a pessoa nunca tivesse ouvido a música antes, apenas pensasse que já tinha e inventava aquela relação, de tão ágil que era a persuasão da música. Havia uma qualidade na voz dos cantores, esses cantores sem rosto, harmonizadores usando suéteres que faziam dos cenários cafonas e das súplicas piegas algo hipnotizante e arrebatador. Por alguns versos, você era a pessoa dando aquela corridinha ao lado do vagão de trem que partia, voltando para contar a verdade depois de tanto tempo, o soldado na trincheira implorando para a garota no país natal continuar fiel, o cara parado lá, indefeso pela primeira vez, na chuva torrencial, dizendo o que precisava ser dito. Não é possível soletrar *nostalgia* sem L, N e G.

Em algum momento de fraqueza, essas músicas chegavam às paradas pop, misturando-se com as criações mais prováveis por um breve e glorioso instante. Desajustados na festa, apoiando os cotovelos na parede e tomando ponche cheios de nervosismo antes de serem descobertos. Saíam do Top 40 e caíam no ranking, desaparecendo da mente da maioria das pessoas... do nosso universo para outro, acolhidos no firmamento da WLNG assim que atingiam o 41º lugar, brilhando em sua antiga constelação. Imagino que o Efeito LNG fosse exatamente o oposto para os cantores. Para eles, ouvir suas músicas não era o reforço de uma ilusão, mas a afirmação da realidade: se alguém estava tocando o disco deles depois de tanto tempo, então realmente existiam e o momento deles no palco não tinha sido um sonho. Ouviam suas palavras de novo, restauradas depois de terem sido destruídas por fabricantes de música ambiente e compositores de elevador, e eram curados.

Todo mundo odiava a WLNG porque ela ferrava a nossa cabeça. A gente mudava de estação em um piscar de olhos. Meus amigos não tinham tempo para isso, ficando à toa em busca de transmissões clandestinas e nítidas da KISS FM na cidade. Meu irmão estava entrando em sua grande fase do reggae. Minha mãe gostava de música clássica, passando da 92.1 no caminho para toda aquela sofisticação estilo queijos e vinhos da rádio pública no final do sintonizador. E, embora meu pai tivesse uma fraqueza bem conhecida pelas rádios *easy listening*, ele detestava a voz do cara da tarde da WLNG, Rusty Potz — Rusty Potz! —, a quem se referia como "aquele cara", antes de desligar o aparelhinho de som Panasonic no canto da sala de jantar.

Então, é claro que a WLNG era (uma das) minha(s) vergonha(s) secreta(s), permitida(s) quando eu ficava com a casa só para mim. As músicas eram piegas demais para serem algo além de prazeres individuais, saboreados em particular enquanto se tocava em teclas invisíveis ou se acariciava um microfone fantasma. A maneira furtiva com que eu sondava as cercanias, aumentando lentamente o volume do rádio, atento a cada elevação, subindo o som um pouco mais conforme ficava mais ousado, com certeza ecoava os protocolos universais da pornografia. Às vezes, eu me esquecia de me livrar das provas e horas depois ouvia alguém dizer "Quem anda ouvindo a WLNG?" na sala de estar, então eu aparecia e declarava "Eu odeio essa rádio!" como um cidadão decente. Na verdade, meu pai fazia a pergunta da mesma forma que perguntava "Quem andou assistindo ao Canal J" quando estávamos na cidade e o mostrador do decodificador apontava para o distrito da luz vermelha local. O Canal J, lar de Ugly George e *Midnight Blue*, programas pornô de acesso público que foram a iniciação de muitos garotos e garotas de Manhattan às cenas de nudez em movimento, um vislumbre da decadente Times Square na programação. Às vezes, eu era o culpado; outras, não. O fato de que ser pego no flagra enquanto Al Goldstein passava um clipe granulado da estrela pornô Seka era preferível a ser pego cantando "Who Put the Bomp (In the Bomp Bomp Bomp)" dizia muito sobre o mundo.

Menciono tudo isso porque, numa tarde mais ao fim da temporada, eu estava me masturbando em dose dupla: ouvindo a WLNG e me tocando. Não me tocando naquele sentido, mas passando a língua pelos montes e fendas de meus dentes e gengivas. Tinha tirado o aparelho alguns dias antes e estava em êxtase total com a sensação da minha nova boca. *Olhem para a minha obra, pessoal, e se desesperem!* O que não quer dizer que eu também não tivesse aproveitado a forma mais convencional de autogratificação nas vinte e quatro horas anteriores, mas naquele momento eu não estava com a mão na massa. Eu tinha a masturbação em alta conta, pois sem ela nunca teríamos desenvolvido o polegar opositor, e do polegar opositor flui toda a civilização, a modelagem de ferramentas rudimentares, a criação do fogo para aquecimento e preparação de alimentos, pinturas rupestres, escrita cuneiforme e, por fim, o Betamax. Pense nisso na próxima vez.

Sondei, poli, acariciei as superfícies lisas e adoráveis dos meus mordedores nus. Nunca tinham sido daquele jeito: nivelados, uniformes, sem falhas. Metade da razão pela qual coloquei aparelho foi para corrigir minha magnífica sobremordida, que eu ajudei a desenvolver quando era criança. Chupei o dedo até o fundamental, enfiando aquele filhinho da puta na minha boca sempre que ficava sozinho. Chupando uma teta que nunca dava leite. Vejo que estamos voltando muito hoje, seguindo pela estrada da memória até onde o asfalto termina e apenas a terra leva para longe, até a origem desse amor por consolações solitárias. Minha nossa, tudo volta ao berço, essa inclinação para o autoprazer, no onanismo tão frequente, na distração com baladas narcisistas e tristes, chupando o dedo — as várias estratégias para conseguir um pouco de conforto neste mundo frio e cruel. Quem tinha essas coisas não precisava de mais ninguém.

Por fim, comecei a deixar o polegar em paz quando a catapora dizimou minha turma do segundo ano e fiquei com bolhinhas brancas por todo o interior da boca por ter enfiado o dedo contaminado lá. Eu tinha catapora por fora, como todo mundo, mas por dentro também, onde ninguém conseguia ver. Eu olhava no espelho e pensava: Amaldiçoado! Ou qualquer palavra que alunos do segundo ano usam para descrever aquele sentimento de serem escolhidos para um destino horrível e específico. Bicho rastejante! Monstrinho! Alguns dizem que a história de que chupar o dedo estraga os dentes é mentira, mas, se me der uma placa daquelas de carregar no corpo, eu promovo essa teoria de ponta a ponta na Broadway. É óbvio que algo tão reconfortante precisava ser punido com deformidade, cegueira e por uma praga de bolhas brancas que visitavam o perverso território da minha boca.

Era para o aparelho ter sido retirado no primeiro ano, mas eu nunca ia às consultas, então o tratamento se estendeu por mais um ano e meio. Naquela primavera, enfim me recompus e comecei a cumprir com minha parte do acordo, prendendo os elásticos nos cravos e ganchos e aparecendo no consultório do dr. Henderson nos horários marcados. Ele era um cara legal. Eu gostava de como ele falava: "Talvez você sinta uma leve pressão", como se fosse uma raridade e não um estado constante de ser.

— Como estão as coisas em Sag? — perguntou ele, quando me sentei pela última vez na cadeira dele.

No verão anterior, ele havia alugado um apartamento no Baron's Cove, nos arredores da cidade, e, quando o encontrava na praia ou algo assim, um espectro surgia diante de mim, o homem pairando de avental e máscara, com seus instrumentos espinhosos e serrilhados cintilando sob a luz do sol de verão. Nessas ocasiões, eu cantarolava um "olá" para ele, mantendo os lábios apertados.

— O de sempre — respondi.

Ele começou a trabalhar com o martelo e a chave inglesa, libertando meus dentes. Um cheiro horrível emanava dos restos microscópicos e não tão microscópicos de comida que estavam apodrecendo embaixo do metal havia anos. Ele limpou meus dentes, e minha língua dançou sobre eles.

O dr. Henderson me entregou um espelho.

— Agora você vai beijar uma porção de garotas.

Não me importei em ser tratado com paternalismo pelas Dicas Úteis do final do *Manual dos ortodontistas*. Fazia sentido elogiar o novo visual dos recém-consertados para ajudá-los a apreciar o resultado de todo o seu sofrimento. O que me incomodava era a insinuação de que o aparelho era o que me impedia de fazer as sacanagens da minha idade, como beijar de língua, enfiar a mão por baixo de um sutiã e ficar com as bolas doendo quando ficava muito tempo sem gozar. Obviamente, teria sido difícil para mim beijar menos garotas, já que as propriedades matemáticas básicas do número zero são do jeito que são. Para melhorar meu portfólio, eu precisava me livrar do aparelho. Mas o que dizer do eu essencial por trás de tudo? Na lógica da minha afeição, aqueles que me amavam ou gostavam de mim conseguiam ver além do Gigante de Ferro agarrado aos meus dentes, da minha apresentação incompetente e minha falta de jeito crônica. Nada disso importava. Havia algo de bom por trás. Eu precisava acreditar. Se uma pessoa não conseguisse enxergar, então não era digna da nossa companhia, certo? Não merecia um beijo. Então, o que as pessoas viam em mim era um teste.

De volta ao apartamento, sorri e zombei de mim mesmo, praticando caretas com a boca. Olhei para o novo sorriso e pensei no que ele significava.

Fiquei na cidade por quatro dias. No caminho de volta para a ilha, uma cúpula de poluição perfeita e laranja cobria Manhattan. A cúpula retinha o calor de agosto e acumulava os fedores da cidade, o lixo em decomposição e o gás dos escapamentos dos carros, além de essências evaporadas daqueles que estavam presos lá dentro. Desci do ônibus na 86th Street e avancei devagar para dentro do pântano. Não chovia havia algum tempo, e poças horríveis fermentavam nas calçadas, com objetos escuros flutuando nelas e rastros de óleo multicoloridos pairando nas superfícies. O verão avançava, e as pessoas estavam muito abatidas pelo calor para demonstrar raiva e violência. Abriam caminho, curvando-se nas calçadas, mártires das próprias escolhas.

Reggie havia voltado algumas vezes para comprar discos ou roupas, mas aquela era minha primeira viagem de volta à cidade. Meu quarto era um instantâneo do meu cérebro de cerca de dois meses e meio antes, uma imagem da bagunça deixada pela evacuação. Edições amareladas do *Village Voices* estavam abertas nas páginas de shows, listando nomes de bandas que eu nunca tinha visto e locais aos quais nunca tinha ido. Durante toda a primavera, memorizei aqueles endereços e os situei no centro amorfo que existia na minha cabeça. Um dia eu iria lá depois de escurecer, para além da 14th Street. Aquelas trevas modernosas. Os discos que eu havia gravado em fitas na noite anterior à minha partida estavam espalhados, metade fora das capas: o *Mutiny*, do Birthday Party, e os dois primeiros discos dos Stooges. Coisas que havia comprado porque ouvira em uma fita cassete que minha irmã mais velha tocara quando ficou em casa nas férias de fim de semestre. Quem é esse? O que é isso? Elena estava passando o verão longe de nós, trabalhando em um cinema em sua cidade universitária. Meu pai fez um escândalo quando soube, mas o que ele iria fazer? Ir até lá e arrastá-la de volta?

Não havia ninguém na cidade, apenas meus poucos amigos da escola. Eu queria voltar para Sag o mais rápido possível. Ainda me restavam duas semanas de verão. Eu ainda não havia terminado minha história lá.

QUANDO VOLTEI, os ajudantes de palco já tinham tirado tudo. A maioria das pessoas sai de um lugar por alguns dias e, ao retornar, fica tranquila porque, apesar da preocupação, não perdeu nada. A festa lendária, o rolê noturno de uma vida. Não no meu caso. Não mesmo. O mundo realmente expandia sua boemia quando eu não estava por perto, e eu tive que ouvir todos os detalhes quando voltei. Principalmente no final do verão, quando as coisas aceleravam à medida que eram atraídas pela gravidade de setembro. Apenas quatro dias, e Clive tinha ido embora. Eu não me importava com esportes, nem em assistir nem em participar, mas o lendário acampamento de basquete de Clive me impressionava como uma vocação especial — ele tinha um propósito maior, estava partindo para cumprir seu destino de enterradas. Seguindo a tradição das amizades de Sag, eu não o veria até o ano seguinte. Bobby tinha voltado para a cidade, por alguns dias ou para sempre, não ficou muito claro. O avô dele havia adoecido de novo, então todos voltaram para Westchester para cuidar disso. O que nos deixou sem carro, já que Randy estava fazendo turnos dobrados no Long Wharf para complementar a poupança para entrar na faculdade. Podia até ser dezembro, tamanha a desolação que víamos quando andávamos pela cidade.

Tivemos uma chegada tardia para substituir as que havíamos perdido: Melanie. Ela ia muito para Sag quando pequena, de acordo com NP. Ele herdou o gene do historiador curioso de seu pai, que mantinha um extenso banco de dados mental sobre todo mundo dos condomínios. Quanto tempo fazia que iam para Sag, quais lotes as famílias haviam comprado e negociado ao longo das décadas, onde os filhos e netos estudavam e quanto estavam ou não lucrando com seus trabalhos importantes. A família de Melanie era da primeira geração, NP me contou um dia enquanto limpávamos latões no Jonni Waffle, mas tinham vendido a casa na Cuffee Drive dez anos antes.

— Meu pai falou que o pai dela tomou algumas decisões ruins nos negócios.

Livrar-se de uma casa em Sag era imperdoável. Como vender os filhos para o circo para comprar drogas. O sr. Downey era um estranho, veja bem, e não entendia nossos costumes. De que outra forma explicar a perda do bem mais precioso da família?

Àquela altura, os Downey tinham se divorciado, e a mãe estava tentando se reconectar com a tradição. A história era fácil de vender nos condomínios — a filha rebelde de volta à comunidade, e o impostor de volta ao lugar de onde veio, vendendo carros usados em um terno barato por aí. Melanie e a mãe alugaram uma casa em Hills, retornando a Sag pela primeira vez em anos. Todos chamavam a mãe dela de "Peaches", um apelido de infância, enfim recuperado. Peaches deu um belo show, insinuando-se no pequeno recanto da praia em frente à nossa casa. Ela subiu no barco a motor dos Franklin e praticou esqui aquático, a única mulher de meia-idade corajosa o bastante para fazê-lo quando Teddy Jr. estava no comando. As senhoras levantaram-se das cadeiras de praia e observaram enquanto o barco a içava para fora da água. Peaches acenou para elas como uma *miss* adolescente se exibindo durante a parte do show de talentos de um concurso de beleza, cambaleando apenas um pouco ao se virar. Teve até uma carta publicada no jornal *Sag Harbor Express*, reclamando do trânsito do fim de semana, um gesto de indignação justificada que conquistara qualquer um que ainda estivesse relutante em recebê-la de volta ao grupo.

A filha era igualmente hábil. Ainda não havia reivindicado seu direito de progenitura como uma verdadeira Princesa Negra Americana, com os marcadores de vestuário e os olhares debilitantes, então foi apenas no verão seguinte que Erica e Devon a acolheram em sua gangue, mas Nick logo a acolheu. Por assim dizer. Ela virou uma visão familiar no Jonni Waffle, enfiando a cabeça pela fresta da porta para convencer Nick a fazer uma pausa em um dos bancos do Long Wharf e demorando-se do lado de fora no final do turno para que pudessem voltar caminhando juntos no escuro. Sua risadinha sibilante sinalizava a aproximação, passando pelas esquinas dos condomínios e pelas entradas das casas, e assim ela aparecia. Caminhava em um estilo entre o andar desajeitado e o desfilar — estava quase acertando o desfilar, ajeitando-se, aprendendo a mover os quadris largos. No próximo ano, uau, garoto!

Eu a vi pela primeira vez no quintal dos fundos da casa de NP, no começo de agosto. Estava sentada na velha espreguiçadeira verde e branca deles, tomando limonada Country Time. Os pedaços mal dissolvidos do pó giravam cada vez que ela inclinava o copo em direção aos lábios carnudos, o cabelo longo e cacheado balançando no ar. Melanie era suave e redondinha, como um bebê gordinho e doce, e tinha a habilidade notável de transformar tudo o que vestia nas pernas em shorts bem curtinhos, a pressão das coxas fazendo com que os brancos e recatados shorts de jogar tênis virassem shortinhos curtíssimos, e o zíper da calça jeans desbotada sempre em posição de sentido como uma agulha em um medidor de pressão.

Não me lembrava de Melanie estar lá quando éramos pequenos, mas ela dava demonstrações convincentes de quem tem informações privilegiadas, como uma espiã bem informada. Falava dos anúncios de "pacote de pipoca dançante e cachorro-quente" que eram exibidos entre as sessões no antigo Drive-In e nos hipnotizavam a ir até a barraca de comida, e citava o Frederico's e o Candy Kitchen com autoridade, como se tivesse desfrutado de uma série ininterrupta de verões sagrados. Com Devon e Erica fazendo apenas aparições estratégicas em nosso grupo Após o Término, ela acabava sendo a única garota por perto, mas não se incomodava com isso. O lance com Nick ajudava. Acho que pouco lhe importava que ele fosse tecnicamente um local, ou talvez o fato de suas credenciais serem inadequadas os tenha aproximado. Ela fingia interesse nos hobbies dele como uma profissional, como se tivesse sido casada algumas vezes e soubesse tolerar o fraco entusiasmo dos homens. Ela observava com paciência enquanto ele ajustava o equalizador gráfico de seu rádio monstruoso, franzindo a testa com concentração durante os discursos de como aquela configuração específica realmente enriquecia o *beatbox* em "The Show", mas o lado B do single "La-Di-Da-Di" se beneficiava de um pouco mais de agudos, para destacar a destreza vocal de Slick Rick.

Embora, para falar a verdade, tivesse havido aquela tarde de prenúncio. O grupo estava comendo pizza no Conca D'Oro, as gotas alaranjadas de gordura deixando os pratos de papel opacos.

— Não é um sample — explicou Nick —, fizeram isso ao vivo no estúdio.

Ninguém queria que ele começasse a falar da perspicácia de estúdio de Melle Mel. Acho que Melanie sentiu que eu estava olhando para ela, virou-se para mim e revirou os olhos cirurgicamente para o teto. Então voltou, arrebatada, à dissertação dele sobre "Funky Beat", aquele totem da velha guarda. Mas eu vi a revirada de olhos.

NAQUELE DIA, AS COISAS ESTAVAM NESSE PONTO. Eu fiquei sozinho em casa ouvindo rádio. Era fim de semana, então Reggie estava fazendo jornada dupla no BK, e era o terceiro dia nublado consecutivo, então não tinha ninguém na praia, exceto os surfistas de fim de semana que precisavam aproveitar ao máximo. Meus pais estavam em uma festa em Ninevah. Eu estava matando moscas com elásticos. Chegava o mais perto possível daquelas cabeças de cem olhos, então puxava a borracha para trás e as mandava para o além. Eu havia me aprimorado muito na caça durante o verão, deixando manchinhas vermelhas nas janelas e paredes. Meu mausoléu de horrores. A luz estava diminuindo, mas avistei uma azarada parada perto da maçaneta da porta de vidro e fui até lá, minha língua fazendo cócegas no pré-molar direito superior... quando, de repente, fiquei deprimido de verdade. Uma tristeza pulsou pelos vasos sanguíneos capilares ramificados, inundando meus membros, espirrando nos esconderijos mais distantes dos meus dedinhos e nos caroços do lóbulo da orelha. Foi um incidente tão profundo que imagino que sua intensidade tenha deixado marcadores químicos no meu cabelo de tal forma que um laboratório de alta tecnologia conseguiria identificar, como se eu tivesse fumado um baseado daqueles, famoso conhecido das últimas fileiras de teatros alternativos. A mosca voou para longe. Encaixei a mão em uma cadeira para me firmar.

Percebi que música estava tocando, e entendi. Tinha sido atingido pela LNG, mas foi bom. A letra da música fervilhava na minha cabeça:

Have I a hope or half a chance
To even ask if I could dance with you, you-oo?
Would you greet me or politely turn away
Would there suddenly be sunshine on a cold and rainy day
*Oh, Babe, what would you say?**

Eu já tinha ouvido essa música? Com certeza em outra vida. Em outra casa. O cantor bradava sua proposta. Seu instrumento, a voz, não era de veludo, mas compensava com a intensidade. O desespero que é primo da paixão. Eu estava lá com ele no resort inglês litorâneo no final do verão. O retiro costeiro que já havia passado do auge. Era a última noite no Dime-a-Dance antes da demolição, o último grande show da temporada antes de fecharem o calçadão. Lá está ele, em seu único terno bom, de anarruga, com cotovelos brilhantes e manchas de vinte velórios, o viúvo que ficou a noite toda parado junto à parede, observando-a, desviando o olhar quando ela virava a cabeça em sua direção. O anjo de branco com olhos escuros e pele brilhante. Ele a vira no primeiro baile, no começo do verão — tinha ido por diversão, geralmente passava longe desse tipo de coisa — e voltava todo sábado à noite para dar uma olhada. Criando coragem. Para arriscar o amor mais uma vez. Aquela noite era sua última chance, e ele se recompõe, esfregando a aba do velho chapéu-coco com os polegares, cravando as solas gastas na pista de dança.

---

* "Tenho alguma esperança ou meia chance / De perguntar se eu poderia dançar com você? / Você aceitaria ou se viraria com educação? / Surgiria de repente um raio de sol num dia frio e chuvoso? / Oh, querida, o que você diria?", em tradução livre. [*N. E.*]

Eu já tinha ouvido aquela música? Não sabia. Seria um clarinete, aquele som de peido? Prestei atenção na letra e tentei voltar no tempo. Quando teria sido? O fantasma do "quando". Não, era um saxofone. O saxofonista valsava durante o solo. Estava no telhado de um prédio à meia-noite, tocando para todos os solitários, que saíam da cama e iam ao peitoril das janelas para ouvir com mais clareza. Não conseguiam vê-lo. Era a própria lua tocando aquelas notas deliciosas. Pela manhã, não saberiam dizer se tinham sonhado. Tentavam se lembrar da melodia o dia todo, mas não conseguiam. Na hora do almoço, envergonharam-se por tê-lo decepcionado.

A música terminou, e o volume aumentou para apresentar um comercial da empresa imobiliária Allen M. Schneider Real Estate. Ouvi meus pais estacionando o carro na garagem e corri para o rádio, girando o dial para sintonizar a estação preferida da minha mãe, Só Clássica. Eles subiram as escadas e, quando entraram, meu pai retomou a conversa. Uma discussão que tinha começado dentro do carro e que tinha sido interrompida até eles voltarem para outro espaço fechado. Quem sabe o que dera início a ela? A essa altura, a briga já estava imersa em antigos rancores e falhas imperdoáveis. O de sempre.

Eu não tinha algo planejado, mas fiz o que nunca fazia nesses casos: saí de casa. Era engraçado — assim que a porta se fechou, não ouvi mais nada. Talvez o vento estivesse levando a briga para outra direção. Naquela época do ano, ventava bastante perto do horário do pôr do sol. Sempre fui atormentado pela sensação de que todos no condomínio estavam nos ouvindo, mas a porta de tela se fechou com um chiado e aqueles sons desapareceram.

Ao sair da garagem, tentei tirar a música da cabeça. Não funcionou. E se alguém aparecesse e me ouvisse cantarolando? Ficar preso em uma canção da WLNG era difícil de explicar, como dizer que pegou uma doença venérea no banheiro de uma estação de ônibus. Era algo que, para sua vergonha, você carregava consigo. Havia músicas que eram prazeres culposos, como "Fernando". Aquela porcaria do ABBA. Todo mundo sentia isso. Depois, havia músicas que revelavam ideias fundamentais que você tinha sobre si mesmo. *Have I a hope or half a chance.* Não havia conciliação para uma exposição dessas. Meus amigos não entenderiam. Reggie me daria um soco na cara. Com certeza minha irmã não aprovaria, mas era tão raro encontrá-la que não me preocupava mais com o comentário sarcástico que ela faria.

NÃO FALEI MUITO SOBRE ELENA porque ela não estava lá. Não falei sobre ela porque foi para a faculdade e nunca mais voltou. Mencionei a grande migração, quando se para de ir a Sag, exceto para visitas ocasionais. A pessoa conseguia um emprego de verão de verdade na cidade, ou algo no campus, ou um estágio no escritório de um amigo da família. Um rito de passagem comum. *Chega dessa merda burguesa.* Ela deixava o lugar que a havia criado para tentar a sorte no mundo. Mas Elena fez mais do que se tornar importante demais para Sag Harbor. Ela tinha ido embora, e nós a víamos no Dia de Ação de Graças e no Natal, e, às vezes, ela voltava para Nova York quando tinha férias mais longas, mas nunca foi a mesma coisa. Ela quase não aparecia, porque já tinha ido embora de verdade.

Elena era três anos mais velha. Quando éramos menores, ela era nossa babá, amiga e algoz, de acordo com suas necessidades. Ela nos tirava do meio da rua, ligava o forno para que eu e Reggie pudéssemos colocar nossos congelados Swanson's lá dentro, lado a lado, e mantinha o horário das oito da noite das segundas-feiras como um domínio absoluto para seu programa adorado, *Os pioneiros.* Aquelas lições da vida na fronteira conquistadas com muito esforço. Quando nós a deixávamos maluca, ela ameaçava contar ao nosso pai, o que nos aquietava.

Ela emagreceu e ficou estilosa quando entrou no ensino médio, revelando uma personalidade descolada do centro da cidade que fazia o formando mais blasé de uma escola particular parecer um caipira do Kentucky. Chegava em casa depois que todos já estavam na cama e deixava os convites brilhantes do Peppermint Lounge e da Danceteria na mesinha da entrada, na qual se acumulavam como adesivos estrangeiros em uma mala de viagem antiga. À noite, sons estranhos emanavam de seu quarto, melodias feridas tiradas de compactos do Mission of Burma e *flexis* pretos que vinham encartados em revistas de música britânicas. Havia sextas-feiras à noite em que se preparava psicologicamente tocando *Sandinista!*, faixa por faixa, todos os seis lados do álbum triplo do The Clash, e depois saía com botas fluorescentes para desbravar a noite. Reggie e eu ficávamos sozinhos em casa com uma pilha de filmes de terror do Crazy Eddie's, fascinados pela ideia do nosso futuro no ensino médio. Otários!

Em verões passados, ela que ficava responsável quando nossos pais voltavam para a cidade. Quando chegara a minha vez, por fim entendi a expressão dela quando os amigos dos nossos pais perguntavam quando os dois chegariam. Ela era monitora do acampamento em Boy's Harbor e passava o dia inteiro mandando em crianças, o que facilitava as coisas para nós, pois ela já não tinha mais qualquer diretiva fascista quando chegava em casa. Eu a ouvia saindo furtivamente depois que Reggie e eu íamos dormir. O barulho da porta do carro batendo era um aviso de que ela estava a caminho de suas missões secretas e me deixava responsável pela casa vazia até de manhã. Em seu último verão em Sag, ela já era descolada demais, estranha demais e "agia muito como branca" para os garotos e garotas de Sag Harbor com quem havia crescido, e saía para encontrar outros como ela, seus companheiros improváveis. Ela nunca os levou para casa, mas devia ter encontrado seu grupo.

Só a vi uma vez naquele verão. Uma semana antes de me livrar do aparelho nos dentes. Bobby continuava em Sag, e nós estávamos passando de carro pela rua principal, em South Hampton, correndo para assistir à exibição das sete e vinte de *Mad Max: Além da cúpula do trovão*. Já tínhamos visto, mas não havia mais nada para fazer. Estávamos prestes a entrar no estacionamento atrás do cinema quando Bobby perguntou:

— Aquela ali não é a sua irmã?

Ela estava do outro lado da rua, fumando um cigarro em frente a um dos restaurantes chiques reservados para adultos. Quando nossos pais nos levavam para jantar, era no Lobster Inn, ou no mais novo restaurante de frango frito caseiro que só durava uma temporada, ou no lugar de comida para viagem. Os adultos guardavam os restaurantes bonitos e resenhados nos jornais para noites longe das crianças. Ou longe das esposas. Ela estava conversando com um rapaz de aparência alemã, com cabelo loiro longo e dentes brancos e brilhantes que cintilavam do outro lado da rua. Ele tinha uma postura rasa e materialista de *eurotrash* que sempre associarei aos terroristas hi-tech de *Duro de matar* — e, sim, sei que o filme só saiu três longos verões depois, mas o que você espera de mim, o filme me impressionou muito, e é difícil aceitar a noção de um mundo sem *Duro de matar*. A eficiência cruel desses caras. Ela deu um tapinha no braço dele e sorriu para uma piadinha, descendo com a mão até o cotovelo dele. Eles estavam transando.

Ainda estavam lá depois que encontramos uma vaga para estacionar. O que foi bom, porque eu não queria ter que entrar no restaurante e falar para o garçom, ou quem fosse, que eu estava procurando alguém. O companheiro dela viu quando me aproximei e me observou por cima do ombro dela. O rosto dele assumiu aquela expressão que já vi muitas vezes quando estou andando pela rua e tem uma pessoa branca sentada sozinha no carro. A expressão no rosto dele era a mesma que sempre fazem antes de trancar as portas do carro. *Clique, clique, clique* ecoando na rua enquanto eu passo. Estávamos em South Hampton.

— Elena?

Ela me deu um abraço — eu tinha esquecido como era bom — e me apresentou a Derek. Ele deixou de lado o olhar desconfiado e apertou minha mão com um grande sorriso.

— O que está fazendo aqui? Quando você chegou?

— Só vim para o fim de semana — respondeu ela. — Estou na casa do Derek.

Bobby olhou para o amigo dela e ergueu uma sobrancelha, parecendo cético.

— Ah, eu não sabia — falei.

— Foi um negócio de última hora.

— Quando você vai passar lá em casa? Porque vou estar trabalhando na... — comecei a dizer; eu não queria perder a visita dela.

— Acho que não vou ter tempo de passar lá — interrompeu ela. — Acho. É só uma viagem rápida.

— Ah.

Os carros passavam ruidosos na rua. Bobby disse que ia comprar os ingressos e combinamos de nos encontrarmos no cinema. Elena moveu a cabeça em direção a Derek, e ele se esgueirou para dentro do restaurante. Ela tinha muita experiência em dar instruções não verbais, cuidando de Reggie e de mim durante todos aqueles anos.

Elena deu uma tragada e soltou a fumaça pelo nariz.

— Pode me fazer um favor? Não diga para a mãe e o pai que me viu aqui, está bem? — pediu ela. — Eles não entenderiam.

— Você nem ia ver a gente.

— Não faça bico. Claro que quero ver você e Reggie. — Ela apertou meu ombro. — Vou tentar voltar e ficar mais tempo antes de as aulas recomeçarem. Essa vinda foi de surpresa. — Ela apagou o cigarro e disse: — Você sabe como é lá em casa.

— Como assim?

— Você sabe do que estou falando.

Ela olhou pela janela do restaurante à procura de Derek.

— Só me faça um favor, Benji: saia quando puder — pediu. — Se esforce e passe em uma boa faculdade. Assim você consegue sair de casa e pronto.

— Não entendi.

— Claro que entendeu.

Depois disso, só a vi no Dia de Ação de Graças. Ela ficou uma noite e, em seguida, foi para uma festa em Connecticut que uma amiga dela da faculdade estava dando. Disse que estava conhecendo todo tipo de gente nova.

NÃO, EU NÃO PRECISAVA ME PREOCUPAR de encontrar Elena com aquela música na cabeça. Aquelas palavras sentimentaloides na minha boca. Eu estava no meio da rua, algumas casas adiante. Longe a ponto de não precisar fingir que não morava onde morava. Podia durar cinco minutos ou cinco horas. Dessa vez, eu ficaria longe.

— Ben.

Melanie estava parada na esquina da Meredith. Estava na grama perto do meio-fio, as mãos espalmadas na cintura. Usava uma camisa branca de botão tão apertada que parecia que tinha aumentado um tamanho de busto. O cabelo estava preso em duas longas tranças que dançavam sobre os ombros quando ela movia a cabeça. Não vi Nick.

Ela empurrou alguma coisa no chão com o pé.

— Que nojento.

Parecia uma centopeia amarela de plástico coberta de terra.

— É, as pessoas não deviam jogar lixo no chão — falei.

— É uma camisinha.

— Certo.

Eu nunca tinha visto uma fora da embalagem. Às vezes, caras que eu conhecia abriam as carteiras para mostrar as expectativas para a noite, e amadores como eu ficavam boquiabertos com os contornos do anel. Naquele momento percebi que já os tinha visto antes, na floresta atrás do parque ou entre outros enfeites cagados nas ruas de Nova York.

Ela empurrou a coisa com a sandália até o mato.

— Nick está no trabalho? — perguntei.

— Não sei onde Nick está. Não sou a babá dele.

— Tudo bem.

— O que você está fazendo?

— Nada.

— Certo — disse ela.

Demos alguns passos em direção à Terry.

— Não acredito que já estamos quase em setembro — falei.

— É.

Perguntei a ela quando voltaria para a cidade, e ela respondeu que seria na semana seguinte. Era aquela época do ano. À noite, começávamos a fechar as janelas. As brisas nos despertavam no meio da noite ou nos assustavam ao anoitecer com seus jorros repentinos. Lembrávamo-nos de ter feito as malas no começo do verão e de ter tentado adivinhar quantas blusas de manga comprida e suéteres levar, e depois percebíamos que havíamos escolhido o número errado, como acontecia todos os anos. Estava quase acabando. A cidade ficava cada vez mais alta no horizonte.

— Você deve estar feliz por ter vindo para cá de novo — comentei.

Eu tinha um rolo de frases prontas nos bolsos e estava colocando todas para jogo, na tentativa de manter o papo rolando.

— É bom vir para cá — disse ela —, mas não é tudo isso. Quieto demais, sabe?

Eu sabia que ela morava no Queens e, na minha cabeça provinciana, os bairros mais afastados eram um manancial de licenciosidade. O pessoal de Sag Harbor que morava no Queens e no Brooklyn eram mais bacanas. Sem "se", "e" ou "mas". Não se enjaulavam em escolas particulares. As festas deles incendiavam o fim de semana. Aquelas projeções clássicas do reprimido. Mas ouvir a confirmação de Melanie, que era um ano mais nova do que eu, fez com que eu me sentisse mais careta do que o normal.

Ela meio que olhou para mim enquanto dobrávamos a esquina, e eu me lembrei do telefonema. Veja, algo fora do comum havia acontecido no dia anterior. Estávamos na casa de NP, eu, Marcus e Nick. A mãe dele estava em um almoço na cidade, então aproveitamos a casa dele para variar. Estávamos no quintal falando besteira, quando NP foi atender o telefone. Ele botou a cabeça para fora da porta dos fundos. Parecia confuso. Ele disse:

— É a Melanie.

Nick tirou o rádio do colo. NP avisou:

— Ela quer falar com o Benji.

Nesse momento, ficamos todos confusos. Nick sentou-se de novo, sem olhar para mim. NP deu de ombros.

O telefone tinha o formato de uma banana, uma triste relíquia amarela brilhante do design caprichoso do início dos anos 1970. O fio encaracolado do telefone estava tão emaranhado e incestuoso que precisei puxar cada centímetro.

— Alô?

— É a Melanie.

— Oi.

O aparelho tentou escapar de mim.

— O que você está fazendo? — perguntou ela.

— Estou aqui com NP e Reggie. E você? — Não sei por que não mencionei Nick.

— Vendo TV.

Olhei pela janela para o quintal, mas só consegui ver o velho balanço de pneu. Tinha caído dele quando era pequeno e arranhado o rosto; ainda o odiava por ter me feito de besta.

— Não tem muita coisa para fazer aqui. — Soltei um pigarro.

— Hoje o dia está muito chato.

Ouvi uma voz ao fundo. Peaches.

— Preciso ir. Vamos à Caldor comprar chinelos.

— Beleza.

Voltei para o quintal.

— Ah, *Benji, o cachorro divino* — exclamou NP.

— Ela só queria saber o que estava rolando — expliquei.

— Ela tá toda... — disse Nick, dando um tapa em um mosquito invisível.

Ele fechou a cara em uma expressão bem conhecida de irritação masculina com o sexo oposto, tão instantaneamente reconhecível que poderia ser um sinal internacional para tal coisa, pendurado em aeroportos e estações de trem. Ele não parecia chateado comigo e, do meu jeito, esqueci o telefonema um minuto depois. Ela só queria dar um oi. Não era tão estranho assim.

Com exceção das casas mal-assombradas de sempre, Azurest estava lotada. Todo fim de semana, os recém-chegados aparavam as cercas vivas, abriam torneiras até a ferrugem escorrer e trocavam os velhos capachos mofados pelas últimas novidades da loja de materiais de construção da cidade. Os carros ficavam muito próximos uns dos outros na frente das casas e lotavam os meios-fios, veículos de espectadores se reunindo para o Grande Evento. O show de fogos de artifício antes de terem que voltar para a cidade. Percebi que estava cantarolando aquela música de novo e parei. Quanto tempo fazia que eu estava fazendo aquilo? Será que ela tinha ouvido?

— Você me chamou de Ben.

— Pensei que você quisesse que te chamassem assim.

— É isso mesmo.

— Benji é fofo, mas eu sei o que você quer dizer. Eu sempre falava "Ben-ji! Ben-ji!" toda vez que te via vindo da praia com Reggie.

Hum.

— Quando você veio para cá pela última vez? — perguntei. — Sei que você costumava vir para cá o tempo todo, mas eu devia ser bem pequeno, porque não lembro.

Ela balançou a cabeça e sorriu.

— Só até os cinco anos. Mas eu me lembro de tudo. Você ficava naquela casa vermelha em Hempstead. Nós todos corríamos por aí brincando de "batatinha frita, um, dois, três". E tinha aquela velha bomba que costumava ser a base.

— Você se lembra disso?

Eu visualizei a cena, eu e o restante da gangue ziguezagueando pela grama; vi todos os rostos, menos o dela.

— Você se lembra da vez que eu te beijei? — perguntou ela.

— O quê?

— Eu tinha uns cinco anos, mais ou menos, e falei para você que a gente deveria se casar.

— Sério?

— É.

— O que eu fiz?

— Você saiu correndo e gritando.

— Sério?

— Minha mãe teve que se desculpar com a sua porque eu ficava te seguindo por aí tentando te beijar o tempo todo.

— Que estranho.

Ela estava de brincadeira comigo? Era tudo o que conseguia pensar. Primeiro aquele telefonema estranho, então essa conversa. Era um plano, uma conspiração cruel típica de escolas particulares da cidade. Não havia outra explicação.

— Eu achava você o garoto mais bonitinho daqui — disse ela. E parou. — O que aconteceu com você?

— O que aconteceu?

Inclinei a cabeça para trás porque senti que essa era a resposta adequada para tal declaração. Insultado etc. O que uma pessoa normal faria.

— Não, não foi o que eu quis dizer — falou ela, rindo e roçando os dedos no meu braço. — Quer dizer, você parecia sempre tão feliz, o tempo todo. Você tinha um pijama do *Planeta dos macacos* que gostava de usar mesmo durante o dia, e você sempre ria de tudo com Reggie.

— Agora sou todo bravo e furioso?

— Não foi o que eu disse.

Ela me empurrou, batendo o quadril em mim.

Hum.

Estávamos do lado de fora da casa de Marv. Era uma casa no estilo clássico americano com um telhado longo e plano, pintado de azul-ovo-de-tordo, que seria a aparência da radiação se pudéssemos vê-la. Uma luz vinha da janela do porão, através da sujeira salpicada pela chuva. Pensei em Rusty Potz, o cara da tarde da WLNG. Ele cobria a voz com tanta reverberação que parecia trabalhar no subsolo, só tomando ar fresco durante uma das transmissões remotas da Festa Anual do Peixe Frito dos Maçons de Sag Harbor. ("Os ingressos ainda estão disponíveis na prefeitura, na rua principal.") Pelo dialeto de roqueiro dos anos 1950, eu o imaginava com uma boina branca e uma jaqueta de beisebol de cetim, parado em frente a algumas fotos autografadas dele próprio apertando as mãos de Bill Haley & His Comets, dos Yardbirds e de vários cantores vestidos com cardigãs combinando. Ele trabalhava sozinho em sua masmorra, mexendo o caldeirão, criando nostalgia para seus ouvintes.

A WLNG não tocava hip-hop, claro, exceto por algumas variações ocasionais de "Rappin' Rodney". Era aí que Marv e sua operação clandestina entravam em ação, no porão dele. Marv era um intermediário, alguns anos mais velho. Era um malandro, exibindo os últimos estilos com a naturalidade de quem era aquilo de verdade: despojado de forma impecável. Quando chegou ao colegial, parou de ir a Sag para se comprometer com o estilo de vida B-boy. Foi a primeira pessoa que conheci que tinha duas picapes. Uma picape, você gostava de música. Duas, você era um artista. No verão de 1981, ele mixou "Good Times" como um verdadeiro acólito do Grandmaster Flash, puxando o *fader* para a frente e causando um efeito enlouquecedor, puxando alguns *scratches* hesitantes, *zip-zip*. A famosa linha do baixo desfilava pela sala como um malandro com um terno jeans bege e um boné estilo jornaleiro na cabeça: *O que posso fazer agora?* Ele não tinha muitos discos em seu engradado de leite, mas todos tinham o nome da música riscado com caneta hidrográfica. "Para ninguém me passar a perna", explicava. Nós nos aglomerávamos ao redor, observando sua mágica. Depois de um tempo, ele falava: "Vejo vocês mais tarde, preciso praticar", e voltava para o porão de cimento, trabalhando sozinho em seu bunker, como o cara da WLNG. Você transmite a novidade e faz isso sozinho.

A mãe de Marv ainda ia passar o verão em Sag. Provavelmente cobrira as mesas de DJ dele com a tralha típica de porão de casa de praia, máquinas de costura velhas e pranchas de bodyboard com teias de aranha. As coisas que a gente guarda porque acha que um dia vai querer usá-las de novo. Todos sabemos como termina. Melanie se lembrava de Marv dos velhos tempos, e eu lhe disse que ele não ia mais para Sag porque achava que era coisa de criança. Ela contou do primo, que era um DJ famoso em algumas casas noturnas no Bronx, depois comentou que se lembrava de quando a mãe de Marv deu uma festa de aniversário para ele e convidou a garotada toda. Um dos garotos maiores começou a perseguir Marcus ao redor da mesa de piquenique, enchendo o saco dele, e Marcus escorregou e trombou na mesa, fazendo o bolo de aniversário voar.

— Foi para todo lado.

Eu me lembrava daquele dia. Todo mundo vestia alguma peça de roupa listrada e colorida, era a regra. Reggie tentou resgatar um pedaço limpo de bolo do chão. Era a cara dele, juntar o que dava para salvar da bagunça. Garantir o dele. Mas eu não me lembrava de Melanie. Tentei reconstruir a cena, imaginar os rostos embaixo dos chapeuzinhos de papelão. Não consegui ver o dela. Mas ela tinha que estar lá. Foi nesse dia que me beijou? Pairando ao meu lado a tarde toda, roçando os braços em mim por acidente. Então, se inclinando. Eu era o marido dela. Deve ter acontecido. Onde foi?

Aquela porra de música arranhava a gaiola da minha cabeça, sacudindo as grades:

For there are you, Sweet Lollipop
Here am I with such a lot to say, hey hey
Just to walk with you along the Milky Way
To caress you through the nighttime
Bring you flowers every day
*Oh, Babe, what would you say?**

Como eu disse, tinha sido capturado, mas dessa vez foi pra valer. A música começou a agitar todo o lodo lá do fundo. Puxando-me de volta. Eu estava me lembrando do meu primeiro beijo, aquele dia perdido enfim recuperado. Enxerguei com clareza. A música deve ter entrado pela janela da cozinha naquele dia, com o rádio sintonizado na WLNG quando a mãe de Marv foi verificar a previsão do tempo. Ela deixou lá, na 92.1, e os encantamentos seguiram. O grandalhão que atormentava Marcus era o Bobbizão — não, era Neil, o tarado que

* "Pois aí está você, meu docinho de coco / E aqui estou eu, com tanto a dizer, hey hey / Só de andar com você pela Via Láctea / Acariciar você durante a noite / Te dar flores todos os dias / Ah, meu amor, o que você diria?", em tradução livre. [*N. E.*]

uma vez subiu no telhado da nossa varanda para espiar Elena e foi pego. Meus pais e os dele não se falaram por dois verões. Ele estava cursando medicina em Morehouse, era o que diziam. Marcus bateu a cabeça na mesa, e tudo ficou em câmera lenta enquanto o bolo da Carvel, os pratos de papel da Dixie e o refrigerante Hi-C voavam pelos ares. Alguém puxou meu braço e sussurrou: "Benji".

Parecia impossível não me lembrar de algo assim. A primeira vez que uma garota encosta os lábios nos seus. Que tipo de idiota esquece que foi um galã de cinco anos? Eu teria vivido disso por anos se soubesse. Mas eu sabia. Estava lá. O que me fez esquecer? Olhei para o perfil de Melanie, para o contorno do nariz, da boca e do queixo. Era uma de nós. Cria de Sag Harbor.

Estávamos na esquina, no final da Richards Drive. O destino natural era a cidade. Onde encontraríamos pessoas conhecidas e, então, não seria mais só eu e ela. Não havia mais para onde ir.

— Olha aí — disse Melanie.

Eu me virei para olhar a velha casa no fim da rua e soube que não era ela.

Vou aceitar o que o mundo diz e admitir que existem pessoas que viveram um grande amor. Deve ser verdade. Fazem tanto alarde sobre isso. O que significa que outras pessoas também amaram, mas com o tempo perceberam que o que tinham era apenas a sombra de uma possibilidade maior. Essas pessoas se acomodaram, se conformaram ou então romperam relações para continuar a busca. Há quem nunca amou e passa os dias buscando uma conexão verdadeira. E aí tem eu. Senhoras e senhores, todos vocês em casa que estão ligadinhos, o anjo do meu coração, meu amor perdido há muito tempo era... uma casa.

Lá estava ela, minha *sweet lollipop*. Posando timidamente atrás das velhas sebes, apenas uma fatia, um pedaço da coxa, visível atrás das árvores. Quando as pessoas estavam dentro de casa à noite, a luz das janelas atravessava as folhas e os galhos, diluindo a escuridão. Era sempre um conforto virar a esquina e vê-la depois de ter corrido o dia todo. Logo se estaria lá dentro com todos os outros.

As janelas estavam escurecidas. Desde a troca, quando ficamos com a casa de praia e minha tia ficou com a Hempstead House, ela raramente vinha para Sag. De vez em quando, a emprestava para amigos passarem o fim de semana, e era perturbador ver um *veículo estranho* na nossa garagem. Sim, *nossa*, mesmo que não fosse mais. Minha mãe ligava para a irmã para verificar se estava tudo bem. Não vi ninguém lá o verão todo.

— Vamos lá ver — falei.

Ela me acompanhou sem hesitar. A casa que meus avós construíram era pequena e em estilo Cape Cod, branca com telhas escuras e madeira vermelha reforçando o segundo andar. Era feita de blocos de concreto, pilhas deles transportadas na caçamba do caminhão do meu avô. Todo fim de semana ele levava uma carga, fazendo barulho na estrada. Foi antes de construírem a Long Island Expressway, sabe? Demorou um tempinho. Todo fim de semana, ele e os talentos locais faziam o que podiam até que ele precisasse voltar ao trabalho na segunda-feira. Até que ele e minha avó conquistaram a casa deles. Seu pedaço de Sag Harbor.

As sebes na frente estavam ralas e malcuidadas, mas o gramado estava aparado até a altura permitida. A casa se encontrava do jeito que sempre ficava no início de cada temporada, pronta para ser aberta.

— Quer entrar? — perguntei.

— Vamos nos meter em encrenca?

— Não tem ninguém.

— Tá bom — respondeu ela, de um jeito que me fez sentir uma descarga elétrica na virilha, empurrando meu pau contra a calça jeans.

Estava quase escuro. A entrada da garagem levava ao pátio dos fundos. Ervas daninhas e flores baixas se esgueiravam pelas rachaduras no concreto em decomposição entre as pedras do pavimento, e ainda havia luz suficiente para ver alguns formigueiros também, aqueles vulcões característicos de terra alaranjada. Em outros tempos, Reggie e eu nos ajoelhávamos sobre eles com uma lupa da Wharf Shop, inclinando o feixe incinerador sobre qualquer bichinho infeliz que aparecesse para fazer alguma tarefa na colônia. Era lá que colocávamos os condenados operadores de rádio e os caras da bazuca dos nossos pelotões de plástico no caminho das escavadeiras Tonka e, mais atrás, enchíamos baldes de plástico brilhantes com água da mangueira. Brincadeiras de criança nas quais víamos sentido. Passávamos longas tardes transferindo água de um recipiente para o outro, derramando um pouco a cada vez, até que o cimento ficasse encharcado e todos estivéssemos exaustos, pedindo por mais água aos berros. Rastejando como formigas, fazendo coisas sem sentido como essas. Atrás do pátio, o quintal virava uma ladeira, e a bomba continuava lá, como um espantalho enferrujado, com seus canos subterrâneos que não levavam a lugar algum. Não sei se um dia levaram a algum lugar.

Os móveis do pátio estavam empilhados na varanda telada, um dispositivo frágil que nos protegia do sol nos dias quentes e da chuva nos dias nublados, a água escorrendo pelo telhado e formando poças em cavidades no chão enquanto nos embalávamos no velho sofá de balanço, assistindo a tudo aquilo e chutando o ar. O telhado da varanda ficava diretamente abaixo das janelas do andar de cima, e Reggie e eu fugíamos por lá durante as escapadas no estilo Alcatraz. Não que tivéssemos para onde ir. Com o tempo crescemos e ficamos ousados o bastante para pular pela lateral, uma queda de mais de dois metros. Perdíamos muito tempo fazendo aquilo. Pensando: vai que dessa vez quebramos alguma coisa.

Falei para Melanie esperar e saí correndo por entre os móveis. Deixávamos a janela do quarto das tranqueiras destrancada quando morávamos lá. Talvez minha tia também fizesse isso. O que havia para roubar? Era mais provável ficarmos trancados do lado de fora por acidente do que a casa ser roubada. Abri a janela com um empurrão e subi na cama de hóspedes encaroçada, coberta com nossos velhos jogos de tabuleiro e os livros de espionagem da minha tia. Abajures sem lâmpada manchados e cortadores de ervas daninhas quebrados, varas de pescar e caixas de plástico cheias de parafusos. Fui até a porta dos fundos e a deixei entrar.

Vista de fora, a casa parecia pequena. Esse era seu truque. Lá dentro, o lugar se estendia por quilômetros. Estávamos na cozinha, onde os eletrodomésticos verde-claro da General Electric zumbiam, com a lava-louças, a geladeira e o fogão combinando, aninhados entre bancadas de fórmica cor-de-rosa. A eletricidade era ligada, e eles ganhavam vida; a eletricidade era desligada, e eles ficavam em coma por nove meses. A porta rangeu quando a fechei, como sempre acontecia. O primeiro rangido a gente nunca esquece. Era o rangido original, o padrão com o qual eu compararia todos os outros rangidos. Tudo naquela casa era meu modelo para as coisas do mundo. É assim que uma maçaneta tem que ser. É assim que um ralo tem que ser. A primeira cadeira que chamei de cadeira estava lá na sala de estar, ao lado do meu único e eterno abajur. Tinha sido lá que meus pés balançaram por anos até que o chão finalmente os alcançara. Janela. Sofá. Mesa de centro. Meus objetos eternos.

— Teias de aranha — disse Melanie, limpando o rosto.

Sendo uma espécie de marinheiro, meu avô tinha revestido a sala de estar com tábuas largas e marrons de pinho nodoso, o que a fazia parecer o porão de um navio. Uma boia de seu antigo veleiro ficava pendurada sobre o sofá, com o nome desenhado em tinta preta desgastada: *Minha Glória*. O velho caranguejo-ferradura ainda estava lá, com a casca seca pendurada no prego que meu pai havia posto na parede depois que eu o trouxera da praia. A única coisa diferente que notei foi a TV, mas não dava para acreditar que a antiga TV preto e branco ainda estivesse funcionando, então perdoei a troca. Demorava cinco minutos para aquecer, emitindo todo tipo de som frenético, como se você tivesse assustado as pessoas que estavam lá dentro, acordando-as do sono. Um ponto branco finalmente se materializava no meio da tela. Um ponto branco em um mar de escuridão. A primeira estrela do universo no primeiro dia. Ele crescia e se espalhava, o som surgia e, por fim, o comediante terminava a piada, o meteorologista previa o futuro, o monstro saía da neblina. Era preciso esperar.

— Você disse que o Nick vai trabalhar hoje à noite.

— Eu não sou a babá dele — repetiu ela.

— Quer subir? — perguntei.

Nossos olhos estavam se acostumando à escuridão, e um carro surgiu em Hempstead, iluminando o quarto e a nós como um farol.

— Pode ser.

Aquela era minha antiga casa, onde todas as coisas boas ainda existiam, mesmo depois de termos nos mudado. Tudo como era antes. Até o menino, aquele que sempre parecia feliz. Ele precisava estar lá. Ele morava lá. Assombrando o lugar com calças de poliéster e afro bagunçado. O mesmo frasco de água oxigenada ainda estava no armário de remédios? A espuma branca e macabra. Ele estava sempre correndo e não olhava por onde ia. Tudo veio à tona. Eu vi com clareza. Pensei que a música resgatara o beijo, mas tinha sido aquele lugar. O rosto do meu amor perdido eram as duas janelas voltadas para a rua, a porta da frente era o nariz e os três degraus de tijolo eram a boca. Querida. Cantarolei o refrão e não me importei de Melanie ouvir. Certas músicas pegam a gente desse jeito. Até se pode zombar delas, ignorá-las, tentar esquecê-las, mas os versos ainda se infiltram. Pessoas que nunca conheceríamos ofereciam palavras que não conseguíamos enunciar, dizendo o que já sentíramos por alguém um dia, ou que talvez fôssemos sentir um dia. Se tivéssemos sorte. Falavam por nós. Reunindo as coisas pequenas e ásperas que reconhecíamos em nós mesmos.

Os quartos das crianças ficavam no segundo andar. Caminhei na frente dela, meus dedos tocando o corrimão alisado pelas mãos de todos nós, encontrando a cabeça dos pregos levantada pela madeira que se acomodava. Eu antecipava cada uma delas antes que meus dedos as tocassem. Já tinha caído muitas vezes daquela escada enquanto aprendia a descê-la. Idiota, eu batia a cabeça nos degraus, acabava caindo e chegando todo machucado lá embaixo. Foi lá que aprendi a me levantar, porque quando eu caía a casa estava sempre vazia.

O quarto de Elena ficava à esquerda; o meu e o de Reggie, à direita. As persianas no fundo do nosso quarto estavam abertas, e entrava luz ambiente suficiente para que pudéssemos distinguir as duas camas, a cômoda e a estranha penteadeira que havia sido deixada lá antes de eu nascer, por falta de um lugar melhor. O espelho da penteadeira era ladeado por duas asas espelhadas com dobradiças. Se você as movesse em um triângulo, deixando uma abertura para espiar lá dentro, os espelhos recuavam para o infinito, lançando imagens de si mesmos de volta em um ciclo narcisista. Parecia um túnel atravessando a parte de trás da penteadeira e a parede, chegando a um além extradimensional. Era incrível quanto tempo eu conseguia ficar olhando para aquilo. Os gritos dos meus amigos brincando com Reggie vinham da janela e os da minha irmã brincando com as amigas vinham do quarto ao lado, enquanto eu ficava lá, olhando.

— Esta era a minha cama — informei.

Sentei-me e estendi a palma da mão. O revestimento de molas enferrujadas manchava o colchão. Ela se sentou ao meu lado. Disse alguma coisa, e eu respondi, extraindo as frases de um reservatório. Fazia anos que não me sentava naquela cama. A última vez que dormi nela — na noite da festa do Dia do Trabalho daquele verão —, eu não sabia que seria a última. Um carro subiu a Hempstead devagar, os faróis projetando um trapézio em forma de janela no teto. Eu conhecia o circuito: a luz atravessava a parede ao lado da penteadeira, subia pelas placas brancas do teto e, em seguida, se alongava e desaparecia no meio do cômodo. Se o trapézio piscasse até desaparecer, o carro era de estranhos, acelerando até a 114. Se continuasse pelo teto, seriam meus pais retornando de uma noitada, entrando na garagem e conduzindo a imagem trapezoidal até seu lugar acima da minha cama, antes que meu pai desligasse o motor. Quando isso acontecia, eu ficava a salvo de todos os sons noturnos que me perturbavam desde que havíamos sido mandados para a cama. Mesmo assim, não conseguia dormir. Acompanhava cada passagem de luz, esperançoso. Quando a luz acendesse e parasse, meus pais estariam em casa, e tudo ficaria bem.

— É silencioso aqui em cima — disse ela.

Os nós dos dedos dela estavam apoiados na minha coxa.

— É, não é? — concordei.

Ela fitou o meu rosto. Seus olhos brilhavam no escuro. Então, ela os fechou, apertando-os como se estivesse se concentrando muito, e fez um biquinho com os lábios.

Por que eu? Ela estava saindo com Nick, mas talvez não estivesse mais. Certamente, todas as evidências apontavam para a conclusão de que ela queria que eu a beijasse. A história do beijo de infância, o telefonema do dia anterior, sua pose atual — ah, vamos parar por aqui, acho que temos o que chamam de maioria, querido júri. Mas por quê? Relembrei nossos encontros recentes. Eu tinha sido legal ou dito algo engraçado? Tinha deixado minhas melhores partes escaparem, sem querer? Não consegui pensar em nada fora dos meus truques habituais. Talvez minha camiseta do Bauhaus finalmente estivesse fazendo efeito, anunciando meu gosto musical sofisticado. Ela também gostava de Bauhaus? Era improvável. Estava mais para New Edition. Veio-me à mente que Nick se parecia muito com Bobby Brown. Ela estava tentando se vingar dele por alguma coisa? Eu não era a pessoa com quem alguém ficaria para deixar a outra com ciúme. Eu era a pessoa com quem alguém ficaria para fazer a outra sentir pena, tipo, olha como meu nível caiu desde que você me deixou, se levarmos em conta aquele olhar distante e o ar de degradação. Tinha algo que eu não estava percebendo. Eu tinha tirado o aparelho. Mas isso me parecia algo tão trivial. Tinha sido um idiota por faltar às consultas. Pelo visto, eu poderia ter feito essas coisas o tempo todo. Pensei em Emily Dorfman deslizando os longos dedos nos meus e em Melanie Downey empoleirada na minha cama como uma ninfa em uma pintura de um dos Velhos Mestres ou como uma das monitoras de acampamento rechonchudas de *Sexta-feira 13*, com a calça curta e apertada cor de cereja. As meninas precisavam se aproximar de mim. Eu era muito enrolado. Tinham que me tirar de dentro de mim. Mas me levar para onde? Como se fosse melhor lá fora, com o restante do mundo. Eu precisava que as pessoas conseguissem enxergar além da minha fachada frágil para provar seu valor, mas, quando enxergavam além disso, eu me recusava a aceitar. Se as pessoas olhassem para dentro, com certeza descobririam rapidamente que não havia muito para ver.

— Hein? — disse ela.

Todo esse pensamento! Entenda os obstáculos que enfrentei naquela época. Tudo parava diante dessa implacável matutação. Uma pessoa normal teria se concentrado no que estava rolando, mas eu vim de uma linhagem degenerada. Estava em uma festa, conversando com uma garota com quem tinha chance, e me deixava distrair pela moça atraente do outro lado da sala, cujo sorriso me mantinha enredado. Naquele caso, a moça atraente nem era uma moça, mas uma casa de dois andares, com um telhado com vazamento e infestação periódica de esquilos. Eu fazia parte de um grupo de seres humanos sem futuro, cruzando os braços diante da extinção. Aqueles que escolhiam a fila errada no supermercado, parados como sacos de cimento com nossos escassos alimentos na cesta, contando e recontando para garantir que tínhamos menos de dez itens, e, quando por fim decidíamos mudar para a fila mais rápida, já era tarde demais e essa passava a ser a fila lenta. Na verdade, o simples ato de entrarmos naquela fila fazia com que se tornasse uma fila lenta. Víamos que nosso ônibus estava lotado e decidíamos esperar pelo próximo, como se tivéssemos todo o tempo do mundo, e ficávamos lá, olhando para a rua por vinte minutos, esperando o próximo, até decidir ir andando, e daí o próximo ônibus passava zunindo enquanto estávamos entre os pontos. Ficávamos sentados como idiotas enquanto garotas lindas com lábios grossos e pacientes se ofereciam para nós enquanto divagávamos sobre coisas confusas, cheias de teia de aranha. Nunca sabíamos quando estávamos vivendo algo bom e esquecíamos com muita facilidade. Vamos morrer. Não que aquela ocasião em particular fosse uma chance de transmitir meu miserável material genético e estender o reinado inútil da minha espécie nesta Terra, mas dá para entender aonde tal comportamento leva — por fim, o acúmulo de oportunidades perdidas, decisões míopes e caminhos errados nos alcançará. Somos estúpidos demais para viver. É incrível que tenhamos chegado até aqui.

Apenas beije a garota. E eu a beijei. Inclinei-me, cada mola que se ajustava no colchão rangendo em comentários grosseiros. Era a casa. Eu podia ser eu mesmo porque era lá que eu morava, livre do que acontecia e de quem eu me tornara. Não importava o que as pessoas vissem quando olhassem para mim, havia um homem lá dentro.

Já mencionei que meus olhos estavam abertos? Observei os olhos dela vagarem embaixo das pálpebras fechadas. Sua língua era macia. Mais macia do que a minha, ou todas as línguas tinham o mesmo grau de maciez, e a minha também era macia? Levantei uma mão e a pousei sobre um dos peitos dela. Apertei. Com cautela, como um marinheiro que foi jogado ao mar e acordou com areia embaixo dele. Era real, aquela coisa macia entre meus dedos? Ela soltou o ar pelo nariz. Aquela foi uma sensação real. O refrão era assim:

'Cause oh, Baby I know
I know I could be so in love with you
And I know that I could make you love me too
And if I could only hear you say you do, oo oo oo oo
*But anyway, what would you say?**

And I know I could make you love me too. Eu estava errado de novo. Também não era pela casa que eu estava apaixonado. Era pelo que eu colocava nela. Enxerguei aquilo com clareza naquele instante, no dia em que ouvi a música pela primeira vez, como se estivesse espiando dentro da penteadeira para encontrar a cena se desenrolando em uma verdade infinita. Tinha sido naquela mesma casa, muitos anos antes. O sol estava brilhante, e cada cor deslumbrava. Eu e meu irmão estávamos ajoelhados no cimento, nos fundos da casa, batendo os caminhões de brinquedo um no outro. Todos pensavam que éramos gêmeos porque nunca nos separávamos. O rádio CB, como um walkie-talkie, era rei, e falávamos em um jargão de rádio CB mal compreendido. "Câmbio, Um Noivo, câmbio, Um Noivo." Eu tinha um equipamento vermelho, e meu irmão tinha um

---

* "Porque, ah, meu amor, eu sei / Eu sei que poderia ser muito apaixonado por você / E sei que poderia fazer você me amar também / Se apenas ouvisse você dizer que sim, / Mas o que você diria?", em tradução livre. [*N. E.*]

azul. Quando nossa mãe os tirou da sacola de compras, era a minha vez de escolher primeiro, então eu peguei o que eu queria. "Temos um Urso Fumante no nosso encalço." Minha irmã estava deitada na espreguiçadeira verde desbotada, pintando as unhas dos pés de um vermelho intenso com pinceladas pequenas e delicadas. Ela e as amigas tinham acabado de descobrir o esmalte e a sombra para olhos e seguiam uma rotina de prática rigorosa. Ela disse: "Venha cá, Reggie, me deixa fazer suas unhas", e ele gritou: "Não, não!". Minha mãe folheava uma revista na mesa do pátio, usando as munhequeiras brancas que sempre vestia nos pulsos naquele verão em que jogava tênis. "É bom para o coração." Ela parecia tão jovem. Ela ralhou: "Elena, deixe seus irmãos em paz", e virou a página. Meu pai virou o saco de carvão Kingsford, jogando um monte na grelha. Ele disse: "A primeira leva vai sair em mais ou menos cinquenta e cinco minutos". E eu falei: "Eba! Eba!", porque não havia algo melhor do que o churrasco dele. Éramos uma família. Essa foi a cena que a música me deu de presente. O rádio estava ligado na cozinha, o rádio transistorizado preto em cima da geladeira verde da GE. O homem cantou em meio à estática: *And I know that I could make you love me too.* Aquele dia perfeito muito tempo antes, quando estávamos todos juntos. A linda tarde antes de tudo ir por água abaixo.

Claro que aquilo nunca tinha acontecido. Mas a WLNG era assim. Pegava você todas as vezes.

Eu estava chupando o pescoço dela. Meu estômago roncou. Ainda estava de olho aberto. Foi assim que vi os faróis. As luzes se moveram pela parede, traçando a distância como uma agulha percorrendo um disco. Mas as luzes não desapareceram onde deviam. Continuaram até onde ia a dos meus pais, e ouvimos os pneus estalando nas pedrinhas da entrada da garagem.

— Puta que pariu! — falei, pulando como se a casa fosse feita de vidro e de repente fôssemos visíveis no ar, flutuando.

— Quem é?

Fomos correndo até a janela lateral, o que nos deu uma boa visão da entrada da garagem. Não era alguém parando para fazer retorno. Os faróis se apagaram, e a porta se abriu.

— Precisamos sair daqui — falei.

Vivenciava um momento de filme de ação, citando o herói depois que ele descobre a bomba-relógio.

— Que droga! — exclamou ela.

Destranquei as janelas.

— Você pirou?

— Não, olhe... o telhado. — Eu a vi franzir a testa para mim. — É totalmente seguro. — Então, sussurrando: — Eu e Reggie saíamos por aqui o tempo todo.

Ouvimos a porta da frente ranger ao abrir. Aquele rangido! Botei uma perna para fora e puxei meu corpo pela janela. Melanie bateu a cabeça no caixilho e reclamou:

— Ai!

— Xiu!

— Aai!

— Xiu!

Passamos por cima dos galhos e das bolotas arrancados das árvores. Levei-a para a lateral da varanda, longe da entrada da garagem.

— E agora? — sussurrou ela, olhando para mim.

— Precisamos pular — respondi.

Mais diálogos de filmes de ação. À beira do cânion, o jipe dos mercenários se aproximando a toda velocidade. O beijo havia desencadeado alguma coisa, uma narrativa machona.

— Não vou pular.

A mão lá embaixo descobriu o abajur do antigo quarto dos meus pais, iluminando a grama.

— Temos que pular. — E eu saltei.

Realmente não era tão distante, e minhas pernas sabiam o que fazer depois de tantos ensaios. Eu já havia me visto pulando da varanda para escapar de um incêndio violento ou de uma multidão de zumbis subindo as escadas gemendo, mas nunca pensei que olharia para uma garota e diria:

— Eu te pego.

E não peguei. Ela me derrubou no chão como uma bigorna da Acme. Ela soltou um grito. Alto o suficiente para a pessoa lá dentro ouvir. Então corremos. Ao longo da lateral da casa, atravessando o jardim da frente e saindo para a rua. Ouvi alguém gritar atrás de nós e olhei para trás, vendo uma silhueta na porta da frente. Mas estávamos virando a esquina.

NO DIA SEGUINTE, AVISTEI MELANIE pela vitrine da sorveteria, na plataforma perto da máquina de waffle. Fiz minha pausa. Ela se sentou em um dos bancos, esfregando as sandálias na terra, com os lindos dedos dos pés para fora. Ela ficou me observando enquanto eu me aproximava. Uma limusine passou devagar pela rua, um lento tubarão preto, e esperei ela passar para atravessar. A expressão dela não mudou. Entreguei o sorvete que havia preparado para ela. Menta com gotas de chocolate em casquinha de waffle com granulados coloridos, era o que eu a ouvia pedir todas as vezes que ia ver Nick enquanto eu estava com a cabeça enfiada nos latões.

— Puxa, obrigada — disse ela, estendendo a língua macia para o sorvete. — Está quente hoje.

Contei que minha tia tinha deixado um de seus empregados usar a casa no fim de semana.

— Tudo bem — respondeu, olhando para mim.

E Nick se materializou, deslizando para perto de Melanie, a envolvendo com o braço e enfiando os dedos no bolso apertado da calça jeans dela. Ele não perguntou sobre a casquinha. E foi isso.

Minha tia vendeu a casa alguns anos depois. Quando perguntei a ela por que faria uma coisa dessas, me respondeu: "Eu nunca fui lá. Qual era o sentido de ficar com aquela casa?".

Fiquei chocado, mas você já me conhece. Era nostálgico por tudo, coisas grandes e pequenas. Nostálgico pelo que nunca aconteceu e pelo que acontecerá, ansioso para relembrar uma época em que as coisas eram mais fáceis.

Ela vendeu a casa para aquele tipo de pessoa que a mantém, enviando cheques diligentemente para o jardineiro e para o cara que liga a água no começo da temporada, mas que nunca aparece. Não fizeram obra, não pintaram de novo nem nada, então está do mesmo jeito de sempre. Quando passo por lá hoje em dia, parece que estou olhando para uma fotografia de quando meus avós finalizaram a construção da casa, saindo para a rua para admirar o que tinham feito. Ou da primeira vez que a vi quando era bebê, nos braços da minha mãe. Distante, mas que vai ficando maior e mais real à medida que nos aproximamos.

Parece que está esperando.

O hino nacional negro

OS MENINOS SE ALINHARAM PARA CORRER. FIZEram nós duplos no cadarço dos tênis, os blusões tristes e acinzentados por um verão de caminhadas, e levantaram as meias, que escorregavam pelas panturrilhas e pelos tornozelos por falta de elástico. Colocaram os tênis o mais perto possível da linha, entusiasmados com os milímetros e as mínimas vantagens que nos ajudam a vencer na vida. O giz vermelho desapareceria ao longo daquele dia agitado, enquanto os pés o tratavam como a poeira que era, varrendo-o para o além, mas, por enquanto, era uma fronteira respeitada, isolando as mesas de piquenique, as caixas de isopor vermelhas e brancas e os espectadores do campinho no meio da rua. A expectativa. Os garotos exibiram carrancas e olhares furiosos favoritos para assustar os competidores. A qualquer momento. Então, o falso começo, daquela criança que éramos você e eu. Ansioso para começar e nervoso com todos os olhares e, por isso, estragando tudo. "Fala sério", gemiam os outros garotos, sacudindo as pernas e se recompondo. Irritados como se o verão inteiro estivesse em jogo.

As meninas foram primeiro. As de cinco a sete anos que acreditavam que o segredo da velocidade estava no rosto, nas expressões ferozes e enrugadas que exibiam no corpo; depois as de oito a dez anos, como Mercúrios com rabos de cavalo; e, por fim, as desajeitadas e gloriosas de onze a doze anos, correndo pela última vez, em desespero e a toda velocidade para dentro das preocupações adolescentes e fugindo das garotinhas que tinham sido. O sr. Grady ergueu a pistola, a outra mão segurando o cronômetro preto que balançava no peito. Sempre ele, o sr. Grady, ano após ano. Com a pele marrom-avermelhada — metade Cherokee, como ele dizia —, braços e pernas magros e pança protuberante. Era um cachaceiro notório entre os cachaceiros assumidos, lendário pelo desmaio anual no banco do motorista do Cadillac escuro, enquanto o rádio tocava e o motor zumbia, fora de si demais para se arrastar até a porta da frente. Aquela era sua única tarde sóbria da temporada. Ele tinha uma função. O filho dele era um atleta nato, e todos diziam que poderia ter ido às Olimpíadas se quisesse, de tão bom que era. Até que ele se envolveu com as pessoas erradas. Depois das corridas, o sr. Grady quase que virava o ponche de rum na frente dos Delaney para compensar. O sr. Grady, com o braço trêmulo erguido no ar, uma autoridade a que apenas as crianças eram estúpidas o suficiente para obedecer.

Elas corriam para provar quem era a mais rápida, a mais digna, para acertar três meses de conflitos, corriam pelos pais, que assistiam ou não da lateral do campo e torciam ou não por elas. O primeiro, segundo e terceiro lugares ganhavam medalhas. O sr. Gordon, presidente da Associação de Melhoramentos de Sag Harbor Hills, conhecia um sujeito em Wainscott que as cunhava por um preço razoável. Os vencedores usavam as medalhas o dia todo, presas nas camisetas de algodão com poliéster, olhando para baixo para se maravilharem com elas quando uma nuvem passava pelo sol ou tremelicarem devido a algum arrepio interno, levantando-as para que os adultos as examinassem após comentários de admiração. Clive sempre chegava em primeiro lugar quando a gente se aglomerava na rua, exceto no ano em que torceu o tornozelo, e ele ainda tinha tudo pendurado na parede do quarto, uma fileira azul agitada pela corrente de ar sempre que se abria a porta. Nunca ganhei, mas também nunca tive essa expectativa. Estava tudo bem.

Éramos os garotos mais velhos na festa do Dia do Trabalho, já que Elena e seu grupo não vinham mais. Observando das laterais, boquiabertos, desdenhosos. Estávamos reduzidos a uma equipe mínima. Eu e Reggie. NP e Nick, que ficaria em Sag em um estranho exílio depois que todos nós tivéssemos levantado acampamento. Houve um tempo em que nunca perdíamos esse dia. Mas outras coisas eram mais importantes. Clive, Bobby e Marcus já haviam voltado para a cidade. Estávamos crescendo e virando aqueles que iam embora.

Quando Reggie e eu chegamos a Sag Harbor Hills, NP e Nick conversavam com um garoto alto de olhos castanhos e cachos ruivos. O nome dele era Barry David. Usava calça jeans Lee cinza, os braços cruzados sobre uma camiseta polo Le Tigre listrada de azul e vermelho. Além disso, mantinha um sorrisinho constante. Parecia familiar e imaginei que fosse amigo de alguém da cidade, que tinha ido para Sag para o grande dia, ou um parente sulista que estava a fim da dose anual de aburguesamento. No Dia do Trabalho, todos os tipos de estranho saíam dos esconderijos.

Estávamos aprendendo que não era tão divertido assistir às corridas quando não se estava correndo. Se as meninas ainda estivessem por lá, teríamos nos distraído com nossas performances sociais, mas Devon e Erica já tinham voltado para Nova Jersey, e o aluguel de Melanie e sua mãe havia terminado. Claro, você pode alugar sua casa em agosto, mas não seria tolo de abrir mão do Dia do Trabalho. Observando as meninas andando pela rua, ficou claro que a disparidade de gênero no nosso grupo era apenas uma falha estatística — o grupinho ao lado estava bem abastecido. O grupo de Elena também era bem equilibrado e, como não iam mais para Sag, a escassez da nossa situação ficava ainda mais aparente. Não haveria desfile de moda naquele ano, nem nos seguintes, até que a próxima leva de garotas transferisse seus interesses da amarelinha para as passarelas.

— É melhor que eles tenham um bom DJ desta vez — comentou Nick.

— O último cara estava doido com toda aquela merda da Motown — reclamou Reggie.

NP disse que não haveria DJ. Nick não acreditou, mas minha mãe nos dissera a mesma coisa naquela manhã, ao levantar a hipótese de que não havia dinheiro suficiente no orçamento "porque gastaram muito com aquelas novas placas de Sag Harbor Hills". Eram bem elegantes, colocadas nas entradas de todas as ruas do condomínio, a alegre baleia preta com seu olhar sedutor. Azurest teria que dar seu jeito e conseguir novas placas também. Era uma guerra fria, mas inofensiva.

— Que merda, hein? — disse Nick.

— Uma baboseira — concordou Barry David. — Você disse que era uma festa de verdade.

— Tem uma fogueira — comentei.

— Fogueira de bosta — disse ele. — Vou pegar um chá gelado.

Ele se afastou, e eu perguntei a Nick:

— Quem é esse?

— Ele é primo do NP. — Ele deu de ombros. — Veio para passar o dia.

Em Sag Harbor, era uma boa política acenar para todos, mesmo que você estivesse tirando as compras do porta-malas ou parado no meio do gramado com tesouras de poda e uma expressão vazia no rosto, ou onde quer que estivesse, porque havia uma boa chance de vocês serem parentes. Primos davam como mato. Você nunca sabia o quão próximo era daquele por quem estava passando. Naquele dia, essa regra estava suspensa. Caso contrário, passaríamos o dia todo nos curvando e saudando, era ridículo. No Dia do Trabalho, a população estava no auge, com os visitantes de um fim de semana em suas visitas anuais, parentes viajando como o povo de Oklahoma para estrear o novo sofá-cama e os ex-alunos dispersos voltando para ver se as coisas eram como eles se lembravam. No domingo do Dia do Trabalho, nos aglomerávamos naquela rua para nos ver e nos despedir.

Ninevah Place, a rua sem saída que dava para a praia no restante do ano, naquele dia se tornava a rua sem saída do verão. Não podíamos ir mais longe. No dia seguinte, fecharíamos as casas, recolheríamos os móveis de jardim, enrolaríamos mangueiras nos antebraços em voltas desordenadas, nos apoiaríamos nas torneiras com todas as nossas forças para conseguir fechar mais aquele pouquinho extra que significaria paz de espírito por nove meses. Escola, trabalho, outono. Como se o outono já não estivesse lá. À noite, puxávamos o zíper dos casacos até o pescoço, e durante o dia ficávamos arrepiados enquanto tentávamos usar short pela última vez.

Mas esqueça todos esses prenúncios da cidade. Aquele era o dia da festa do Dia do Trabalho em Sag Harbor Hills. Mesas de carteado tremelicando com jarros e quentinhas substituíam os carros do lado de fora das casas. Acampávamos compartilhando comida, bebida e histórias. A maionese fazia os pedaços de salada de batata grudar nas colheres, e era preciso sacudi-las com força para se servir no prato de plástico azul. Salada de batata, onde estaríamos sem a salada de batata cheia de bolinhas amarelas de gema, salada de batata aos montes e latas de alumínio amassadas de verduras fumegando sobre latas de álcool em gel com fogo murmurante.

Baldes Weber e *hibachis* planos lançavam magníficas faixas de fumaça cinza no ar. Com um prato na mão, a gente misturava e combinava a partir da experiência. Lá estava o sr. Jackson e seu frango grelhado. Ele era conhecido pelo frango do Dia do Trabalho, que deixava marinando durante a noite em alguma mistura tradicional do Tennessee. Sempre havia uma longa fila esperando por uma posta. Ele mal conseguia dar conta de tudo. Algumas casas adiante, o sr. Turner cutucava salsichas, olhando com desânimo para o sr. Jackson e seus seguidores na rua e se decidindo a melhorar, embora no ano seguinte voltasse a fazer salsichas, ficando com inveja mais uma vez. Nós tramávamos, planejávamos, mas o ano virava e estávamos no mesmo lugar. Velho e confiável. E como eu poderia esquecer a sra. French e seus bolinhos, macios como o tecido com que os anjos cobrem seus travesseiros. Os bolinhos acabavam antes das três da tarde e os brownies eram dizimados, reduzidos a manchas nos cantos da boca e das unhas e nas camisas imundas de crianças sujas e mal-educadas. As grandes tigelas de ponche de rum eram reabastecidas pontualmente, em proporções menos reguladas com o passar do tempo. Dava para saber para quem pedir o quê.

A qualquer momento, alguém tocaria "Ain't No Stoppin' Us Now". No Dia do Trabalho, conquistávamos o mercado mundial das pessoas tocando "Ain't No Stoppin' Us Now". Era o hino nacional negro. A versão disco de "We Shall Overcome", cortesia do sr. McFadden e do sr. Whitehead. Soava dos carros enquanto íamos até a loja para comprar pratos de papel e ketchup de última hora, saía de um jeito triunfante de caixas de som salpicadas de areia em toalhas de praia puídas, ecoava dos pátios com amplificadores antigos conectados a cabos de extensão laranja brilhantes desenrolados para a obrigação anual. Havia tantas coisas nos segurando — confere. Mas parecia que as coisas por fim estavam melhorando — confere. Estamos avançando! — confere. Seja a associação por um triunfo dos direitos civis, pela quebra de tetos de vidro em torres corporativas ou apenas pela alegria tola de deslizar em uma pista de patinação enquanto perseguimos os amigos e ocasionalmente damos as mãos a alguém, no alto de um paraíso de poliuretano, a música se dirige às gerações. Não pare.

Os mais velhos ficavam afundados em cadeiras de praia e não se mexiam a tarde toda, observando tudo, esperando que as pessoas viessem e prestassem homenagem. Eram os únicos que saboreavam ou lamentavam as pequenas piadas da passagem do tempo. Tipo, não são Sammy Parkerson e James Norton Jr. brincando um com o outro? Os avós eram amigos, os pais não se suportavam, e por fim os netos se reencontraram em uma tarde morta e se tornaram amigos para a vida toda. As estações botando tudo nos eixos de novo. A geração dos meus pais cumpria uma ronda, aparecendo para beber em uma das casas, marcando presenças cuidadosamente programadas em eventos nos quais haviam prometido comparecer durante a semana toda, sempre no encalço de amigos perdidos que supostamente haviam desaparecido depois de tanto tempo. Eles só davam uma olhada nos filhos de vez em quando. Por que se preocupar bem naquele dia? Era o Dia do Trabalho. Nada de ruim poderia acontecer. Tiravam uma folga de nós. Tirávamos um tempo deles. No dia seguinte, voltaríamos aos apartamentos e ficaríamos juntos por nove meses. Tivemos o verão inteiro para remendar os rasgos e botar o enchimento de volta, mas havia terminado. As crianças pequenas corriam em disparada. Eu e meus amigos ficávamos de braços cruzados, balançando a cabeça.

Quando tinha sido a primeira festa do Dia do Trabalho? A Dança da Última Chance. Uma ideia bacana que surgira de repente, em um verão do começo dos anos 1950, alguns amigos se reuniram, e depois virou oficial, pois foi um sucesso, as pessoas esperando ansiosamente pelo dia, com um comitê de planejamento competindo entre si por suas visões tacanhas.

A corrida das crianças foi ideia desse comitê. Assim como o desfile de moda, que eu nunca entendi. Seriam as roupas que as meninas desfilavam trabalhos de estilistas famosos, prévias das passarelas parisienses? As meninas ficavam animadas, imitando poses de revistas. *Jogue um beijo para a multidão, como eu te falei, querida.* Ao anoitecer, a festa dançante começava no palco de madeira erguido na segunda-feira anterior e que ficava na rua a semana toda, provocando, chamando. Pule nele para testar a firmeza. Por alguns verões, contratamos um grupo de dançarinas de Alvin Ailey — alguém tinha contatos —, e elas se moviam delicadamente em seus *collants* bege, uma exibição lenta e requintada. Usavam o porão de Clive como vestiário, e nós nos aglomerávamos em volta da janelinha em busca de um vislumbre de mamilo ou uns pelinhos e éramos enxotados pela mãe de Clive. Sempre, sempre enxotados. Essa foi toda a nossa história. As fogueiras recomeçaram quando as dançarinas pararam de ir.

Era o momento da última corrida. Uma mulher tirou seu filhinho da pista. Todos estávamos prontos, mas o sr. Grady estava tendo um problema com o cronômetro. No final de cada corrida, ele verificava a pilha de papéis em sua mão, de cores diferentes e de vários anos, para ver se novos recordes haviam sido estabelecidos, se os tempos lendários de outrora ainda se mantinham. "E Stacy Carter mantém o recorde para meninas de onze a doze anos, estabelecido no Dia do Trabalho de 1976", anunciava ele para as pessoas nas arquibancadas. Olhamos ao redor procurando por Stacy Carter, já com vinte e poucos anos, uma criança em seu ombro, sorrindo à menção do antigo feito, e aqueles ao lado dela dando tapinhas em suas costas. Ela também correu nesta rua em sua época.

Nós esperamos. Havia uma nova gangue de crianças, meninos e meninas, que eu não tinha visto durante todo o verão. De onde tinham vindo aqueles merdinhas convencidos, agindo como se fossem donos das ruas? Como se não fossem as nossas corridas que eles estavam correndo. Onde tinham se escondido? Esperando o momento certo todos esses meses, na praia de Azurest, enquanto tentávamos reivindicar o mar aberto, bisbilhotando as prateleiras de quadrinhos no Ideal, que havíamos abandonado. Rondavam por aí em suas bicicletas buscando a próxima aventura ou decepção, flutuando acima do selim, movendo os pedais por alguns segundos e, em seguida, deslizando por um tempo, saboreando esse processo. Largando as fatias de pizza pela metade no Conca D'Oro, quando a sentinela deles assobiava, avisando que estávamos nos aproximando. Eles já estavam irritados na fila enquanto o sr. Grady tirava um sarro, recitando as regras que já conheciam. Nossos substitutos.

— Eu deveria entrar lá e ganhar aquela medalha — disse Barry David. — Tomar essa merda.

— Você está velho demais — disse Reggie.

Ele não gostava do garoto.

— Eu sei, caralho. Foi só um comentário.

Ele enfiou o último pedaço do hambúrguer na boca e lambeu os lábios.

O sr. Grady não estava com pressa. Fomos ficando impacientes. Vamos botar logo esse bloco na rua. Estávamos todos lá. Era o lugar em que nos misturávamos com quem tínhamos sido e com quem seríamos. Compartilhando espaço com nossos ecos ao sol. A criança tímida que costumávamos ser e da qual estávamos nos afastando, os homens confiantes ou azarados que nos tornaríamos em nossas temporadas iminentes, os sobreviventes idosos que nos tornaríamos se tivéssemos sorte, com barba grisalha por fazer e viseiras verdes. As gerações se substituindo e se reabastecendo. Todo verão essa mudança acontecia em pequenos graus, à medida que você se aproximava da pessoa que estava esperando ser alcançada e uma versão mais jovem de você o empurrava para fora do caminho.

Então, onde estava meu substituto? Qual daqueles garotos na linha de partida seria ele? Esperando começar. Provavelmente aquela criatura de joelhos arqueados, com uma camiseta verde de malha, os joelhos ralados e o característico cabelo afro bagunçado. Só de olhar para ele, já dava para saber que não venceria. Estava na maneira como se portava, último lugar antes mesmo de dar um passo. Mas ele tentaria. Como sempre fazia. Ainda não tinham arrancado isso dele.

— Anda logo, Grady! — gritou alguém, e os adultos riram.

E quem eu estava substituindo? De acordo com esse esquema, ele precisava estar lá, naquela rua, comendo as costelas de porco do sr. Baxter. Seria ele um daqueles que "não vêm mais para Sag"? Havia sido feliz lá, ou estaria lá fora, no mundo, sem nunca mencionar esse lugar, assim como o lugar não falava dele, daquele que não atingiu as expectativas. Ele encontrou alguém? Estava lá cuidando dos filhos para mantê-los seguros e relembrando com os velhos amigos, apertando mãos frias e úmidas de tanto beber cerveja, colocando-as em isopores, e vendo o olhar da esposa do outro lado da rua. Ela sorri de volta, e eles compartilham esse momento na multidão. Talvez ele não existisse, e eu fosse o primeiro da minha linhagem. A cepa mutante. Ou eu estava ao lado dele, mas não conseguia reconhecê-lo porque não acreditava que um dia poderia me tornar aquele homem sorridente, seguro e em paz. Aquela parte adormecida de mim enfim despertou. Talvez eu o visse todos os dias, passasse por ele, e estivesse olhando para ele naquele momento, e sentia pena pela simples visão dele, com muito medo de reconhecer o que eu me tornaria.

A pistola disparou. Eles correram pela rua, todos os garotos de onze a doze anos, menos os asmáticos, batendo na calçada com a borracha barata dos tênis. O vencedor óbvio, o garoto mais alto, o mais organizado, aquele que sabia como se movimentar pelo mundo, rapidamente saiu na frente. O garoto em quem apostei, aquele da camiseta verde de malha, não chegou em último, mas foi por pouco. Ele curvou-se na linha de chegada, ofegante. Corrida difícil. Na primeira vez que corremos, lembro que a rua ainda era de terra. Depois botaram um pouco de asfalto, e as pessoas começaram a se aposentar, ficando depois do Dia do Trabalho e durante o inverno. Não era mais o lugar de veraneio deles. Mas seu lar.

O vencedor saltitava de um lado para o outro. O sr. Grady disse:

— Quase batendo o famoso recorde de Gary Osgood, de 1981, mas não o suficiente, está o Clivezinho de Azurest!

Havia um Clivezinho? Como poderia haver mais de um Clive? Era ridículo. A recente sobreposição entre Mohammads e Malcolms fazia sentido, os tempos mudam, mas como poderia haver outro Clive?

Com o fim das corridas, a multidão voltava para as ruas depois de ficar encurralada nas laterais, batendo os traseiros nas mesas dobráveis e nas cadeiras das velhinhas. Avistei meu corredor enquanto as pessoas entravam apressadas. Ele tinha se afastado dos amigos, e uma escuridão tomou conta de seu rosto por um momento antes que encontrasse sua máscara novamente. Sim, tinha que ser eu. Era eu por inteiro. O olhar de preocupação quando comete um deslize e, por um segundo, outras pessoas conseguem perceber. Às vezes, a gente se reconhece em outras pessoas imediatamente; e, em outras, é subconsciente. Quando envelhecemos, fazemos amigos e amantes por outros motivos além do acaso de suas casas serem próximas da nossa. Há uma afinidade, coisas que temos em comum e coisas que procuramos em outras pessoas. Alguma coisa nos une, mas não entendemos essa ressaca secreta até que um dia, depois de anos e anos de conversa, ela chega, a história principal que explica tudo. Quem saberia, no início de uma noite inocente, que aquela seria a noite para esclarecer determinada questão? Elas contam o que aconteceu, e a gente pensa: somos mais parecidos do que eu imaginava, mas é claro que de alguma forma sabíamos, foi isso que nos uniu. Crianças incompletas se tornam adultos incompletos. Dá para ver. Nós nos encontramos.

Talvez meu modelo anterior, o filho alegre de Sag Harbor que eu estava substituindo, estivesse olhando para mim naquele momento, com uma lata de Budweiser em cima da barriga, o bigode feio cobrindo o lábio, pensando: *Por que ele está parado ali quando poderia estar se divertindo? Que idiota. Eu me identifico.* Depois de tanto tempo falando daquele verão, às vezes tenho que parar e dizer: eu também não sei quem é esse garoto, o Benji. Com certeza, ele não reconheceria o homem que se tornou. O pobre coitado. Preciso que ele descubra como cheguei onde estou, e ele precisa que eu o tranquilize dizendo que, apesar de tudo que sabe, viu e sente, existem mais coisas esperando por ele. Eu o ouço. Mas é claro que ele não consegue ouvir absolutamente nada do que digo.

— Você pode correr, mas consegue pular? Olhe para você. Pode correr, mas consegue pular?

Barry David estava brincando de bobinho com a medalha de primeiro lugar de Clivezinho. O garoto mais novo tentou pegá-la, e Barry David a levantou ainda mais. Existe algo pior do que uma criança mais velha brincando de bobinho com suas coisas? Aquele ensaio triste para a vida adulta. Não era algo que faríamos com crianças pequenas. Bem, alguns de nós, talvez. Mas nunca num fim de semana, quando os pais estavam por perto. Barry David não se importava com quem estava vendo. As bochechas de Clivezinho ficaram vermelhas.

— Olhe para você!

Eu estava prestes a dizer alguma coisa quando Barry David ficou tenso, como se tivesse sido atingido por um daqueles lendários fios elétricos caídos sobre os quais somos constantemente avisados depois de uma tempestade. Uma senhora idosa o pegou, eu não sabia o nome dela. Era uma das grandes matriarcas encolhidas da comunidade, aquelas que só saíam de seus quartos no primeiro andar, nos fundos da casa, uma vez por ano. Tinham visto de tudo, testemunhado a terra esfriar e os novos anfíbios se lançarem na areia. O nascimento incômodo dos condomínios. Ela agarrou o braço de Barry David com sua garra e disse:

— Pare com isso agora mesmo! Pare. Olhe para mim quando estou falando com você.

Barry David olhou para o próprio braço, confuso. Sua mente não conseguia processar essa interferência. Olhei ao redor, procurando pela mãe de NP, ficando tenso na expectativa de vê-la disciplinando o sobrinho na frente de todos. Ele entregou a medalha ao Clivezinho.

— Onde estão seus pais? — perguntou a senhora.

Por um segundo, pensei que ele fosse dar uma surra nela. Era uma ideia bizarra. Uma coisa dessas nunca aconteceria. Mas o que ele fez foi quase tão improvável: ele retorceu o braço para soltá-lo e desapareceu no meio das pessoas, e só voltei a vê-lo na fogueira. A senhora bufou e se sentou na cadeira. Depois pegou o leque e o abanou sobre o rosto e o peito. Não estava tão quente assim. Ela sorriu.

AQUELA NOITE, poderíamos dizer, estava quase fria, por isso observamos ansiosamente o sr. Nickerson arrumar a lenha da fogueira enquanto esfregávamos as mãos. As nuvens haviam coberto o sol no final da tarde, e estávamos todos com os zíperes fechados até em cima. As fogueiras voltaram a Azurest com o retorno dos Nickerson. O sr. Nickerson começou a ir para Sag quando criança, na mesma época em que minha mãe, e depois sumiu por um período no final dos anos 1960 e 1970. Califórnia, divórcio, reorganização. Depois que seus pais faleceram, ele reabriu a casa de praia ancestral. “É bom estar de volta”, disse o sr. Nickerson no verão do seu retorno para nos mostrar o quanto se sentia grato. Ele reinstituiu as fogueiras naquele Dia do Trabalho. Enquanto estávamos em Sag Harbor Hills, ele ficava na frente de casa com uma pá, cavando um buraco e jogando areia em uma montanha ao lado dele. Seu filho, Nat, costumava ajudar, mas Nat tinha ido para a faculdade.

Tínhamos escondido alguns packs de cerveja Stroh na floresta e as buscávamos em incursões, as latas enfiadas nos bolsos das nossas jaquetas corta-vento. "Consegue enxergar?", perguntávamos um ao outro, inclinando-nos em direção à luz para ver se o contorno era visível. Nós as bebericávamos com furtividade teatral quando pensávamos que ninguém estava olhando. Eu e NP fizemos mais uma corridinha até a floresta antes que o sr. Nickerson acendesse a fogueira. Tirei as folhas de cima das cervejas, nossa camuflagem cuidadosa.

— Podemos tomar três cada um — falei.

— Eu investi mais dinheiro que vocês, então vou tomar quatro. Nick só deu dois dólares.

— Tudo bem — falei.

Eu estava recebendo minhas três, não me importava o que as outras pessoas fizessem. Enquanto descíamos as escadas em direção à praia, eu falei:

— Você deveria ficar de olho no Barry David.

— Por quê?

— Ele está agindo de um jeito bem louco. Vai arrumar problema.

NP deu de ombros.

— Tá dando pra ver? — perguntou ele, apontando para a cerveja no bolso.

A multidão ao redor da fogueira era menor do que a dos últimos anos. Havia menos adolescentes em busca de algo para fazer, e não havia muitos adultos, já que os Gardner estavam dando um coquetel na Walker Street. Era lá que nossos pais estavam. Ao contrário de nós, crianças, os pais se viam muito na cidade, a negócios, para reuniões de seus vários clubes e organizações fraternais. A festa dos Gardner foi o primeiro evento da nova temporada social, enquanto na praia os mais jovens aproveitavam as sobras do verão. As crianças menores, de dez anos ou mais, examinavam cada detalhe da construção da fogueira com dedicação, ficando atrás de uma linha invisível de segurança, como se os pais apenas esperassem uma desculpa para acabar com sua diversão.

Com o tempo, aprendi que o que faz um homem não são suas ideias ou palavras, o que faz um homem é a capacidade de espremer um jato feroz de fluido de isqueiro de uma lata e jogar um fósforo. O sr. Nickerson era um homem. O calor era bom. Abrimos as mãos, estendendo-as diante do calor. Faíscas se retorciam em suas turbulentas correntes, e nós escuros explodiam na madeira. À medida que nossos olhos se ajustavam, a escuridão consumia o mundo lá fora: a luz da fogueira, o brilho de East Hampton sobre o Point, os pontos brancos da cidade. Nosso rosto emergia das sombras, e dava para começar a distinguir quais eram os contornos das outras pessoas, a maneira como andavam na noite. Víamos uma forma, e, por um minuto, aparecia alguém que conhecíamos. Depois, retornavam às sombras.

— Quando vocês vão embora? — perguntávamos o tempo todo, cantando como grilos.

A principal questão do início da temporada era substituída por essa, não restando outra coisa para extrair do verão, exceto questões práticas. Amanhã cedo, amanhã à tarde, terça de manhã "para evitar o trânsito". O trânsito era toda a perversidade do mundo reduzida a um longo cordão de semáforos vermelhos, e, se você conseguisse vencê-lo, poderia fazer qualquer coisa. Era um tipo de grandeza a que aspirávamos.

— Essa é uma das nossas cervejas? — perguntei a Barry David.

Ele estava bebendo em público, sem um pingo de vergonha.

— O que foi — disse Barry David —, é Dia do Chato? O cara ali disse que eu poderia pegar uma.

Ele acenou com a cabeça para a escuridão. Não havia ninguém lá.

Contanto que eu tomasse as minhas três.

Depois de jogar a última lenha no fogo, o sr. Nickerson nos disse que estava indo para a casa dos Gardner.

— Deixem que ela morra sozinha — instruiu.

Não estava tarde, mas, considerando o público e a ausência do filho, imagino que estivesse resignado com o fato de que aquela não seria uma das infames fogueiras dos Nickerson, com disputas de empurrões ("Ela quase caiu no fogo!"), declarações imortais ("Eu sempre quis ficar com você, desde que éramos pequenos") e novos amantes desaparecendo na noite ("Acho que não conseguem nos ver"). Havia algo de estranho naquele dia. Ninguém sequer havia levado um aparelho de som. Estava sem graça nesse nível. No verão de *Purple Rain*, ficamos virando a fita sem parar, cantando a plenos pulmões. Talvez no ano seguinte.

Tinha sido apenas uma questão de minutos antes de desobedecermos. Os últimos tios, tias e adultos aleatórios que passaram rapidamente para dar uma olhada na fogueira já tinham ido embora. As meninas pré-adolescentes desapareceram em um grupo, para uma última noite segregada do Dia do Trabalho antes que as coisas se complicassem. Então, um dos meninos tinha um pequeno galho na mão. Ele correu até o fogo, fingindo jogá-lo lá dentro, e voltou correndo para perto dos amigos, que gritaram de alegria. Ele fez isso algumas vezes, os outros o desafiaram, e, por fim, ele o jogou de verdade e disse:

— Foi um acidente! Foi por acidente!

Logo a fogueira estava cheia de tufos secos de grama de praia, caranguejos pretos de aparência estranha, cujo nome eu nunca soube, e punhados enrolados de algas marinhas. As crianças pararam de recuar depois de fazerem suas contribuições, como se também tivessem lançado o medo lá dentro, ficando perto da fogueira para ver se cada pedacinho havia se transformado em cinza. Concordavam com a cabeça.

— O que precisamos é de alguns fogos de artifício — comentou NP, como quem risca um fósforo.

— Alguém tem uns M-80?

Estremecemos diante dessa proposta diabólica. *Realmente... explodir a fogueira!*

— Os M-80 acabariam com essa merda.

— Coloque em pontos estratégicos.

— Puta merda!

— Sinistro!

— Que tal um desses? — perguntou um dos meninos, mostrando uma bateria Eveready de nove volts para nossa análise.

— Não pode jogar isso aí — disse o amigo, tomado por uma histeria alegre. — Vai explodir!

— Não vai explodir — contrariou Reggie.

— Porra, me dá isso aqui — falou Barry, pegando-a e jogando-a no fogo.

Nós pulamos para trás.

— Vai explodir!

Mas nada aconteceu.

— E agora? — falei.

Eu não estava tentando aumentar a aposta. Estava apenas dizendo o que todos nós pensávamos e sentíamos. Que não pararia por aí. Era nossa última noite.

Barry David entrou na luz com uma corda cinza grossa. Ela estava largada em um monte sujo na grama da praia perto dos Nickerson havia anos, trazida pela maré depois de uma tempestade ou descartada depois da missão inescrutável de alguém. Ele a lançou para dentro, metade caindo no centro vermelho do fogo, e o restante aterrissando na borda do fosso, lançando uma nuvem de faíscas para cima. Nós gritamos. Trocamos soquinhos. Proclamamos nossos "fala sério". A corda fez barulhos farfalhantes enquanto era consumida, assobiava, uma substância química dentro dela produzia breves jatos azuis. Barry David empurrou o restante da corda na fogueira com um galho. Então lançou o galho também.

— E agora? O que vou fazer agora? — disse Barry David.

Ele entrou na escuridão.

— Esse negão é louco — comentou Reggie.

— É — respondi.

Pouco depois, ouvimos um grito e, em seguida, três pancadas fortes. Alguma coisa nas escadas. A sombra que se transformou em Barry David desceu as escadas pisando duro, arrastando um longo banco vermelho. Parte do conjunto de pátio de alguém.

— Ele vai queimar o banco do sr. Nickerson!

Ele o arrastou pela areia. Nós dissemos que era uma má ideia, e ele falou:

— Não se preocupem, o banco nem é dele, caralho.

Ele ergueu o objeto sobre a cabeça, nós nos calamos, e ele o lançou na fogueira. Criou uma luz agradável conforme queimava, iluminando novos trechos de praia. Olhei ao redor, tentando ver se havia algum adulto chegando. Éramos apenas nós, crianças.

— Um conjunto de pátio... filho da puta incendiário — disse NP.

— Com bunda de macaco — acrescentei, porque o insulto teria ficado solto, exposto daquela forma na noite fria.

— Aonde ele foi? — perguntou Nick.

Logo depois, ouvimos pancadas de novo, mas dessa vez a luz da fogueira renovada era tanta que não tivemos dificuldade em vê-lo descendo as escadas. Era o irmão gêmeo do primeiro banco. Imaginei a mesa de piquenique desolada no meio de pedras azuis e rosa do pavimento, lamentando seus irmãos perdidos. Eu tentei me convencer de que Barry David havia saqueado o lixo de alguém que estava na calçada, coisas das quais as pessoas se livravam no fim do verão, mas claro que não era verdade. Os bancos eram novos, comprados direto da seção de artigos para atividades ao ar livre da Caldor, com desconto de fim de temporada. Ele levantou o banco sobre a cabeça, cambaleando, e soltou um grito de Tarzan, lançando-o sobre o fogo. O banco bateu no primeiro e deslizou, destruindo o edifício cuidadoso do sr. Nickerson em uma cascata de chamas. As crianças menores adoraram, saltitando em meio às faíscas. O Clivezinho cumprimentou Barry David, seu novo herói, com um "toca aqui". Ele lançou a medalha do menino no fogo. Ela se enrodilhou e virou uma mancha preta.

Barry David pegou uma cerveja na areia e tomou um grande gole. Ele começou a subir os degraus.

Dessa vez, nós o seguimos, todos nós, as crianças orbitando ao redor dele, enquanto nosso grupo mantinha uma pequena distância, como se pudéssemos negar nosso envolvimento caso alguém o pegasse. Quem era aquela gangue de criancinhas torcendo por ele? Eram mais sanguinárias do que nós, ou apenas menos assustadas e mais estúpidas? Se havia um Clivezinho, então por que não um Nickzinho, um Reggiezinho e, claro, um Benzinho, com o corpo magro tremendo no moletom de Azurest e não tão triste à luz do fogo, energizado por essa aventura. O nosso grupo deveria ter impedido Barry David, mas era difícil resistir ao prazer de ver alguém cometer uma cagada tão colossal. Dá para acreditar nesse cara? O que ele está pensando? O que há de errado com ele? Como se não soubéssemos. Como se não tivéssemos inveja de alguém que simplesmente não ligava para porra nenhuma.

— Ele vai arrumar um problemas dos grandes — avisou Reggie.

— Você tem que parar o cara — falei para NP.

— Por quê?

— Ele é seu primo.

— Ele não é meu primo. Pensei que ele fosse seu primo.

— Nunca vi esse sujeito antes na vida.

— Foi Nick que me falou — disse ele.

Nós corremos para alcançá-los.

Ele estava pegando as coisas dos Gardner. Os carros dos pais de todos se estendiam pela rua em frente à casa. A música estava alta, os clássicos do soul dos anos 1970 que todo mundo sabia de cor por causa de noites como essa, quando tocavam em uma sequência sagrada de repetições. Uma grande parede de vidro dava para o pátio ao lado da casa dos Gardner, e podíamos vê-los todos lá, rindo, balançando ao som da música, tomando coquetéis. Os pais de todo mundo, todos eles se divertindo atrás do vidro como se fosse uma tela de TV. Vi meu pai conversando com a sra. Greene, com seu sorriso malicioso, e minha mãe mais ao fundo da sala, carregando um balde de gelo. Ela o colocou sobre a mesa e encaixou o cabelo atrás da orelha. Nós ficamos abaixados atrás dos carros para que não pudessem nos ver. Barry David caminhou até a borda do pátio, adentrando no quadrado de luz projetado pela sala, e suspendeu a borda da espreguiçadeira de madeira vermelha para testar seu peso. Tinha rodas em um dos lados, e ele a puxou para fora do pátio, para a grama. A música não perdeu o ritmo. Ninguém lá dentro o notou.

Ele manobrou o móvel ao redor dos carros estacionados e o arrastou para o meio da Walker, cantando "Darling Nikki". As rodas rangiam de um jeito horrendo. As crianças pequenas batiam palmas e riam. Ele podia passar a noite toda fazendo aquilo. Claro, havia um número finito de conjuntos de pátio pelos condomínios, mas mais do que o suficiente para manter a fogueira acesa. A menos que alguém o impedisse. Houve uma falha grave na supervisão, pode-se dizer. Ouvi Nick dizer a NP:

— Ele não é da minha família, não, caceta.

A almofada caiu, e as crianças a pegaram, segurando-a como se levassem um caixão. Barry David, o garoto fantasma que era todos nós e ninguém, primo de todos e de ninguém, puxava a espreguiçadeira vermelha pela rua.

Quando chegamos à entrada da garagem dos Nickerson, dei um tapinha no ombro de Reggie.

— Vamos tomar uma cerveja — falei.

Reggie estacou. O grupo nos deixou para trás e seguiu em direção à praia. Ele respondeu:

— Vamos.

Geralmente, tínhamos que discutir por coisas assim, quando eu fazia com que ele perdesse alguma coisa. Enquanto nos afastávamos, ouvíamos o barulho da espreguiçadeira descendo as escadas em direção à praia. As crianças contaram cada batida e gritaram quando a espreguiçadeira atingiu a areia.

Ainda restavam algumas cervejas. Eu já tinha tomado as minhas três. Peguei outra e dei uma para Reggie.

— Que loucura foi isso — disse Reggie.

— É.

Ele tomou um bom gole.

— Gosto mais da Miller.

Nós ouvimos quando gritaram na praia, a comemoração mais alta até o momento.

— Lá vai — disse Reggie.

Em seguida, a comemoração morreu. Ficou tudo quieto. Em algum momento daquele dia, eu tinha ouvido o meu último cortador de grama até o ano seguinte. Cortadores de grama durante todo o verão e, naquele momento, eles tinham se silenciado. Se sua grama não estivesse ajeitada àquela altura, nunca mais ficaria.

— Está pronto para voltar para a cidade? — perguntei a ele.

Meu irmão tomou outro gole.

— Sim, estou de saco cheio do Burger King.

Nós bebemos. Um Volvo cinza apareceu na esquina. Estava tocando "Ain't No Stoppin' Us Now" bem alto. Como se pudesse ser diferente. Escondemos as cervejas atrás das costas. Não consegui ver quem estava lá dentro, mas acenei. Nunca se sabe quem pode estar ao volante e se há algum grau de parentesco envolvido.

Mais tarde naquela noite, quando as fogueiras já estavam reduzidas a cinzas, as últimas rodelas de limão naufragavam no fundo das últimas bebidas e todas as luzes estavam apagadas, eu ainda estava acordado na cama. Como sempre. As sombras das árvores tremiam no teto. No ano seguinte, Reggie ficaria com a cama ao lado da janela. Revezamento até o fim dos tempos. Pensei: Não é tão ruim dormir na outra cama. Eu me acostumaria.

Pensei na escola.

Tinha uma semana para elaborar um novo plano. Precisava comprar alguns discos novos. Estava cansado de todas as minhas fitas. Também precisava de roupas novas. A primeira coisa que eu faria na terça-feira seria ir até o Village e dar uma olhada no Bleecker Bob's e no Tower para encontrar aquele disco do Live Skull, e depois iria até a Canal Jeans para comprar algumas roupas novas. A ideia surgiu em um piscar de olhos: botas militares. Por que eu não podia usar botas militares? O código de vestimenta dizia que não podíamos usar tênis na escola, mas não mencionava botas militares. Assim como as gravatas de couro: tínhamos que usar gravatas, mas não havia uma regra proibindo as de couro, então as pessoas as usavam o tempo todo, e a administração não podia reclamar. A menos que tivessem mudado o *Manual do estudante* durante o verão. Eu veria o que fazer quando chegasse lá. No primeiro dia de aula, eu chegaria com uma jaqueta nova, uma peça xadrez New Wave, minha calça nova e as botas militares. Começar as coisas do jeito certo. As meninas interpretariam isso como um sinal de que eu era diferente. Essa era outra coisa: sair com três garotas por semestre. Setembro, outubro, novembro, dezembro. Quatro meses. Equivale a uma a cada cinco ou seis semanas. Pelo menos! O primeiro semestre era mais longo, então era algo como uma a cada sete semanas. Seis garotas. Um belo regime. Seria muito ambicioso? Eu conseguiria. As pessoas me chamavam de Benji, mas não significava que eu não fosse o Ben. Muita coisa tinha acontecido durante o verão. Não tinha sido como eu havia imaginado, mas temos que admitir que algumas coisas aconteceram. Conseguira meu primeiro emprego, e caso alguém dissesse: "Ei, olha o braço direito do Benji, está maior do que o esquerdo, porque ele se masturba pra caralho", eu poderia dizer: "Não, isso é por causa do trabalho na sorveteria". Você não tem ideia do alívio que era ter uma desculpa para uma pergunta que ninguém jamais faria. Tirei o aparelho. Beijei Melanie Downey e toquei no peito dela. Não por baixo da blusa, mas enfim. Sem dúvida, eu estava mais equilibrado do que no começo do verão. Não parecia que tinha passado muito tempo, mas eu precisava ser um pouco mais esperto. Só um pouquinho. Olha como eu era no Dia do Trabalho do ano anterior. Um idiota! O de quinze olha para o de catorze e diz: Aquele cara era um idiota. E o de quinze olha para o de oito e diz: Aquele cara sabia tão pouco. Por que o de quinze anos e nove meses não pode olhar para trás, para o de quinze anos e meio, e dizer: *Aquele cara não sabia de nada?* Era verdade. Duas por semestre. Mas tinham que ser duas garotas diferentes. Ou não. Sem necessidade de enlouquecer. Mas, sem dúvida, na terça-feira, vá ao Village e comece o ano com o pé direito. Eu faria dezesseis anos em novembro, idade suficiente para entrar no CBGB's e no Irving Plaza. Por fim, começar a ver alguns shows. Ir a mais festas. Esse era o segredo. Eu tinha que ir a mais festas. Festas de outras escolas, onde ninguém sabia nada de mim. De penetra, tanto faz. Parar de tomar Coca-Cola. Eu conseguiria. Seria um ano daora. Eu tinha certeza disso.

Não é engraçado? O jeito como a mente funciona?

Agradecimentos pelas permissões

“Top of the World”, de Richard Carpenter e John Bettis

“Now I Gotta Wet ‘cha”
Letras e Música de O’Shea Jackson
 (contém trechos de “Aqua Boogie” e “Get Out of My Life Woman”, de George Clinton Jr., Bootsy Collins, Bernard Worrell e Allen Toussaint).

"Oh Babe What Would You Say"
Letras e música de E.S. Smith

"Here We Go"
Letras e música de Joseph Simmons e Darryl McDaniels

Agradecimentos

GOSTARIA DE AGRADECER À MINHA FAMÍLIA E A todas as boas pessoas de Azurest, Sag Harbor Hills e Ninevah por todas as aventuras, em especial ao meu irmão, Clarke, que é o melhor. George Chavez, dono da Big Olaf Ice Cream, me ajudou ao conceder três verões de pesquisa para o Capítulo Três. Foi um ótimo chefe e, se você passar por lá, deveria entrar e tomar uma casquinha. Diga a eles que Chipp mandou você.

Uma saudação à antiga turma: Jeff Goins, Billy Pickens, Julius Ford, Lee Bostic e Evan Cotman. Espero que todos estejam bem e livres de chumbinhos.

Uma saudação à nova turma: Kevin Young, Richard Nash, Nathan Englander e Nicky Dawidoff. Agradeço muito a ajuda de vocês para o livro. Além disso, nada de chumbinhos para vocês.

Tenho uma dívida milionária com a superagente e superamiga Nicole Aragi e com os astutos desesperados Lily Oei e Jim Hanks.

A Doubleday é incrível, e o pessoal da Doubleday é o mais incrível de todos. É uma honra ser publicado por nomes como William Thomas, Alison Rich e Melissa Ann Danaczko. Foram dez anos maravilhosos até a publicação deste livro.

Tenho a sorte de ter recebido apoio da Mrs. Giles Whiting Foundation e da John D. and Catherine T. MacArthur Foundation ao longo dos anos. De verdade: "Este programa foi possível graças a elas". O Cullman Center for Scholars and Writers foi uma ajuda imensurável, e gostaria de agradecer a Jean Strouse, Adriana Nova, Betsy Bradley e Pamela Leo por fazerem dele um lugar tão bacana.

E muito, muito amor para Natasha e Maddie.

Este livro foi impresso pela Lis gráfica, em 2025, para a HarperCollins Brasil. O papel do miolo é Pólen Natural 80g/m^2 e o da capa é Cartão 250g/m^2.